O CORAÇÃO
É O ÚLTIMO A
MORRER

Outras obras da autora

A noiva ladra
A odisseia de Penélope
A porta
A tenda
A vida antes do homem
Buscas curiosas
Dançarinas e outras histórias
Dicas da imensidão
Lesão corporal
Madame Oráculo
MaddAddão
Negociando com os mortos
O ano do dilúvio
O assassino cego
O conto da aia
O ovo do Barba-Azul
Olho de gato
Oryx e Crake
Os testamentos
Payback – a dívida e o lado sombrio da riqueza
Políticas do poder
Transtorno moral
Vulgo Grace

Lá em cima na árvore (Infantil)

MARGARET ATWOOD
O CORAÇÃO É O ÚLTIMO A MORRER

Tradução de Geni Hirata

Rocco

Título original
THE HEART GOES LAST
Primeira publicação em 2015 na Grã-Bretanha.

Copyright © 2015 by O.W. Toad Ltd.

Margaret Atwood assegurou seu direito de ser identificada como autora desta obra, em conformidade com o Copyright, Designs and Patents 1988.

Todos os direitos reservados.
Nenhuma parte desta obra pode ser reproduzida no todo ou em parte sob qualquer forma sem a devida autorização.

Esta é uma obra de ficção. Nomes e personagens são produtos da imaginação da autora, qualquer semelhança com pessoas reais, vivas ou não, é mera coincidência.

PROIBIDA A VENDA EM PORTUGAL

Direitos para a língua portuguesa reservados
com exclusividade para o Brasil à
EDITORA ROCCO LTDA.
Rua Evaristo da Veiga, 65 – 11º andar
Passeio Corporate – Torre 1
20031-040 – Rio de Janeiro, RJ
Tel.: (21) 3525-2000 – Fax: (21) 3525-2001
rocco@rocco.com.br
www.rocco.com.br

Printed in Brazil/Impresso no Brasil

CIP-Brasil. Catalogação na publicação.
Sindicato Nacional dos Editores de Livros, RJ.

A899c
Atwood, Margaret, 1939-
O coração é o último a morrer / Margaret Atwood; tradução de Geni Hirata. – 1ª ed. – Rio de Janeiro: Rocco, 2022.

Tradução de: The heart goes last
ISBN 978-65-5532-203-3
ISBN 978-65-5595-100-4 (e-book)

1. Ficção canadense. I. Hirata, Geni. II. Título.

21-74591
CDD: 819.13
CDU: 82-3(71)

Camila Donis Hartmann - Bibliotecária - CRB-7/6472

O texto deste livro obedece às normas
do Acordo Ortográfico da Língua Portuguesa.

Para Marian Engel (1933-1985),
Angela Carter (1940-1992) e
Judy Merril (1923-1997).

E para Graeme, como sempre.

... com sua maravilhosa habilidade artística, ele esculpiu uma reluzente estátua de marfim branco... De tal modo dissimulava sua mestria, que a estátua aparentava ser uma verdadeira jovem viva, prestes a se mover, mas recatadamente se retraindo... Ele a beijou, convenceu-se de que ela retribuiu seu beijo, falou com ela, abraçou-a...

Ovídio, "Pigmaleão e Galateia",
Livro X, *Metamorfoses*

No fim das contas, essas coisas simplesmente não parecem certas. São feitas de um material borrachento que não se parece absolutamente nada com qualquer coisa que lembre uma parte do corpo humano. Eles tentam compensar isso nos instruindo a mergulhá-las primeiro em água morna e em seguida usar um monte de lubrificante...

Adam Frucci, "I Had Sex With Furniture",
Gizmodo, 17/10/09

Os enamorados e os loucos têm o cérebro tão fervilhante, fantasias tão criativas, que captam mais do que a fria razão é capaz de apreender.

William Shakespeare, *Sonho de uma noite de verão*

SUMÁRIO

I | ONDE?
DESCONFORTO [13] · ONDE? [15]

II | LÁBIA
CERVEJAS [25] · PERPLEXO [34] · LÁBIA [41]

III | DIA DE TRANSIÇÃO
PORTAL [49] · NOITE NO EXTERIOR [52] · CIDADE GÊMEA [56] · UMA VIDA COM SENTIDO [62] · SINTO FOME DE VOCÊ [67] · DIA DE TRANSIÇÃO [74] · BEM-ARRUMADO [81]

IV | O CORAÇÃO É O ÚLTIMO A MORRER
CORTE DE CABELO [89] · DEVERES [94] · O CORAÇÃO É O ÚLTIMO A MORRER [98] · LAMBRETA [102] · PRESA FÁCIL [106]

V | EMBOSCADA
ASSEMBLEIA MUNICIPAL [113] · EMBOSCADA [117] · SALA DE BATE-PAPO [123] · COLEIRA ESTRANGULADORA [129] · RECURSOS HUMANOS [133] · CRIADO DOMÉSTICO [139]

VI | DIA DOS NAMORADOS
LIMBO [149] · TURBANTE [155] · REBANHO [160] · AMEAÇA [167] · DIA DOS NAMORADOS [171] · COAÇÃO [178]

VII | TETO BRANCO
TETO BRANCO [185] • CAPUZ [190] • TORTA DE CEREJA [194] • JOGO MENTAL [200] • ESCOLHA [205]

VIII | APAGUE-ME
ARMAZENADO [213] • HORA DO CHÁ [216] • HORA DO CAFÉ [222] • ENTREABERTO [227] • APAGUE-ME [231]

IX | POSSIBILIBÔS
ALMOÇO [239] • OVOS QUENTES [243] • VISITA GUIADA [249] • TRAJE PRETO [254] • NA PONTA DOS PÉS ATRAVÉS DAS TULIPAS [259]

X | TERAPIA DO LUTO
MÃO ARREPIANTE [267] • CONTROLE DE QUALIDADE [271] • SACRIFÍCIO [278] • PERFEITA [282] • TERAPIA DO LUTO [285] • DISFARCES [291]

XI | RUBY SLIPPERS
FLERTE [299] • EXPEDIDO [305] • FETICHE [309] • AVARIA [317] • DESEMBALADO [321] • RUBY SLIPPERS [325]

XII | ACOMPANHANTE
ELVISORIUM [333] • POR QUE SOFRER? [338] • ACOMPANHANTE [346] • REQUISIÇÃO [352]

XIII | HOMENS VERDES
HOMENS VERDES [361] • GONGO [366] • EM VOO [371]

XIV | RAPTO
RAPTO [379] • EM CHAMAS [383] • FEITIÇO [389] • ARRANJOS FLORAIS [393]

XV | PRONTO
PRONTO [405] • PRESENTE [407]

AGRADECIMENTOS [413]

1 | ONDE?

DESCONFORTO

Dormir no carro é desconfortável. Só para começar, sendo um Honda de terceira mão, não é nenhum palácio. Se fosse uma van, eles teriam mais espaço, mas era bem pouco provável que pudessem comprar uma, mesmo quando achavam que tinham dinheiro. Stan diz que eles têm sorte de ter qualquer tipo de carro, o que é verdade, mas a sorte deles não torna o carro maior.

Charmaine acha que Stan deve dormir no banco de trás, porque precisa de mais espaço — seria justo, ele é maior —, mas ele tem que ficar na frente a fim de arrancar com o carro rapidamente se houver uma emergência. Ele não confia na capacidade de funcionar de Charmaine sob tais circunstâncias: diz que ela ficaria ocupada demais gritando para conseguir dirigir. Assim, Charmaine pode ficar com o banco traseiro, mais espaçoso, embora, de todo modo, tenha que se enrolar como um caracol porque não consegue exatamente se esticar.

Eles mantêm as janelas quase sempre fechadas por causa dos mosquitos, das gangues e dos vândalos solitários. Os solitários não costumam ter pistolas ou facas — se tiverem esses tipos de armas, você tem que fugir três vezes mais rápido —, mas são capazes de andar desvairados com um taco na mão, e um louco com um pedaço de metal ou uma pedra ou mesmo um sapato de salto alto pode fazer muitos estragos. Eles vão pensar que você é um demônio ou um morto-vivo ou uma prostituta vampira, e nada que se possa fazer para acalmá-los vai mudar essa opinião. Como Vovó Win costumava dizer, a melhor coisa a fazer com os doidos — aliás, a única coisa a fazer — é estar em outro lugar qualquer.

Com as janelas fechadas e apenas uma fresta aberta em cima, o ar fica parado e saturado com seus próprios odores. Não há muitos lugares onde possam tomar uma ducha ou lavar as roupas, o que deixa Stan irritável. Charmaine também se sente assim, mas se esforça ao máximo para dominar esse sentimento e ver o lado positivo — de que adianta reclamar?

De que adianta seja o que for?, pensa com frequência. De que adianta sequer pensar *De que adianta?* Então ela diz: "Querido, vamos nos animar!"

"Por quê?" Stan poderia perguntar. "Me dê a porra de uma boa razão para me animar." Ou então poderia dizer: "Querida, cala a boca!", imitando o tom leve, positivo, dela, o que seria maldoso da parte dele. Ele pode ser maldoso quando está irritado, mas no fundo é um bom homem. A maioria das pessoas é boa se tiver a oportunidade de mostrar seu lado bom: Charmaine está determinada a continuar acreditando nisso. Uma ducha ajuda a mostrar o lado bom de uma pessoa, porque, como Vovó Win tinha o hábito de dizer: *O asseio anda lado a lado com a santidade, e a santidade significa bondade.*

Essa era uma das coisas que ela podia dizer, como: *Sua mãe não se suicidou, isso foi só conversa. Seu pai fez o melhor que pôde, mas ele tinha que suportar muita coisa e foi demais para ele. Você deve se esforçar para esquecer todas essas coisas, porque um homem não é responsável quando bebeu demais.* E então ela diria: *Vamos fazer pipoca!*

E elas faziam pipoca e Vovó Win dizia: *Não olhe pela janela, queridinha, você não vai querer ver o que eles estão fazendo lá fora. Não é bonito. Eles gritam porque querem. É uma forma de expressão. Sente-se aqui ao meu lado. Tudo acabou bem, porque, olha só, aqui está você, e nós estamos felizes e seguras agora!*

Mas isso não durou muito. A felicidade. A segurança. O agora.

ONDE?

Stan se contorce no banco da frente, tentando ficar confortável. Não há muita chance de isso acontecer. Então, o que ele pode fazer? Para onde podem se virar? Não há lugar seguro, não há instruções. É como se ele estivesse sendo levado por um vento cruel e insensato, sem rumo, em círculos, dando voltas e mais voltas. Sem saída.

Ele se sente muito só e, às vezes, ter Charmaine ao seu lado faz com que se sinta ainda mais solitário. Ele a decepcionou.

Ele tem um irmão, é verdade, mas isso seria um último recurso. Ele e Conor haviam seguido caminhos diferentes, era a maneira educada de dizer isto. Uma briga de bêbados no meio da noite, com livre troca de xingamentos, seria a forma indelicada, e foi, na verdade, a maneira que Conor havia escolhido durante o último encontro deles. Para ser preciso, Stan também havia escolhido esse caminho, embora nunca tivesse tido uma boca tão suja como Con.

Na opinião de Stan — a opinião que tinha na época —, Conor era quase um criminoso. Mas na visão de Con, Stan era um idiota do sistema, um puxa-saco, uma farsa e um covarde. Um palerma.

Onde estará o escorregadio Conor agora, o que estará fazendo? Ao menos ele não perdeu o emprego no grande colapso financeiro e comercial que transformou esta parte do país em sucata: você não pode perder seu trabalho se não tiver um. Ao contrário de Stan, ele não foi expulso, excluído, condenado a uma vida de perambulação frenética, com os olhos ardendo de poeira e as axilas rançosas. Desde criança, Con sempre viveu à custa do que podia surrupiar dos outros. Stan não esqueceu seu canivete suíço, comprado com o dinheiro que tinha poupado, seu Transformer, sua arma Nerf com as balas de espuma. Todos eles desapareceram como por mágica, com a cabeça do irmão mais novo abanando de um lado para o outro, de jeito nenhum, quem, eu?

Stan acorda no meio da noite pensando por um momento que está em casa na cama, ou pelo menos em uma espécie qualquer de cama. Estende a mão para tocar em Charmaine, mas ela não está ao seu lado. Percebe então que se encontra dentro do carro fedorento, com vontade de urinar, mas com medo de destrancar a porta por causa das vozes alteradas que vêm em sua direção, dos passos triturando o cascalho ou pisando com força no asfalto, e talvez de um punho cerrado batendo no teto e um rosto com cicatrizes e desdentado sorrindo à janela: *Olhem só o que temos aqui! Caralho! Vamos abrir isto! Me passem um pé de cabra!*

E então o sussurro apavorado de Charmaine: "Stan! Stan! Temos que ir embora! Temos que ir agora mesmo!" Como se ele não tivesse percebido. Ele sempre mantém a chave na ignição. Motor ligado, guincho de pneus, gritaria e insultos, o coração aos saltos, e depois? Mais do mesmo em algum outro estacionamento ou numa ruela qualquer, em algum outro lugar. Seria bom se ele tivesse uma metralhadora: qualquer coisa menor do que isso não serviria para nada. Do jeito que as coisas estão, sua única arma é a fuga.

Sente-se perseguido pelo azar, como se a falta de sorte fosse um cão raivoso, movendo-se furtivamente atrás dele, farejando-o, esperando por ele nas esquinas. Espreitando por baixo dos arbustos para fitá-lo com olhos amarelos malévolos. Talvez ele precise de um bruxo, algum feiticeiro vudu sério. E de algumas centenas de dólares para poderem passar uma noite em um motel, com Charmaine ao seu lado, e não na parte de trás do carro, longe do seu alcance. Isso seria o mínimo necessário: pedir mais seria um abuso.

A compaixão de Charmaine torna tudo pior. Ela se esforça muito. "Você não é um *fracassado*", dizia ela. "Só porque perdemos a casa e estamos dormindo no carro, e você ter sido..." Ela não quer dizer *demitido*. "E você não desistiu, pelo menos está procurando um emprego. Essas coisas como perder a casa, e, e... essas coisas aconteceram com muita gente. Com a maioria das pessoas."

"Mas não com todas", respondia Stan. "Não com todo mundo."
Não aconteceu com os ricos.

Eles haviam começado muito bem. Na época, ambos tinham emprego. Charmaine trabalhava na rede Clínica e Casa de Repouso Ruby Slippers, na área de entretenimento e eventos. Possuía um jeito especial com os idosos, diziam os supervisores, e estava subindo na empresa. Ele também estava indo bem: assistente de controle de qualidade na Dimple Robotics, testando o módulo de Empatia nos modelos automatizados de atendimento ao cliente. As pessoas não queriam simplesmente que suas compras fossem ensacadas, ele costumava explicar a Charmaine: elas desejavam uma experiência de compra completa, o que incluía um sorriso. Os sorrisos eram difíceis; eles podiam se transformar num esgar ou num trejeito malicioso, mas se você conseguisse obter um sorriso direito, as pessoas estavam dispostas a pagar mais por isso. Era espantoso imaginar, agora, com o que as pessoas um dia estiveram dispostas a gastar dinheiro extra.

Eles tiveram um casamento discreto — apenas amigos, já que não restava muita família de nenhum dos lados, uma vez que os pais de ambos tinham morrido de uma forma ou de outra. Charmaine dissera que não teria convidado a família dela de qualquer maneira, embora não tenha se estendido sobre o assunto porque não gostava de falar dos parentes, mas que teria gostado se sua Vovó Win pudesse ter comparecido. Quem sabia onde estava Conor? Stan não o procurou porque, se ele tivesse aparecido, provavelmente teria tentado apalpar Charmaine ou fazer outra palhaçada qualquer para chamar a atenção.

Depois, tinham ido passar a lua de mel nas praias da Geórgia. Isso tinha sido um ponto alto. Lá estavam os dois nas fotografias, bronzeados e sorridentes, o sol à sua volta como uma névoa, erguendo seus copos de... o que era mesmo aquilo, um coquetel tropical qualquer carregado de licor de limão. Erguendo seus copos à nova vida. Charmaine em um top sem mangas, estampado de flores, com um sarongue e uma flor de hibisco enfiada atrás da orelha, os cabelos louros brilhando, despenteados pela brisa, ele em uma camisa verde com pinguins, que Charmaine havia escolhido, e um chapéu-panamá; bem, não um panamá de verdade, mas nesse estilo. Pareciam tão jovens, tão puros. Tão ansiosos pelo futuro.

Stan enviara uma dessas fotografias a Conor para mostrar que, finalmente, ele tinha uma garota que o irmão não podia roubar. Também como exemplo do sucesso que o próprio Con poderia esperar ter se ele se assentasse, se endireitasse, parasse de cumprir pequenos períodos de pena na prisão e de viver na marginalidade. Não que Con não fosse esperto: era esperto até demais. Sempre aproveitando todas as oportunidades.

Con enviara uma mensagem de volta: *Belas tetas e traseiro, mano. Ela sabe cozinhar? Mas que pinguins idiotas.* Típico: Con tinha que zombar, tinha que menosprezar. Isso fora antes de Stan bloquear o contato, jogar fora seu e-mail, recusar-se a lhe fornecer seu endereço.

Quando regressaram ao Norte, deram entrada na compra de uma casa, um pequeno imóvel de dois quartos precisando de um pouco de amor, mas com espaço para a família crescer, dissera o agente com uma piscadela. Parecia acessível, mas, em retrospectiva, a decisão de comprar revelara-se um erro — houve as reformas e consertos, o que significou uma dívida extra, além da hipoteca. Disseram a si mesmos que poderiam lidar com isso: não eram muito gastadores e trabalhavam arduamente. Isso era o pior: o trabalho árduo. Ele se matara de trabalhar. Poderia muito bem não ter se incomodado, uma vez que tudo fora por água abaixo. Stan fica maluco só de pensar em como ele se esfalfara.

Depois, tudo desandou. Como se tivesse sido de um dia para o outro. E não apenas em sua própria vida pessoal: todo o castelo de cartas, todo o sistema desmoronara, trilhões de dólares evaporados dos balancetes como neblina de uma vidraça. Na televisão, hordas de peritos de meia-tigela tentavam explicar por que tudo aquilo havia acontecido — demografia, perda de confiança, gigantescos esquemas fraudulentos no mercado financeiro —, mas tudo não passava de conjecturas estúpidas. Alguém havia mentido, alguém havia trapaceado, alguém havia minado o mercado, alguém havia inflacionado a moeda. Poucos empregos, gente demais. Ou poucos empregos para o americano médio como Stan e Charmaine. O Nordeste, onde estavam, foi o mais atingido.

A filial da Ruby Slippers onde Charmaine trabalhava teve dificuldades: era dirigida à classe alta, de modo que muitas famílias não tinham mais condições de manter seus idosos lá. Os quartos se esvaziaram, despesas gerais foram cortadas. Charmaine candidatou-se a uma transferência — a rede ainda estava indo bem na Costa Oeste —, mas isso não aconteceu, e ela tornou-se dispensável. A seguir, a Dimple Robotics fez as malas e se mudou para o Oeste, e Stan foi lançado do alto sem paraquedas.

Sentaram-se na casa recém-comprada, no sofá recém-comprado, com as almofadas floridas que Charmaine tivera tanto trabalho de combinar, abraçaram-se, disseram que se amavam, Charmaine chorou, Stan lhe deu palmadinhas nas costas e se sentiu inútil.

Charmaine arranjou um emprego temporário servindo mesas; quando o lugar fechou as portas, ela conseguiu outro emprego. E depois outro, em um bar. Não eram lugares sofisticados; esses estavam desaparecendo, pois quem podia se dar ao luxo de comer comida fina estava se empanturrando mais a oeste, ou então em países exóticos onde o conceito de salário mínimo nunca existira.

Stan não teve a mesma sorte com os biscates: qualificado demais, era o que lhe diziam na agência de empregos. Ele alegava que não era exigente, que não se importava de lavar o chão, de cortar grama. Eles sorriam com desdém (Que chão? Que gramados?) e lhe diziam que o manteriam no registro. Mas então a própria agência de empregos fechou. Para que mantê-la aberta se não havia emprego?

Eles permaneceram em sua pequena casa, vivendo de fast-food e do dinheiro que ganharam com a venda da mobília, poupando no consumo de energia, sentados no escuro, na esperança de que as coisas tomassem um rumo diferente. Por fim, colocaram a casa à venda, mas já não havia compradores; as casas que a ladeavam já estavam vazias e os saqueadores já haviam passado por elas, arrancando qualquer coisa que pudesse ser vendida. Um dia, pararam de ter dinheiro para pagar a hipoteca e seus cartões de crédito foram bloqueados. Eles saíram antes de serem despejados, fugiram antes que os credores pudessem tomar seu carro.

Por sorte, Charmaine tinha economizado um pouco de dinheiro. Isso, e o parco salário que recebia no bar, mais as gorjetas, davam para pagar a gasolina do carro e uma caixa postal, de modo que pudessem fingir que ainda tinham um endereço, caso alguma coisa viesse para Stan. Além de uma ou outra ida à lavanderia automática quando não suportavam mais a imundície de suas roupas.

Stan tinha vendido sangue duas vezes, apesar de não lhe pagarem grande coisa.

— Você pode não acreditar — disse a mulher ao lhe entregar um copo de papel com suco artificial depois da segunda sessão —, mas teve gente que nos perguntou se não queríamos comprar o sangue de bebês. Dá para acreditar?

— Não diga! — respondeu Stan. — Por quê? Os bebês não têm assim tanto sangue.

Era mais valioso, foi a resposta dela. Disse que surgira uma notícia afirmando que uma total renovação do sangue, sangue novo no lugar do velho, prevenia a demência e fazia seu relógio biológico retroagir vinte, trinta anos.

— Só foi testado em ratos — explicou ela. — Ratos não são pessoas! Mas há gente que se agarra a qualquer coisa. Nós recusamos ao menos uma dúzia de ofertas de sangue de bebês. Dissemos que não podíamos aceitar.

Mas alguém anda aceitando, pensou Stan. Podem apostar que sim. Se houver dinheiro envolvido.

Se ao menos conseguissem encontrar um lugar onde as perspectivas fossem melhores... Diziam que havia um *boom* no Oregon, alimentado pela descoberta de terras raras, a China estava comprando muito disso — mas como eles chegariam lá? Não teriam mais o dinheiro de Charmaine entrando a conta-gotas, ficariam sem gasolina. Poderiam largar o carro, tentar ir de carona, mas a ideia aterroriza Charmaine. O carro é a única barreira entre eles e os bandos de estupradores, e não apenas para ela, diz, tendo em vista o que anda lá fora, vagando pela noite, sem calças. Nisso ela tem razão.

O que ele deveria fazer para tirá-los daquele buraco? O que fosse preciso. Costumava haver muitos empregos de lambe-botas no mundo corporativo, mas essas botas agora estavam fora de alcance. O setor bancário abandonou a região, a indústria também; os gênios digitais migraram para pastagens mais ricas em outros locais e em outras nações mais prósperas. O setor de serviços costumava ser uma promessa de salvação, mas esses empregos também estavam escassos, pelo menos por ali. Um dos tios de Stan, agora morto, tinha sido chef, na época em que ser chef era um bom negócio, porque a camada superior da população ainda vivia em terra, e restaurantes de alto nível eram glamorosos. Mas não hoje, quando esses tipos de clientes estão flutuando em plataformas marítimas *offshore* isentas de impostos. As pessoas que são ricas levam seus próprios chefs com elas.

Outra vez meia-noite, outro estacionamento. É o terceiro esta noite; tiveram que fugir dos dois anteriores. Agora estão tão nervosos que não conseguem voltar a dormir.

— Podíamos tentar os caça-níqueis — sugere Charmaine.

Já haviam feito isso antes e ganharam dez dólares. Não foi muito, mas ao menos não tinham perdido tudo.

— Nem pensar — retruca Stan. — Não podemos correr esse risco, precisamos do dinheiro para a gasolina.

— Masque um chiclete, querido — sugere Charmaine. — Relaxe um pouco. Vai dormir. Seu cérebro está acelerado demais.

— Que cérebro, porra? — diz Stan.

Faz-se um silêncio magoado; ele não deveria descontar nela. Idiota, diz a si mesmo. Nada disso é culpa dela.

Amanhã, engolirá seu orgulho. Tentará localizar Conor, ajudá-lo a sair de qualquer confusão em que esteja metido, unir-se ao submundo do crime. Tem uma ideia do lugar por onde deve começar a procurá-lo. Ou talvez só entre em contato com ele para pedir um empréstimo, supondo que Con esteja cheio da grana. Costumava ser o contrário — era Conor quem lhe pedia dinheiro quando eram mais jovens, antes de Conor ter descoberto como manipular o sistema — mas agora ele terá que evitar recordar a Conor as suas posições anteriores.

Ou talvez seja melhor fazê-lo recordar. Con tem uma dívida com ele. Poderia dizer-lhe *Está na hora de pagar* ou algo assim. Não que Con esteja numa posição de vantagem. Mas, ainda assim, Con é seu irmão. E ele é irmão do Con. O que deve valer alguma coisa.

11 | LÁBIA

CERVEJAS

Não foi uma noite boa. Charmaine bem que tentou um tom reconfortante.

— Vamos nos concentrar naquilo que temos — dissera ela na escuridão úmida, malcheirosa, do carro. — Nós temos um ao outro.

Ela começara a estender o braço do banco de trás para o da frente, a fim de tocar em Stan, para confortá-lo, mas depois achou melhor não fazer isso. Stan poderia interpretar mal, iria querer passar para o banco de trás com ela, iria querer fazer amor, o que seria muito desconfortável com os dois espremidos juntos, porque sua cabeça ficaria imprensada contra a porta do carro e ela começaria a escorregar para fora do assento, com Stan trabalhando nela, como se ela fosse uma tarefa que ele tinha que cumprir o mais rápido possível, e sua cabeça batendo, batendo, batendo. Não era inspirador.

Além do mais, ela nunca conseguia se concentrar, porque alguém poderia espreitá-los pela janela. Stan seria flagrado com o traseiro nu, passando atabalhoadamente para o banco da frente e tentando dar partida no carro, enquanto uma gangue de bandidos batia nas janelas tentando chegar até ela. Embora não fosse ela, primeiramente e acima de tudo, o prêmio. O que eles iriam querer seria o que era valioso de verdade, que era o carro. Ela seria um adendo, depois que tivessem acabado com Stan.

Antes, houve uma série de donos de carros atirados no chão de cascalho, por ali perto mesmo; esfaqueados, as cabeças esmagadas, sangrando até a morte. Ninguém se incomoda mais com esses casos, em descobrir quem é o culpado, porque isso levaria tempo e somente os ricos podem se dar ao luxo de ter polícia. Todas aquelas coisas que nunca apreciamos até não as termos mais, como Vovó Win diria, Charmaine pensa pesarosamente.

Vovó Win recusou-se a ir para o hospital quando ficou muito doente. Disse que iria custar muito caro, e era verdade. Assim, ela morreu em casa mesmo, com Charmaine cuidando dela até o final. Venda a casa, queridinha, disse Vovó Win quando ainda estava lúcida. Vá para a faculdade, valorize a si mesma. Você consegue.

E Charmaine fizera o máximo possível. Ela se especializou em Gerontologia e Terapia Lúdica, porque Vovó Win dissera que assim ela estaria bem-preparada. E Charmaine tinha empatia e um dom especial para ajudar as pessoas. E obteve seu diploma.

Não que isso faça qualquer diferença agora.

Se algo acontecer, estamos por nossa conta, Stan lhe diz com muita frequência. Não é um pensamento reconfortante. Não é de admirar que ele seja tão rápido, naquelas ocasiões em que consegue se espremer em cima dela. Ele precisa estar alerta o tempo todo.

Assim, em vez de tocar em Stan ontem à noite, ela sussurrou:

— Durma bem. Te amo.

Stan disse alguma coisa. "Também te amo", talvez, embora tenha saído mais como um murmúrio, com uma espécie de ronco. Provavelmente o pobre homem estava quase adormecido. Ele realmente a ama, ele dissera que a amaria para sempre. Ela ficara muito agradecida quando o encontrou, ou quando ele a encontrou. Quando eles se encontraram. Ele era firme e confiável. Ela gostaria de ser assim também, firme e confiável, embora tenha dúvidas de que consiga, porque se assusta muito facilmente. Mas ela precisa endurecer. Precisa mostrar alguma força de caráter. Ela não quer ser um estorvo.

Ambos acordam cedo — agora é verão, a luz entra através dos vidros do carro, muito forte. Talvez ela devesse conseguir algumas cortinas, pensa Charmaine. Assim, eles poderiam dormir mais e não ficar tão mal-humorados.

Eles vão comprar donuts da véspera com cobertura dupla de chocolate no shopping mais próximo e fazem um café instantâneo no carro com seu aquecedor de xícaras elétrico, o que é muito mais barato do que comprar o café na loja de donuts.

— Isto parece um piquenique — diz Charmaine animadamente, embora não seja muito parecido com um piquenique comer donuts velhos dentro do carro com uma leve garoa caindo.

Stan verifica os sites de emprego na internet pelo telefone pré-pago deles, mas isso é deprimente para ele, que não para de repetir "Nada, droga, nada, droga, nada". Então, Charmaine pergunta: por que eles não vão correr. Eles costumavam fazer isso quando tinham a casa deles: levantar cedo, correr antes do café da manhã e depois tomar um banho. Isso os fazia se sentirem cheios de energia, limpos. Mas Stan olha para ela como se estivesse louca e ela vê que sim, seria uma tolice deixar o carro sem vigilância com tudo o que está dentro dele, como suas roupas, e, além disso, se colocando em risco, porque quem sabe o que pode estar escondido nos arbustos? De qualquer forma, onde eles iriam correr? Ao longo das ruas com as casas de portas e janelas cobertas de tábuas? Os parques são muito perigosos, estão repletos de viciados, todo mundo sabe disso.

— Correr, uma ova — é tudo o que Stan diz. Ele está irritado e mal-humorado, e precisando de um corte de cabelo. Talvez ela consiga colocá-lo para dentro do bar onde trabalha, mais tarde, com uma toalha e uma lâmina de barbear, e ele poderá se lavar e fazer a barba no banheiro masculino. Não é um ambiente luxuoso, mas pelo menos ainda sai água da torneira. É vermelha de ferrugem, mas sai.

PixelDust é o bar. Foi aberto na década em que houve um pequeno *boom* por aqui — um monte de startups interativas e criadores de aplicativos — e destinava-se a atrair esses tipos de garotos nerds, com brinquedos e jogos como pebolim, bilhar e corridas de carros on-line. Existem grandes telas planas onde antes passavam filmes mudos como um papel de parede interessante, embora uma delas esteja quebrada e o restante exiba programas de TV comuns, um diferente em cada tela. Há alguns pequenos recantos e nichos destinados a conversas cerebrais — Think Tank, ou laboratório de ideias, é como esse setor era chamado. A sinalização continua lá, embora alguém tenha riscado *Think* e escrito *Fuck,* numa alusão ao que duas das prostitutas semirresidentes fazem lá. Depois que o *boom* se extinguiu, alguns engraçadinhos quebraram a parte *Pixel* do letreiro de LED, de modo que ele agora só diz *Dust,* ou seja, poeira.

Pelo nome e pela natureza, pensa Charmaine: uma camada de sujeira permanente reveste tudo. O ar cheira a gordura rançosa da loja de asas de frango fritas ao lado; os clientes as trazem para cá em sacos de papel, passam ao redor, de mão em mão. Essas asas são meio nojentas, mas Charmaine nunca diz não a elas quando estão sendo oferecidas.

O lugar não continuaria aberto se não fosse por ter se tornado o centro de operações do que ela supõe — na verdade, sabe — ser a rede local de traficantes de drogas. É onde eles encontram seus fornecedores e clientes; não precisam se preocupar em serem pegos, não ali, não mais. Há alguns parasitas que estão sempre por perto, além das duas prostitutas, apenas garotas animadas, que não passam dos dezenove anos. Ambas são muito bonitas; uma é loura, a outra tem cabelos longos e escuros. Sandi e Veronica, vestindo camisetas com lantejoulas e shorts bem curtos. Estavam na faculdade antes de todos por aqui perderem seu dinheiro, é o que elas dizem.

Elas não vão durar, na opinião de Charmaine. Ou alguém vai espancá-las e elas vão desistir, ou vão ceder e começar a usar essas drogas, que é outra forma de desistir. Ou um cafetão vai querer tomar conta delas; ou um dia elas simplesmente cairão por um buraco no espaço e ninguém vai querer falar mais delas, porque estarão mortas. É de admirar que nada disso tenha acontecido ainda. Charmaine quer dizer a elas para saírem dali, mas para onde iriam, e além do mais não é da sua conta.

Quando não estão se ocupando no Fuck Tank, elas se sentam ao balcão, bebem refrigerantes diet e conversam com Charmaine. Sandi lhe disse que elas só "trabalham" ali porque estão esperando arrumar um emprego de verdade. E Veronica disse: "Eu ralo muito", e então as duas riram. Sandi gostaria de ser personal trainer, Veronica escolheria a enfermagem. Elas falam como se essas coisas pudessem realmente acontecer um dia. Charmaine não as contradiz, porque Vovó Win sempre disse que os milagres podem acontecer, como Charmaine ter ido morar com ela — isso foi um milagre!

Então, quem sabe? Sandi e Veronica estavam lá umas duas vezes em que Stan foi pegá-la no trabalho, e ela não pôde deixar de apresentá-los. No carro, ele disse:

— Você não deveria fazer amizade com aquelas prostitutas.

Charmaine disse que não era amiga delas, mas que eram realmente muito meigas, e ele disse *Meigas uma ova*, o que, na opinião dela, não foi muito gentil da parte dele. Mas Charmaine não disse nada.

De vez em quando, estranhos invadem o local, jovens de fora, geralmente, turistas de outros países ou cidades mais prósperas, à procura de emoções baratas; então, ela precisa estar alerta. Passou a conhecer muitos dos frequentadores habituais, de modo que eles a deixam em paz — sabem que não é como Sandi e Veronica, que ela tem um marido —, e só alguém novo pensaria em dar em cima dela.

Ela ficou no turno da tarde, quando o bar está bem tranquilo. À noite seria melhor para gorjetas, mas Stan diz que não quer que ela trabalhe no turno da noite porque há muitos vagabundos bêbados, embora ele possa ter que ceder nesse ponto se oferecerem a posição a ela, porque a reserva de dinheiro deles está chegando ao fim. À tarde, são apenas ela e Deirdre, que sobrou dos dias mais abastados do PixelDust — ela já foi programadora, possui uma tatuagem de uma tira de quadrinhos de Moebius no braço e ainda usa os cabelos castanhos em maria-chiquinha dos dois lados da cabeça, aquela aparência de Harriet, a Espiã *geek*. E há também Brad, que fecha a cara para os fregueses arruaceiros quando necessário.

Ela pode assistir à TV nas telas planas, filmes antigos de Elvis Presley da década de 1960, tão consoladores; ou *sitcoms*, embora não sejam assim tão engraçadas, e, de qualquer forma, as comédias são muito frias e impiedosas, zombam da tristeza das pessoas. Ela prefere os programas mais dramáticos, em que todos estão sendo sequestrados, estuprados ou enfiados em um buraco escuro, e você não deve rir disso. Deve ficar angustiado, do jeito que ficaria se aquilo estivesse acontecendo com você. Ficar angustiado é um sentimento mais caloroso, mais próximo, não um sentimento frio e distante, como rir das pessoas.

Ela costumava assistir a um programa que não era um seriado. Era um reality show chamado *The Home Front, with Lucinda Quant*. Lucinda era uma grande âncora, mas depois envelheceu, de modo que *The Home Front* passou a ir ao ar apenas na TV a cabo local. Lucinda circulava e entrevistava pessoas que estavam sendo despejadas de suas casas, e você tinha que ver todas as coisas delas sendo empilhadas no gramado, como sofá, cama e TV, o que era realmente triste, mas também interessante, todas as coisas que eles haviam comprado. Lucinda lhes perguntava o que acontecera na vida delas e elas contavam o quanto haviam trabalhado, mas depois a fábrica foi fechada, ou a sede realocada, ou o que quer que fosse. Então, a ideia era que os telespectadores enviassem dinheiro para ajudar essa gente, e às vezes o faziam, e isso mostrava o lado bom das pessoas.

Charmaine achava *The Home Front* encorajador, porque o que acontecera com ela e Stan poderia acontecer com qualquer um. Mas depois Lucinda Quant teve câncer, ficou careca e começou a transmitir vídeos de si mesma doente, diretamente do seu quarto no hospital, e Charmaine achou aquilo deprimente, de modo que não assistia mais ao programa de Lucinda. Embora lhe desejasse tudo de bom e fizesse votos para que ela melhorasse.

Às vezes, ela conversa com Deirdre. Contam histórias de suas vidas, e a de Deirdre é pior do que a de Charmaine, com menos adultos bondosos como Vovó Win e mais molestadores, e ainda havia um aborto nisso. O que não é algo que Charmaine um dia conseguiria fazer. Está tomando anticoncepcionais no momento, ela os consegue bem baratos com Deirdre, mas sempre quis um bebê, embora o que fariam se ficasse grávida, ela e Stan morando no carro, ela não faz a menor ideia. Outras mulheres — mulheres de antigamente, mais resistentes — cuidaram de seus bebês em locais confinados, como porões de navios e carroções. Mas talvez não em carros. É difícil tirar cheiros do estofamento de um carro, de modo que seria preciso ser muito cuidadoso com refluxos e coisas assim.

★ ★ ★

Por volta das onze horas, ela e Stan comem outro donut. Depois fazem uma parada esperançosa em um depósito de lixo atrás de uma espelunca de sopa, mas não têm sorte, o material já foi recolhido. Antes do meio-dia, Stan a leva a uma lavanderia automática em um shopping — eles já usaram essa antes, duas das máquinas ainda estão trabalhando — e vigia o carro enquanto ela lava uma trouxa e depois paga com o telefone deles. Ela se livrou das roupas brancas há algum tempo — até mesmo das roupas de algodão de dormir —, trocando-as por cores mais escuras. É muito difícil manter roupas brancas limpas, ela detesta aquele aspecto encardido. Então, eles comem umas fatias de queijo e um resto de pãozinho como almoço, com um pouco mais de café instantâneo. Eles vão comer melhor à noite, porque Charmaine receberá seu pagamento.

Em seguida, Stan a deixa no Dust e diz que voltará às sete para pegá-la.

Brad diz que Deirdre telefonou avisando que não irá, ela está doente, mas está tudo bem porque não há nada de mais acontecendo. Apenas alguns caras sentados no bar tomando uma cerveja ou duas. Eles têm drinques extravagantes anunciados no quadro-negro, mas ninguém nunca os compra.

Ela se instala no tédio costumeiro da tarde. Só está neste trabalho há algumas semanas, mas parece há mais tempo. Esperando, esperando, esperando que outras pessoas decidam as coisas, que algo aconteça. Isso a faz se lembrar muito da Clínica e Casa de Repouso Ruby Slippers — seu lema era "Não há lugar melhor que o nosso lar", o que era um pouco doentio se você pensasse sobre isso, já que as pessoas estavam lá porque não conseguiam ficar em seus verdadeiros lares. Na maioria das vezes você servia comida e bebida aos idosos a intervalos, como no Dust, e era simpático com eles, como no Dust, e sorria muito, exatamente como no Dust. De vez em quando, ela incluía alguma diversão terapêutica, um palhaço ou um cachorro, ou um mágico, ou um conjunto musical fazendo uma apresentação de caridade. Mas na maior parte do tempo quase nada acontecia, como naqueles sites que transmitem sem parar imagens de câmeras filmando animais em seus habitats, como filhotes de águia, até que de repente há uma confusão, a crise de uma morte barulhenta e agitada. Exatamente como no Dust. Embora não costumem espancar ninguém dentro do bar, se puderem evitar.

— Cerveja — diz um homem no balcão. — A mesma de antes.

Charmaine exibe um sorriso impessoal e se dobra para tirar a cerveja da geladeira. Endireitando-se, ela se vê no espelho — ainda está em boa forma, com um ar não muito cansado, apesar da noite agitada — e flagra o homem olhando para ela. Ela desvia o olhar. Ela estava provocando, estava se exibindo, inclinando-se daquele jeito? Não, estava apenas fazendo seu trabalho. Ele que ficasse olhando.

Na semana passada, Sandi e Veronica perguntaram a ela se gostaria de fazer um extra algumas vezes. Ela poderia ganhar mais do que estava ganhando atrás do balcão. Muito mais, se fosse para fora do bar. Tinham dois quartos ali perto que podiam usar, com mais classe do que o Fuck Tank, com camas. Charmaine tinha um frescor em sua aparência: os clientes gostavam de louras meigas, de olhos grandes e rosto infantil.

Ah não, disse Charmaine. Ah, não, eu não poderia! Embora tivesse tido um minúsculo lampejo de empolgação, como espreitar através de uma janela e ver outra versão de si mesma lá dentro, levando uma segunda vida; uma segunda vida mais agitada e gratificante. Pelo menos mais gratificante financeiramente, e ela estaria fazendo isso por Stan, não é verdade? O que perdoaria o que quer que acontecesse. Essas coisas com homens estranhos, coisas diferentes. Como seria?

Mas não, ela não podia, porque era muito perigoso. Nunca se sabe o que homens assim fariam, eles poderiam se deixar levar pelo momento. E se Stan descobrisse? Ele jamais aceitaria isso, não importa o quanto precisassem de dinheiro. Ele ficaria arrasado. Além disso, era errado.

PERPLEXO

Stan tenta o último endereço conhecido de Conor, um bangalô lacrado com tábuas em uma rua apenas parcialmente habitada. Pode haver rostos olhando de algumas das janelas, pode não haver. Possivelmente, trata-se apenas de truques da luz. Há o que um dia poderia ter sido uma horta comunitária, com o que poderiam ser alguns pés de ervilha murchos. Algumas estacas de madeira despontando do meio do mato espinhoso, na altura dos joelhos. Na calçada quebrada que leva ao alpendre, há um crânio pintado de vermelho, como aquele com que ele e Con haviam decorado o barracão de utensílios que era a sede de seu clube quando ele tinha dez anos. O que pretendiam com aquilo? Piratas, sem dúvida. Estranho como os símbolos persistem.

Fora nesta casa que Con estava agachado quando Stan o viu pela última vez, dois ou talvez três anos antes. Ele havia recebido uma mensagem de Con, que parecia urgente, mas quando ele chegou lá, era apenas o habitual: o irmão precisava de um empréstimo.

Ele encontrara Con de regata justa e shorts Speedo, uma fileira de aranhas tatuadas pelo braço acima, jogando uma faca em uma parede — para ser mais preciso, lançando-a no contorno de uma mulher nua desenhada com uma caneta hidrográfica roxa —, enquanto um punhado de seus amigos desmiolados passava baseados e o aplaudia. Stan ainda tinha um emprego na época e estava se sentindo superior, então tinha feito o papel de irmão mais velho e criticou severamente Con por sua indolência e inépcia, e Con havia dito a ele para ir sodomizar-se. Um dos amigos se ofereceu para arrancar a cabeça de Stan, mas Con apenas riu e disse que se houvesse alguma cabeça a ser arrancada, ele mesmo poderia fazer isso, acrescentando em seguida:

— Ele é meu irmão, ele sempre vem com esse papo furado antes de tratar das altas finanças.

Depois de uma troca de olhares fulminantes, deram tapinhas nas costas um do outro e Stan emprestara a Con uns duzentos dólares, que ele nunca mais vira desde então, mas que com certeza gostaria de reaver agora. Então Stan cometeu o erro de perguntar sobre aquele canivete suíço de longa data, Con riu dele por ficar tão amofinado por causa de um canivete estúpido e acabaram trocando ofensas e insultos furiosos.

Stan bate na porta de tinta verde empolada. Sem resposta, ele empurra a porta, que está destrancada. Algum incendiário deve ter ateado fogo ao interior do local porque está parcialmente carbonizado; a luz solar quente se reflete dos cacos de vidros da janela espalhados pelo chão. Ele tem a ideia desconcertante de que Conor ainda possa estar em algum local dentro da casa em forma de esqueleto carbonizado, mas não há ninguém em nenhum dos aposentos enegrecidos e destelhados. O cheiro de fumaça exsuda dos móveis chamuscados e infestados de ratos.

Quando ele volta para fora, encontra um homem espreitando dentro de seu carro, pensando em roubá-lo, sem dúvida. O sujeito é bem esquálido e não parece estar segurando uma arma, então Stan poderia enfrentá-lo, se necessário. Ainda assim, é melhor ficar bem para trás.

— Ei — diz ele para a camisa cinza encardida e a cabeça careca. O sujeito gira nos calcanhares.

— Só olhando — diz ele. — Belo carro.

Sorriso obsequioso, mas Stan não se deixa enganar: há uma cintilação astuta nos olhos fundos. Talvez uma faca?

— Sou irmão do Conor — diz Stan. — Ele costumava morar aqui.

Alguma coisa muda: o que quer que o cara estivesse planejando, ele não vai tentar agora. Isso significa que Con ainda deve estar vivo, com uma reputação ainda pior do que tinha há dois anos.

— Ele não está aqui — diz o sujeito.

— Sim, estou vendo — diz Stan. Há um silêncio. Ou o cara sabe onde Conor está ou não sabe. Ele está tentando avaliar quanto isso vale para Stan. Então, ele vai mentir e tentar enganar Stan, ou não. Alguns anos atrás, Stan teria achado esta situação mais assustadora do que acha agora.

Finalmente, o homem diz:

— Mas eu sei onde está.

— Então, você pode me levar até lá — diz Stan.

— Três dólares — diz o homem, estendendo a mão.

— Dois. Assim que eu o vir — diz Stan, mantendo a mão esquerda no bolso.

Ele não tem a menor intenção de pagar por um espaço vazio, sem Conor dentro dele. Ele não tem nenhuma intenção de pagar, de qualquer forma, já que não tem dois dólares com ele. Mas Con terá dois dólares. Con pode pagar. Isso, ou enfiar os dentes do cara para dentro, ou o que sobrou deles.

— Como vou saber que ele quer vê-lo? — diz o cara. — Talvez você não seja irmão dele.

— Esse é o risco que você corre — diz Stan, sorrindo. — Vamos de carro?

Isso podia ser perigoso — ele vai ter que deixar o cara sentar no banco da frente com ele, e ainda pode ser que o sujeito tenha uma arma. Mas ele tem que arriscar.

Eles entram no carro, ambos desconfiados. Descem a rua, viram a esquina. Descem outra rua, esta com alguns garotos maltrapilhos chutando uma bola de futebol murcha. Finalmente, um camping, ou pelo menos alguns trailers estacionados. Dois sujeitos de olhos puxados na entrada, um negro, outro não, bloqueando seu caminho. Portanto, uma espécie de fortaleza.

Stan para o carro, abaixa a janela.

— Estou aqui para ver o Conor — anuncia. — Sou Stan. Irmão dele.

— Foi o que ele me disse — acrescenta o cara ao seu lado, se defendendo.

Um dos guardas chuta o pneu dianteiro esquerdo do carro sem muito entusiasmo. O outro começa a falar no celular. Ele espreita pela janela, depois fala um pouco mais — uma descrição de Stan, sem dúvida. Em seguida, faz sinal para Stan descer do carro.

— Não se preocupe, nós o vigiaremos para você — diz o portador do telefone, lendo a mente de Stan, que no momento visualiza um carro sem pneus e depenado. — Basta atravessar. Herb o levará.

— Reze para que ele seja o irmão — diz o segundo homem a Herb. — Ou você vai cavar dois buracos.

Conor está atrás do trailer mais distante, em um espaço aberto coberto de capim, que um dia deve ter sido um lote de terreno para uma casa. Ele parece mais alto. Perdeu peso; houve um período em que andava desleixado, mas agora estava em forma. Está atirando em uma lata de cerveja em cima de um toco; não, uma pilha de tijolos. A arma é uma velha espingarda de ar comprimido de que Stan ainda se lembra de sua infância. Era dele, mas Conor venceu-o em um torneio de queda de braço. A ideia de Conor de um torneio era simples: jogavam até ele ganhar, então paravam. Embora não fosse maior do que Stan, era mais desonesto. Além disso, era consideravelmente mais violento. Seu interruptor OFF nunca funcionou muito bem quando ele era criança.

Ping! lá vai o chumbinho contra a lata. O guia de Stan não interrompe, mas se move para o lado para que Conor não possa deixar de vê-lo.

Mais alguns *pings*: Con os está fazendo esperar. Finalmente ele para, apoia a arma em um bloco de cimento e se vira. Caramba, ele está até barbeado. O que deu nele?

— Stan, meu caro — diz ele, sorrindo. — Como você está?

Ele dá um passo à frente, os braços abertos, e eles executam uma versão estranha do "abraço-e-tapinha-nas-costas".

— Eu trouxe ele aqui — diz o magricela. — Você me disse para tomar conta da casa.

— Bom trabalho, Herb — diz Conor. — Fale com Rikki, ele vai lhe dar alguma coisa. — O sujeito se afasta cambaleando. — Imbecil. Vamos tomar uma cerveja — diz Conor, e eles entram em um dos trailers. Um Airstream: alta qualidade.

A sala principal é surpreendentemente fresca e limpa. Conor não a estragara; nenhum lixo à mostra, nem ofensivos cartazes de astros do rock segurando o saco, ao contrário do quarto de adolescente de Con. Stan costumava defendê-lo, ficar do lado dele diante dos pais, alegar que ele se endireitaria. Talvez não seja uma coisa tão ruim que ele não o tenha feito. Pelo menos parece ter uma fonte de renda, e bastante boa, a julgar pelos resultados.

Decoração cinza-clara, pequenos cubos de alumínio de alta tecnologia colocados discretamente aqui e ali, cortinas nas janelas, bom gosto: Con tem uma mulher por perto, é isso? Uma mulher asseada, não uma vadia. Ou está apenas ganhando muito dinheiro?

— É legal — Stan diz com pesar, pensando em seu próprio carro apertado e fedorento.

Con vai à geladeira, traz duas cervejas.

— Estou me dando bem — diz ele. — E você?

— Nem tanto — responde Stan. Sentam-se à mesa embutida, virando as cervejas.

— Perdeu o emprego — diz Con após o intervalo de silêncio. Não é uma pergunta.

— Como soube? — pergunta Stan.

— Caso contrário, por que me procurar? — diz Con, em voz neutra.

Não vale a pena negar, então Stan não o faz.

— Eu estava pensando... talvez... — diz ele.

— Sim, eu te devo — diz Con. Ele se levanta, vira-se, remexe em um casaco que está pendurado na porta. — Uns duzentos servem por enquanto? — pergunta ele. Stan murmura um agradecimento rouco, embolsa as notas. — Precisa de outro emprego?

— Para fazer o quê? — pergunta Stan.

— Ah, você sabe — diz Con. — Uma coisa e outra. Você poderia manter o controle de algumas coisas. Tipo, dinheiro. Levá-lo para o exterior para nós. Guardá-lo aqui e ali, *offshore*. Fazer a gente parecer respeitável.

— O que você está tramando? — pergunta Stan.

— É tranquilo — diz Conor. — Nada perigoso. Coisas personalizadas. Sob encomenda.

Stan se pergunta se ele estaria roubando obras de arte. Mas onde ainda haveria alguma coisa desse tipo por aqui?

— Obrigado — diz ele. — Talvez mais tarde. — Ele não tem nenhuma vontade real de trabalhar para o irmãozinho, mesmo de forma segura. Seria como uma empresa familiar.

Agora que ele tem um pouco de dinheiro e algum espaço para respirar, pode olhar à volta. Encontrar algo decente.

— Como quiser — diz Con. — Precisa de um telefone? Totalmente carregado. Dá para mais ou menos um mês, se você for cuidadoso.

Por que não ter um segundo telefone? Dessa forma, Charmaine e ele podem telefonar um para o outro. Enquanto a recarga durar.

— Onde você conseguiu isso? — Stan quer saber.

— Não se preocupe, está limpo — diz Con. — Não pode ser rastreado.

Stan enfia o telefone no bolso.

— Como está a esposa? — pergunta Con. — Charmaine?

— Boa, boa — diz Stan.

— Aposto que ela é *boa* — comenta Con. — Confio em seu gosto. Mas como *está* sua esposa?

— Ela está bem — diz Stan. Sempre ficava nervoso quando Con mostrava interesse em uma namorada sua. Con achava que Stan devia compartilhar, de boa ou de má vontade. Algumas garotas de Stan tinham concordado com ele a esse respeito. Ele ainda se ressentia disso.

Ele quer pedir a Con uma arma de fogo de algum tipo para afugentar os bandidos da noite, mas está em uma posição fraca e já pode ouvir o que Con diria: "Você era uma droga com uma arma de brinquedo, capaz de atirar no próprio pé." Ou pior: "O que você vai me dar em troca? Tempo na cama com a sua mulher? Ela ia gostar. Ei! Brincadeira!" Ou: "Claro, se você vier trabalhar para mim." Então, ele não tenta.

Os dois guardas escoltam Stan de volta ao carro. Eles se mostram muito mais amigáveis agora, até estendem a mão para cumprimentá-lo.

— Rikki.

— Jerold.

— Stan — apresenta-se Stan. Como se eles não soubessem.

Quando está entrando em seu carro, outro automóvel para em frente à entrada do estacionamento de trailers; um híbrido chique, preto e elegante, com vidros escuros. Con tem alguns parceiros de alto nível, ao que parece.

— Aí vêm os negócios — diz Jerold. Stan está curioso para ver quem vai sair de dentro do carro, mas ninguém o faz. A pessoa está esperando que ele vá embora.

LÁBIA

Charmaine gosta de ficar ocupada, mas às vezes, à tarde no Dust, não há muito com que se ocupar. Ela já limpou o balcão do bar duas vezes, já rearrumou alguns copos. Poderia ver a tela plana mais próxima, em que está sendo exibido o replay de um jogo de beisebol, mas ela não se interessa muito por esportes; não vê por que um bando de homens perseguindo uns aos outros ao redor de um campo, tentando acertar uma bola, depois se abraçando, dando tapinhas nos traseiros, pulando para cima e para baixo e gritando, deixa as pessoas tão empolgadas.

O som está baixo, mas quando entram os anúncios, fica mais alto, e também a legenda da propaganda começa a aparecer na parte inferior da tela, só para garantir que você receba a mensagem. Normalmente, os anúncios dos programas esportivos são de carros e cerveja, mas de repente surge algo diferente.

É um homem de terno, apenas cabeça e ombros à mostra, olhando para a frente, para fora da tela, diretamente nos olhos dela. Há algo convincente nele, antes mesmo de falar — ele é tão sério, como se o que está prestes a dizer fosse muito importante. E quando finalmente fala, ela poderia jurar que ele está lendo sua mente.

— Cansada de viver em seu carro? — diz ele se dirigindo a ela. Realmente, direto a ela!

Não pode ser, porque como ele saberia que ela sequer existe, mas é o que parece. Ele sorri, um sorriso compreensivo.

— Claro que está! Você não queria isso. Você tinha outros sonhos. Você merece algo melhor.

Ah, sim, pensa Charmaine com um suspiro. *Melhor!* É tudo o que ela sente.

Em seguida, há uma tomada de um portal de acesso em algo que se parece com uma brilhante parede de vidro negro, com pessoas entrando — casais jovens, de mãos dadas, saudáveis e sorridentes. Roupas em tons pastel, primaveris. Depois uma casa, uma casa recém-pintada, bem-arrumada, com uma cerca viva e um gramado, sem carros sucateados ou sofás destruídos. Em seguida, a câmera faz um zoom para a parte interna através da janela do segundo andar, passa pelas cortinas — cortinas! — e se movimenta pelo aposento. Espaçoso! Elegante! Essas palavras que se usa nos anúncios imobiliários para casas de campo e de praia, lugares distantes e em outros países. Através da porta aberta do banheiro, é possível ver uma encantadora banheira funda, com muitas toalhas brancas fofas, gigantescas, penduradas ao lado. A cama é king-size, com lindos lençóis bem limpos em uma alegre estampa floral, azul e rosa, e quatro travesseiros. Todos os músculos do corpo de Charmaine anseiam por aquela cama, aqueles travesseiros. Ah, poder se esticar! Cair em um sono confortável, com aquela sensação de aconchego e segurança que ela costumava sentir na casa de Vovó Win.

Não que a casa de Vovó Win fosse exatamente igual a esta. Era muito menor. Mas era arrumada. Ela se lembra ligeiramente de uma casa diferente, de quando era pequena; poderia ter sido como a casa na tela. Não: poderia ter sido assim, se não fosse uma bagunça tão grande. Roupas amontoadas pelo chão, louça suja na cozinha. Havia um gato? Talvez, por pouco tempo. Algo ruim a respeito do gato. Ela o encontrara no chão do corredor, mas tinha um formato esquisito e havia um líquido saindo dele. *Limpe isso! Não me responda!* Ela não tinha respondido — chorar não era falar —, mas isso não tinha feito qualquer diferença, ela estava errada de qualquer modo.

Havia um buraco na parede de seu quarto do tamanho de um punho grande. O que não era de surpreender, porque foi isso que o fez, um punho cerrado. Ela costumava esconder coisas naquele buraco. Um bichinho de pelúcia. Um lenço de pano com renda em uma das pontas, de quem era? Um dólar que ela havia encontrado. Costumava pensar que, se enfiasse a mão até o fundo, ela atravessaria a parede, e haveria água, com peixes cegos e outras coisas, coisas com dentes escuros, e elas poderiam sair. Portanto, ela era cuidadosa.

— Lembra-se de como era sua vida? — diz a voz do homem, durante o passeio pelos lençóis e travesseiros. — Antes do mundo confiável que conhecíamos ter sido destruído? No Projeto Positron, na cidade de Consilience, as coisas podem ser assim novamente. Oferecemos não apenas pleno emprego, mas também proteção contra os elementos perigosos que afligem tantos nesse momento. Trabalhe com outros que pensam da mesma maneira que você! Ajude a resolver os problemas da nação, de desemprego e crime, enquanto resolve o seu próprio problema! Reforce o positivo!

De volta ao rosto do homem. Não propriamente um rosto bonito, mas um rosto confiável. Como o de um professor de matemática ou de um guia espiritual. Você pode ver que é sincero, e sincero é melhor do que bonito. Homens muito bonitos são uma má ideia, dizia Vovó Win, porque eles tinham muito de onde escolher. Muito o quê?, Charmaine lhe perguntara e Vovó Win dissera: "Deixe pra lá."

— O Projeto Positron está aceitando novos membros agora — diz o homem. — Se você atender às nossas necessidades, nós atenderemos às suas. Oferecemos treinamento profissional em muitas áreas. Seja a pessoa que sempre quis ser! Inscreva-se agora!

Aquele sorriso novamente, como se ele estivesse olhando bem no fundo de sua cabeça. Não de uma maneira assustadora, mas de uma forma gentil. Ele só quer o melhor para ela. Ela pode ser a pessoa que sempre quis ser, quando podia querer coisas para si mesma.

Venha cá. Não pense que pode se esconder. Olhe pra mim. Você é uma garota má, não é? Não era a resposta errada para isso, mas *Sim* também era.

Pare com esse barulho. Cale a boca, eu disse para calar a boca! Você nem sabe o que é dor.

Esqueça essas coisas tristes, querida, Vovó Win dizia. Vamos fazer pipoca. Olhe, eu peguei algumas flores. Vovó Win tinha um pequeno canteiro na parte da frente da casa. Nastúrcios, zínias. *Em vez disso, pense nessas flores, e você em pouco tempo estará dormindo.*

Na metade do anúncio, Sandi e Veronica entram. Agora estão sentadas no bar tomando Cocas Diet e vendo o anúncio também.

— Parece ótimo — comenta Veronica.

— Não existe almoço grátis — rebate Sandi. — É bom demais para ser verdade. Aquele cara parece alguém que dá péssimas gorjetas.

— Não faria mal tentar — diz Veronica. — Não pode ser pior do que o Fuck Tank. Eu queria ter aquelas toalhas!

— Qual será o jogo deles? — diz Sandi.

— Pôquer — diz Veronica, e ambas riem.

Charmaine se pergunta por que isso é engraçado. Ela acha que elas não são o tipo de pessoa que o homem está procurando, mas seria muito esnobe e também desencorajador dizer isso, e elas no fundo são boas garotas, então em vez disso ela diz:

— Sandi! Aposto que você poderia ser enfermeira!

Há um site e um número de telefone rolando pela parte inferior da tela; Charmaine anota-o rapidamente. Ela está muito entusiasmada! Quando Stan vier pegá-la, eles podem usar o telefone para saber mais detalhes. Ela pode sentir a sujeira de seu corpo, sentir o odor vindo de suas roupas, de seus cabelos, o cheiro de gordura rançosa das asas de frango da loja ao lado. Tudo isso pode ser abandonado, ela pode se descascar como uma cebola, pode largar aquela pele e ser uma pessoa diferente.

Haverá uma máquina de lavar e secar naquela nova casa? É claro que sim. E uma mesa de jantar. Receitas: ela poderá preparar receitas novamente, como fez depois que ela e Stan se casaram. Almoços, jantares íntimos, apenas os dois. Eles se sentarão em cadeiras enquanto comem, terão porcelana de verdade, em vez de plástico. Talvez até mesmo velas.

Stan também ficará feliz: como poderia não ficar? Ele vai deixar de ser tão mal-humorado. É verdade, há uma parte chata pela qual ela terá que guiá-lo primeiro, a parte em que ele vai dizer que com certeza se trata de um golpe, como todo o resto, que é algum tipo de fraude, e para que se dar ao trabalho de candidatar-se, já que eles não vão conseguir ser aceitos mesmo? Mas quem não arrisca, não petisca, dirá ela, e por que eles simplesmente não tentam? Ela vai persuadi-lo a fazer isso, de uma forma ou de outra.

Na pior das hipóteses, ela vai acenar com a promessa de sexo. Sexo em uma luxuosa cama king-size, com lençóis limpos — Stan não iria gostar disso? Sem maníacos tentando entrar pela janela. Se necessário, ela vai até suportar essa provação apertada no banco traseiro do carro hoje à noite, como recompensa, se ele disser que sim. Não será tão divertido para ela, mas a diversão pode esperar até mais tarde. Até estarem dentro de sua nova casa.

III | DIA DE TRANSIÇÃO

PORTAL

Entrar no Projeto Positron não será tarefa fácil. Eles não estão interessados em qualquer um, como Charmaine sussurra para Stan no ônibus que os buscou no ponto de coleta do estacionamento. Algumas das pessoas no ônibus certamente não devem entrar no Projeto, estão muito desgastadas e endurecidas, com dentes escurecidos ou ausentes. Stan se pergunta se há um plano odontológico lá dentro. Até agora, não há nada de errado com seus dentes; sorte, considerando toda a porcaria açucarada que eles têm comido.

Sandi e Veronica também estão no ônibus, sentadas na parte de trás e beliscando asas de frango frias do saco que trouxeram. De vez em quando, dão risadas, um pouco altas demais. Todos os que estão nesse ônibus estão nervosos, especialmente Charmaine.

— E se formos rejeitados? — ela pergunta a Stan. — E se formos aceitos?

Ela diz que é como ser escolhido para as equipes esportivas na época da escola: você fica nervoso de uma maneira ou de outra.

A viagem de ônibus dura horas, sob uma garoa constante; através de campos abertos, passando por shoppings com tapumes na maioria das vitrines, espeluncas de hambúrgueres abandonadas. Somente os postos de gasolina parecem funcionais. Depois de algum tempo, Charmaine adormece com a cabeça sobre o ombro de Stan. Ele passa o braço ao redor dela e a puxa para si. Ele também cochila.

Stan está acordado quando o ônibus para em um portal de acesso em uma parede alta de vidro negro. Painel de energia solar, pensa Stan. Inteligente, construí-lo assim, embutido na estrutura do portal. O grupo no ônibus acorda, se espreguiça, desce. É final de tarde; como se esperando sua deixa, um raio suave de luz do sol infiltra-se através das nuvens, iluminando-as com um brilho dourado. Muitos estão sorrindo. Eles passam, em fila, pelo escrutínio de uma câmera que tudo vê, depois pelo cubículo de entrada, onde seus olhos são escaneados, suas impressões digitais tiradas e um cartão de acesso, de plástico, com um número e um código de barras, é emitido para cada um.

De volta ao ônibus, eles são conduzidos através da cidade de Consilience, onde o Projeto está localizado. Charmaine diz que mal pode acreditar em seus olhos: tudo é tão arrumado, é como um filme. Parece uma cidade em um filme, um filme de antigamente. Como nos velhos tempos, antes de qualquer um deles ter nascido. Ela aperta a mão de Stan, ansiosa, e ele aperta de volta.

— É a coisa certa a fazer — diz ela.

Eles descem do ônibus em frente ao Hotel Harmony, que não é apenas o melhor hotel da cidade, diz o jovem bem-vestido que agora está encarregado deles, é o único, porque Consilience não é exatamente um destino turístico. Ele os reúne para uma festa preliminar com bebidas e lanches no salão de baile.

— Vocês são livres para ir embora a qualquer momento — ele diz —, se não gostarem do ambiente. — Ele exibe um largo sorriso, para mostrar que se trata de uma piada.

Porque o que há para não se gostar no ambiente? Stan rola uma azeitona pela boca antes de mastigar: faz muito tempo que não come uma azeitona. O gosto é uma distração. Ele deveria estar mais alerta, porque obviamente eles estão sendo investigados, embora seja difícil descobrir quem está fazendo isso. Todos são tão amáveis! A gentileza é como a azeitona: faz muito tempo que Stan não encontra essa camada amortecedora de sorrisos e acenos de cabeça. Quem diria que ele é um cara tão fascinante? Não ele, mas há três mulheres, obviamente recepcionistas, inclusive com crachás dizendo seus nomes, encarregadas de convencê-lo de seu próprio magnetismo. Ele examina a sala: lá está Charmaine, recebendo um tratamento semelhante de dois caras e uma garota. Suas amigas vadias do PixelDust também fazem parte desse grupo. Elas se arrumaram, estão até usando vestidos. Você realmente não as identificaria como profissionais.

Ao longo da noite, a multidão começa a escassear — uma discreta limpeza das ervas daninhas, Stan imagina. Todos aqueles com atitudes indesejáveis, eliminados pela porta de Descarte. Mas Stan e Charmaine devem ter passado no escrutínio, porque ainda estão aqui, no fim da festa. Todos os restantes recebem uma reserva de quarto, para mais tarde. Eles também recebem um vale--refeição, com uma garrafa de vinho incluída, e outro jovem os conduz a um restaurante chamado Together, logo adiante na rua.

Há uma música antiquada tocando ao fundo, toalhas de mesa brancas, um carpete macio.

— Ah, Stan — Charmaine sussurra para ele por cima das velas elétricas acesas em sua mesa para dois. — É como um sonho que se tornou realidade! — Ela pega a rosa de seu vaso de botões, cheira-a.

Não é de verdade, Stan quer dizer a ela. Mas por que estragar tudo? Ela está tão feliz.

Naquela noite, eles ficam no Hotel Harmony. Charmaine toma dois banhos, de tão empolgada com as toalhas. Menos empolgada com ele, Stan imagina; mas, ainda assim, ela vai até ele, então por que reclamar?

— Pronto — diz ela depois. — Isto não é melhor do que o banco de trás do carro? — Se eles se comprometerem com o Projeto

Positron, ela diz, podem dar adeus àquele carro horrível. Os vândalos e ladrões podem depená-lo, que façam bom proveito, porque não precisarão mais dele.

NOITE NO EXTERIOR

No dia seguinte, começam as oficinas. Após a primeira, ainda estarão livres para ir embora, são informados. Na verdade, eles terão que sair porque o Positron quer que você dê uma boa olhada nas alternativas antes de se decidir. Como eles sabem muito bem, o que existe fora dos portões de Consilience é um monte de sucata podre. As pessoas estão morrendo de fome. Pilhando, furtando, revirando depósitos de lixo. Isso é maneira de um ser humano viver? Então cada um deles vai passar o que o Projeto Positron espera — o que ele sinceramente espera! — que seja sua última noite do lado de fora. Para lhes dar tempo de refletir melhor, a sério. O projeto não está interessado em aproveitadores, turistas fazendo apenas uma experiência. O que o projeto quer é um comprometimento sério.

Porque depois daquela noite ou você estava fora ou estava dentro. *Dentro* era permanente. Mas ninguém o forçaria. Se você se inscrevesse, seria pelo seu próprio livre-arbítrio.

O primeiro dia de oficina é, em sua maior parte, de apresentações em PowerPoint. Começa com vídeos da cidade de Consilience, com pessoas felizes trabalhando, fazendo serviços comuns — açougueiro, padeiro, encanador, mecânico de lambretas e assim por diante. Em seguida, são exibidos vídeos do Presídio Positron dentro de Consilience, com pessoas felizes trabalhando também, todas usando um macacão laranja. Stan apenas observa sem interesse: ele já sabe que eles vão assinar os papéis de compromisso amanhã, porque Charmaine está decidida. Apesar do leve sentimento de desconforto que ele teve — que ambos tiveram, porque Charmaine disse no café da manhã, com *lattes* e toranjas de verdade, "Querido, você tem certeza?" —, as toalhas de banho fecharam o negócio.

Sua noite no exterior foi passada em um motel sórdido que Stan aposta que foi feito sob medida para o propósito, com a mobília destruída por encomenda, ranço de cigarro pulverizado no ambiente, baratas importadas e barulhos de folia violenta no quarto ao lado, provavelmente uma gravação. Mas é suficientemente parecido com o mundo real para fazer o mundo dentro da muralha de Consilience parecer mais desejável do que nunca. Muito provavelmente era verdadeiro, já que havia tantos destroços reais disponíveis. Para que falsificá-los?

Em vista da barulheira e do colchão empelotado, eles têm dificuldade para dormir, então Stan ouve imediatamente a batida na janela.

— Ei! Stan!

Droga, o que seria agora? Ele puxa a cortina esfarrapada, espreita cautelosamente para fora. É Conor, com seus dois ajudantes ameaçadores vigiando suas costas.

— Conor! — diz ele. — Que porra é essa? — Pelo menos é o Con e não algum lunático com um pé de cabra.

— Oi, mano — diz Con. — Sai daí. Preciso falar com você.

— Porra, agora? — retruca Stan.

— Eu diria *preciso* se não precisasse?

— Querido, o que é isso? — quer saber Charmaine, segurando o lençol até o queixo.

— É apenas o meu irmão — diz Stan. Ele se veste às pressas.

— Conor? Por que *ele* está aqui? — Ela não gosta de Con, nunca gostou; acha que ele é uma má influência que vai levar Stan para o mau caminho, como se o marido fosse assim tão fácil de se deixar influenciar. Con pode induzi-lo a um comportamento que ela não aprova, como beber demais e coisas piores sobre as quais ela nunca vai dar detalhes, mas provavelmente quer dizer prostitutas.

— Não vá lá fora, Stan, ele pode...

— Eu posso lidar com isso — diz Stan. — Ele é meu *irmão*, pelo amor de Deus!

— Não me deixe aqui sozinha! — diz ela com medo. — É muito apavorante! Espere, eu vou com você! — Será isso uma encenação para mantê-lo acorrentado, de modo que Con não possa abduzi-lo para um antro de vício?

— Fique na cama, querida. Eu estarei bem aqui fora — diz ele com o que espera ser um suave tom tranquilizador.

Soluços abafados da cama. Sempre se pode contar que Con apareça e bagunce a cabeça de todo mundo.

Stan desliza para fora.

— O que foi? — diz ele o mais irritadamente possível.

— Não se inscreva nessa coisa — diz Conor. Ele está quase sussurrando. — Acredite em mim. Você não vai querer fazer isso.

— Como você sabia onde me encontrar? — pergunta Stan.

— Para que serve um telefone? Eu o dei a você! Então, eu o rastreei, seu bobo. Localizei você naquele ônibus, até aqui. Lição número um, não aceite telefones de estranhos — diz Conor com um largo sorriso.

— Você não é um estranho, droga — diz Stan.

— Certo. Então, estou lhe dizendo diretamente. Não confie nesse pacote, não importa o que eles lhe digam.

— Por que não? — quer saber Stan. — O que há de errado com isso?

— O que há de errado com isso é que, a menos que você seja da alta administração, você não poderá mais sair. Exceto em um caixão, os pés primeiro — diz Conor. — Só estou cuidando de você, só isso.

— O que está tentando me dizer?

— Você não sabe o que se passa lá dentro — diz Con.

— O que você quer dizer com isso? Quer dizer que você sabe?

— Já ouvi coisas — diz Conor. — Isso não é para você. Os caras legais terminam em último lugar. Ou são eliminados. Você é muito mole.

Stan empina o queixo. Esse teria sido o sinal para um confronto, antigamente.

— Você está paranoico, porra — diz ele.

— Sim, certo. Não diga que eu não o avisei — diz Con. — Faça um favor a si mesmo, fique fora dessa. Ouça, você é da família. Eu o ajudarei, da mesma forma que você me ajudou. Você precisa de um emprego, algum dinheiro, um favor, você sabe onde eu estou. Você é sempre bem-vindo. E a mulherzinha, traga-a também. — Con sorri. — Há um lugar para ela, a qualquer hora.

Então é isso. Con está com seu olho de caçador em Charmaine. De jeito nenhum Stan vai cair nessa.

— Obrigado, companheiro — diz ele. — Eu agradeço. Vou pensar no assunto.

— Vai nada — diz Conor, mas sorri alegremente e os dois se despedem com palmadinhas nas costas.

— Stan? — vem a voz ansiosa de Charmaine de dentro do quarto.

— Vai consolar a mulherzinha — diz Conor, e Stan sabe o que ele está pensando: *maricas*.

Ele observa o irmão se afastar, com seus dois guarda-costas; eles entram em um longo carro preto, que desliza para dentro da noite, silencioso como um submarino. Provavelmente o mesmo carro que ele viu no estacionamento de trailers. Gente como Con quando ganha algum dinheiro sempre quer carros como esse.

Não que Stan se importasse de ter um carro assim.

CIDADE GÊMEA

Na manhã seguinte, eles dão o passo final. Stan mal lê os termos e condições, porque Charmaine está ansiosa para se inscrever. Afinal de contas, eles foram escolhidos, diz ela, e muitos foram rejeitados. Ela sorri vagamente para Stan enquanto ele assina seu nome no formulário.

— Ah, obrigada — diz ela. — Eu me sinto tão segura.

Então, as oficinas começam a sério; ou, como um dos líderes ressalta, agora é que eles iam começar a trabalhar realmente. Eles estão prestes a aprender muitas coisas novas e surpreendentes, e isso exigirá sua total concentração. As oficinas dos homens aqui, as das senhoras lá, porque haverá diferentes desafios, deveres e expectativas para cada um. Além disso, eles ficarão separados por um mês, a cada vez que estiverem na parte da prisão deste projeto — uma característica que em breve lhes será explicada mais detalhadamente —, por isso é melhor começarem a se acostumar, diz seu primeiro líder de oficina com uma risadinha. De qualquer forma, a abstinência faz o coração ficar mais amoroso, como ele tem certeza de que eles sabem por experiência. Outra risadinha.

Viva em solidão, tenha tesão, pensa Stan. Uma rima de Conor adolescente, que tinha uma coleção de rimas como essa. Ele observa quando Charmaine e todas as outras mulheres do grupo deixam a sala. Sandi e Veronica não olham para trás, mas Charmaine sim. Ela sorri animadamente para Stan para lhe mostrar que está confiante na decisão que tomaram, embora pareça um pouco ansiosa. Mas ele próprio está um pouco ansioso. O que serão estas novidades espantosas que eles estão prestes a conhecer?

Os líderes das oficinas masculinas são meia dúzia de jovens, diligentes, de terno escuro, rosto com espinhas, formados em algum programa de palestras motivacionais de um *think tank* globalmente financiado. Em sua vida pregressa, a parte que ele passou na Dimple Robotics, Stan conheceu o tipo. Ele não gostava deles antes; mas, como antes, eles não podem ser evitados, uma vez que as aulas nas oficinas são obrigatórias.

Em um dia repleto de sessões consecutivas, eles recebem o pacote completo. A base lógica de Consilience, sua história, os potenciais obstáculos a ela, as probabilidades alinhadas contra ela e por que é de importância crucial que essas probabilidades sejam superadas.

A cidade gêmea Consilience/Positron é uma experiência. Uma experiência ultra, ultraimportante; os *think tankers* usam a palavra *ultra* pelo menos dez vezes. Se tiver êxito — e *tem que* ter êxito, e *pode* ter êxito se todos trabalharem juntos —, poderia ser a salvação, não apenas das muitas regiões que foram tão duramente atingidas nos últimos tempos, mas, futuramente, se este modelo vier a ser adotado nos mais altos níveis, da nação como um todo. O desemprego e a criminalidade resolvidos de uma só vez, com uma nova vida para todos os envolvidos — pensem nisso!

Eles mesmos, os novos Planejadores Positron — eles são heróis! Escolheram se arriscar, apostar no lado mais brilhante da natureza humana, mapear territórios desconhecidos dentro da psique. Eles são como os primeiros pioneiros, abrindo uma trilha, abrindo um caminho para o futuro: um futuro que será mais seguro, mais próspero e melhor por causa deles! A posteridade vai reverenciá-los. Esse é o discurso. Stan nunca ouviu tanta besteira em toda a sua vida. Por outro lado, ele até que quer acreditar nisso.

O último orador é mais velho do que os jovens de espinhas no rosto, embora nem tanto. Seu terno é igualmente escuro, mas parece mais exuberante. Ele tem ombros estreitos, tronco longo, pernas curtas; cabelo curto também, cortado rente ao pescoço, penteado para trás. A aparência diz: *Eu sou um boneco programado.*

Há uma mulher com ele, também em um terninho preto, com cabelos pretos lisos, franja e mandíbula quadrada; sem maquiagem, mas com brincos. Suas pernas são bonitas, embora musculosas. Ela se senta ao lado, mexendo em seu celular. Será uma assistente? Não está claro. Stan a classifica de sapatão. Tecnicamente, ela não deveria estar ali, nas sessões masculinas, e Stan se pergunta por que está. Ainda assim, é melhor olhar para ela do que para o cara.

O cara começa dizendo que eles deveriam chamá-lo de Ed. Ed espera que estejam se sentindo à vontade, porque sabem — assim como ele! — que fizeram a escolha certa.

Agora ele gostaria de lhes proporcionar — compartilhar com eles — uma espiada mais profunda nos bastidores. Foi uma luta obter as múltiplas licenças necessárias para criar a empresa Positron. Os poderes estabelecidos não tomavam decisões facilmente; o pescoço de mais de um guru da política estava em jogo (ele sorri ligeiramente para a sua maneira informal de explicar), como testemunha a gritaria quando o plano foi anunciado pela primeira vez na imprensa. Os porta-vozes, e as porta-vozes — Ed olha para a mulher, que sorri — têm enfrentado muitos protestos indignados dos radicais e descontentes on-line, que afirmam que Consilience/Positron é uma violação das liberdades individuais, uma tentativa de controle social total, um insulto ao espírito humano. Ninguém é mais dedicado às liberdades individuais do que Ed, mas, como todos sabem — nesse ponto, Ed dá um sorriso conspiratório — você não pode comer suas chamadas liberdades individuais, e o espírito humano não paga contas, então algo precisava ser feito para aliviar a pressão dentro da panela de pressão social. Eles não concordavam?

A mulher de terno ergue os olhos. Para o que estará olhando? Seu olhar varre a plateia, calmo, impassível. Em seguida, ela retorna ao celular. Sem o próprio telefone, Stan se sente nu: eles tiveram que entregar seus celulares no começo da oficina. Foram-

-lhes prometidos outros, novos, mas que só funcionarão dentro da muralha. Stan se pergunta quando os novos serão entregues. Ed baixa a voz: vem coisa séria por aí. Como anunciado, surge uma apresentação em PowerPoint com uma série de gráficos. Os grandes figurões financeiros têm ocultado as verdadeiras estatísticas para evitar o pânico, diz ele, mas a chocante parcela de quarenta por cento da população dessa região está desempregada, sendo que cinquenta por cento dessas pessoas tem menos de vinte e cinco anos. Essa é uma receita para o colapso de um sistema, bem ali: para a anarquia, para o caos, para a absurda destruição da propriedade, para a chamada revolução, que significa saque, domínio de gangues, senhores da guerra, estupro em massa e a aterrorização dos fracos e indefesos. Essa é a perspectiva sombria com que se deparam todos nesta área. Eles já notaram os sintomas por si mesmos, o que é — ele tem certeza — o motivo pelo qual viram a conveniência de se inscreverem.

O que pode ser feito?, pergunta Ed, franzindo as sobrancelhas. Como manter a tampa na panela de pressão? O que era do interesse da sociedade em geral fazer, como eles certamente concordam. No nível da liderança oficial, as ideias estavam se esgotando rapidamente. Resta pouca mão de obra e receitas fiscais que podem ser destinadas ao controle de motins, à vigilância social, à perseguição de jovens velozes pelo escuro dos becos, ao lançamento de jatos d'água das mangueiras de incêndio e sprays de pimenta em aglomerações de aspecto suspeito. Demasiadas cidades outrora efervescentes estão estagnadas ou abandonadas, especialmente no Nordeste, mas outros estados também estão sendo duramente atingidos, especialmente onde longos períodos de seca cobraram seu preço. Muitos dos desfavorecidos estão vivendo em carros abandonados ou em túneis de metrô ou mesmo em bueiros. Há uma epidemia de drogas e bebidas alcoólicas: álcool de grau suicida, drogas que dão bolhas na pele e o matam em menos de um ano. O esquecimento é cada vez mais atraente para os jovens, e até mesmo para os de meia-idade, já que de nada adianta preservar seu cérebro quando, por mais que pensem, não conseguem sequer começar a resolver o problema? Não se trata nem mesmo de um problema, está além de um problema. É mais como um colapso que se aproxima. Será que sua outrora bela região, seu outrora belo país, estão condenados a ser um deserto assolado pela pobreza e pelos detritos?

No início, a solução era construir mais prisões e abarrotá-las de mais pessoas, mas isso logo se tornou proibitivamente caro. (Nesse ponto, Ed percorreu rapidamente mais alguns slides). Não só isso, resultou em pelotões de graduados na prisão com habilidades criminais de grau profissional, que estavam mais do que dispostos a exercitá-las assim que estivessem de volta ao mundo exterior. Mesmo quando as prisões foram privatizadas, mesmo quando os prisioneiros foram alugados como mão de obra não remunerada a interesses comerciais internacionais, os gráficos de custo-benefício não melhoraram, porque os trabalhadores escravos americanos não conseguiam superar o desempenho dos trabalhadores escravos em outros países. A competitividade no mercado de trabalho escravo estava ligada ao preço dos alimentos, e os americanos, que continuam de bom coração apesar de tudo, prontos a resgatar qualquer cachorrinho perdido — aqui Ed sorri indulgentemente, desdenhosamente —, não estavam prontos a matar seus prisioneiros de fome enquanto os matavam de trabalhar. Não importa o quanto os prisioneiros fossem vilipendiados pelos políticos e pela imprensa como escumalha pestilenta e escória imunda, ainda assim, montes de cadáveres não podem ser escondidos da vista indefinidamente. Uma ou outra morte inexplicada, talvez — sempre houve uma ou outra morte inexplicada, diz Ed, encolhendo os ombros —, mas não aos montes. Algum xereta faria um vídeo com seu celular; coisas assim podem escapar, apesar das melhores tentativas de manter as coisas debaixo dos panos, e quem sabe que tipo de tumulto, para não mencionar revolta, pode resultar disso?

Stan sente um pequeno formigamento na parte de trás do pescoço. É do seu irmão que Ed poderia estar falando! Ou talvez não especificamente de Con; mas ele tem certeza de que, se Ed desse uma boa olhada em Con, iria classificá-lo como escória imunda. Tudo bem para Stan usar insultos assim, é dentro da família, embora ele não aprove o que quer que Con provavelmente esteja fazendo, mas... Será este o tipo de boato que Con tem ouvido? Que Positron é rigidamente repressivo quando se trata de dedos leves? Um deslize e você está fora?

Ele gostaria de telefonar para Conor, conversar mais um pouco com ele. Ver o que realmente sabe sobre este lugar. Mas não pode fazer isso sem um telefone. Espere para ver, diz a si mesmo. Dê uma chance ao lugar.

Ed abre os braços como o pregador de um programa religioso na TV; sua voz se eleva. Então, ocorreu aos planejadores de Positron, ele diz — e isso foi brilhante —, que se as prisões fossem escalonadas e tratadas racionalmente, elas poderiam ser unidades econômicas viáveis e vantajosas para ambas as partes. Muitos empregos poderiam ser gerados por elas: empregos na construção, manutenção, limpeza, guarda. Empregos hospitalares, de fabricação de uniformes, de sapateiro, empregos na agricultura, se houvesse uma fazenda anexa: uma cornucópia inesgotável de empregos. Cidades de médio porte com grandes penitenciárias poderiam se manter, e as pessoas de dentro de tais cidades poderiam viver com um conforto de classe média. E se cada cidadão fosse um guarda ou um prisioneiro, o resultado seria o pleno emprego: metade seria de prisioneiros, a outra metade estaria envolvida no negócio de cuidar dos prisioneiros de uma forma ou de outra. Ou cuidando daqueles que cuidavam deles.

E como seria irreal esperar a criminalidade certificada de cinquenta por cento da população, o justo seria que todos se revezassem: um mês dentro, um mês fora. Pense na economia, com cada moradia servindo a dois conjuntos de moradores! Era o sistema de *time-sharing* levado à sua conclusão lógica. Daí a cidade gêmea de Consilience/Positron. Da qual eles agora são uma parte tão importante! Ed sorri, o sorriso acolhedor, aberto, inclusivo de um vendedor nato. Tudo faz sentido!

Stan quer perguntar sobre a margem de lucro e saber se esta coisa é um empreendimento privado. Tem que ser. Alguém tem a infraestrutura lucrativa e contratos de abastecimento, paredes não se constroem sozinhas e os sistemas de segurança são de primeira categoria, pelo que ele pôde observar no portal de entrada. Mas ele se contém: este não parece ser o momento certo para perguntar, porque agora o slogan de Consilience apareceu na tela em letras garrafais:

CONSILIENCE = CONDENAÇÃO + RESILIÊNCIA. CUMPRA PENA AGORA, GANHE TEMPO PARA NOSSO FUTURO!

UMA VIDA COM SENTIDO

Stan tem que admitir que a equipe de Relações Públicas e os gerentes de marca têm se saído bem; Ed obviamente também pensa assim. O Projeto Positron havia mudado o nome da prisão pré-existente, ele relata, porque "Instituto Correcional do Norte do Estado" era melancólico e sem graça. Eles inventaram o "Positron", que tecnicamente significa a contrapartida antimatéria do elétron, mas poucos lá fora saberiam disso, não é verdade? Como palavra, ela soava muito bem, positiva. E a atitude positiva era o mais necessário para resolver nossos problemas atuais. Mesmo os mais céticos — diz Ed —, mesmo os mais desiludidos têm que admitir isso. Então, eles haviam trazido alguns renomados designers como consultores, para definir a aparência geral. A década de 1950 foi escolhida para os aspectos visual e auditivo, porque essa foi a década em que a maioria das pessoas se identificou como sendo feliz. Qual é um dos objetivos aqui: máxima felicidade possível. Quem não marcaria *essa* opção?

Quando o novo nome e a nova estética foram lançados, Positron atingiu um nervo popular. Um estratagema verossímil, disseram os blogueiros de notícias on-line. Finalmente, uma visão! Até mesmo os depressivos entre eles disseram por que não tentar, uma vez que nada mais tinha funcionado. As pessoas estavam famintas de esperança, prontas para engolir qualquer coisa edificante.

Depois de terem veiculado os primeiros anúncios de TV, o número de inscrições on-line foi avassalador. E não é de admirar: havia muitas vantagens. Quem não prefere comer bem três vezes ao dia, tomar um banho com mais do que um copo de água, usar roupas limpas e dormir em uma cama confortável, livre de percevejos? Sem mencionar o senso inspirador de um propósito compartilhado. Em vez de apodrecer em algum bloco de apartamentos deserto coberto de mofo preto ou agachar-se em um trailer fétido onde você passaria as noites expulsando adolescentes de olhos mortos armados com garrafas quebradas e prontos a assassiná-lo por um punhado de bitucas de cigarro, você teria um emprego remunerado, três refeições saudáveis por dia, um gramado para cuidar, uma cerca viva para podar, a garantia de que você estava contribuindo para o bem geral e uma privada com descarga. Em uma palavra, ou melhor, em quatro palavras: uma vida com sentido.

Esse foi o último slogan do último slide, no último PowerPoint. Algo para se pensar, diz Ed. Sua nova casa, bem ali dentro de Consilience. E dentro de Positron, é claro. Pense em um ovo, com uma clara e uma gema. (Um ovo apareceu na tela, uma faca o cortou ao meio, no sentido do comprimento.) Consilience é a clara, Positron é a gema, e juntos eles fazem o ovo inteiro. O ovo do ninho, diz Ed, sorridente. Há uma imagem final: um ninho, com um ovo dourado brilhando dentro dele.

Ed encerra o PowerPoint, coloca seus óculos de leitura, consulta uma lista. Assuntos práticos: seus novos celulares serão entregues no salão principal. Ao mesmo tempo, eles receberão suas alocações de moradia. Os detalhes estão explicados minuciosamente nas folhas verdes em suas pastas, mas, em resumo, todos em Consilience viverão duas vidas: prisioneiros em um mês, guardas ou funcionários municipais no seguinte. A todos foi designado um Substituto. Portanto, uma moradia residencial isolada pode servir a pelo menos quatro pessoas: no Mês Um, as casas serão ocupadas pelos civis, e depois, no Mês Dois, pelos prisioneiros do Mês Um, que assumirão os papéis civis e se mudarão para as casas. E assim por diante, mês após mês, em revezamento. Pensem na economia no custo de vida, Ed diz, com o que é um tique ou um piscar de olhos.

Quanto ao poder de compra, é sempre um tema polêmico: a cada um deles será dado um número inicial de Posidólares, que podem ser trocados por itens que eles podem comprar nas lojas de Consilience ou no catálogo digital da rede interna. A soma será complementada automaticamente a cada dia de pagamento. Os objetos adquiridos para individualizar os espaços habitacionais podem ser armazenados durante o tempo de prisão ou compartilhados com os Substitutos; em caso de quebra, os Substitutos, naturalmente, vão repor tais itens, usando seus próprios Posidólares. Há uma equipe de manutenção que se encarregará de problemas de encanamento e questões elétricas. E vazamentos, diz Ed. O vazamento do telhado, não o vazamento de informação, ele acrescenta com um sorriso. Isto deveria ser uma piada, Stan imagina.

Ele dá uma rápida olhada na folha verde. Pessoas solteiras vão viver em apartamentos de dois quartos, que compartilharão com outra pessoa solteira e seus dois Substitutos. As casas isoladas são reservadas para casais e famílias: bom, ele e Charmaine terão uma dessas. Os adolescentes têm duas escolas — uma dentro da prisão, outra fora dela. As crianças pequenas ficam com suas mães na ala feminina, equipada com escolas de recreação supervisionadas, jardins de infância e aulas de dança para os pequeninos. É realmente uma situação ideal para crianças pequenas, e até agora o índice de satisfação dos pais é muito alto.

Cada unidade habitacional possui quatro armários, um para cada adulto. Roupas civis, que podem ser selecionadas do catálogo, são armazenadas nesses armários durante os meses em que seus proprietários estão fazendo o turno de prisioneiros. O macacão laranja de prisioneiro fica guardado no Presídio Positron, é usado na prisão e deixado lá para ser lavado.

As próprias celas prisionais foram modernizadas e, embora com cuidado para manter o tema, consideráveis amenidades foram acrescentadas. Não é como se estivessem sendo solicitados a viver em um estilo antiquado de prisão! A qualidade da comida da prisão, por exemplo, é de pelo menos três estrelas. Para ele é mais do que suficiente; é incrível o que cuidado e profissionalismo podem fazer com ingredientes simples e saudáveis.

Ed consulta suas anotações. Stan olha para cada um dos rostos: quanto tempo esse tagarela ainda vai continuar falando? Ele já tem uma visão geral da proposta e até agora não há nada com que se assustar. Ele bem que gostaria de um café. Melhor, uma cerveja. Ele se pergunta o que estariam dizendo a Charmaine, nas oficinas femininas.

Certo, outra coisa, diz Ed. De vez em quando, uma equipe de filmagem pode chegar para gravar algumas imagens da vida ideal que todos eles estarão levando, para serem exibidas fora de Consilience como um incentivo ao trabalho útil que estão fazendo aqui. Eles mesmos poderão ver esses resultados também, na rede Consilience de circuito fechado. Música e filmes estão disponíveis na mesma rede, embora, para evitar o excesso de excitação, não exista pornografia ou violência indevida, e nada de rock ou hip-hop. Entretanto, não há limitação para quartetos de cordas, Bing Crosby, Doris Day, os Mills Brothers ou trilhas sonoras de musicais clássicos de Hollywood.

Droga, pensa Stan. Velharias de vovós. E quanto aos esportes, eles serão capazes de assistir a algum jogo? Ele se pergunta se haveria uma maneira de captar um sinal de fora. O que há de errado com o futebol? Mas talvez seja melhor não tentar nada assim muito cedo.

Mais algumas coisas, diz Ed. Há uma lista de cadastramento para empregos preferidos, na prisão e na cidade: eles devem enumerar suas três escolhas principais, com dez sendo o preferido. Aqueles que nunca dirigiram uma lambreta devem inscrever-se na folha amarela; as aulas de lambreta começarão na terça-feira. A cor da lambreta combina com a do armário e cada indivíduo deve assumir a responsabilidade pessoal por sua lambreta enquanto estiver sob seus cuidados.

Ele, Ed, está certo de que todos eles farão desse novo e revolucionário empreendimento um grande sucesso. Boa sorte! Ele faz um aceno de mão, como Papai Noel, e deixa a sala. A mulher de terno escuro o segue. Talvez seja um guarda-costas, pensa Stan. Glúteos poderosos.

Quando chega à lista de empregos, Stan escolhe primeiro a Robótica. Depois disso, TI; e em terceiro lugar, o conserto de lambretas. Ele imagina que possa fazer qualquer um deles. Desde que não vá parar em Limpeza de Cozinha, ele ficará bem.

★ ★ ★

Naquela noite, Charmaine e ele fazem suas primeiras compras com seus Posidólares e compartilham sua primeira refeição em sua nova residência. Charmaine não consegue acreditar; está tão feliz que chega a falar gorjeando. Ela quer abrir as portas de todos os armários, ligar todos os aparelhos domésticos. Mal pode esperar para ver que tipos de empregos lhes serão dados, e ela se inscreveu para aulas de lambreta. Vai ser fantástico!

— Vamos para a cama — diz Stan. Ela está ficando fora de controle. Ele sente que precisa de uma rede de borboleta para apanhá-la, tão hiperativa que ela está.

— Estou superempolgada!

Ele gostaria de ser o objeto de toda aquela excitação, e não a máquina de lavar louça sobre a qual ela está ronronando agora como se fosse um gatinho. Ele não consegue se livrar da sensação de que este lugar é algum tipo de esquema de pirâmide, e que aqueles que não entendem isso vão acabar de mãos vazias. Mas não há nenhuma razão óbvia para tal sentimento. Talvez ele seja ingrato por natureza.

SINTO FOME DE VOCÊ

Stan perdeu a conta do tempo exato em que já estavam dentro das cidades gêmeas. Você pode entrar em um modo no qual se deixa ficar à deriva. Já havia se passado um ano? Mais de um ano. Ele consertou lambretas um mês, lidou com o software de contagem de ovos na prisão no mês seguinte e depois voltou às lambretas. Nada com que não tenha sido capaz de lidar.

Ele está ouvindo "Paper Doll" em seus fones de ouvido sem fio enquanto lava sua xícara de café. Aqueles caras sedutores, ele cantarola para si mesmo. No início, ele detestava a música em Consilience, mas começou a achá-la estranhamente reconfortante. Doris Day chega até a ser um pouco excitante.

Hoje é dia de transição, quando Charmaine e ele vão para a prisão. Como será que ela passa o tempo longe dele, na ala feminina?

— Nós tricotamos muito — ela lhe disse. — Nas horas de folga. E há também as hortas e a cozinha. Nós nos revezamos nessas tarefas diárias. E a lavanderia, é claro. E depois, no hospital, meu trabalho como Administradora-Chefe de Medicamentos. É uma grande responsabilidade! Eu nunca fico entediada! Os dias passam voando!

— Você sente minha falta? — Stan perguntou-lhe há uma semana. — Quando está lá dentro?

— Claro que sinto sua falta. Não seja tolo — disse ela, beijando-o no nariz. Mas o que ele queria não era um beijo no nariz. *Você tem fome de mim, você arde por mim?* Isso é o que ele gostaria de perguntar. Mas ele não ousa perguntar, porque tem quase certeza de que ela iria rir.

Não é que eles não façam sexo. Certamente fazem mais do que no carro; mas é sexo que Charmaine encena, como ioga, com controle cuidadoso da respiração. O que ele quer é sexo que não pode ser evitado. Ele quer abandono. Não não não, sim sim sim! Isso é o que ele quer. Ele chegou a essa conclusão nos últimos meses.

No porão, ele abre o grande armário verde e guarda as roupas que tem usado no verão: os shorts, as camisetas, as calças jeans. Provavelmente não vai usá-las por algum tempo: quando voltar aqui no próximo mês, o calor pode ter acabado e ele estará usando pulôveres de lã, embora você nunca saiba como será setembro. Ele não terá que fazer tanta manutenção do gramado então, o que é uma vantagem. Embora o gramado vá estar um desastre. Alguns sujeitos não têm nenhuma sensibilidade com gramados, acham que podem se cuidar sozinhos, deixam que o mato cresça e seque, então as formigas amarelas tomam conta e é preciso muito trabalho para restaurar a grama. Se estivesse ali o tempo todo, ele poderia manter o gramado em perfeitas condições.

No andar de cima, toalhas limpas foram colocadas no banheiro, lençóis limpos na cama. Charmaine fez isso antes de partir em sua lambreta para Positron. Nos últimos dois meses ele tem saído de casa depois dela, de modo que é ele quem faz a verificação final: nenhum vestígio de espuma na banheira, nenhum pé de meia órfão, nenhum restinho de sabonete, nenhum tufo de cabelo pelo chão. Quando retornam, no primeiro dia de cada segundo mês, Stan e Charmaine devem encontrar a casa imaculada, impecável, cheirando a produtos de limpeza com aroma de limão, e Charmaine gosta de deixá-la dessa maneira. Ela diz que eles devem dar o exemplo.

Certamente não tem estado impecável toda vez que eles voltam. Como Charmaine já observou, há fios de cabelos, farelos de torradas, manchas. Mais do que isso: há três meses, Stan encontrou um bilhete dobrado; a pontinha estava projetando-se debaixo da geladeira. Talvez estivesse originalmente preso com o ímã de geladeira prateado no formato de pato, o mesmo que Charmaine usa para prender lembretes de compras.

Apesar do rigoroso tabu de Consilience contra o contato com os Substitutos, ele leu o bilhete imediatamente. Embora tenha sido feito em uma impressora, era escandalosamente íntimo:

Querido Max, mal posso esperar pela próxima vez. Sinto fome de você! Preciso muito de você. XXOO e você sabe o que mais — Jasmine.

Havia um beijo de batom: rosa-shocking. Não, mais escuro: uma espécie de roxo. Não violeta, nem lilás, nem marrom. Ele vasculhou sua cabeça, tentando se lembrar dos nomes das cores nos catálogos de tintas e nas amostras de tecidos em que Charmaine despendia tanto tempo debruçada. Ele levara o papel ao nariz, inspirara: ainda um leve perfume, como chiclete de cereja.

Charmaine nunca usou um batom daquela cor. E nunca lhe escreveu um bilhete como aquele. Ele o jogou na lata de lixo como se estivesse queimando sua mão, mas logo o pegou de volta e deslizou-o novamente para baixo da geladeira: Jasmine não devia saber que seu bilhete para Max havia sido interceptado. Além disso, era possível que Max olhasse embaixo da geladeira em busca de tais bilhetes — talvez fosse um joguinho pervertido que faziam — e poderia ficar contrariado se não o encontrasse. "Pegou o meu bilhete?" Jasmine diria a ele quando estivessem deitados juntos. "Que bilhete?", Max diria. "Minha Nossa, um deles o encontrou!", Jasmine exclamaria. Então, daria uma risada. Isso podia até excitá-la, a consciência de um terceiro par de olhos ter visto a impressão de sua boca ávida.

Não que ela precise de excitação. Stan não consegue parar de pensar nisso: em Jasmine, em sua boca. Já é ruim o suficiente aqui em casa, mesmo com Charmaine respirando ao seu lado, leve ou fortemente, dependendo do que eles estejam fazendo, ou melhor, do que *ele* esteja fazendo — Charmaine nunca foi uma grande participante, é mais como uma animadora de torcida na margem do campo, incentivando-o a distância. Mas em Positron, em sua cama estreita, na ala masculina, aquele beijo flutua na escuridão diante de seus olhos abertos como quatro almofadas de pelúcia, separadas de forma convidativa como se estivessem prestes a suspirar ou a falar. Ele sabe agora a cor dessa boca, ele a identificou.

Fúcsia. Tem uma sensação de umidade e luxúria. *Ah, apresse-se,* diz a boca. *Eu preciso de você, preciso de você agora! Sinto fome de você!*

Mas ela está falando com Stan, não com o sujeito cujas roupas repousam no armário ao lado do seu próprio. Não com Max.

Max e Jasmine, esses são os nomes deles — os nomes dos Substitutos, os dois outros que ocupam a casa, percorrem suas rotinas, atendem a suas demandas, encenam suas fantasias de vida normal quando ele e Charmaine não estão lá. Ele não deve saber esses nomes nem absolutamente nada sobre seus proprietários: esse é o protocolo de Consilience. Mas por causa do bilhete, ele conhece os nomes. E agora ele já sabe — ou deduz, ou, mais precisamente, imagina — muitas outras coisas também.

O armário de Max é vermelho. O armário de Charmaine é rosa, o de Jasmine é roxo. Em cerca de uma hora — depois que Stan tiver saído de casa, quando estiver desconectado da casa, Max entrará pela porta da frente, abrirá o armário vermelho, pegará suas roupas guardadas, levará para cima, arrumará no quarto, nas prateleiras, no closet: o suficiente para um mês de estadia.

Então, Jasmine chegará. Ela não vai se incomodar com seu armário, não no começo. Eles se jogarão nos braços um do outro. Não: Jasmine vai se jogar nos braços de Max, pressionar seu corpo contra o dele, abrir sua boca fúcsia, arrancar as roupas de Max e as suas próprias, puxá-lo para baixo... para onde? Para o carpete da sala de estar? Ou eles vão tropeçando lá para cima, cambaleando de desejo, e caem entrelaçados na cama, tão cuidadosa e perfeitamente arrumada com lençóis recém-passados por Charmaine antes de sair? Lençóis com borda de passarinhos azuis de festa de aniversário amarrando laços de fita cor-de-rosa. Lençóis de berço, lençóis infantis: A ideia de fofura para Charmaine. Esses lençóis não parecem adequados para Max e Jasmine, que jamais escolheriam acessórios tão sem graça, em tons pastel, para si mesmos. O cetim preto é mais o estilo deles. Embora, como todos os artigos básicos do lugar, os lençóis venham com a casa.

Jasmine não é uma passadeira de lençóis nem faz a cama para Stan e Charmaine antes de sair: eles encontram o colchão nu e nenhuma toalha arrumada no banheiro. Mas é claro que Jasmine é relapsa em relação a tais detalhes domésticos, pensa Stan, porque tudo o que lhe importa realmente é sexo.

Stan rearranja Jasmine e Max em sua cabeça, desta e daquela maneira, sutiã de renda rasgado, pernas no ar, cabelos desgrenhados, embora ele não tenha a menor ideia de como qualquer um deles se parece. As costas de Max estão cobertas de arranhões, como o sofá de couro de um criador de gatos.

Que vadia, aquela Jasmine. Ardendo de calor em um instante, como um fogão a indução. Ele não pode suportar isso. Talvez ela seja feia. Feia feia feia, ele repete como um feitiço, tentando exorcizá-la — ela e seu enlouquecedor batom com cheiro de chicletes, sua voz aveludada, uma voz que ele nunca ouviu. Mas não funciona, porque ela não é feia, ela é linda. Ela é tão bonita que brilha no escuro.

Nada dessas diabruras com Charmaine. Nada de beijos fúcsia intensos, nada de rolar pelo carpete. Daqui a um mês, será "Stanley! Stan! Querido! Estou aqui!", em uma voz leve e clara, uma voz sem meios-tons: Charmaine, vestindo sua blusa listrada de azul e branco, tão engomada, com um subjacente cheiro de alvejante e um intenso perfume de talco de bebê do amaciante de tecidos.

Ele não queria que fosse diferente. Foi por isso que se casou com ela: Charmaine era uma fuga das muitas mulheres complicadas, desonestas, irônicas, imprevisíveis, com que havia se envolvido até então; mulheres muito dispostas a sucumbir aos avanços de Conor, e de outros também. Transparência, certeza, fidelidade: suas várias humilhações o haviam ensinado a valorizar essas qualidades. Ele gostava do jeito retrô de Charmaine, aquele ar de anúncio de biscoitos, seu puritanismo, a maneira como se expressava, dificilmente dizendo uma palavra mais áspera.

Quando se casaram, eles imaginavam filhos, quando pudessem sustentá-los. Eles ainda os imaginam. Talvez isso aconteça em breve, agora que eles não estão mais vivendo no carro.

Ele digita o código em seu armário, espera que acenda o aviso FECHADO, sobe a escada do porão, sai da casa. Uma vez do lado de fora, tecla um segundo código no dispositivo de controle de acesso, ao lado da porta, trancando-se para fora.

Em Positron, Jasmine e Max já devem ter trocado suas roupas pelas roupas civis que eles deixaram guardadas lá no mês anterior. Agora, devem estar saindo de suas alas prisionais e atirando seus uniformes laranja na recepção. Muito em breve, eles vão pular em suas lambretas e seguir para esta casa. Em um impulso de voyeur, Stan pensa em se esconder atrás da cerca viva, aquela sebe de cedro que ele podou na semana passada, consertando o trabalho malfeito de Max durante sua última estada. Ele esperará até que ambos estejam dentro da casa, e depois espreitará através das janelas. Descobriu as linhas de visão, deixou uma fresta nas persianas do térreo. Se eles subirem, no entanto, ele não terá outra opção senão armar a escada extensível, e ele conhece o barulho metálico estridente que ela faz.

E se ele cair da escada? Pior ainda, e se Max se inclinar para fora da janela, completamente nu, e empurrá-lo da escada? Ele não sabe nada sobre Max, exceto o que está implícito naquele bilhete; além disso, Max foi o primeiro a escolher o armário, e ele escolhera o vermelho. Ele deve ser agressivo. Stan não ia querer ser empurrado de uma escada por um homem furioso e nu, um homem nu, musculoso, a cuja epiderme ondulante ele agora acrescenta copiosas tatuagens. Muito provavelmente Max também tem a cabeça raspada, coberta de cicatrizes e vergões de todas as vezes que ele quebrou dentes e mandíbulas de outros homens com a força pura de seu crânio em forma de bala.

O próprio crânio de Stan ainda tem uma almofada de cabelos louros, mas está rareando, embora ele tenha apenas trinta e dois anos. Ele nunca usou seu crânio para dar uma cabeçada na boca de ninguém, embora esteja disposto a apostar que Max já fez isso. O mais provável é que Max já tenha trabalhado como guarda-costas de algum chefão de camisa preta e cordão de ouro, traficante de cocaína e escravizador de garotas, em sua vida anterior a Positron. Alguém como Conor, só que um Conor maior, mais durão, mais malvado e mais poderoso. Em terreno plano, Stan até poderia ser capaz de enfrentar um homem assim, mas naquela escada ele perderia o equilíbrio. E aterrissaria na sebe, fazendo um buraco na folhagem, depois de todo o corte cuidadoso que fizera.

Aquele imbecil do Max é ainda pior com a cerca viva do que com o gramado. Stan encontrou o aparador de sebe na garagem, a lâmina gomada pegajosa da folhagem trucidada. Mas não há nenhuma chance de Max ser capaz de se concentrar na poda da cerca viva, já que Jasmine pula em cima do pobre coitado toda vez que o vê com suas luvas de trabalho de couro e começa a mexer na fivela do seu cinto.

Tudo considerado, melhor não espreitar pela janela.

DIA DE TRANSIÇÃO

É um lindo dia sem nuvens, não muito quente para o primeiro de agosto. Charmaine acha os dias de transição quase festivos: quando não está chovendo, as ruas ficam repletas de gente, sorrindo, cumprimentando-se, alguns caminhando, outros em suas lambretas codificadas com cores, um ou outro em um carrinho de golfe. De vez em quando, um dos carros escuros da Vigilância desliza pelo meio deles: há mais desses carros em dias de transição.

Todos parecem bastante felizes: ter duas vidas significa que há sempre algo diferente para se esperar. É como ter umas férias a cada mês. Mas qual vida representa as férias e qual é o trabalho? Charmaine mal sabe.

Chegando à farmácia municipal de Consilience em sua lambreta elétrica rosa e roxa, ela verifica seu relógio: não tem muito tempo. Precisa dar entrada em Positron até as cinco e meia, no máximo, e já são três. Ela disse a Stan que tinha que fazer algumas encomendas para o hospital penitenciário: por isso estava com pressa de sair de casa. No mês anterior, sua desculpa foram as capas de sofá — ele não concordava que as capas de sofá tinham uma cor monótona, não deveriam ambos escolher e fazer um pedido de algo mais alegre? Não dá para saber como realmente são apenas por uma imagem digital, você tem que ir ver pessoalmente. Veja, ela tem algumas amostras de tecido! Um motivo floral, ou talvez um abstrato?

Qualquer coisa nessa linha faz Stan desconcentrar-se, e ela tem certeza de que ele não ouviu uma palavra do que disse. Ele notaria se ela desaparecesse de repente, mas, fora isso, ele não nota muito a sua presença. Ultimamente, ele a vem tratando como ruído branco, como o som de um riacho em sua máquina de sono. Isso a teria magoado um dia — realmente a magoou —, mas agora lhe convinha muito bem.

Ela estaciona a lambreta no terreno atrás da farmácia, depois dá a volta para a frente. Seu coração já está batendo mais rápido. Ela respira fundo, assume sua pose agitada e eficiente, consulta seu pequeno caderno de notas como se houvesse algo escrito nele. Em seguida, encomenda uma grande caixa de ataduras de gaze para curativos, colocando a despesa na conta do hospital. As ataduras não são necessárias, mas também não chamam a atenção: ninguém vai acompanhar o gasto desse material, especialmente considerando que o controle dele faz parte de seu próprio trabalho, mês sim, mês não.

Ela sorri do seu jeito mais alegre para Bill Nairn, que está encerrando seu expediente de farmacêutico antes de descartar o jaleco branco e assumir qualquer que seja o papel que desempenhe dentro das paredes do Presídio Positron. Bill retribui o sorriso e eles trocam comentários sobre o clima agradável, depois encerram com despedidas. Ela sorri novamente. Ela tem uns dentes tão inocentes: dentes assexuados, nada que lembre presas. Costumava se preocupar com a aparência deles, tão simétrica, tão comum, mas passou a pensar nisso como um trunfo. Seus pequenos dentes não assustam ninguém: uma aparência comum, sem nada que chame a atenção, é uma boa camuflagem.

Ela se apressa de volta ao estacionamento e, como esperado, há um pequeno envelope enfiado embaixo do assento da lambreta. Ela segura o envelope, sai discretamente do estacionamento, dobra a esquina para uma rua residencial, estaciona.

Eles não usam os telefones celulares entregues em Consilience para organizar esses encontros: é arriscado demais, porque você nunca sabe o que o pessoal da central de TI está rastreando. A cidade inteira está sob uma redoma: as comunicações podem ser trocadas dentro dela, mas nenhuma palavra entra ou sai exceto através de *gateways* aprovados. Sem lamúrias, sem reclamações, sem mexericos, sem denúncias. A mensagem geral deve ser rigorosamente controlada: o mundo exterior deve ter a garantia de que o projeto de cidade gêmea Consilience/Positron está funcionando.

E está funcionando, porque vejam: ruas seguras, sem desabrigados, empregos para todos!

Embora tenha havido alguns solavancos ao longo do caminho e o terreno tenha tido que ser aplainado. Mas nesse momento, Charmaine não pretende se deter naqueles solavancos desencorajadores nem na natureza do nivelamento.

Ela desdobra o papel, lê o endereço. Ela descartará o bilhete queimando-o, embora não ali ao ar livre: uma mulher em uma lambreta ateando fogo a algo pode atrair a atenção. Não há nenhum carro preto à vista, mas há rumores de que a Vigilância pode ver além das esquinas.

O endereço de hoje é em um conjunto habitacional abandonado em alguma década de meados do século XX: uma das muitas relíquias do passado da cidade. Como todos tomaram conhecimento pelos informativos oficiais, a cidade que agora se tornou Consilience foi fundada no final do século XIX por um grupo de quakers. O amor fraternal era o que eles almejavam; o nome da cidade era Harmony, seu símbolo era uma colmeia, significando trabalho cooperativo. A primeira indústria foi uma fábrica de açúcar de beterraba; em seguida, veio uma fábrica de móveis, depois uma empresa de espartilhos. Então, chegou uma fábrica de automóveis — um desses carros pré-Ford —, depois, uma companhia de câmeras fotográficas e, finalmente, uma instituição correcional estadual.

Após a Segunda Guerra Mundial, as principais indústrias desapareceram até que nada restou de Harmony além de um centro da cidade eviscerado, vários edifícios públicos com colunas brancas em ruínas e muitas casas retomadas que nem os bancos conseguiam vender. E, é claro, a instituição correcional, que era onde os habitantes tinham trabalhado, quando ainda tinham trabalho.

Mas agora, pensa Charmaine, é tudo diferente. Que melhoria! O ginásio já foi reformado, por exemplo. E todo um conjunto de casas está sendo modernizado — um novo lote de candidatos chegará a qualquer mês agora para ocupá-las. Ou talvez para ocupar as casas que não são tão modernizadas, como aquela em que ela e Stan haviam morado no início. Houve problemas de encanamento; mais como *eventos* de encanamento, já que eram maiores do que meros problemas. Depois houve a época em que choveu tanto que o esgoto começou a jorrar pelo ralo da pia da cozinha: isso foi maior do que um simples problema.

Por sorte, eles receberam aprovação para uma transferência; ela presume que seus Substitutos tenham se mudado para a nova casa também, mas talvez não. Ela não pensou em perguntar ao Max sobre isso — se ele e a mulher já tinham vivido naquela casa anterior. Não é o tipo de coisa sobre a qual fala com Max.

Cada mês é um novo endereço: melhor assim. Felizmente, há muitas casas vazias, remanescentes de quando as indústrias estavam falindo e os credores estavam executando as hipotecas, e desde aquela outra época, posterior, quando diversas casas ficaram vazias porque ninguém queria comprá-las. Max é membro da Equipe de Recuperação de Moradias de Consilience quando não está vivendo em sua cela prisional em Positron. A Equipe de Recuperação é a que inspeciona as casas, depois as rotula para demolição e nivelamento para parques e hortas comunitárias, ou então para reforma, de modo que ele está em posição de saber quais são adequadas.

Max tenta escolher o tipo de decoração de interiores que Charmaine prefere: ela gosta de papéis de parede bonitos, com botões de rosa ou margaridas. Ele encontra casas com papel de parede como esses. Mas os vândalos tinham estado em todas as casas que usaram, nos tempos em que perambulavam de cidade em cidade e de casa em casa, quebrando janelas e garrafas, bebendo e se drogando, dormindo no chão e usando as banheiras como privada, antes mesmo do Projeto Positron ter sido sequer iniciado.

As gangues e os loucos deixaram suas marcas no papel de parede floral: pichação e outras coisas. Desenhos imorais. Palavrões, escritos com tinta spray, marca-textos ou batom, e algumas vezes com algo marrom e com uma crosta endurecida que poderia muito bem ter sido excrementos.

— Leia para mim — Max sussurrara ao seu ouvido, na primeira casa, na primeira vez.

— Não posso — disse ela. — Eu não quero.

— Sim, você quer — insistia Max. — Você quer, sim.

E ela deve ter querido realmente, porque aquelas palavras começaram a jorrar. Ele riu, agarrou-a, deslizou suas mãos por baixo da saia dela. Ela nunca usa jeans para esses encontros, e é por isso. No minuto seguinte, eles estavam deitados nas tábuas nuas do assoalho.

— Espere! — disse ela, ofegando de prazer. — Abra os botões!

— Não posso esperar — disse ele.

E era verdade, ele não podia esperar, e porque ele não podia, ela também não. Era como o texto convidativo no verso do mais ardente romance na biblioteca de títulos limitados da Positron. Arrebatado. Drogado de desejo. Como um ciclone. Gemidos desarvorados. Tudo isso. Ela nunca soubera que possuía tal força, tal energia dentro de si mesma. Havia pensado que isso só existia em livros e na TV, ou então era para outras pessoas.

Depois, ela recolheu os botões, colocou-os no bolso. Apenas dois tinham se soltado. Ela os pregou novamente, mais tarde, após seu período em Positron, antes de retornar à casa onde ela morava com Stan.

Ela amava Stan, mas era diferente. Um tipo diferente de amor. Confiante, tranquilo. Tinha a ver com peixes de estimação, em aquários — não que eles tivessem um desses — e com gatos, talvez. E com ovos para o café da manhã, escaldados, aconchegados dentro de suas panelinhas individuais de escaldar ovos. E com bebês.

Depois que Vovó Win morreu, Charmaine teve que encontrar seu próprio caminho; foi como deslizar em gelo fino, com as fendas à mostra e o desastre sempre esperando logo abaixo dela, mas o truque era continuar deslizando. Ela amava Stan porque ela gostava de terreno sólido sob os pés, superfícies sem reflexos, filmes com finais agradáveis. Um bom desfecho, diziam. Ela havia optado por Administradora-Chefe de Medicamentos do Presídio Positron quando o cargo lhe foi oferecido porque tinha a ver com prateleiras e inventários, e tudo em seu lugar.

Ou isso é tudo o que ela pensava que seria; mas há outros encargos, como se viu. Há outros deveres não mencionados a ela no início, há uma certa desordem, há uma rota a explorar. Ela está ficando competente nisso. E acontece que ela não é tão dedicada à arrumação como costumava achar que fosse.

Foi descuidado ter deixado aquele bilhete debaixo da geladeira. E aquele beijo com batom foi muito espalhafatoso. Ela guarda o batom em seu armário; só o usou uma vez, naquele único bilhete. Stan nunca aceitaria que ela usasse uma tonalidade berrante como essa — Paixão Púrpura é seu nome, tão de mau gosto.

E foi por isso que ela o comprou: é assim que ela vê seus sentimentos em relação a Max. Púrpura. Apaixonados. Espalhafatosos. E, sim, de mau gosto. Para um homem assim, por quem você tem sentimentos como esses, você pode dizer todo tipo de coisas, *Sinto fome de você* sendo a mais branda delas. Palavras que ela nunca teria usado, antes. Palavras de vandalismo. Às vezes ela não consegue acreditar no que sai de sua boca; para não mencionar o que entra nela. Ela faz qualquer coisa que Max queira.

Seu nome não é Max, é claro, assim como o nome de Charmaine não é Jasmine. Eles não usam seus nomes verdadeiros: eles decidiram isso na primeira vez, sem sequer conversar sobre isso. É como se pudessem ler a mente um do outro.

Não, não as mentes: a insensatez um do outro. Quando ela está com Max, ela despreza a mente.

BEM-ARRUMADO

Essa primeira vez havia sido um acidente. Charmaine tinha ficado para trás na casa depois que Stan saiu, terminando a arrumação final, como costumava fazer no começo, antes de Max. "Vá na frente", ela costumava dizer-lhe, para se livrar dele, balançando o rabo de cavalo que usava quando fazia a faxina na casa. Ela gostava de sua rotina de limpeza, ela gostava de colocar seu avental e suas luvas de borracha e ir marcando os itens de sua lista mental sem ser interrompida. Tapetes, banheiras, pias. Toalhas, vasos sanitários, lençóis. De qualquer forma, Stan detestava o som do aspirador de pó. "Só vou fazer a cama", dizia ela. "Vai indo, querido. Te vejo daqui a um mês. Tenha um bom mês."

E era isso que ela estava fazendo — arrumando a cama, cantarolando para si mesma — quando Max entrou no quarto. Ele a assustou. Encurralou-a: havia apenas aquela única porta. Um homem esbelto, rijo. Não extraordinariamente alto. Vastos cabelos pretos. Bonito também. Um homem que teria escolhas.

— Está tudo bem — disse ele. — Desculpe. Cheguei cedo. Eu moro aqui. — Ele deu um passo à frente.

— Eu também — disse Charmaine. Entreolharam-se.

— Armário cor-de-rosa? — Outro passo.

— Sim. Você é o vermelho. — Recuando. — Estou quase terminando aqui, e então você pode...

— Sem pressa — disse ele. Ele deu mais um passo. — O que você guarda no seu armário cor-de-rosa? Sempre me pergunto.

Ele tinha feito uma piada? Charmaine não era muito boa em descobrir quando as pessoas estavam fazendo piadas.

— Talvez você aceite um café — disse ela. — Na cozinha. Eu limpei a cafeteira, mas sempre posso... Mas o café não é muito bom. — Charmaine, você está balbuciando, ela disse a si mesma.

— Eu estou bem — disse ele. — Prefiro ficar aqui observando você. Eu gosto do jeito que você sempre faz a cama antes de sair. E coloca as toalhas limpas. Como um hotel.

— Tudo bem, eu até que gosto de fazer isso, acho que parece... — Agora ela estava imprensada contra a mesinha de cabeceira. Eu preciso sair deste quarto, disse a si mesma. Talvez ela pudesse deslizar à volta dele. Ela se moveu para o lado e para a frente. — Sinto muito, tenho que sair agora — disse ela no que esperava ser um tom neutro. Mas ele colocou a mão no seu ombro. E deu um passo à frente outra vez.

— Gosto do seu avental — comentou ele. — Ou seja lá o que for. Ele amarra nas costas?

No minuto seguinte — como isso aconteceu? —, seu avental estava no chão, seus cabelos tinham se soltado — ele tinha feito isso? — e eles estavam se beijando, e as mãos dele estavam debaixo da sua blusa recém-engomada.

— Nós temos umas duas horas — disse ele, desvencilhando-se. — Mas não podemos ficar aqui. Minha mulher... Olhe, eu conheço este lugar... — Ele rabiscou um endereço. — Vá pra lá agora.

— Vou só acabar de esticar o lençol — ela disse. — Senão pareceria errado.

Ele sorriu. Ela de fato arrumou o lençol, embora não tão esticado como de costume, porque suas mãos estavam tremendo. Depois, ela fez o que ele disse.

Essa foi a primeira casa vazia deles. Estava escuro, havia moscas mortas, as luzes não funcionavam, nem a água; as paredes estavam rachadas e manchadas, mas nada disso teve importância naquela primeira vez, porque ela não estava notando esses tipos de detalhes. Ele saiu primeiro, pela porta lateral. Então, depois de ter contado até quinhentos, como ele havia sugerido, ela saiu pela porta da frente, tentando parecer apressada e imponente, e se dirigiu direto para o Presídio Positron, onde fez o check-in, entregou seus pertences civis, tomou o banho obrigatório e vestiu o macacão laranja limpo que estava à sua espera. Depois do jantar, no salão das mulheres junto com as outras — foi carne de porco assada com couves-de-bruxelas —, ela se uniu ao seu grupo de tricô, como sempre, e conversou sobre uma coisa e outra, também como sempre. Mas parecia uma sonâmbula.

Ela deveria ter ficado chocada consigo mesma, com o que fez. Em vez disso, ficou maravilhada, e também exultante. Teria realmente acontecido? Aconteceria de novo? Como poderia entrar em contato com ele, ou mesmo acreditar em sua existência? Ela não podia. Era como ficar na beira de um penhasco. Deixava-a tonta.

Às dez horas, ela entrou em sua cela dupla, onde a mulher com quem compartilhava o espaço já estava dormindo, e ouviu o reconfortante barulho metálico da porta e o clique da fechadura. Sentia-se segura estando assim enjaulada, agora que ela sabia ter essa outra pessoa dentro dela que era capaz de escapadas e contorções de que ela nunca tivera conhecimento antes. Não era culpa de Stan, era culpa da química. As pessoas diziam *química* quando queriam dizer outra coisa, como personalidade, mas ela realmente queria dizer química. Cheiros, texturas, sabores, ingredientes secretos. Ela vê muita química em seu trabalho, sabe o que ela pode fazer. A química pode ser como mágica. Pode ser implacável.

Ela dormiu naquela noite como se estivesse bêbada. No dia seguinte, executou suas tarefas no hospital com a eficiência e a presteza de costume, escondendo-se atrás de seu sorriso. Desde então, ela está esperando: dentro de Positron, enquanto Max inspeciona moradias desocupadas em Consilience; depois, na casa com Stan e trabalhando na padaria durante o dia; ela faz as tortas e os pãezinhos de canela. Depois, há uma ou duas horas de ser Jasmine, com Max, nos dias de transição, enquanto ele vai para o Presídio Positron e ela está voltando para a vida civil, ou vice-versa. Uma casa vaga. A ansiedade. A pressa. A agitação. Depois, mais espera. É como ser tão esticado que você sente que vai quebrar logo no minuto seguinte; mas ela ainda não quebrou. Embora deixar o bilhete talvez tenha sido uma espécie de ruptura. Ou o início dela. Deveria ter tido mais controle.

Stan deve ter lido o bilhete. Tem que ter sido assim. Ele deve ter lido e depois o colocado de volta embaixo da geladeira, porque Max descreveu onde ele o encontrou, e tinha sido muito mais à direita de onde ela o escondera. Desde então, Stan tem estado tão preocupado que parece surdo e cego. Quando ele faz amor — é assim que Charmaine pensa nisso, como diferença de tudo o que acontece com Max —, quando Stan faz amor, não é com ela. Ou não sua ideia habitual sobre ela. Ele parece quase zangado.

— Relaxa — disse-lhe Stan certa vez. — Relaxa, porra!

— O que você quis dizer com "relaxa"? — ela lhe perguntou depois em sua voz intrigada e abstraída, a voz que já havia sido sua única voz. — Relaxa o quê? Do que você estava falando?

Ele respondeu, parecendo envergonhado:

— Não importa. Desculpe.

Ela não fez nada para desencorajar isso. Ela quer que ele sinta vergonha de si mesmo, porque tais sentimentos nele fazem parte do disfarce dela.

Ele a chamou de Jasmine uma vez, por engano. E se ela tivesse respondido? Teria sido uma revelação. Mas ela se conteve e fingiu não ter ouvido. Talvez Stan tenha se apaixonado por seu bilhete, com seu beijo fúcsia imprudente. Isso é engraçado ou é perigoso?

E se Stan descobrisse? Sobre ela, sobre Max. O que ele faria? Ele tem mau gênio; era pior quando estavam no carro, mas depois que vieram para cá, ele jogou alguns objetos de vidro, praguejou quando as coisas não funcionavam como ele queria: o aparador de cerca viva, o cortador de grama. Ele não iria gostar da descoberta de que não há nenhuma Jasmine de verdade, exceto dentro de Charmaine. Então, ela o perderia. Ele não conseguiria suportar.

Ela precisa romper com Max. Ela precisa manter os dois a salvo — Stan, bem como Max — e ela mesma também. Mas ainda não. Certamente, pode se permitir mais algumas horas, mais alguns momentos, do que quer que isso seja. Não felicidade; não é isso.

Teria sido melhor se a mulher de Max, Jocelyn, tivesse encontrado esse bilhete. O que ela teria pensado? Nada muito arriscado. Ela não teria sabido quem era "Max" porque ele nunca usa esse nome com a esposa, segundo ele, e ele não faz muito sexo com ela, ou nada parecido com o que ele tem com Charmaine, de modo que não há necessidade de ter ciúmes. São dois mundos diferentes, e Max e Jasmine estão em um deles, e a mulher no outro.

Para Jocelyn, "Max" e "Jasmine" seriam apenas os Substitutos, vivendo na casa sempre que ela e o marido estavam em Positron. Ela teria pensado que "Max" e "Jasmine" eram Stan e Charmaine, se ela prestasse alguma atenção a esse bilhete. O que mais ela poderia ter pensado?

Então, ufa!, diz Charmaine a si mesma. Parece que você se safou, até agora.

O que você disse? Ela ouve a voz de Max em sua cabeça, da maneira como sempre faz quando ele não está presente. Ela o inventa, sabe disso; ela cria coisas para ele dizer. Embora não lhe pareça invenção, é como se ele estivesse realmente falando com ela. *Ufa? O que é isso? Como um personagem engraçado de uma história em quadrinhos vintage? Querida, você é tão retrô, você é mesmo um barato! Agora eu vou fazer você dizer algo melhor com sua boca roxa sem-vergonha. Peça-me. Incline-se.*

Qualquer coisa, ela responde. Qualquer coisa dentro desta não-casa, dentro deste espaço-nada, um espaço que não existe, entre estas duas pessoas sem nomes de verdade. *Ah, qualquer coisa.* Ela já se sente abjeta.

Aqui está agora, o endereço de hoje. A lambreta de Max já está estacionada, discretamente, a quatro portas dilapidadas de distância. Ela mal consegue subir os degraus da frente, tão trêmulas estão suas pernas. Se alguém estivesse observando, pensaria que ela era deficiente física.

IV | O CORAÇÃO É O ÚLTIMO A MORRER

CORTE DE CABELO

Stan dá entrada em Positron, toma um banho, veste o macacão laranja, entra na fila para o corte de cabelo habitual. Eles gostam de manter a aparência de uma autêntica prisão, embora o corte tosquiado para detentos seja arcaico — tem a ver com os piolhos de antigamente — e eles não fazem mais a tosa completa; apenas curto o suficiente para que, quando for a hora de ir embora outra vez, os cabelos já estejam de um tamanho civil respeitável.

— Teve um bom mês lá fora? — pergunta o barbeiro, cujo nome é Clint. Clint está fazendo o papel de um prisioneiro de bom comportamento. Ele não é um dos criminosos originais, os que ainda estavam ali quando o Projeto começou: você jamais deixaria um criminoso perigoso perto daquelas lâminas e tesouras. Lá fora, quando é civil, Clint poda árvores. Antes de se inscrever no Projeto, ele havia sido atuário, mas perdeu esse emprego quando sua empresa se mudou para o Oeste.

É uma história familiar, embora ninguém fale muito sobre o que era antes: olhar para trás não era uma atitude encorajada. O próprio Stan não fica pensando em seu interlúdio com a Dimple Robotics, na época em que ele pensava que o futuro era como uma calçada e tudo que você tinha que fazer era conseguir passar de um quarteirão para outro. Tampouco fica pensando no que veio depois, quando não tinha mais emprego. Ele detesta pensar em como ele era na época: sujo, sombrio, o ar sendo sugado do peito pelo senso de futilidade que estava por toda parte como um nevoeiro. É bom ter objetivos outra vez, entre eles a descoberta e a sedução de Jasmine. Ele quase pode senti-la na ponta dos seus dedos — a maciez, o calor abafado e úmido.

Aguente firme, ele diz a si mesmo enquanto se instala na cadeira. Mãos fora dos bolsos. Não se dê uma hérnia.

Clint deve ter aprendido o ofício de barbeiro aqui: todos eles tiveram que ser aprendizes, a fim de adquirir ou aperfeiçoar uma habilidade prática que pudesse ser usada dentro de Positron.

— Sim, bom mês, não posso reclamar — diz Stan. — E você?

— Maravilhoso — diz Clint. — Fiz um pequeno trabalho na minha casa. Fui até o comitê, obtive permissão, pintei a cozinha. Amarelo-prímula, deu uma nova vida ao lugar. Bate pouca luz na janela, então a patroa ficou satisfeita.

— O que ela faz, aqui dentro? — pergunta Stan.

— Trabalha no hospital. Cirurgiã — diz Clint. — Coração, principalmente. E a sua?

— Hospital também, Administradora-Chefe de Medicamentos — diz Stan. Ele sente uma ponta de orgulho de Charmaine: apesar de seu armário rosa, ela não é cabeça de vento. É uma posição séria, com poder. Você precisa ser confiável, você precisa ser otimista, ela lhe disse. Também estável, discreta e pouco dada a pensamentos sombrios.

— Deve ser um trabalho duro, às vezes — comenta Clint.

— Lidar com pessoas doentes.

— Foi, no começo — confirma Stan. — Chegou a afetá-la um pouco. Mas ela está mais acostumada com isso agora. — Ela nunca lhe falou muito sobre seu trabalho, mas ele também nunca lhe falou muito sobre o dele.

— É preciso cabeça fria — diz Clint. — Não sentimental.

Isso não requer mais do que um lacônico Sim. Clint decide adotar um silêncio diplomático, picotado a tesouradas, o que é bom para Stan. Ele precisa se concentrar em Jasmine, Jasmine do beijo fúcsia. Ela não o deixa em paz.

Ele fecha os olhos, vê-se como um daqueles heróis idiotas dos videogames de sua infância, abrindo seu caminho através de pântanos cheios de plantas devoradoras de homens com seus tentáculos, aniquilando sanguessugas gigantes, invadindo os espinheiros venenosos para chegar ao castelo de ferro onde Jasmine jaz adormecida, guardada por um dragão, o dragão Max, e logo sendo despertada por um beijo, o beijo de Stan. O problema é que ela já está acordada, está superacordada, fazendo sexo com o dragão. Ele e sua grande cauda escamosa.

Devaneio ruim. Ele abre os olhos.

Quem é Max? Ele poderia ser alguém que Stan vê com frequência sem o saber. Ele pode ser um cara que deixou sua lambreta com Stan para conserto enquanto passou seu mês na prisão, ele poderia estar exercendo o papel de guarda agora mesmo, trancando Stan à noite e dizendo *Fique na fila*. Ele poderia até mesmo ser Clint: isso seria possível? Poderia "Clint" ser um nome falso? Certamente que não. Clint é um cara mais velho, com cabelos grisalhos e uma boa pança.

— Pronto — diz Clint. Ele segura um espelho para que Stan possa ver as costas da própria cabeça. Há um rolo de gordura de cabelinhos eriçados que está tomando forma na sua nuca, mas somente se ele inclinar a cabeça para trás. Quando encontrar Jasmine, ele deve se lembrar de manter a cabeça erguida. Ou um pouco para a frente. Ela pode colocar sua mão ali, a mão de dedos longos e fortes encimados por unhas da cor de sangue arterial. Só de pensar, ele se sente ruborizado. Clint espana os cabelinhos cortados que o espetam.

— Obrigado — diz Stan. — Vejo você daqui a dois.

Dois meses — um dentro, outro fora — até seu próximo corte de cabelo com Clint. Antes disso, ele terá feito contato com Jasmine, custe o que custar.

Ele entra na fila do almoço, que é sempre a primeira coisa que acontece após o corte de cabelo. A comida em Positron é excelente, porque se a equipe de cozinheiros faz uma porcaria para você, no mês seguinte você vai destinar a mesma porcaria para eles, para se vingar. Funciona como mágica: é incrível quantos chefs diligentes surgiram. Hoje são bolinhos de frango, um de seus favoritos. É uma satisfação adicional o fato de ele mesmo ter dado uma contribuição para a produção dos frangos, em seu papel como Supervisor de Avicultura de Positron.

A hora do almoço costumava ser estressante nos meses seguintes à sua inscrição no projeto. Naquela época, ainda havia alguns criminosos genuínos no local. Traficantes de drogas, executores de quadrilhas, golpistas e trapaceiros, ladrões de todos os tipos. Cabeças bem raspadas, tatuagens profundamente gravadas que ligavam o portador a seus afiliados e anunciavam rixas. Havia empurrões na fila do refeitório, havia olhares fulminantes, havia impasses. Stan aprendeu alguns termos engenhosos que ele próprio nunca teria inventado, mesmo quando brigava com Conor, e você tinha que admirar a criatividade, até mesmo a poesia. (Bocada, come-quieto, mãezona, trampo, cabrito, tchôla: o que isso significaria, exatamente?) Brigas eclodiam por causa de muffins, pratos de ovos mexidos eram enfiados nos rostos.

A situação podia se agravar: batidas de pé e estalos de ossos. Então, os guardas tinham que usar a força, mas somente alguns deles haviam sido guardas de verdade anteriormente, de modo que tais intervenções eram desprovidas de autoridade. Havia empurrões, chutes, socos, estrangulamentos, queimaduras com café quente, seguidos de retaliações nos bastidores: misteriosos ataques à faca nos chuveiros, perfurações identificadas como ferimentos causados por garfos de churrasco de dois dentes roubados da cozinha, concussões em homens que de alguma forma batiam suas cabeças repetidamente nas pedras, lá fora, na área da horta, sob a proteção das fileiras de tomateiros.

Durante aqueles dias, Stan submergiu, manteve a boca fechada e tentou ser o mais invisível possível, sabendo que ele não era nenhum Conor — faltava-lhe o conjunto de habilidades para jogos tão *hardcore*. Mas esse período não durou muito, porque os distúrbios causados pelos elementos criminosos eram uma ameaça muito grande para o Projeto. A ideia inicial tinha sido que os criminosos fossem espalhados entre os voluntários que agora constituíam o grosso dos prisioneiros, o que supostamente deveria ter um efeito benéfico sobre eles. Não apenas isso, mas eles também seriam soltos mês sim, mês não para se revezarem como habitantes civis de Consilience, fazendo as tarefas da cidade ou atuando como guardas em Positron.

Isso lhes daria uma experiência que talvez nunca tivessem tido — isto é, um emprego — e também lhes conquistaria o respeito dos outros e um lugar na comunidade, levando a uma recém-descoberta autoestima. Ter prisioneiros agindo como guardas e vice-versa seria positivo em todos os sentidos, rezava o mantra. Os guardas ficariam menos inclinados a abusar de sua autoridade, já que logo seria a vez deles de estarem sob sete chaves. E os prisioneiros teriam um incentivo para o bom comportamento, uma vez que a ação violenta atrairia retaliação. Além disso, não havia mais um lado positivo para a criminalidade. O domínio das quadrilhas já não proporcionava nenhuma riqueza material e não era possível vender nada: quem iria querer comprar coisas que eram replicadas em todas as casas mobiliadas de Consilience? Não havia nenhuma substância ilícita que pudesse ser contrabandeada ou empurrada nem chantagens que pudessem ser postas em prática. Essa era a teoria oficial.

Mas, ao que parece, alguns criminosos queriam exercer sua autoridade ou influência só para ver no que daria: o chefão era o chefão, mesmo que não houvesse recompensa financeira. Gangues se formavam, pessoas de bem eram intimidadas por criminosos ou então atraídas para círculos de poder sombrio que elas passavam a achar atraentes. Havia invasões de domicílio na cidade, festas de quebra-quebra, talvez até — dizia-se — estupros coletivos. A certa altura, houve uma ameaça de revolta contra a Gerência, com reféns capturados e orelhas decepadas, mas esse plano foi descoberto a tempo, por intermédio de um espião.

As forças externas sempre poderiam ter desligado o fornecimento de energia e de água — qualquer imbecil poderia imaginar isso, na opinião de Stan —, mas nesse caso as más notícias vazariam e o projeto arderia em chamas, de uma forma pública demais. O modelo seria julgado inútil. E uma montanha de dinheiro dos investidores teria sido desperdiçada.

Depois que a vigilância foi intensificada, os piores encrenqueiros desapareceram. Consilience era um sistema fechado — uma vez dentro, ninguém saía —, então, para onde eles tinham ido? "Transferido para outra ala" foi a versão oficial. Ou então "problemas de saúde". Rumores sobre seus verdadeiros destinos começaram a circular, em insinuações e acenos furtivos. O comportamento melhorou drasticamente.

DEVERES

Almoço concluído, Stan tem um breve descanso em sua cela; depois, quando os bolinhos de frango se acomodaram, ele se exercita na sala de musculação, concentrando-se em sua força abdominal. Então, é hora de seu turno nas instalações avícolas.

Positron cria quatro tipos de animais — vacas, porcos, coelhos e galinhas. Também tem extensas estufas que ficam nos locais de construções demolidas, e vários acres de macieiras, além das hortas ao ar livre. Essas, e os campos de soja e de trigo perene, produzem os alimentos frescos, tanto para o Presídio Positron como para a cidade de Consilience. Não apenas os alimentos frescos, mas também os congelados, e não apenas comida, mas bebida: em breve haverá uma cervejaria. Alguns itens são trazidos de fora — vários itens, na verdade —, mas esse estado de coisas é visto como temporário. Dentro de muito pouco tempo, o projeto se tornará autossustentável.

Exceto para produtos de papel, e plásticos, e combustível, e açúcar, e bananas, e...

Mas, ainda assim, pense nas economias em outras áreas, tal como a avícola. As galinhas têm sido um sucesso incondicional. Elas são gordas e saborosas, se reproduzem como ratos, os ovos rolam delas com uma regularidade de relógio. Elas comem as sobras das verduras e legumes, os restos de mesa das refeições do Presídio Positron e os remanescentes picados de animais abatidos. Os porcos comem as mesmas coisas, só que em maior quantidade. As vacas e os coelhos ainda são vegetarianos.

Mas além de comê-los, Stan não tem nada a ver com vacas, porcos e coelhos, apenas com as galinhas. Elas vivem em gaiolas de arame, mas são soltas duas vezes por dia, o que supostamente melhora o moral delas. O aquecimento e a luz que recebem são determinados por um computador dentro de um pequeno galpão, no qual Stan faz verificações periódicas: houve um defeito certa vez que quase resultou em frango assado, mas Stan tinha conhecimento suficiente para ser capaz de reprogramar e salvar o dia. Os ovos são coletados por meio de engenhosas rampas e funis, com um programa digital contando-os. O próprio Stan fez algumas melhorias que reduziram a quebra dos ovos, mas o sistema está funcionando bem agora. Na maior parte das vezes, ele passa seu turno de quatro horas supervisionando o passeio vespertino das galinhas, interrompendo as disputas hierárquicas e monitorando a cuidadosa varredura em busca de saúde precária e depressão.

É um trabalho sem importância, ele sabe disso. Desconfia que cada frango tem um chip implantado nele, com a verdadeira supervisão feita dessa forma, em uma sala cheia de bisbilhoteiros automáticos que registram números em fluxogramas e gráficos. Mas ele acha a rotina tranquilizadora.

No começo — durante o semirreinado dos verdadeiros criminosos ensandecidos e antes que as autoridades tivessem instalado as câmeras de vigilância voltadas para as instalações avícolas —, em seus turnos, Stan recebia visitas diárias de internos de Positron, seus companheiros de prisão.

O que eles queriam era um pouco de tempo a sós com uma galinha. Estavam dispostos a negociar por isso. Em troca, seria oferecida a Stan proteção contra a violência furtiva de gangues que funcionavam como uma corrente subterrânea sob as rotinas ordeiras do Presídio Positron.

— Você quer o *quê*? — perguntou ele da primeira vez.

O sujeito tinha falado com todas as letras: ele queria transar com uma galinha. Não machucava a galinha, já tinha feito isso antes, era normal, muitos caras faziam isso, e as galinhas não falavam. Um cara fica muito excitado aqui dentro, sem válvulas de escape, certo? E não era justo que Stan estivesse guardando todas as galinhas só para ele, e se ele não abrisse aquela gaiola agora mesmo, sua vida poderia não ser tão agradável, supondo que lhe fosse permitido conservá-la, porque ele podia acabar como um substituto da galinha, como a bicha que ele provavelmente era.

Stan entendeu o recado. Ele permitiu os encontros clandestinos com as galinhas. O que isso fazia dele? Um cafetão de galinhas. Melhor isso do que morto.

Conor teria sabido o que fazer. Conor teria deixado o cara inconsciente com um soco bem dado. Conor teria cobrado um preço mais alto. Conor teria, ele próprio, passado a comandar a operação. Mas, então, Conor poderia não ter sobrevivido, quando a Gerência começasse a eliminar as falhas de Positron a sério.

Agora, passeando entre as fileiras de gaiolas, ouvindo os cacarejos calmantes de galinhas contentes, sentindo o cheiro familiar de amoníaco das fezes das aves, ele se pergunta se sente vergonha de si mesmo por ser cafetão de galinhas e descobre que não. Pior ainda, ele considera experimentar a opção da galinha, o que poderia aliviar seus desejos atormentados, varrendo a imagem de Jasmine de seu cérebro com um espanador de penas vivo. Mas havia as câmeras de vigilância: um homem pode parecer muito indigno com uma galinha presa nele como um marshmallow em um espeto. Muito provavelmente, não funcionaria como um exorcismo: ele só começaria a ter devaneios sobre Jasmine coberta de plumas.

Pare com isso, Stan, ele diz a si mesmo. Bloqueie. Apague. Ele está ficando obsessivo demais. Deve haver um remédio que possa tomar para se livrar deste sonho acordado. Não, deste pesadelo acordado: tentação infinita, implacável. Talvez ele peça a Charmaine algum tipo de calmante, um sedativo: ela trabalha com remédios, poderia pegar alguma coisa. Mas como ele poderia explicar seu problema a ela — *Estou cobiçando uma mulher que eu nunca vi* —, quanto mais suas necessidades? Ela é tão limpa, tão pura, tão azul e branca, tão perfumada a talco de bebê. Ela não compreenderia uma compulsão tão pervertida como essa. Sem mencionar que é muito estúpida.

Talvez ele precise passar algum tempo na carpintaria, depois do seu turno avícola. Serrar alguma coisa ao meio. Martelar alguns pregos.

MARGARET ATWOOD

O CORAÇÃO É O ÚLTIMO A MORRER

Charmaine coloca seu jaleco verde sobre o macacão laranja. Há outro Procedimento Especial agendado para esta tarde. Eles sempre o fazem à tarde; gostam de evitar a escuridão da noite. Dessa forma, é mais alegre para todos, inclusive para ela mesma.

Ela verifica se está com sua máscara e suas luvas cirúrgicas: sim, no bolso. Primeiro, ela precisa pegar a chave na mesa de monitoramento que está situada na conjunção de três corredores. Não há recepcionista de carne e osso naquela mesa, apenas uma caixa com uma cabeça falante, mas pelo menos há uma cabeça na caixa. Ou uma imagem falsa de uma cabeça. Quer esteja viva ou não, cabe a cada um imaginar: eles fazem essas coisas tão bem hoje em dia. Talvez em breve eles tenham robôs realizando os Procedimentos Especiais e ela não será mais necessária. Isso seria uma coisa boa? Não. Certamente o Procedimento precisa do fator humano. É mais respeitoso.

— Poderia me dar a chave, por favor — ela diz à cabeça. É melhor tratar as cabeças como se fossem reais, para o caso de serem.

— Faça login, por favor — diz a cabeça, sorrindo. Ela, ou aquilo, é uma morena atraente, de queixo quadrado, com franja e pequenos brincos de argola. As cabeças mudam a cada poucos dias, talvez para dar a impressão de que existem na realidade.

Charmaine não pode deixar de se perguntar se a cabeça pode vê-la. Ela insere seu código, confirma com o polegar, olha fixamente para o leitor de íris ao lado da caixa da cabeça, até ele piscar.

— Obrigada — diz a cabeça. Uma chave plástica desliza de uma fenda no fundo da caixa. Charmaine a coloca no bolso.

— Aqui está seu Procedimento Especial ultraconfidencial para hoje.

Um pedaço de papel emerge de uma segunda fenda: número do quarto, nome no Presídio Positron, idade, última dosagem de sedativo e quando foi administrado. O homem deve estar bastante dopado. É melhor assim.

Ela se tranca no dispensário, localiza o armário, entra com o código e a porta se abre. Ali está o frasco, tudo pronto para ela, e a agulha. Ela enfia as luvas.

No quarto designado, o homem está preso à sua cama em cinco pontos, como sempre estão agora, de modo que debater-se, chutar e morder não é possível. Ele está grogue, mas acordado, o que é bom. Charmaine é a favor de estarem acordados: seria errado realizar o Procedimento em alguém que está adormecido, porque eles iriam perder. Perder exatamente o que ela não tem certeza, mas assim é mais agradável do que seria de outra forma.

Ele ergue os olhos para ela: apesar das drogas, está claramente assustado. Ele tenta falar: ouve-se um som rouco. *Uhuhuhuh*. Eles sempre fazem esse som; ela o acha um pouco doloroso.

— Olá — diz ela. — Não está um dia lindo? Olha só aquele sol todo! Quem poderia ficar deprimido em um dia como hoje? Nada de ruim vai acontecer com você.

Isto é verdade: de tudo o que ela observou, a experiência parece ser arrebatadora. A parte ruim acontece com ela, porque é ela quem tem que se preocupar se o que está fazendo está certo. É uma grande responsabilidade, e pior ainda porque não deve dizer a ninguém o que ela realmente está fazendo, nem mesmo a Stan.

É verdade que apenas os piores criminosos, os incorrigíveis, os que eles não conseguiram reeducar, são trazidos para o Procedimento. Os arruaceiros, os que arruinariam Consilience se tivessem a chance. É o último recurso. Eles a haviam tranquilizado muito sobre isso.

A maioria dos que são submetidos ao Procedimento são homens, mas não todos. Embora nenhum daqueles em que ela já fez o Procedimento tenha sido uma mulher, até aqui. As mulheres não são tão incorrigíveis: deve ser isso.

Ela se inclina, beija o homem na testa. Um homem jovem, de pele lisa, dourada sob as tatuagens. Ela deixa a máscara no bolso. Deve usá-la para o Procedimento, a fim de se proteger contra germes, mas nunca o faz: uma máscara seria assustador. Sem dúvida, ela está sendo monitorada por meio de alguma câmera escondida, mas até agora ninguém a repreendeu por causa dessa pequena violação do protocolo. Não é fácil para eles encontrar pessoas dispostas a realizar o Procedimento de uma forma eficiente e afetuosa, eles lhe disseram: pessoas dedicadas, pessoas sinceras. Mas alguém tem que fazer isso, para o bem de todos.

A primeira vez que ela tentou o beijo na testa, houve uma estocada de cabeça, uma tentativa de golpeá-la. Ele tirou sangue. Ela pediu que uma restrição de movimento do pescoço fosse acrescentada. E foi. Eles dão ouvidos ao feedback, aqui no Positron.

Ela acaricia a cabeça do homem, sorri com seus dentes enganosos. Ela espera parecer um anjo para ele: um anjo de misericórdia. Afinal, não é isso que ela é? Tais homens são como o irmão de Stan, Conor: eles não se encaixam em lugar algum. Eles nunca serão felizes onde estão — seja em Positron, em Consilience, talvez até em todo o Planeta Terra. Por isso, ela está fornecendo a alternativa para ele. A fuga. Ou este homem irá para um lugar melhor ou então para lugar nenhum. Seja o que for, ele está prestes a se divertir muito para chegar lá.

— Tenha uma viagem maravilhosa — ela lhe diz. Dá uns tapinhas no braço dele, depois vira de costas para que ele não a veja deslizando a agulha para dentro do frasco e extraindo o conteúdo.

— Lá vamos nós — diz ela, alegremente. Ela encontra a veia, insere a agulha.

— *Uhuhuh* — diz ele. Ele se esforça para erguer o corpo. Seus olhos estão horrorizados, mas não por muito tempo. Seu rosto relaxa; ele ergue os olhos para o teto, o teto branco e vazio, que não é mais branco e vazio para ele. Ele sorri. Ela marca o tempo do Procedimento: cinco minutos de êxtase. É mais do que muita gente consegue na vida inteira.

Então, ele fica inconsciente. Então, ele para de respirar. O coração é o último a morrer.

Como previsto. Quem sabe, até melhor. É gratificante ser bom naquilo que você faz.

Ela insere os números que sinalizam um término bem-sucedido, joga a agulha na lixeira de recicláveis — não faz sentido ter agulhas esterilizadas para o Procedimento, então elas são reutilizadas. Positron leva a sério o reaproveitamento. Ela retira as luvas, dá sua contribuição colocando-as na caixa Salve Nossos Plásticos, em seguida deixa a sala. Outros chegarão agora para fazer o que quer que seja feito. A morte será registrada como "parada cardíaca", o que é verdade até onde se sabe.

O que acontecerá com o corpo? Cremação, não; isso seria um desperdício de energia. E nenhum preso, de qualquer forma, morto ou vivo, sai pelos portões de Consilience. Ela se perguntou sobre a colheita de órgãos, mas não iriam querer que o doador tivesse morte cerebral e ainda estivesse ligado às máquinas, em vez de simplesmente mortos, ponto final? Certamente quanto mais frescos melhor, quando se trata de órgãos. Ração de animais enriquecida em proteínas? Charmaine não pode acreditar que eles fariam isso, não seria respeitoso. Mas o que quer que aconteça, é certo que será útil, e isso é tudo que ela precisa saber. Há algumas coisas em que é melhor não pensar.

Esta noite, ela se juntará ao círculo de tricô, como sempre. Algumas das mulheres estão fazendo pequenos chapéus de algodão para bebês, outras estão trabalhando em algo novo — ursinhos azuis de tricô, tão bonitinhos.

— Teve um bom dia? — as mulheres do círculo de tricô lhe perguntarão.

— Ah, um dia perfeito — ela responderá.

LAMBRETA

São meados de setembro. À noite, quando Stan sai para dar uma volta pelo quarteirão, ele usa uma jaqueta de lã. Algumas folhas já caíram no gramado; ele as varre com o ancinho no começo da manhã, antes do café. Não há quase ninguém na rua a essa hora. Apenas um ou outro carro preto da Vigilância, deslizando silenciosamente como um tubarão. Faz parte do protocolo dar a eles um aceno amigável? Stan decide que não: é melhor fingir que são invisíveis. De qualquer forma, quem está lá dentro? Esses carros podem ser dirigidos por controle remoto, como drones.

Após o café da manhã — ovos escaldados, se ele tiver sorte, são seus favoritos — e um beijinho de despedida em Charmaine, ele vai para seu emprego civil, no depósito de conserto de lambretas elétricas. Foi uma boa escolha: seu antigo trabalho na Dimple Robotics foi levado em consideração por aqueles que distribuem os serviços por aqui, e de qualquer forma ele sempre gostou de lanternagem e de mexer com as máquinas e seus programas digitais. Certa vez, desmontou a torradeira musical barata que algum brincalhão da Dimple lhes deu de presente de casamento e a reconstruiu para tocar "Steam Heat". Charmaine tinha achado engraçado, no início. Apesar das melodias repetitivas poderem ser irritantes.

Cada lambreta possui um número, mas nenhum nome vinculado a ele, porque não se quer que um motorista conheça a identidade de seu Substituto, no caso de se encontrarem acidentalmente em um dia de transição. Haveria ressentimentos, haveria discussões: Quem fez o amassado? Quem arranhou a pintura? Que tipo de idiota deixaria a bateria arriar ou a lambreta na chuva? Não é como se elas não tivessem capas! As lambretas pertencem à cidade de Consilience, não a uma pessoa qualquer. Ou a duas. Mas é incrível como as pessoas podem se tornar possessivas com essa droga.

A lambreta em que ele está trabalhando na loja é a que Charmaine dirige: rosa com listras roxas. Todas as lambretas têm dois tons, para combinar com os dois armários de seus condutores. A sua própria — dele e do Max — é verde e vermelha. É irritante pensar naquele filho da mãe do Max dirigindo por aí na lambreta, com o traseiro grudado no mesmo assento que Stan considera como sendo seu. Mas é melhor não ficar pensando nisso. Ele precisa manter a calma.

Charmaine tem tido problemas com sua lambreta há uns dois dias. A maldita coisa — é assim que ela a trata — fica cuspindo na partida e entra em pane depois de alguns quarteirões. Talvez algo sobre a conexão com o sistema solar?

— Eu a levarei para você — ofereceu Stan. — Para o depósito. Vou trabalhar nela lá.

— Ah, obrigada, querido, você poderia? — ela disse alegremente. Talvez não tão agradecida como costumava ser, ou ele está imaginando isso? — Você é um doce — ela acrescentou um pouco distraidamente.

Ela estava limpando o fogão no momento: ela gosta dessas tarefas, se diverte com a remoção de sujeira. Já que isso significa que ele sempre tem roupa de baixo limpíssima, ele não está reclamando.

Ele identificou o problema — fios desgastados — e passou duas tardes na garagem da casa deles consertando os curtos-

-circuitos de modo que a lambreta voltou a funcionar e ele pôde levá-la para o depósito para fazer mais alguns reparos, ou isso foi o que ele disse a Charmaine.

Na verdade, ele queria ter a lambreta só para si. Em mais duas semanas — no primeiro dia de outubro —, ela será entregue a Jasmine e ele quer prepará-la antes que isso aconteça.

Por que ele demorou tanto tempo para descobrir isso? Este método de rastrear Jasmine? Quando estava bem na sua frente o tempo todo! Tudo o que ele precisa é de um segundo smartphone de Consilience; com um pouco de trabalho e manipulação, ele pode então sincronizar seu próprio telefone a ele e incorporar o telefone adulterado na lambreta. Então ele pode rastrear para onde Jasmine vai quando ele está na prisão e recuperar essas informações armazenadas através de seu próprio telefone quando ele sair. Ninguém no Projeto pode acessar Wi-Fi externo, mas eles podem se comunicar pela rede Wi-Fi de Consilience dentro do sistema e visualizar mapas da cidade no GPS interativo de Consilience, e isso é tudo de que ele precisa.

Foi bastante fácil conseguir o telefone de Charmaine. Ela andava tão preocupada ultimamente, que se convenceu de que devia tê-lo colocado em algum lugar, talvez no trabalho, e quem sabe o que aconteceu com ele? Ela relatou que o havia perdido e lhe deram outro. Até agora, tudo bem. Ele vai estar no xadrez durante todo o mês de outubro, lidando com os frangos, mas, quando sair em primeiro de novembro, será capaz de reconstruir os trajetos que Jasmine tem percorrido em sua ausência.

E, por fim, esses trajetos o levarão, de alguma forma, a um ponto de interseção — um lugar onde ele poderia ser capaz de avistá-la, ou até mesmo emboscá-la. Em um dia de transição, ele esbarrará nela no corredor do supermercado, ou o que passa por um supermercado em Consilience. Ele vai ficar parado em uma esquina. Ele se agachará atrás de um arbusto, em um terreno baldio. Então, antes que ela perceba, ele terá sua boca naqueles lábios com sabor de cereja, e ela vai desabar; ela não será capaz de resistir, assim como o papel não pode resistir a um fósforo aceso. Uuuush! Em chamas! Anel de fogo! Que imagem! Ele mal pode esperar.

Você é maluco, ele diz a si mesmo. É um *stalker*. Você é um doido maníaco. Devia ser desmascarado. E então, como seria, espertinho? Direto para o hospital pelos seus supostos problemas de saúde? O que eles fazem em Positron com lunáticos como você?

Apesar de tudo, ele continua. O banco da lambreta é o melhor lugar para esconder o telefone extra.

Ele faz um corte no couro falsificado, bem embaixo na lateral, onde não será notado. Aí. Pronto. Ele usa um fio de supercola para selar o corte; ninguém que não estivesse procurando jamais o encontraria.

— Boa como nova — diz ele a Charmaine ao devolver-lhe a lambreta.

Ela exclama de alegria, um som arrulhado que ele costumava achar provocante, mas agora acha enjoativamente meloso, depois lhe dá um rápido abraço.

— Estou muito agradecida — diz ela. Mas não agradecida o suficiente, nem de longe. Quando ele se arrasta para cima dela naquela noite e tenta algumas novas estratégias, esperando mais do que seu repertório limitado de pequenas respirações ofegantes seguidas de um suspiro, ela começa a dar uma risadinha e a dizer que ele está fazendo cócegas. O que não é muito estimulante. Ele poderia muito bem estar transando com uma galinha.

Mas não importa. Agora que ele pode seguir Jasmine, adivinhar cada movimento seu, ler sua mente, ela está quase ao seu alcance. Enquanto isso, ele pode praticar por algumas semanas, rastreando Charmaine na lambreta. Será entediante, porque aonde ela pode ir? À padaria onde trabalha, às lojas, à casa, à padaria, às lojas. Ela é tão previsível. Nenhuma novidade ali. Mas ele será capaz de dizer se seu sistema de dois telefones está funcionando ou não.

PRESA FÁCIL

Já é primeiro de outubro. Mais um dia de transição. Onde o tempo se foi?

Charmaine está deitada, emaranhada em suas roupas largadas no chão da casa vazia — uma casa bastante sólida desta vez, prevista para reforma e não para demolição. O papel de parede está desbotado, um desenho em relevo de folhas de hera nas cores casca de ovo e trufa. A pichação se destaca: tinta vermelho-escura, caneta hidrográfica preta. Palavras curtas, fortes, súbitas e duras. Ela as repete para si mesma como um mantra.

— Você é uma grande surpresa — diz Max a ela. Enquanto murmura, mordisca sua orelha. Será este um dia de duas seguidas?, ela se pergunta. Ela chegou cedo à casa vazia, na esperança de que fosse.

— Fria como um pepino — Max continua —, mas por outro lado... Esse seu marido é um cara de sorte.

— Eu não sou a mesma com ele — retruca ela. Espera que ele não lhe peça para falar sobre Stan. Não é justo.

— Diga-me como você é com ele — diz Max. — Não. Diga-me como você seria com um perfeito estranho. — Ele quer que ela o excite, descrevendo pequenas atrocidades. Algumas cordas, gritos alterados. É um jogo do qual eles às vezes brincam, agora que é outono e eles se conhecem melhor.

Agora ela tem que pensar em Stan. Stan na vida real.

— Max — diz ela. — Precisamos falar sério.

— Estou falando sério — diz Max, movendo a boca pelo seu pescoço.

— Não, escute. Eu acho que ele suspeita. — Por que ela sequer pensa isso? Porque Stan tem olhado para ela, ou melhor, olhado através dela, como se ela fosse de vidro. Isso é mais assustador do que se ele tivesse ficado irritado ou zangado ou a acusado diretamente.

— Como ele poderia suspeitar? — exclama Max.

Ele ergue a cabeça: está alarmado. Se Stan entrasse agora pela porta da frente, Max sairia pela janela como um tiro. É o que ele faria, ela já sabe: partiria como uma flecha, sairia em disparada, correria como um coelho, e essa é a pura verdade. Ela não deveria assustá-lo muito, porque não quer que ele fuja, não antes de haver necessidade. Ela quer agarrá-lo junto a ela, como as crianças agarram seus animais de pelúcia: a ideia de vê-lo partir a deixa mais triste do que qualquer outra coisa.

— Eu acho que ele não sabe — diz ela. — Não sabe. Não do modo que é. Mas ele me olha de um jeito engraçado.

— Isso é tudo? — diz Max. — Ei, eu também olho para você de um jeito engraçado. Quem não faria isso? — Ele agarra os cabelos dela, vira sua cabeça, dá-lhe um beijo rápido. — Você está preocupada?

— Não sei. Talvez não. Ele é genioso — comenta ela. — Pode ficar violento. — Isso tem um efeito sobre Max.

— Eu ficaria — diz ele. — Ei. Eu adoraria ser violento com você. — Ele levanta a mão; ela se encolhe, como ele quer que ela faça. Agora eles estão entrelaçados novamente, emaranhados nas roupas, resvalando para o esquecimento.

De olhos fechados, recuperando o fôlego, ela percebe o quanto está realmente preocupada: em uma escala de um a dez, é pelo menos um oito. E se Stan realmente souber?

E se ele se importar? Ele pode ficar violento, mas até que ponto? Poderia se tornar ameaçador. Seu irmão Conor é assim, pelo que Stan lhe disse: ele não pensaria duas vezes em espancar uma garota até deixá-la inconsciente, se ela o traísse. E se Stan tiver um lado ruim como esse, escondido dentro dele?

Talvez ela devesse se proteger agora, enquanto pode. Se ela guardasse apenas um pouco de cada frasco do Procedimento — e se embolsasse uma das agulhas em vez de depositá-la para reciclagem —, alguém notaria? Ela teria que inserir a agulha enquanto Stan estivesse dormindo, e então lhe seria negada uma saída honrosa. O que seria injusto. Mas há um lado negativo em tudo.

O que ela faria com o corpo? Isso seria um problema. Cavar um buraco no gramado? Alguém iria ver. Ela tem uma ideia louca de escondê-lo em seu armário rosa, supondo que conseguiria arrastá-lo lá para baixo: Stan é bastante pesado. Além disso, talvez ela também tivesse que cortar parte dele para que coubesse no armário, embora os armários sejam grandes. Mas se o deixasse lá, isso provocaria um fedor horrível, e na próxima vez que a mulher de Max, Jocelyn, descesse ao porão para abrir seu armário roxo, ela certamente iria sentir o mau cheiro.

Max nunca falou muito sobre Jocelyn, apesar de Charmaine costumar importuná-lo sutilmente com isso. No início, ela jurou nunca ter ciúmes, porque não é ela aquela que Max realmente quer? E ela não é ciumenta: curiosidade não é o mesmo que ciúmes. Mas, sempre que ela pergunta, Max corta o assunto:

— Você não precisa saber — diz ele.

Ela imagina Jocelyn como uma mulher esguia, aristocrática, com os cabelos puxados para trás, como uma bailarina ou uma professora em filmes antigos. Uma mulher distante, esnobe e reprovadora. Às vezes ela tem a sensação de que Jocelyn sabe a seu respeito e a despreza. Pior ainda: que Max tenha contado a Jocelyn sobre ela, que ambos achem que ela é uma mulherzinha crédula, bobalhona, uma vadiazinha barata, e que juntos eles riem dela. Mas isso é paranoico.

Ela não acha que Max seria uma grande ajuda com Stan, supondo que Stan estivesse morto. Sim, Max é irresistivelmente sexy, mas não tem firmeza de caráter, não tem coragem, não do jeito que a própria Charmaine tem. Ele a deixaria com o saco na mão, o saco cheio de perigo. O saco cheio de Stan, porque ela teria que colocar Stan em algum tipo de saco, ela não seria capaz de olhar para ele a sangue frio dessa maneira. Inerte e indefeso. Ela se lembraria muito de como era quando eles estavam apaixonados, e assim que se casaram, e fizeram sexo no mar, e ele tinha aquela camisa verde com a estampa de pinguins... Só de pensar nessa camisa, ao mesmo tempo em que pensava em Stan morto, faz com que ela tenha vontade de chorar.

Portanto, talvez ela o ame. Sim, é claro que ela o ama! Pense na sorte que ela teve de conhecê-lo, depois que Vovó Win morreu e ela ficou sozinha, já que sua mãe se fora e, de outra forma, seu pai também, além de que ela não tinha nenhuma vontade de ver essa pessoa outra vez. Pense em tudo o que ela e Stan passaram juntos, no que eles tinham, no que perderam, no que ainda tinham apesar dessas perdas. Pense em como ele tem sido leal a ela.

Seja a pessoa que você sempre quis ser, dizem em Positron. É esta a pessoa que ela sempre quis ser? Uma pessoa tão indolente, tão rápida em se entregar, tão facilmente desamparada, tão carente, tão carente do quê? Mas o que quer que lhe falte, ela nunca iria querer prejudicar Stan.

— Vire-se, garota safada — diz Max. — Abra os olhos. — Em alguns momentos, ele gosta que ela fique olhando para ele. — Diga-me o que você quer.

— Não pare — diz ela.

Ele faz uma pausa.

— Não parar o quê? — São tais pausas que a farão dizer qualquer coisa.

Ela tem sido uma tola? Sem dúvida, sim. Tem valido a pena? Não. Talvez. Sim.

Ou sim, no momento.

V | EMBOSCADA

ASSEMBLEIA MUNICIPAL

Na noite anterior ao dia de transição de primeiro de dezembro, há outra Assembleia Municipal. Não que alguém vá de fato se reunir: eles assistem em circuito fechado de TV, quer estejam dentro do Presídio Positron ou fora dele. A Assembleia Municipal é para que todos saibam o quanto a experiência Consilience/Positron está indo bem. Suas pontuações coletivas de Interação Saudável, suas metas de Produção de Alimentos, suas taxas de Manutenção de Moradias: coisas assim. Palestras estimulantes, classificações incrementadas, feedback útil. Admoestações mantidas a um mínimo, algumas novas regras acrescentadas no final.

Essas reuniões municipais enfatizam os aspectos positivos. Incidentes de violência diminuíram muito, dizem-lhes hoje — um gráfico aparece na tela —, e a produção de ovos está em alta. Um novo processo será introduzido em breve na Granja: frangos sem cabeça alimentados através de tubos, o que tem demonstrado reduzir a ansiedade e aumentar a eficiência da maturação da carne; além de eliminar a crueldade com os animais, que é o tipo de vitória múltipla que Positron veio representar! Um *Viva!* para a equipe Couve-de-Bruxelas, que excedeu suas cotas dois meses seguidos! Vamos elevar a fasquia sobre a produção de coelhos na segunda quinzena de novembro, em breve haverá algumas excelentes novidades em receitas de coelho. Mais atenção para a triagem do lixo para o Programa de Reciclagem, por favor; não vai funcionar a menos que todos unam forças. E assim por diante.

Galinhas sem cabeça, de jeito nenhum eu comeria isso, pensa Stan. Ele tomou três cervejas antes do início da assembleia: a cervejaria Consilience está pronta e funcionando, e a cerveja é melhor do que nada, embora ele possa imaginar o que Conor diria a esse respeito. *Está brincando. Isso não é cerveja, é mijo de cavalo. O que é isso? De que é feita, de qualquer modo?*

Sim, de quê, ele pensa, tomando outro gole. Ele deixa sua atenção se desviar; Charmaine, sentada ao seu lado no sofá, chilreia:

— Ah, os ovos estão indo bem! Deve ser você, querido!

Ele fala com ela, uma vez ou outra, sobre seu trabalho nas instalações de galinhas, mas ela não tem feito o mesmo em relação ao seu próprio trabalho, o que o deixou curioso a respeito do assunto. O que exatamente ela faz na Administração de Medicamentos? É mais do que apenas distribuir comprimidos, mas quando ele faz perguntas, seu rosto fica inexpressivo e ela encerra a conversa. Ou diz que está tudo bem, como se ele pudesse pensar que não está.

Há algo mais em Charmaine que o tem incomodado. Durante o tempo que passam na cidade, ele tem rastreado a lambreta de vez em quando, só para ter certeza de que seu sistema de dois telefones está funcionando. Tudo foi como esperado: Charmaine passava seu tempo correndo de um lado para o outro, para a padaria, para as lojas, de volta para casa. Porém, nos dias de transição que ele monitorou, ela andou fazendo desvios. Por que teria ido para a parte mais decadente da cidade, onde estão localizadas as casas não restauradas? O que ela estava fazendo? Verificando futuros bens imóveis? Devia ser por isso que ela passava tanto tempo dentro das casas: devia estar medindo os cômodos. Ela está pensando em aumentar a família? Vai começar a pressionar para que eles consigam outra transferência, mudar-se para uma casa maior? Ela está planejando engravidar? Essa é provavelmente sua estratégia, embora ela não tenha tocado no assunto ultimamente. Ele não tem certeza de como se sente a respeito disso: um bebê pode interferir em seus planos em relação a Jasmine, embora não sejam cristalinos. Ele não imaginou muito além daquele primeiro encontro ardente.

Ele agora sabe aonde Jasmine vai durante seu tempo como cidadã de Consilience: ela pega a mesma lambreta rosa e roxa e se dirige à academia. Ela deve se exercitar muito. Seu corpo deve ser ágil, tonificado e forte.

Isso o assusta: ela pode começar a lutar quando ele emergir da piscina como uma poderosa lula gigante e a envolver em seus braços molhados e nus. Mas ela não vai lutar por muito tempo.

Ele próprio passou a ir à academia, para dar uma olhada. Não que Jasmine estivesse lá, ela estaria dentro de Positron. Mas os aparelhos de pesos, as esteiras: seu traseiro sedutor deve ter repousado sobre um dos primeiros, seus pés ágeis devem ter caminhado sobre uma das últimas. Embora ele saiba que é impossível, em parte espera encontrar sinais dela: um lenço caído, uma pantufa, algumas calcinhas de biquíni fúcsia. Sinais mágicos de sua presença.

Às vezes, quando está se demorando indolentemente por lá, ele se sente observado; talvez pelo rosto sombreado na janela um andar acima, com vista para a piscina do ginásio. É onde supostamente os supervisores da alta administração se exercitam, de modo que naturalmente eles teriam uma pessoa da Vigilância em algum lugar por perto. Esse pensamento o deixa nervoso: ele não quer ser destacado, não quer ser uma pessoa de interesse especial. Exceto para Jasmine.

A Assembleia Municipal de hoje pula as fotos preliminares de trabalhadores felizes e gráficos de setores e se concentra diretamente em Ed, que está em pleno modo de conversa estimulante. Como todos eles estão indo bem com suas tarefas do Projeto — além das mais altas expectativas de Ed! Eles devem estar muito orgulhosos de seus esforços e realizações, a história está sendo feita, eles são um modelo para futuras cidades como a deles; de fato, há agora outras nove cidades que estão sendo reconstruídas de acordo com o modelo Consilience/Positron. Se tudo correr bem, em breve o modelo será implantado onde a necessidade for maior — onde quer que a economia tenha fracassado e deixado pessoas trabalhadoras sem recursos!

Melhor ainda, graças a este modelo e à sua reordenação da vida cívica, aos dólares de construção que foram gerados, aos desperdícios que foram economizados, a economia nessas áreas está saindo da crise. Tantas novas iniciativas! Tanta solução de problemas! As pessoas podem pensar de forma muito criativa quando dada a oportunidade!

Espere aí, pensa Stan. O que está por trás de todo esse alarde? Algumas pessoas devem estar ganhando muito dinheiro com isso. Mas quem, mas onde? Afinal, não há muito dinheiro circulando dentro dos muros de Consilience. Todos têm um lugar para viver, é verdade, mas ninguém é mais rico do que ninguém.

Então, todos eles estarão sendo enganados, tratados como otários? Induzidos a fazer o trabalho enquanto outros se refestelam no dinheiro? Conor sempre disse que Stan era crédulo demais, que ele nunca conseguia farejar um motivo escuso, que, dada a escolha, ele pagaria uma grana por um saquinho cheio de bicarbonato de sódio e o enfiaria nariz acima. Droga, dizia Conor, ele provavelmente até ficaria chapado com isso.

Então, o quanto eu tenho sido idiota?, Stan se pergunta. Em que exatamente eu me inscrevi? E não há realmente nenhuma saída, exceto em um caixote, como Conor advertiu? Isso não pode ser verdade: os que estão no topo devem poder ir e vir à vontade. Mas, além de Ed, ele não sabe quem são essas pessoas no topo.

Ele realmente quer outra cerveja. Mas vai esperar até o fim deste programa, caso a TV possa vê-lo.

Stan, Stan, ele diz a si mesmo. Acalma a paranoia. Por que eles estariam interessados em observar você observando-os?

Agora Ed assumiu um ar paternal.

— Alguns de vocês, e você sabe quem são, alguns de vocês têm flertado com a experimentação digital — diz ele. — Todos conhecem as regras: os telefones devem ser usados para intercomunicação pessoal com seus amigos e entes queridos, mas não mais do que isso. Nós levamos os limites muito a sério aqui em Positron! Você pode acreditar que está se engajando em entretenimento pessoal e que sua tentativa de invadir o espaço privado dos outros é inofensiva. E, até agora, nenhum dano foi causado. Mas nossos sistemas são muito sensíveis; eles captam até mesmo os mais fracos sinais não autorizados. Desconecte-se agora, e repito, você sabe quem você é, e nós não tomaremos nenhuma medida disciplinar.

A canção temática de Consilience entra em cena — é a música da festa no celeiro de *Sete noivas para sete irmãos* — e o slogan é ampliado com um zoom:

CONSILIENCE = CONDENAÇÃO + RESILIÊNCIA. CUMPRA PENA AGORA, GANHE TEMPO PARA NOSSO FUTURO!

Stan sente um calafrio. Controle-se, diz a si mesmo. Esse recado de Ed parecia dirigido a várias pessoas, então talvez não estejam atrás dele pessoalmente. Ainda assim, ele vai tirar aquele telefone da lambreta imediatamente. Não tem importância, ele tem Jasmine em sua mira. Nos dias de transição, a primeira parada é em casa, a próxima é na academia.

EMBOSCADA

Não será na academia, ele decide: seria público demais. Em vez disso, será aqui mesmo, na casa. No dia de transição Charmaine deixará a casa e provavelmente inspecionará mais imóveis, após o que estacionará a lambreta no Presídio Positron, e após o que Jasmine subirá nela e virá para cá. Enquanto isso, ele próprio guardará sua pilha de roupas limpas, dobradas, no armário verde, se trancará para fora de casa, e então, em vez de ir direto para a prisão, ele vai esperar na garagem. Quando Jasmine chegar, ele a verá entrar em casa. Então fará o mesmo, e o inevitável e ardoroso encontro acontecerá. Talvez eles nem consigam chegar lá em cima, tão avassalador será seu desejo. O sofá da sala de estar; não, mesmo isso é muito formal. O carpete. Mas não o chão da cozinha: muito duro, machucaria os joelhos.

Eles não serão interrompidos por Max, porque como ele pode chegar aqui sem a lambreta que compartilha com Stan — a vermelha e verde? Que deveria estar chegando em Positron mais ou menos agora, mas que ainda está na garagem. Ele se compraz com a ideia de Max estar impaciente, verificando seu relógio, enquanto sua insaciável, indócil Jasmine enrola braços e pernas ao redor de Stan.

Agora ele está na garagem. Está quente para primeiro de dezembro, mas Stan está tremendo um pouco: deve ser a tensão. O aparador de sebes está pendurado na parede, recém-limpo, bateria carregada, pronto para a ação, não que aquele idiota do Max vá apreciar o cuidado que Stan teve. O aparador de sebes daria uma boa arma, supondo que Max chegue até a casa por algum outro meio e haja um confronto. A coisa tem um gatilho de partida sensível; uma vez em aceleração total, com sua serra afiada girando, ela pode decepar a cabeça de um sujeito. Ele alegaria autodefesa.

Se isso não acontecer e, em vez disso, ele se envolver em um enlace violento com Jasmine, ele se atrasará para o check-in. Isso é desaprovado, mas ele vai ter que arriscar, porque não pode continuar do jeito que está. Isso o consome por dentro. Vai acabar com ele.

Há uma fenda na porta da frente da garagem. Stan está espreitando por ela, esperando que Jasmine chegue em sua lambreta cor-de-rosa, de modo que ele não ouve a porta lateral se abrir.

— É Stan, não é? — diz uma voz. Ele se endireita com um salto, gira nos calcanhares. Seu primeiro instinto é ir pegar o aparador de sebes. Mas é uma mulher.

— Quem diabos é você? — pergunta ele. Ela não é alta, tem cabelos lisos, pretos, até o ombro. Sobrancelhas escuras. Uma boca pesada, sem batom. Calças jeans pretas e camiseta. Ela parece uma sapatão especialista em artes marciais.

Há alguma coisa familiar. Ele já a teria visto na academia? Não, lá não. Foi na oficina, quando eles tinham acabado de se inscrever. Ela estava com aquele idiota do Ed.

— Eu moro aqui — diz ela. Sorri. Seus dentes são quadrados: dentes de teclado de piano.

— Jasmine? — pergunta ele, incerto. Não pode ser. Jasmine não se parece com essa mulher.

— Não há nenhuma Jasmine — diz ela.

Agora ele está confuso. Se não há nenhuma Jasmine, como sabe que deve haver uma?

— Onde está sua lambreta? — diz ele. — Como você chegou aqui?

— Vim de carro — diz ela. — Estacionei na casa ao lado. A propósito, eu sou Jocelyn.

Ela estende a mão, mas Stan não a aperta. Droga, ele pensa. Ela é da Vigilância, que é a única maneira pela qual poderia ter um carro. Ele se sente gelar.

— Agora talvez seja melhor você me dizer por que escondeu aquele telefone na minha lambreta — diz ela, baixando sua mão. — Ou a lambreta que você achou ser minha. Eu a venho acompanhando por aí, rastreador esperto. Ele aparece muito bem em nosso equipamento de monitoramento.

De alguma forma, eles estão na cozinha — na cozinha dele, na cozinha dela, na cozinha deles. Ele está sentado. Tudo aqui é familiar para ele — lá está a cafeteira, lá estão as toalhas de chá dobradas que Charmaine arrumou antes de sair — mas tudo lhe parece estranho.

— Quer uma cerveja? — pergunta ela. Um som sai de sua boca. Ela serve a cerveja e pega uma para si mesma, depois se senta em frente a ele, inclina-se e descreve para ele, com demasiados detalhes, todos os movimentos de Charmaine nos dias de transição. Entrando e saindo de casas vazias, já há quatro meses, em conjunção com o marido de Jocelyn, Max. *Conjunção* é a palavra que ela usa. Entre outras palavras mais curtas.

Porém, Max não é o verdadeiro nome do marido dela. O nome dele é Phil e ela já teve esse tipo de problema com ele antes. Ela sempre fica sabendo, e ele sabe que ela sabe, mas finge não saber. Ele sabe a respeito das câmeras de segurança escondidas nas casas vazias, ele sabe que ela tem acesso às filmagens. Isso faz parte da atração para ele: a certeza de que está atuando para ela. Ele vai se desviar do caminho — é um vício como o jogo, uma doença, Stan não concorda?, você tem que sentir pena — e ela o deixa prosseguir com isso por algum tempo. É uma válvula de escape para ele: em uma cidade fechada com portões de mão única, as válvulas de escape são limitadas para um homem como ele. Ele tentou obter ajuda com este vício, tentou aconselhamento, tentou terapia de aversão, mas até agora nada funcionou. Não ajuda nada o fato de que ele seja tão bonito. Mulheres com imaginação romântica hiperativa meio que se atiram sobre ele. Não há escassez.

Quando ela acha que aquilo em que ele está metido já foi longe o suficiente, ela o confronta. Isso encerra o assunto: ele acaba tudo com a mulher em questão, sem pontas soltas. Depois, após um intervalo de promessas de que vai se endireitar, ele começa outro caso. Tem sido humilhante para ela pessoalmente, embora ele lhe assegure que é leal a ela em seu coração, apenas não consegue controlar seus impulsos.

— Mas nunca houve um curinga antes — diz ela. — Não um de nossos próprios Substitutos. Meu e do Phil.

Stan está tão confuso que não consegue pensar direito. Charmaine! Bem debaixo de seu nariz, a vadia trapaceira — renegando sexo a ele, ou dispensando-o parcimoniosamente entre lençóis limpos. Deve ter sido ela quem escreveu aquele bilhete, selou-o com um beijo fúcsia. Como se atreve a se mostrar sendo tudo o que ele estava tão aborrecido com ela por não ser? E com um idiota chamado Phil, casado com uma lutadora de luta-livre! Por outro lado, como ousa alguém mais rotular sua mulher como uma mera válvula de escape?

— Curinga — diz ele debilmente. — Você quer dizer Charmaine.

— Não. Estou me referindo a você — diz ela. Olha para ele por baixo das sobrancelhas. — Você é o curinga.

Ela sorri para ele: não é um sorriso acanhado. Apesar da falta de maquiagem, sua boca parece escura e líquida, como óleo.

— Eu preciso ir andando — diz ele. — Preciso me apresentar antes do toque de recolher, em Positron. Eu preciso...

— Está tudo resolvido — diz ela. — Sou eu quem controla os códigos de identidade. Reformulei os dados para que Phil vá para lá em seu lugar.

— O quê? — exclama Stan. — Mas e o meu trabalho? É preciso treinamento, não pode ser simplesmente...

— Ah, ele vai ficar bem — diz Jocelyn. — Ele não é bom com as mãos, não como você, mas ele se dá bem com o digital. E cuidará de suas galinhas para você, em ambas as extremidades. Ele não permitirá que ninguém se intrometa com elas.

Droga, pensa Stan. Ambas as extremidades. Ela sabe a respeito da história com as galinhas. Há quanto tempo está de olho nele?

— Enquanto isso — diz ela. Coloca a cabeça de lado, como se estivesse considerando. — Enquanto isso, você estará aqui, comigo. Pode me contar tudo sobre seu interesse em Jasmine. Se você quiser, podemos ouvir Max e Jasmine, durante seu pequeno encontro em casas vazias. Eu tenho as gravações, os vídeos de vigilância. A qualidade do som é excelente, você ficaria surpreso. É bastante excitante. Podemos ter um caso próprio, no sofá. Acho que é minha vez de jogar o jogo do Phil, concorda?

— Mas isso é... — ele quer dizer "Isso é pervertido, porra", mas ele se contém. Esta mulher é gerente de nível superior, ela está na Vigilância: ela poderia tornar sua vida verdadeiramente desagradável. — Isso é injusto — diz ele. Sua voz quase desaparece.

Ela sorri novamente com sua boca escorregadia e lustrosa. Ela tem bíceps, ombros, e suas coxas são alarmantes; sem mencionar o fato de que ela é uma *voyeur* doentia. O que ele fez a si mesmo, à sua vida? Por que ele fez isso? Onde está sua doce e alegre Charmaine? É ela que ele quer, não esta sapatão sinistra e provavelmente de pernas cabeludas.

Disfarçadamente, ele verifica as saídas: porta dos fundos, porta para o corredor, porta para as escadas do porão. E se ele enfiasse esta mulher dentro de seu armário verde do porão e depois saísse correndo? Mas fugir para onde? Ele bloqueou as próprias saídas.

— É sério. Isto não vai funcionar, não é... Eu não sou... Eu preciso ir — diz ele. Ele não consegue dizer por favor.

— Não se preocupe — diz ela. — Não vão sentir sua falta. Você terá um mês extra aqui na casa. Então, no mês que vem, quando Charmaine sair de Positron, você pode entrar.

— Não — diz ele. — Eu não quero...

Ela suspira.

— Pense nisso como uma intervenção para evitar possíveis violências. Você tem que admitir que tem vontade de estrangulá--la, qualquer um teria. Você vai me agradecer mais tarde. A menos que prefira que eu entregue um relatório sobre as regras que você infringiu. Quer outra cerveja?

— Quero — ele consegue dizer. Ele está caindo cada vez mais fundo no buraco que cavou para si mesmo. — Traga duas.

— Ele está encurralado. — O que mais eu tenho que fazer? — Para evitar as consequências, é o que ele quer dizer, mas não tem que explicar isso. Ela está plenamente consciente de que o está colocando contra a parede.

Ela não se apressa a responder, bebe, lambe os lábios.

— Nós vamos descobrir, não vamos? — diz ela. — Temos muito tempo. Tenho certeza de que você é muito talentoso. A propósito, eu troquei os armários. O seu é o vermelho agora.

SALA DE BATE-PAPO

No dia de transição em primeiro de janeiro, Charmaine é avisada por uma das funcionárias atrás do balcão para permanecer na prisão, porque o Recursos Humanos precisa falar com ela. De imediato, ela sente uma sensação de desfalecimento. Será que eles sabem sobre Max? Se assim for, ela está em apuros, porque quantas vezes lhes foi dito que não era permitido confraternizar com os Substitutos que compartilhavam sua casa? Você nem deveria saber como eles eram. O que foi uma das coisas que fez com que ver Max fosse tão emocionante para ela. Tão proibido e, por isso, além dos limites.

Ver Max. Que maneira antiquada de dizer isso! Mas ela é uma garota antiquada — é o que Stan pensa. Embora seus momentos com Max não tenham realmente caracterizado *ver*. Têm sido *close-ups*, à meia-luz. Orelha, mão, coxa.

Ah, por favor, que eles não saibam, ela reza silenciosamente, cruzando os dedos. Eles nunca explicitaram o que aconteceria se você desobedecesse, embora Max a tivesse tranquilizado. Ele havia dito que não era nada de mais: eles apenas lhe davam um tapinha na mão e talvez trocassem seu Substituto. De qualquer forma, ela e Max estavam sendo muito cuidadosos e em nenhuma dessas casas havia um programa espião instalado; ele saberia, era seu trabalho saber tudo sobre essas casas. Mas e se Max estivesse errado? Pior: E se Max estivesse mentindo?

Ela respira fundo e sorri, mostrando seus dentes pequenos e singelos.

— Qual é o problema? — pergunta ela à funcionária, seu tom de voz mais alto e mais agudo do que o normal. Tem algo a ver com seu trabalho como Administradora-Chefe de Medicamentos? Se assim for, ela aprenderá como melhorar, porque sempre quer fazer o melhor possível e dar o máximo de si mesma.

Ela espera que seja essa a questão. Talvez eles tenham notado que ela ignora o protocolo da máscara cirúrgica, talvez tenham decidido que está sendo muito boazinha com os pacientes durante os Procedimentos Especiais. Os afagos na cabeça, os beijos na testa, aqueles sinais de bondade e atenção pessoal pouco antes de inserir a agulha hipodérmica: eles não são proibidos, mas tampouco obrigatórios. São floreios, toques de consideração — pequenos gestos que ela acrescentou porque torna tudo aquilo uma experiência de mais qualidade, não só para quem está sendo submetido ao Procedimento, como também para ela mesma. Está convicta de que se deve manter o toque humano: ela sempre esteve preparada para dizer isso diante de um tribunal, se necessário. Embora esperasse que não fosse. Mas talvez agora seja o momento de fazê-lo.

— Ah não, tenho certeza de que não é nada — diz a funcionária. Ela acrescenta que se trata apenas de uma formalidade administrativa. Alguém deve ter digitado o código errado; tais coisas acontecem e pode demorar um pouco para resolver. Até mesmo com a tecnologia moderna há sempre erro humano, e Charmaine só tem que ser paciente até que consigam rastrear o que só podem supor que seja um *bug* no sistema.

Ela acena com a cabeça e sorri. Mas estão olhando para Charmaine de forma estranha (agora há duas delas, depois há três atrás do balcão de checkout, uma delas digitando uma mensagem no celular), e há algo estranho em suas vozes: elas não estão dizendo a verdade. Ela não acha que esteja imaginando isso.

— Espere na Sala de Bate-papo — diz a que está com o celular, indicando uma porta ao lado do balcão. — Longe do processo de checkout. Obrigada. Há uma cadeira, você pode se sentar. A funcionária de Recursos Humanos logo lhe atenderá.

Charmaine olha para o grupo de prisioneiras que parte. Será que Sandi está entre elas, e Veronica? Ela as avistou brevemente ao longo dos meses — elas estão na prisão quando ela está —, mas não estão no seu grupo de tricô e não trabalham no hospital, de modo que ela não teve nenhum motivo para se aproximar delas. Agora, no entanto, ela anseia por um rosto amigável. Mas elas não a veem, elas se viraram para ir embora. Tiraram seus macacões laranja e estão usando suas roupas civis, devem estar aguardando com ansiedade os momentos de diversão que estão prestes a ter, lá fora.

Como Charmaine estava, há poucos momentos. Ela usa um sutiã branco rendado embaixo de seu suéter cor de cereja. Escolheu estes itens há um mês para ficar especial para Max hoje.

— O que há de errado? — uma das outras mulheres chama por ela. Alguém de seu círculo de tricô. Charmaine deve estar demonstrando aflição, deve estar fazendo uma cara triste. Ela força os cantos da boca para cima.

— Nada, na verdade. Alguma coisa na entrada de dados. Vou sair mais tarde hoje — diz ela, o mais animadamente possível. Mas ela duvida disso. Ela pode sentir o suor encharcando seu suéter, debaixo dos braços. Esse sutiã terá que ser lavado, imediatamente. Muito provavelmente a cor cereja está vazando para ele, e é tão difícil tirar manchas como essa de roupas brancas.

Ela senta-se na cadeira de madeira na Sala de Bate-papo, tentando não contar os minutos, resistindo ao impulso de voltar à recepção e fazer uma cena, o que definitivamente não terá qualquer utilidade. E mesmo que consiga sair mais tarde naquele dia, e o Max? O encontro deles, planejado há um mês. Neste exato momento, ele deve estar se dirigindo à casa vazia deste mês; ele lhe disse o endereço da última vez e ela o memorizou, repetindo-o como uma oração silenciosa enquanto estava deitada em sua cama estreita em sua cela no Presídio Positron, em sua camisola padrão de poliéster e algodão.

Max gosta que ela descreva essa camisola. Ele gosta que ela lhe conte a tortura que é para ela ficar deitada ali, sozinha, usando aquela camisola áspera, virando-se de um lado para o outro, incapaz de dormir, pensando nele, revivendo sem parar cada palavra e cada toque, traçando com suas próprias mãos os caminhos em sua carne que as mãos dele haviam percorrido. *E depois o quê, e depois o quê?*, ele sussurra enquanto eles se deitam no assoalho sujo. *Diga-me.*

Mostre-me.

O que ele gosta ainda mais — porque ela dificilmente consegue fazê-lo por conta própria, ele tem que forçá-la a falar, palavra por palavra —, o que ele gosta ainda mais é fazê-la descrever o que ela está sentindo quando é Stan quem está fazendo amor com ela. *E então, o que ele faz? Me diga, me mostre. E depois, o que você sente?*

Eu finjo que é você, ela diz. *Eu preciso, eu tenho que fazer isso. Caso contrário, eu ficaria louca. Eu não poderia suportar.* O que não é verdade, realmente, mas é o que Max gosta de ouvir.

Da última vez, ele foi mais longe. *E se fôssemos os dois ao mesmo tempo?*, disse ele. *Frente e trás. Diga-me...*

Ah, não, eu não poderia! Não os dois ao mesmo tempo! Isso é...

Eu acho que você poderia. Eu acho que você quer. Olhe, você está ficando ruborizada. Você é uma vadiazinha safada, não é? Você daria conta de um time de futebol anão se houvesse espaço para eles... Você quer. Nós dois ao mesmo tempo. Diga.

Naqueles momentos, ela diria qualquer coisa. O que ele não sabe é que, de certa forma, são sempre os dois ao mesmo tempo:

seja quem for que esteja em sua companhia, o outro está lá com ela também, invisível, participando, embora em um nível inconsciente. Inconsciente para ele, mas consciente para ela, porque ela mantém os dois em sua consciência, muito cuidadosamente, como merengues frágeis, ou ovos crus ou filhotes de passarinho. Mas ela não acha que isso seja uma coisa suja, acalentar ambos ao mesmo tempo: cada um tem uma essência diferente e ela por acaso é boa em valorizar a essência única de uma pessoa. É um dom que nem todos têm.

E agora, hoje, ela vai perder o encontro com Max, e ela não tem como avisá-lo de que não poderá estar lá. O que ele vai pensar? Ele chegará à casa cedo porque, do mesmo modo que ela, mal consegue se conter. Ele vive para esses encontros, anseia esmagá-la nos braços e estragar suas roupas, rasgando zíperes e botões e até mesmo uma ou duas costuras, na pressa de seu desejo ardente e irresistível. Ele vai esperar e esperar na casa vazia, impacientemente, andando de um lado para o outro no piso manchado e encrustado de lama, espreitando através das vidraças sujas. Mas ela não vai aparecer. Será que ele vai presumir que ela o deixou? Dispensou-o? Deu-lhe um fora? Abandonou-o em um ataque de covardia, ou de lealdade para com Stan?

Depois, há o próprio Stan. Após o mês que acabou de passar como prisioneiro em Positron, ele terá entregado seu macacão e vestido suas calças jeans e a jaqueta de lã. Terá deixado a ala dos homens no complexo prisional de Positron; ele terá voltado em sua lambreta pelas ruas de Consilience, que estarão apinhadas de pessoas em clima de festa, algumas entrando no presídio para assumir sua vez de prisioneiras, outras saindo de lá, de volta às suas vidas civis.

Stan também estará esperando por ela, não em um prédio abandonado, impregnado com o cheiro de antigas festas cheias de drogas velhas e sexo de motociclistas, mas em sua própria casa, a casa que ela considera como deles. Ou a metade dela, pelo menos. Stan estará dentro daquela casa, em seu ninho doméstico familiar, esperando que ela chegue a qualquer minuto, coloque seu avental e comece a preparar o jantar, enquanto ele mexe em suas ferramentas na garagem. Ele pode até ter a intenção de lhe dizer que sentiu a falta dela — ele geralmente faz isso, embora menos ultimamente — e lhe dar um abraço descuidado.

Ela aprecia a descontração desses abraços: descontraído significa que ele não tem a menor ideia do que ela acaba de fazer. Ele não percebe que ela está voltando de uma hora roubada com Max. Ela adora essa expressão — *hora roubada*. É tão anos cinquenta. Como nos filmes românticos que às vezes exibem na TV Consilience, nos quais tudo acaba bem no final.

Embora *hora roubada* não faça sentido, quando você pensa melhor sobre isso. É como beijos roubados: a hora roubada tem a ver com tempo e os beijos roubados são sobre lugar, sobre que lábios vão aonde. Mas como essas coisas podem ser roubadas? Quem rouba? Stan é o dono daquela hora e daqueles beijos também? Certamente que não. E, mesmo que fosse, se ele não souber desse tempo perdido e desses beijos perdidos, de que maneira ela o estaria magoando? Existem ladrões de arte que fizeram cópias fiéis de pinturas caras e as substituíram no lugar das verdadeiras, e os proprietários ficaram meses e até mesmo anos sem se dar conta disso. É assim mesmo.

Mas Stan vai notar quando ela não aparecer. Ele vai ficar irritado, depois consternado. Pedirá aos funcionários de Consilience que façam uma busca nas ruas, verifiquem se houve algum acidente com lambreta. Em seguida, ele entrará em contato com Positron. O mais provável é que lhe digam que Charmaine ainda está lá dentro, na ala feminina. Embora não lhe digam por quê.

Charmaine fica sentada por um longo tempo na pequena e dura cadeira de madeira da Sala de Bate-papo, tentando manter a mente calma. Não é de admirar que as pessoas ficassem loucas na solitária, pensa ela. Ninguém com quem conversar, nada para fazer. Mas eles não têm mais solitária em Positron. As celas foram mostradas a ela e a Stan, durante a visita de orientação, quando estavam tomando a grande decisão de se inscrever. As antigas solitárias haviam sido reequipadas com escrivaninhas e computadores — eram para os engenheiros de TI e também para a divisão de robótica que eles iriam construir. *Muito empolgantes as possibilidades existentes ali* — disse o guia. *Agora, vamos ver a sala de jantar comunitária, e depois os animais e a horticultura — todas as nossas galinhas são criadas aqui mesmo —, e depois disso podemos dar uma olhada no estúdio de Artesanato, onde vocês receberão seu material de tricô.*

Tricô. Se ela tiver que ficar no Presídio Positron mais um mês inteiro, vai ficar realmente farta desse tricô. Foi divertido no começo, espécie de reunião antiquada e tagarela, mas agora haviam lhes dado cotas. As supervisoras fazem-na se sentir uma desleixada se você não tricotar rápido o suficiente.

Ah, Max. Onde você está? Estou com medo! Mas mesmo que Max conseguisse ouvi-la, ele viria?

Stan viria. Ele não a subestimava quando ela estava assustada. Aranhas, por exemplo: ela não gosta delas. Stan é muito eficiente com as aranhas. Ela aprecia isso nele.

COLEIRA ESTRANGULADORA

É final de tarde. O sol está baixo no céu, a rua está vazia. Ou parece vazia: sem dúvida há olhos por toda parte — no poste de luz, no hidrante de incêndio. Só porque você não pode vê-los, não significa que eles não possam ver você.

Stan está aparando a cerca viva, fazendo um esforço para parecer não apenas útil, mas também alegre. A sebe não precisa ser aparada — é primeiro de janeiro, é inverno, apesar da falta de neve —, mas ele acha a atividade relaxante pelas mesmas razões que roer as unhas é relaxante: é repetitiva, imita uma atividade significativa e é violenta. O aparador de sebes emite um zumbido ameaçador, como um ninho de vespas. O som lhe dá uma ilusão de poder que embota seu senso de pânico. O pânico de um rato em uma gaiola, com comida e bebida fartas e até mesmo sexo, embora sem saída e com a suspeita de que ele faz parte de uma experiência que certamente será dolorosa.

A fonte de seu pânico: Jocelyn, um alicate de pressão ambulante. Ela o traz acorrentado ao tornozelo. Ela o traz por uma correia invisível; ele está usando sua coleira de estrangulamento invisível. Ele não consegue se libertar.

Respire fundo, Stan, diz a si mesmo. Pelo menos você ainda está vivo. Ou vivo e fodido. Ele ri por dentro. Essa foi boa, Stan.

Ele tem fones nos ouvidos, conectados ao seu celular. O zunido do aparador faz pano de fundo para a voz de Doris Day, cuja lista de sucessos mais importantes serve como sua canção de ninar durante o dia. No início, ele tinha tido fantasias de lançar Doris de um telhado, mas não há muita escolha musical — eles censuram qualquer coisa excitante ou perturbadora demais — e ele a prefere à miscelânea de *Oklahoma!* ou Bing Crosby cantando "White Christmas".

Ao balanço saltitante de "Love Me or Leave Me", ele decepa um punhado de ramos de cedro finos. Agora que está acostumado com ela, é relaxante pensar em Doris, sempre virginal, mas com peitos impressionantemente firmes, reforçados por sutiãs com enchimento, sorrindo seu sorriso branqueado ao sol, preparando milkshakes em sua cozinha, como em sua cinebiografia tão frequentemente exibida na TV Consilience. Ela era a garota "boazinha", na época em que o oposto era "danadinha". Ele tem uma lembrança de infância de um tio alcoólatra irritando as jovens, chamando-as de travessas por usarem saias curtas. Ele tinha onze anos na época, começando a notar.

Doris nunca teria optado por uma saia assim, a não ser que fosse para combinar com algo esportivo e assexuado, como tênis. Talvez fosse uma garota como Doris que ele andara desejando quando se casou com Charmaine. Confiável, simples, limpa. Blindada em roupas de baixo do mais puro branco. Que piada isso acabou se tornando.

Lonely, ele cantarola em sua cabeça. Mas não lhe será permitida a solidão, não assim que Jocelyn voltar de seu assustador trabalho diurno.

— Você devia colocar suas coisinhas de couro — ela lhe disse há duas noites, na voz que ela acredita ser sedutora. — Com a pequena chave de fenda. Vou fingir que você é o encanador.

Ela se referia ao que ele está usando agora: as luvas de trabalho de couro, o avental de trabalho com seus bolsos e apetrechos. Fantasias *kink* para homens, em sua visão. No entanto, ele não tinha colocado as coisinhas de couro: ele tem algum orgulho. Embora cada vez menos.

Ele sobe em uma escada para alcançar a parte mais alta da sebe. Se ele se mexer, pode cair, e isso poderia ser letal, porque o aparador de cerca viva é ultra-afiado. Ele poderia cortar com precisão um pescoço com um movimento rápido como um raio, como nos filmes de samurai japoneses que ele e Conor costumavam ver quando eram crianças. Os carrascos medievais podiam decepar uma cabeça com um machado em um único golpe preciso, pelo menos em filmes históricos. Será que ele conseguiria fazer algo tão extremo? Talvez, com o rufar dos tambores e a multidão de caipiras zombando e atirando legumes para incitá-lo. Ele precisaria de luvas de couro, só que com manoplas, e uma máscara facial de couro como as de filmes de terror. Seu tronco ficaria nu? É melhor não: ele precisa fortalecer os músculos, ganhar volume. Está se encharcando demais dessa cerveja que cria barriga: tem gosto de mijo, mas qualquer coisa serve para ficar bêbado.

Ontem, Jocelyn espetou o dedo indicador no rolo gelatinoso sobre sua costela inferior.

— Livre-se desta flacidez! — comentou ela. Era para ser uma provocação, mas ali ficou subtendido um *se não*. Mas *se não* o quê? Stan sabe que está em liberdade condicional; mas se falhar no teste, seja ele qual for, o que acontece?

Ele mais de uma vez já imaginou a cabeça de Jocelyn se desprendendo de seu corpo por meio de ferramentas afiadas.

Secret love, Doris canta. *Dum dee dum, me, yearning free.* Stan mal ouve a letra da música, ele já a ouviu com muita frequência. Papel de parede com botões de rosa. A vida de Doris Day teria sido diferente se ela tivesse se chamado Doris Night? Teria ela usado renda preta, pintado o cabelo de vermelho, cantado canções tórridas? E a própria vida de Stan? Ele seria mais magro e esbelto se seu nome fosse Phil, como o marido traidor idiota de Jocelyn?

Ou Conor. E se ele tivesse sido chamado de Conor?

No more, canta Doris. A seguir, a playlist das dez mais de Patti Page. "How Much Is That Doggie in the Window?" *Au, au,* late um cachorro de verdade. Charmaine acha essa canção fofinha. *Fofo* é uma categoria primária para ela, como o certo e o errado. A flor crócus: fofinha; trovoadas: não fofas. Tacinhas para ovo quente em forma de galinha: fofinhas. Stan zangado: não fofo. Hoje em dia ele não é muito fofinho.

O que seria melhor, o machado ou o aparador de sebes?, ele se pergunta. O machado, se você tivesse a destreza do golpe limpo. Caso contrário, para os amadores, o aparador. Os tendões seriam cortados como um fio molhado; depois, haveria o sangue quente, atingindo-o no rosto como um canhão de água. O pensamento o faz sentir-se um pouco enjoado. Este é o problema com suas fantasias: elas se tornam vívidas demais, depois se transformam em graves erros e confusões, e ele fica enredado no que pode dar errado. Muita coisa já deu errado.

Você poderia fazer um bom trabalho em seu próprio pescoço com o aparador; embora não com o machado. Uma vez que o aparador estivesse ligado, ele apenas continuaria indo quer você ainda estivesse consciente ou não. Conor uma vez lhe contou sobre um cara que cometeu suicídio em sua própria cama com uma faca elétrica de cozinha. Sua esposa traidora estava deitada ao seu lado; foi o calor de seu sangue infiltrando-se no colchão que a despertou. Ele fantasiou com isso também, porque em certos dias sente-se tão encurralado, tão desesperançado, tão sem saída, tão louco, que faria quase qualquer coisa para fugir.

Mas por que está sendo tão negativo? *Querido, por que você está sendo tão negativo?*, ele ouve em sua cabeça: a voz chilreante de Charmaine, aguda e infantil como a da boneca Barbie. *Certamente sua vida não é tão ruim assim!* A implicação sendo: com ela dentro da minha vida. *Cale-se*, ele diz à voz. A voz dá um pequeno *Ah* chocado e depois explode como uma bolha.

RECURSOS HUMANOS

Charmaine espera indefinidamente. Por que não há revistas para ler, por que não há uma TV? Ela até veria um jogo de beisebol. Além disso, ela agora precisa ir ao banheiro e não há nenhum. Isso é realmente falta de consideração e, se não se controlar, vai começar a ficar mal-humorada. Mas o mau humor leva a desfechos ruins, caso você não tenha nenhum poder para sustentá-lo. As pessoas vão destruí-la, ou então ficar ainda mais mal-humoradas do que você. *Sorria e o mundo sorrirá com você*, dizia Vovó Win. *Chore e você chorará sozinha.* Ela não deve chorar: deve agir como se aquilo fosse normal e maçante. Apenas algo burocrático.

Finalmente, entra uma mulher com uma espécie de iPad em um suporte — um PosiPad — em uniforme de guarda, mas com um crachá de identificação preso no bolso do peito: AURORA, RECURSOS HUMANOS. Charmaine sente um baque no coração.

Aurora de Recursos Humanos sorri impiedosamente, os olhos frios como granizo. Ela tem um recado a dar e o faz sem percalços: Sinto muito, mas Charmaine deve permanecer no Presídio Positron por mais um mês; além disso, ela foi dispensada de suas funções na Administração de Medicamentos.

— Mas por quê? — pergunta Charmaine, a voz trêmula. — Se alguma reclamação foi registrada... — O que é uma tolice dizer, porque os indivíduos submetidos à administração do medicamento, todos eles, morrem em cinco minutos após o Procedimento Especial, é o que geralmente acontece quando seu coração para de bater, portanto quem ainda estaria andando por aí no planeta para poder registrar uma queixa? Talvez alguns deles tenham voltado da vida após a morte e criticado a qualidade de seus serviços, ela brinca consigo mesma. Supondo que o fizessem, estariam mentindo, ela acrescenta, indignada. Ela tem orgulho de seus esforços e de seu talento, ela realmente tem um dom, pode-se ver isso nos olhos dos pacientes. Ela realiza o trabalho com perfeição, oferece uma boa morte: aqueles que são colocados sob seus cuidados partem em um estado de êxtase e com sentimentos de gratidão para com ela, se a linguagem corporal for uma indicação. E é: nas mãos de Max ela aprimorou suas habilidades em linguagem corporal.

— Ah, não, nenhuma reclamação — diz Aurora de Recursos Humanos, um pouco descuidadamente. Seu rosto mal se movimenta: ela se submeteu a algum procedimento estético no rosto e eles foram longe demais. Ela tem olhos esbugalhados e sua pele está repuxada para trás como se um punho gigante estivesse apertando todos os cabelos na parte de trás da cabeça. Ela muito provavelmente foi a uma sessão na escola de cirurgia plástica do programa de reciclagem de Positron. Os cirurgiões são estudantes, por isso é natural que eles errem de vez em quando. Charmaine, entretanto, pensa que saltaria de uma ponte se seu rosto ficasse tão deformado assim. Na Clínica e Casa de Repouso Ruby Slippers eles faziam um trabalho muito melhor. Eles podiam pegar alguém com setenta, oitenta, até mesmo oitenta e cinco anos, e fazer com que não parecesse ter mais do que sessenta anos.

Eles provavelmente estão treinando os cirurgiões plásticos porque vai haver uma demanda alta aqui muito em breve. A média de idade em Consilience é de trinta e três anos, então sentir-se bonito não é um grande desafio ainda, mas o que acontecerá no Projeto com o passar dos anos?, Charmaine se pergunta. Uma população muito numerosa de idosos em cadeiras de rodas? Ou será que essas pessoas serão liberadas, ou melhor, expulsas — atiradas na rua, forçadas a assumir a vida em um mundo exterior árido e miserável? Não, porque o contrato é vitalício. É o que lhes foi dito antes de se comprometerem.

Mas — este é um pensamento novo para Charmaine, e não é um pensamento agradável — não havia garantias sobre quanto tempo essa vida poderia durar. Talvez depois de uma certa idade as pessoas sejam enviadas à Administração de Medicamentos para o Procedimento. Talvez eu acabe lá também, pensa Charmaine, com alguém como eu me dizendo que tudo vai ficar bem, acariciando meus cabelos, beijando minha testa e me espetando uma agulha, e eu não serei capaz de me mover ou dizer qualquer coisa porque estarei amarrada e drogada até o último fio de cabelo.

— Se não há queixas, então por quê? — Charmaine pergunta a Aurora, tentando não deixar transparecer seu desespero. — Sou necessária em Medicamentos, é uma técnica especial, eu tenho experiência, nunca tive uma única...

— Bem, tenho certeza de que você concordará que é necessário — Aurora intervém —, considerando a incerteza quanto à sua identidade, já que seus códigos e cartões foram desativados. No momento, você está no limbo, pode-se dizer. A verificação cruzada no banco de dados é muito meticulosa, como tem que ser, já que posso compartilhar com você que tivemos alguns impostores aqui dentro. Jornalistas. — Ela franze a testa até onde é capaz com seu rosto esticado. — E outros encrenqueiros. Tentando desenterrar... tentando *inventar* histórias ruins sobre nossa maravilhosa comunidade-modelo.

— Ah, isso é terrível! — exclamou Charmaine. — A maneira como eles inventam coisas... — Ela se pergunta quais foram as histórias ruins, mas acha melhor não procurar saber.

— Sim, bem — diz Aurora. — Todos nós temos que ter muito cuidado com o que dizemos, porque nunca se sabe, não é mesmo? Se a pessoa é real ou não.

— Ah, eu nunca pensei nisso — diz Charmaine sinceramente. O rosto da Aurora relaxa um milímetro.

— Você receberá novos cartões e códigos se... — ela se contém — ... *quando* você for verificada de novo. Até lá, é uma questão de confiança.

— Uma questão de *confiança*! — diz Charmaine, indignada. — Nunca houve *qualquer*...

— Isto não é sobre você pessoalmente — retruca Aurora. — São os seus dados. Tenho certeza de que você mesma é completamente digna de confiança em todos os sentidos. Mais do que leal. — Seria aquilo um sorriso malicioso? Difícil de dizer em uma cara tão repuxada. Charmaine se ruboriza: *leal*. Será que

Max deixou escapar alguma coisa, será que eles foram vistos? Pelo menos ela tem sido leal ao seu trabalho.

— Agora — diz Aurora, mudando para o modo eficiência —, estou colocando você temporariamente na lavanderia. Dobra de toalhas. Há uma carência nesse departamento. Eu mesma já fiz dobra de toalhas, é muito relaxante. Às vezes, é bom fazer uma pausa, se distanciar de muito estresse e responsabilidade, e das distrações após o trabalho que podemos... — ela hesita, procurando a palavra certa — ... as distrações que podemos *perseguir*, para lidar com esse estresse. A dobra de toalhas dá tempo para reflexão. Pense nisso como tempo de desenvolvimento profissional. Como um período de férias.

Cacete!, pensa Charmaine. Dobrar toalhas. Seu status em Positron acaba de despencar de um penhasco.

Charmaine troca as roupas civis que ela vestiu há horas. (Ah, droga, olhe esse sutiã, ela pensa: mancha rosa brilhante debaixo dos braços do suéter, ela nunca vai conseguir tirá-la.) Havia algo mais. Aurora não consegue sorrir como uma pessoa normal, mas não se tratava apenas do sorriso esquisito, era o tom. Excessivamente apaziguador. Como você falaria com uma criança prestes a receber uma vacinação dolorosa ou uma vaca a caminho do matadouro. Tinha rampas especiais para essas vacas, para levá-las a caminhar placidamente até a sua ruína.

À noite, depois de quatro horas de dobra de toalhas e do jantar compartilhado — torta de carne, salada de espinafre, mousse de framboesa —, Charmaine se junta ao círculo de tricô na sala principal da ala feminina. Não é o seu círculo habitual de tricô, não o grupo que a conhece: aquelas mulheres saíram hoje e, para o lugar delas, chegaram suas substitutas. Estas mulheres não são apenas estranhas a Charmaine, elas também a veem como uma estranha. Estão deixando claro que não sabem por que ela foi colocada ali: são educadas com ela, mas apenas isso. As tentativas de Charmaine de manter uma conversa descontraída foram recebidas com frieza; é quase como se tivessem contado a essas mulheres alguma história desonrosa a respeito dela.

O grupo estava tricotando ursinhos azuis para os pré-escolares — alguns para os grupos de brincadeiras de Positron e Consilience, o restante para exportação, para as lojas de artesanato em cidades distantes, mais prósperas, talvez até mesmo em outros países, porque Positron tem que ganhar seu sustento. Mas Charmaine não consegue se concentrar em seu ursinho. Ela está nervosa, está ficando mais ansiosa a cada minuto que passa.

É a confusão digital: como isso pôde acontecer? O sistema deve ser à prova de erros. Há pessoal de TI trabalhando nisso agora mesmo, Aurora lhe disse, mas enquanto isso Charmaine deveria juntar-se a alguns grupos de ioga na academia de ginástica e manter a rotina diária. É lamentável, mas números são números, e seus números não estão mostrando que ela é quem diz ser. Aurora tem certeza de que isso logo vai ser esclarecido.

Mas Charmaine não acredita nem por um instante nesses pretextos. Alguém deve tê-la denunciado. Mas quem? Uma amiga ou amante de um de seus alvos de Procedimento Especial? Como saberiam, como teriam acesso? Essas informações devem ser totalmente confidenciais! Descobriram sobre ela e Max. Deve ser isso. Estão decidindo o que deve ser feito com ela. Feito a ela.

Se ao menos ela pudesse falar com Stan. Não Max: ao primeiro sinal de perigo Max daria no pé. No íntimo, ele é um caixeiro viajante. *Sempre darei valor aos nossos momentos juntos e a guardarei em meu coração*, depois pela janela do banheiro e por cima da cerca dos fundos, deixando-a para lidar com o flagrante e o corpo no chão, que pode vir a ser o dela.

Max é como areia movediça. Mercúrio. Rápido. Ela sempre soube disso a respeito dele. Stan, no entanto — Stan é sólido. Se estivesse aqui, ele enrolaria as mangas da camisa e enfrentaria a realidade. Ele lhe diria o que fazer.

Caramba. Agora ela fez um dodói no pescoço do ursinho azul, ela continuou a tricotar do mesmo jeito onde tinha que ter invertido o ponto. Deveria desmanchar aquela fileira, tricotá-la de novo? Não. O urso só terá um pequeno relevo ao redor do pescoço. Ela pode até amarrar uma fita em torno dele, com um laço. Cubra a falha ao acrescentar um toque pessoal. *Se tudo o que você tem são limões*, ela diz a si mesma, *faça uma limonada.*

Quando volta à sua cela naquela noite, Charmaine a encontra vazia. Sua companheira de cela foi embora; é o seu mês de retorno a Consilience. Mas a outra cama não está feita, está totalmente descoberta. É como se alguém tivesse morrido.

Eles não vão dar a ela uma nova companheira de cela, então. Eles a estão isolando. Será isto o início de sua punição? Por que ela foi se deixar envolver com Max? Deveria ter saído correndo do quarto no primeiro instante em que colocou os olhos nele. Ela tem sido uma bobalhona. E agora está completamente sozinha.

Pela primeira vez naquele dia, ela chora.

CRIADO DOMÉSTICO

"Querido, anime-se, certamente a vida não é tão ruim assim", Charmaine tinha o hábito de dizer quando viviam no carro, o que costumava irritá-lo: como podia se mostrar tão animada, enquanto eram bombardeados de todos os lados? Mas agora ele tenta lembrar seu tom leve, suas palavras de consolo, as citações tranquilizadoras de sua falecida Vovó Win. *É mais escuro antes do amanhecer.* Ele deveria ser mais corajoso, porque ela tem razão: certamente sua vida não é tão ruim assim. Muitos homens ficariam felizes em trocar de vida com ele.

Todos os dias da semana ele vai ao que chama de trabalho no depósito de conserto de lambretas elétricas de Consilience, onde tem que evitar perguntas dos outros caras.

— O que você está fazendo aqui? Pensei que fosse o seu mês de ficar em Positron.

Ao que ele responde:

— Os idiotas da Administração estragaram tudo, confundiram minhas informações com as de outro cara. Caso de identidade equivocada, mas, ei, não estou reclamando.

Não é preciso acrescentar que o outro cara é o imbecil que tem pulado a cerca com sua esposa alegre e traiçoeira, e que o idiota da Administração era uma espiã da Vigilância do alto escalão, que gravou os encontros de seu marido com Charmaine em vídeos granulosos, mas surpreendentemente eróticos. Stan sabe que eles são surpreendentemente eróticos porque ele os assistiu com Jocelyn, sentado exatamente no mesmo sofá onde costumava se sentar com Charmaine para ver televisão.

Esse sofá, com seu fundo azul royal e estampa de lírios *off-white*, já havia significado tédio e uma rotina reconfortante; o máximo que ele já fizera naquele sofá com Charmaine tinha sido ficar de mãos dadas ou passar um braço em torno dos seus ombros, porque Charmaine alegava que não queria fazer coisas de cama exceto onde elas pertenciam, em uma cama. Uma afirmação extremamente falsa, a julgar por aqueles vídeos, nos quais Charmaine não precisava de nada mais além de uma porta fechada e um assoalho nu para liberar sua prostituta interior e instigar Phil a fazer coisas que ela nunca havia permitido que Stan fizesse e dizer coisas que ela nunca dissera a Stan.

Jocelyn, exibindo um sorriso tenso, mas umedecendo os lábios, gosta de observar Stan enquanto ele assiste. Depois, ela quer que ele recrie estes vídeos, interpretando Phil, com ela no papel de Charmaine. O horrível é que às vezes ele consegue; embora seja igualmente horrível quando não consegue. Se ele a agride e fode, é porque ela lhe disse para fazê-lo; se não estiver à altura, ele é um fracasso; portanto, seja o que for, ele perde. Jocelyn transformou o sofá neutro com seus lírios sem graça em um ninho de vício torturante e humilhante. Ele mal consegue sentar-se nele agora: quem diria que um bem de consumo inofensivo feito de tecido e estofamento pudesse se tornar uma arma de jogos mentais tão incapacitante?

Ele espera que Jocelyn tenha gravado essas cenas, e que, por sua vez, faça Phil assisti-las. Ela é má o suficiente para isso. Sem dúvida Phil está se perguntando por que ele ainda está na prisão e está fazendo um tumulto. *Houve um erro, eu deveria estar saindo agora, deixe-me entrar em contato com minha mulher, ela trabalha na Vigilância, vamos esclarecer isso.* Stan sente um prazer mórbido em imaginar esse cenário, bem como os olhares evasivos e as risadinhas às escondidas entre os guardas, porque eles não receberam suas ordens, que vêm mais de cima? *Apenas relaxe, amigo, olhe para a listagem impressa, os números de identificação de Positron não mentem, o sistema é à prova de hackers.* Aquele idiota do Phil estava pedindo por isso.

Manter este pensamento faz Stan continuar durante suas performances de dominação sexual com Jocelyn, que são muito mais como amaciar um bife do que qualquer coisa que ele considere minimamente prazerosa.

Ah, Stan! vem a pseudovoz atrevida e risonha de Charmaine. *Você gosta disso, claro que sim! Você sabe que gosta, bem, a maior parte do tempo, ao menos, e todo homem tem esses momentos de decepção, mas no resto do tempo não pense que eu não posso ouvir esses gemidos, que devem ser agradáveis para você, não negue!*

Vá se danar!, ele diz a ela. Mas Charmaine, com seu rosto de anjo e coração traiçoeiro — a verdadeira Charmaine —, não pode ouvi-lo. Ela não sabe que Jocelyn tem mexido com suas vidas, vingando-se dela por roubar Phil; mas no primeiro dia do mês ela vai descobrir. Quando ela entrar nesta casa, esperando encontrar Stan, será Phil quem estará esperando por ela. Ele não vai ficar exatamente satisfeito com isso, seria o palpite de Stan, porque uma transa rápida, supercarregada, arrebatada às escondidas não é nada igual ao dia todo, todos os dias.

É quando Charmaine descobrirá que o fogo de seus quadris não é quem ela pensa que é — não o Max de seus sonhos febris, cujo nome falso ela invoca repetidamente nesses vídeos —, mas, sim, alguém que não se parece nada com um macho alfa, que terá um aspecto muito diferente em plena luz do dia. Mais velho, mais flácido, mas também cansado, evasivo, calculista: pode-se ver isso em seu rosto, nos vídeos. Ela e Phil ficarão presos um ao outro, quer gostem ou não. Charmaine terá que viver com suas meias sujas, seus cabelos na pia; ela terá que ouvi-lo roncando, terá que manter uma conversa fiada com ele no café da manhã; tudo isso dará um banho de água fria no corpinho fogoso que ela tem exibido.

Quanto tempo levará para que os dois fiquem entediados e depois se fartem um do outro? Quanto tempo até que Phil recorra à violência doméstica, apenas para ter o que fazer? Não muito, Stan espera. Ele não se importaria de saber que Phil está batendo em Charmaine, e não apenas para apimentar o sexo, como ele faz na tela, mas pra valer: alguém precisa fazer isso.

Mas é melhor que Phil não vá muito longe, ou Charmaine pode espetar uma faquinha de legumes em sua jugular, já que por trás daquela sua atuação de loura sapeca há algo fora de esquadro. A falta de um chip, uma conexão solta. Ele não havia reconhecido isso quando eles viviam juntos — ele havia subestimado seu lado sombrio, o que foi o erro número um, porque todos têm um lado sombrio, até mesmo as louras fofinhas iguais a ela.

Há outro pensamento, não tão agradável: quando Phil e Charmaine assumirem a vida doméstica nesta casa, o que será dele, Stan? Ele não pode ficar na casa com eles, isso é claro. Será que Jocelyn vai mandá-lo para longe, para um ninho de amor secreto e acorrentá-lo à cabeceira de sua cama? Ou será que ela vai se cansar de tratá-lo como um garanhão escravizado, interferindo direto em sua mente e vendo-o sacudir-se para todo lado, e deixá-lo reentrar em Positron para um descanso muito necessário?

No entanto, é provável que ela altere ainda mais o cronograma: talvez apenas mantenha Stan aqui com ela, brincando com seu jogo pervertido de casinha, e deixe os outros dois sossegando o facho na cadeia. Quando o dia de transição chegar, Charmaine e Phil estarão prontos para vestir suas roupas civis e ir direto para seu sórdido encontro, mas, nesse momento, um sujeito esquisito de uniforme lhes dirá que houve um atraso e que eles não sairão de Positron agora. O que significará três meses direto para Charmaine. Ela deve estar ficando louca.

Phil já deve ter adivinhado que Jocelyn o descobriu, mais uma vez; ele vai se perguntar se finalmente desistiu dele. Estará em um estado avançado de ansiedade, se tiver algum senso. Ele deve saber que sua mulher é um gavião vingativo, no fundo de sua aparência fria de terninho neutro de trabalho e sua resignada pose de tolerância.

Mas Charmaine ficará confusa. Ela desfilará toda a sua gama de manipulações femininas para a gerência de Positron: perplexidade de loura com covinhas, tremor dos lábios, indignação, súplica chorosa — mas nada disso adiantará. Então, talvez ela tenha uma verdadeira crise. Ela vai perder o controle, vai se lamuriar, vai desabar no chão. Os funcionários não vão tolerar isso: eles vão erguê-la, farão com que se comporte. Stan gostaria de ver isso; seria alguma satisfação pelo desprezo com que ela o tem tratado. Talvez Jocelyn o deixe ver na câmera de espionagem.

Não é provável. Seu acesso ao material de câmera de espionagem é limitado a Charmaine e Phil contorcendo-se no chão. Jocelyn realmente se empolga com esses vídeos. Sua exigência de que ele reproduza a ação é patética: ela deve saber que ele não pode sentir nenhuma paixão verdadeira. Naqueles momentos, ele beberia solvente de tinta ou enfiaria uma pimenta no nariz — qualquer coisa que embotasse seu cérebro durante essas cenas mutuamente humilhantes. Mas ele precisa se convencer de que está ao lado de um autômato, ele precisa manter a ação em andamento. Sua vida pode depender disso.

Ontem à noite, Jocelyn tentou algo novo. Ela tem todos os códigos de acesso para tudo, até onde ele saiba, então ela abriu o armário rosa de Charmaine, remexeu nos pertences de Charmaine e encontrou uma camisola que lhe servia. Tinha margaridas e pequenos laços — muito longe do estilo funcional de Jocelyn, o que talvez fosse o objetivo.

Jocelyn tem o hábito de dormir no quarto de hóspedes, onde ela também executa seu "trabalho", seja ele qual for; mas ontem à noite, depois de acender uma vela perfumada, ela vestiu aquela camisola e entrou no quarto na ponta dos pés.

— Surpresa — sussurrou. Sua boca estava escura de batom e, quando ela a pressionou na dele, ele reconheceu o aroma do beijo de batom naquele bilhete que havia encontrado. *Sinto fome de você! Preciso muito de você. XXOO e você sabe o que mais — Jasmine.* Como um idiota, ele se apaixonou por aquela opressiva Jasmine, com sua boca cor de suco de uva. Que miragem! Depois, que decepção.

E agora Jocelyn queria ser quem? Arrancado do sono, ele ficou desorientado; por um momento, não sabia onde estava, ou quem estava se pressionando contra ele.

— Imagine que eu sou Jasmine — murmurou ela. — Deixe-se levar.

Mas como ele poderia, com a textura familiar da camisola de algodão de Charmaine sob seus dedos? As margaridas. Os laços. Era uma grande desconexão.

Quanto tempo mais ele pode continuar estrelando esta farsa de quarto de dormir sem perder o controle e fazer algo violento? Ele consegue se manter estável quando está trabalhando no depósito de conserto de lambretas: a solução de problemas mecânicos o estabiliza. Mas à medida que o dia de trabalho se aproxima de seu fim, ele sente o pavor começando a se avolumar. Depois, ele tem que subir em sua lambreta e voltar para casa. Seu objetivo é despejar algumas cervejas em si mesmo, depois fingir que se concentra na jardinagem antes que Jocelyn apareça.

É arriscado combinar torpor de cerveja com ferramentas elétricas, mas é um risco que está disposto a correr. A menos que se entorpeça, ele pode se ver fazendo algo estúpido.

Mas, Jocelyn está no topo da escada de status; ela deve ter cada um dos seus pelos púbicos monitorados, com uma equipe da SWAT pronta para entrar em ação letal diante de qualquer ameaça. Stan certamente acionaria algum alarme ao fazer o mais inócuo movimento contra ela, tais como amarrá-la e guardá--la no armário rosa de Charmaine — não, não o rosa, ele não sabe o código; em seu próprio armário vermelho — enquanto ele faz sua fuga. Mas fuga para onde? Não há rota de saída de Consilience, não para aqueles que cometeram o erro idiota de se inscreverem. Entregando-se ao Projeto. CUMPRA PENA AGORA, GANHE TEMPO PARA NOSSO FUTURO!

Você foi enganado, diz a voz de Conor dentro de sua cabeça.

Aí vem Jocelyn em seu veículo-espião escuro, ronronando suavemente. Ela deve ter um motorista, pois ela sempre sai do banco de trás. Dizem que eles estão trabalhando em um monte de coisas novas de tecnologia robótica em Positron que vai ajudar este lugar a se tornar independente, então talvez seja um robô dirigindo o carro.

Ele sente um impulso incontrolável de correr com o cortador de sebes, ligá-lo, ameaçar triturar tanto Jocelyn como seu motorista-robô, a menos que o levem ao portão principal de Consilience, agora mesmo. E se ela resolver desafiá-lo e se recusar? Será que ele irá em frente, ficando com um carro morto, cheio de partes eletrônicas destroçadas e partes de corpos humanos dilacerados?

Mas, se funcionar, ele fará com que ela o conduza direto através do portal, para as terras áridas, inóspitas, semidesertas fora dos muros. Ele pulará para fora do carro, fugirá correndo. Ele não teria uma vida muito boa lá fora, catando nos lixões e combatendo outros catadores, mas pelo menos estaria novamente no comando de si mesmo. Ele encontrará Conor, ou Conor o encontrará. Se alguém souber como se dar bem lá fora, será o Con. Porém, ele próprio terá que engolir seu orgulho. Faça alguns recuos. *Eu estava errado, eu deveria ter escutado você,* et cetera.

Embora talvez seja melhor não tentar o lance do aparador de sebe em Jocelyn.

Ela provavelmente pode ativar o sistema de alarme flexionando os dedos dos pés. Para não mencionar seus movimentos rápidos: esses tipos da Vigilância devem ter treinamento em artes marciais. Devem aprender a esmagar traqueias com os polegares.

Agora ela está saindo do carro, os pés primeiro. Sapatos, tornozelos, nylon cinza. Qualquer sujeito que visse aquelas pernas teria que ficar excitado. Não teria?

Agarre-se a esse pensamento, Stan, ele diz a si mesmo. Nem tudo é desvantagem.

VI | DIA DOS NAMORADOS

LIMBO

É o décimo dia de fevereiro e Stan ainda está no limbo. Charmaine não reapareceu no dia de transição, como ele tanto esperava e temia. Esperava, porque — tem que admitir — sente falta dela e quer vê-la, especialmente se ela substituir Jocelyn. Ele temia porque será que perderia a calma? Dizer-lhe que ele viu os vídeos dela com Max, confrontá-la com todas as mentiras que ela lhe contou, dar-lhe uma surra de cinto, do jeito que Con poderia fazer? Será que ela se manteria desafiadora, será que riria dele? Ou será que iria chorar e admitir que cometeu um erro e estava muito arrependida e que o ama demais? E se ela realmente disser isso, como ele saberá que ela está falando sério?

Ele próprio estaria em terreno movediço. E se Jocelyn tomasse o partido dela? E se ela compartilhar o que sabe sobre a perseguição de Stan à falsa Jasmine e acrescentar alguns detalhes sobre o que ela e Stan têm feito no sofá azul? E em outros lugares. Em muitos outros lugares. O interior de sua cabeça dá um nó toda vez que ele tenta imaginar seu reencontro com Charmaine.

— Eu acho que vocês dois precisam de mais tempo separados — foi o que Jocelyn disse sobre isso, como se ele e Charmaine fossem crianças briguentas a quem uma mãe amorosa, mas severa, houvesse imposto um intervalo de tempo. Não, não uma mãe: uma babá decadente que em breve seria acusada de corromper menores, porque logo após aquele pequeno sermão hipócrita, Stan se viu no sofá azul com seus castos, mas agora sujos lírios, encenando uma das cenas preferidas de Jocelyn da saga de vídeos pornôs frequentemente repetidos, estrelados por seus dois energéticos cônjuges.

— E se fôssemos os dois ao mesmo tempo? — ele se viu rosnando como se o fizesse de uma grande distância. A voz era dele, as palavras eram de Max. O roteiro exigia algum trabalho manual aqui. Era difícil se lembrar de todas as palavras, sincronizá-las com os gestos. Como eles conseguiam isso nos filmes? Mas essas pessoas podem fazer múltiplas tomadas: se atuassem mal, podiam fazer tudo de novo. — Frente e trás?

— Ah, não, eu não poderia! — Jocelyn respondeu com uma voz destinada a soar ofegante e envergonhada, como a de Charmaine no vídeo. E realmente pareceu soar dessa forma: ela não estava encenando, ou não inteiramente. — Não os dois ao mesmo tempo! Isso é...

O que vinha a seguir? Deu um branco nele. Para ganhar tempo, ele arrancou alguns botões.

— Eu acho que você poderia — Jocelyn deu a dica.

— Eu acho que você poderia — disse ele. — Eu acho que você quer. Olhe, você está ficando ruborizada. Você é uma vadiazinha safada, não é?

Quando é que isto acabaria? Por que ele não poderia simplesmente pular toda aquela porcaria de encenação, ir direto ao assunto, chegar à parte em que os olhos dela se reviravam e ela gritava como metal rasgado? Mas ela não queria a versão compacta. Ela queria diálogo e ritual, ela queria namoro. Ela queria o que Charmaine tinha, ali mesmo na tela, nem uma sílaba a menos. Era deplorável, quando Stan parava para pensar sobre isso: como se ela tivesse sido deixada de fora, a única criança não convidada para a festa de aniversário, por isso ela ia ter sua própria festa de aniversário, sozinha.

E ela *estava* fazendo tudo sozinha, mais ou menos, porque Stan não estava presente em qualquer sentido real. Por que ela não se limita a encomendar um robô?, ele pensava. Entre os caras do depósito de conserto de lambretas dizia-se que a produção em massa dos novos e melhorados *sexbôs*, que estavam em fase experimental em algum lugar nas profundezas de Positron, já havia começado. Talvez fosse uma lenda urbana ou uma ilusão, mas os caras juram: eles têm informações de primeira mão. Diz-se que é uma linha de *prostibôs* com design holandês, alguns para o mercado interno, mas a maioria para exportação. Os robôs devem ser realmente realistas, com calor corporal, pele de fibra plástica, sensível ao toque, que treme de verdade, vários modos de voz diferentes e interiores laváveis por razões sanitárias, porque quem quer pegar uma doença venérea?

Estes robôs reduzirão o tráfico sexual, dizem os apologistas: nada mais de jovens garotas contrabandeadas pelas fronteiras, espancadas até a submissão, acorrentadas à cama, reduzidas a uma polpa, depois jogadas em lagoas de esgoto. Chega disso: além do mais, esses robôs praticamente cagarão dinheiro.

Mas não será nada como a coisa real, dizem os detratores: você não poderá olhar dentro dos olhos deles e ver uma pessoa de verdade olhando para você. Ah, eles têm alguns truques na manga, dizem os enaltecedores: aperfeiçoamento dos músculos faciais, melhor software. Mas eles não podem sentir dor, dizem os detratores. Eles estão trabalhando nessa característica, dizem os apoiadores. De qualquer forma, eles nunca dirão não. Ou dirão não somente se você quiser que o façam.

Stan duvida de tudo isso: os modelos de empatia na Dimple Robotics não teriam convencido uma criança de cinco anos. Mas talvez eles tenham feito progressos.

Os caras brincam sobre se candidatarem para serem testadores de prostibôs na Positron. Dizem que se trata de uma experiência radical, embora assustadora. Você pode escolher a voz e a opção de frase, robô sussurra lisonjas bajuladoras ou palavras sujas; quando você o toca, ele se contorce; vocês transam. Depois, enquanto o ciclo de enxágue acontece — essa parte é estranha, soa um pouco demais como o dreno de uma máquina de lavar louça —, você tem que preencher um questionário, marcar as opções de classificação para gostos e aversões deste ou daquele recurso, sugerir melhorias. Como uma experiência sexual sob encomenda, diz-se que é melhor do que o pandemônio com galinhas que costumava acontecer em Positron, acrescentam eles. Sem grasnidos, sem garras afiadas. E melhor do que uma melancia morna também, esta última não sendo nada receptiva.

Deve haver prostibôs masculinos para as Jocelyns deste mundo, pensa Stan. Randy Andy, o androide faz-tudo. Mas um item assim não serviria para Jocelyn, porque ela quer algo que possa sentir ressentimento e até mesmo raiva. Sentir e ter que reprimir. Agora, ele já sabe muita coisa sobre os gostos dela.

Na véspera do ano novo, Jocelyn fez pipoca e insistiu que a comessem enquanto assistiam aos preliminares de vídeos: a chegada de Phil à casa abandonada, sua espera impaciente, a bala de hortelã que ele colocou na boca, a rápida e vaidosa avaliação de si mesmo no reflexo de um estilhaço deixado em um espelho quebrado. As pipocas estavam gordurosas de manteiga derretida, mas quando Stan se mexeu para pegar uma toalha de papel, Jocelyn colocou a mão na perna dele, muito de leve, mas ele sabia reconhecer um sinal de comando quando o sentia.

— Não — disse ela, exibindo aquele sorriso que ele cada vez mais não sabe interpretar. Dor ou intenção de causá-la? — Fique aqui. Quero sua manteiga por todo o meu corpo.

Pelo menos era algo a mais, aquela manteiga. Algo que Phil e Charmaine não tinham feito. Ou pelo menos não nos vídeos.

E assim continuou. Mas, no final de janeiro, o ardor de Jocelyn, ou o que quer que isso fosse, tinha murchado. Ela parecia distraída; trabalhava em seu quarto no computador que instalara ali e, em vez de querer sexo no sofá, começara a ler romances nele, descalça e com os pés para cima. Ele sabe mais sobre ela agora, ou mais sobre a história de *si mesma* que ela está usando como fachada. Como entrou no negócio de Vigilância?, ele lhe perguntara, para fazer algo à mesa do café da manhã.

— Eu era estudante de Língua Inglesa — disse ela. — Ajuda muito, de verdade.

— Você está brincando, certo?

— De jeito nenhum — ela retrucou. — É onde estão todos os enredos. É lá que você aprende as voltas e reviravoltas. Fiz minha tese sobre *Paraíso perdido*.

Paraíso o quê? A única coisa que veio à mente de Stan foi o site de uma boate na Austrália que ele já tinha visto on-line quando procurava pornografia leve, mas o lugar estava fechado havia anos. Ele queria perguntar a Jocelyn se aquele livro tinha sido transformado em uma minissérie da HBO ou algo assim, no caso de ter visto, mas não fez isso porque quanto menos ignorância demonstrasse, melhor. Ela já o tratava como um *spaniel* retardado, com uma mistura de diversão e desprezo. Exceto quando ele estava a pleno galope em ação pélvica. Mas isso acontecia cada vez menos.

Em algumas noites ele se viu bebendo cerveja sozinho porque Jocelyn estava fora de casa. Ele sentia alívio — parte da pressão de desempenho diminuía —, mas também medo, porque e se ela estivesse prestes a descartá-lo? E se o destino que tinha em mente para ele não fosse o Presídio Positron, mas aquele vazio desconhecido no qual os criminosos genuínos originalmente armazenados em Positron haviam desaparecido?

Jocelyn podia apagá-lo. Ela podia simplesmente abanar a mão e reduzi-lo a zero. Ela nunca o havia dito, mas ele sabia que ela possuía esse poder.

Mas o dia primeiro de fevereiro tinha chegado e ido embora, sem mudança para ele. Stan finalmente se atreveu a trazer o assunto à tona: quando, exatamente, ele iria partir para Positron?

— Sentindo falta de suas galinhas? — perguntou ela. — Não se preocupe, logo você vai poder se juntar a elas.

Isso fez os cabelos de seu pescoço se eriçarem: a natureza da alimentação das galinhas de Positron era um assunto para rumores horríveis.

— Mas primeiro quero passar o Dia dos Namorados com você. — O tom foi quase sentimental, embora houvesse uma camada inferior de sílex. — Eu quero que seja especial. — Teria sido *especial* uma ameaça? Ela o observava, sorrindo ligeiramente.

— Eu não quero que sejamos... interrompidos.

— Quem nos interromperia? — perguntou ele.

Em filmes antigos, do tipo que eles exibiam no canal Consilience — filmes cômicos, filmes trágicos, filmes melodramáticos —, havia interrupções frequentes. Alguém entrava intempestivamente por uma porta — um cônjuge ciumento, um amante traído. A menos que fosse um filme de espionagem, caso em que seria um agente duplo, ou um filme de crime em que um dedo-duro tinha traído a quadrilha. Brigas e tiros se seguiam. Fugas de varandas. Balas na cabeça. Barcos velozes ziguezagueando para fora de alcance. Era a isso que essas interrupções levavam, embora seguidas por finais felizes. Mas com certeza nenhuma dessas interrupções seria possível ali.

— Ninguém, eu suponho — disse ela, observando-o. — Charmaine está perfeitamente segura — acrescentou. — Ela está viva e bem. Eu não sou um monstro! — Então aquela mão no seu joelho novamente. Fio de teia de aranha, mais forte do que aço. — Você está preocupado?

Claro que estou desgraçadamente preocupado, ele queria gritar. *O que você acha, sua pervertida depravada? Acha que é um piquenique para mim, ser o criado doméstico de uma maldita treinadora de cães, que poderia mandar me matar a qualquer minuto?* Mas tudo o que ele disse foi:

— Não, na verdade não. — E depois, para sua vergonha: — Estou ansioso para isso. — Ele fica enojado consigo mesmo. O que Conor faria em seu lugar? Conor assumiria o comando, de alguma forma. Conor daria a volta por cima. Mas como?

— Ansioso para o quê? — disse ela com um olhar inexpressivo. Ela era uma jogadora e tanto. — Para o quê, Stan? — repetiu quando ele começou a gaguejar.

— Para o Dia dos Namorados — murmurou ele. Que perdedor. Rasteje, Stan. Lamba sapatos. Beije traseiros. Sua vida pode estar por um fio.

Desta vez, ela sorriu abertamente. Aquela boca que ele logo seria obrigado a amassar com a sua própria, aqueles dentes que logo estariam mordendo a sua orelha.

— Ótimo — ela disse docemente, acariciando a perna dele. — Fico feliz que você esteja ansioso por isso. Eu gosto de surpresas, você não? O Dia dos Namorados me faz lembrar daquelas balinhas de canela em forma de coração. Aquelas pequenininhas que a gente sugava. Red Hots, era assim que eram chamadas. Lembra? — Ela lambeu os lábios.

Chega de besteira, ele queria dizer. Largue a porra da insinuação. Eu sei que você quer sugar meu coraçãozinho vermelho.

— Eu preciso de uma cerveja — comentou ele.

— Trabalhe para isso — disse ela, abruptamente áspera de novo. Ela deslizou a mão para cima da perna dele, apertou com força.

TURBANTE

Charmaine é chamada para verificação de seus dados: sentar-se para o escaneamento da retina, repetir as impressões digitais, ler *Winnie the Pooh* para o analisador de voz. Será que esses passos vão autenticar novamente seu perfil para o banco de dados? É difícil dizer: ela ainda está sozinha em sua cela, ainda é ignorada pelo círculo de tricô, ainda está presa na Dobra de Toalhas.

No dia seguinte, porém, Aurora dos Recursos Humanos aparece na lavanderia e pede a Charmaine que a acompanhe ao andar de cima para uma conversa. As outras dobradoras de toalhas erguem os olhos: Charmaine estará com problemas? Provavelmente, elas esperam que sim. Charmaine sente-se em desvantagem — está coberta de fiapos, o que é degradante —, mas ela bate sua roupa para livrar-se dos fiapos e segue Aurora para o elevador.

A conversa tem lugar na Sala de Bate-papo ao lado do balcão de checkout na frente. Aurora tem a satisfação de poder dizer a Charmaine que ela terá seus cartões e códigos restaurados — ou restaurados, não; confirmados. Exatamente como Aurora lhe tem assegurado que a falha no banco de dados foi reparada e agora ela é mais uma vez quem tem afirmado ser. Aurora sorri seu sorriso forçado. Isso não é uma boa notícia?

Charmaine concorda que sim. Pelo menos ela tem uma identidade de código mais uma vez, o que é algum conforto.

— Então posso ir embora agora? — pergunta ela. — Voltar para casa? Perdi muito do meu tempo lá fora.

Infelizmente, diz Aurora, Charmaine não pode deixar Positron ainda: a sincronização está desligada. Embora, em teoria, ela possa se mudar para o quarto de hóspedes de sua própria casa — Aurora emite um som de risada —, sua Substituta, naturalmente, está agora morando na casa que compartilham, sendo a vez dessa pessoa. Aurora entende como tudo isso deve ser perturbador para Charmaine, mas a rotação adequada deve ser preservada, sem nenhuma interação entre os Substitutos. A familiaridade inevitavelmente conduziria a disputas territoriais, especialmente sobre itens de conforto, como lençóis e loção corporal. Como foi ensinado a todos eles, a possessividade sobre nossos cantos aconchegantes e brinquedos favoritos não se limita a cães e gatos. Como nós *gostaríamos* que assim fosse! A vida não seria mais simples?

Portanto, Charmaine deve continuar a ser paciente, diz Aurora. E de qualquer modo, ela está fazendo um trabalho muito bom com o tricô — os ursinhos azuis. Quantos ela já tricotou até agora? Deve ser pelo menos uma dúzia! Ela vai ter tempo para mais alguns deles antes de partir, esperemos que no próximo dia de transição, que é quando? O dia primeiro de março, não é? E já é quase Dia dos Namorados — então, não falta muito!

A própria Aurora nunca aprendeu a tricotar. Ela se arrepende disso. Deve ser calmante.

Charmaine cerra as mãos. Mais um daqueles malditos ursinhos, com seus olhos brilhantes e fixos, e ela vai pirar, enlouquecer de vez! Elas encheram recipientes e mais recipientes deles. Charmaine tem pesadelos com esses ursinhos de tricô; sonha que eles estão na cama com ela, imóveis, mas vivos.

— Sim, é calmante — diz ela.

Aurora consulta seu PosiPad. Ela tem outra boa notícia para Charmaine: a partir de depois de amanhã, Charmaine será tirada da dobra de toalhas e retomará suas funções anteriores como Administradora-Chefe de Medicamentos. Positron recompensa talento e experiência, e o talento e a experiência de Charmaine não passaram despercebidos. Aurora dá um esgar de encorajamento.

— Nem todos têm o toque suave — diz ela. — Acompanhado de tanta dedicação. Tem havido incidentes, quando outros... outros operadores foram encarregados da... da tarefa. Do dever essencial.

— Quando eu começo? — pergunta Charmaine. — Obrigada — acrescenta ela. Está entusiasmada por estar se livrando da dobra de toalhas. Mal pode esperar para entrar de novo na ala de Administração de Medicamentos e seguir aquela rota conhecida pelos corredores. Ela se visualiza aproximando-se da recepção, acessando a cabeça possivelmente real na tela, avançando através das portas familiares, colocando as luvas com um estalo, pegando o medicamento e a hipodérmica. Em seguida, indo para o quarto onde o objeto do Procedimento estará à espera, imóvel, mas temeroso. Ela vai acalmar esses temores. Então, ela irá lhe propiciar êxtase, e em seguida liberá-lo. Será bom sentir-se respeitada novamente.

Aurora consulta novamente o seu PosiPad.

— Vejo aqui que você estará pronta para retomar suas funções amanhã à tarde — diz ela. — Depois do almoço. Quando cometemos um erro aqui, nós nos apressamos em retificá-lo. Parabéns por um bom resultado! Todos nós temos torcido por você.

Charmaine se pergunta quem tem feito a torcida, porque ela não notou ninguém. Mas, como tantas outras coisas por ali, talvez a torcida tenha ocorrido nos bastidores.

— Meu Deus, estou atrasada para uma reunião — diz Aurora. — Temos um novo grupo de prisioneiros chegando, e todos ao mesmo tempo! Mais alguma pergunta ou ponto de informação?

Sim, diz Charmaine. Durante seu período de detenção em Positron, o que disseram a Stan sobre sua situação? Ele certamente tem estado preocupado com ela! Ele sabe por que ela não estava lá? Em casa. Disseram-lhe o que aconteceu? Ou ele ficou pensando que ela havia simplesmente sido abduzida? Enviada para Medicamentos? Apagada? Ela não tinha ousado perguntar sobre isso antes — poderia ter soado como reclamação, poderia ter levantado suspeita, poderia ter interferido em suas chances de exoneração —, mas agora ela havia sido inocentada.

— Stan? — diz Aurora, inexpressivamente.

— Stan. Meu marido, Stan — diz Charmaine.

— Isso não é informação a que eu tenha acesso — diz Aurora. — Mas tenho certeza de que isso foi resolvido.

— Obrigada — diz Charmaine novamente. Exigir mais respostas durante esta delicada transição que está ocorrendo, esta reabilitação, seria brincar com a sorte.

Depois, há o Max, mantido igualmente no escuro. Ansiando por ela! Desejando-a! Ele deve estar ficando louco. Mas ela não podia perguntar à Aurora sobre Max.

— Será que eu poderia apenas enviar-lhe uma mensagem? — diz Charmaine. — Stan? Pelo Dia dos Namorados? Para que ele saiba que estou bem e que eu... — Uma pausa trêmula à beira das lágrimas, que ela sente que pode realmente derramar. — Que eu o amo?

Aurora deixa de sorrir.

— Não. Nenhuma mensagem enquanto estiver em Positron. Você sabe disso muito bem. Se prisão não for prisão, o mundo exterior não tem sentido! Agora, aproveite o restante de sua experiência aqui. — Ela faz um aceno com a cabeça, levanta-se e sai às pressas da Sala de Bate-papo.

Pelo menos não haverá muito mais dessas malditas toalhas, Charmaine pensa enquanto dobra e empilha, dobra e empilha. Talvez se possa contrair uma doença pulmonar com esta penugem. Enquanto ela empurra um carrinho com seu conjunto completo de toalhas dobradas para a janela de saída, ouve uma espécie de burburinho atrás dela, vindo das outras mulheres na Dobra de Toalhas. Ela se vira para ver: é Ed, o CEO do Projeto Positron, que apresenta uma mulher mais velha que não está vestindo um macacão laranja. Na cabeça, ela tem algo que parece um turbante, decorado com flores de feltro vermelho. Eles estão vindo em sua direção.

— Ah, meu Deus! — exclama Charmaine. Ela simplesmente não se contém. — Lucinda Quant! Eu adorava seu programa, *The Home Front*, era tão... Estou tão feliz por você ter melhorado! — Ela está balbuciando, está fazendo papel de tola. — Desculpe, eu não deveria...

— Obrigada — diz Lucinda Quant rispidamente. Ela parece satisfeita. E está bastante envelhecida, ou pelo menos sua pele está. Ela não costumava ter esse aspecto na TV, mas talvez seja a doença.

— Tenho certeza de que a sra. Quant agradece seu apoio — diz Ed, naquela sua voz suave. — Estamos lhe oferecendo uma rápida visita ao nosso maravilhoso projeto. Ela está considerando um novo programa chamado *After the Home Front*, para que possa contar ao mundo sobre a maravilhosa solução que temos aqui, para os problemas dos desabrigados e desempregados. — Ele sorri para Charmaine. Está próximo a ela. — Você tem sido feliz aqui, não tem? — ele pergunta. — Desde que chegou ao Projeto?

— Ah, sim — responde Charmaine. — Tem sido tão, tem sido tão... — De que forma ela pode descrever o que tem sido, considerando tudo, como Max e Stan? Será que ela vai chorar?

— Excelente — diz Ed. Ele dá uns tapinhas no braço dela e se afasta, dispensando-a.

Lucinda Quant lança a Charmaine um olhar aguçado com seus olhinhos brilhantes e redondos nas pálpebras vermelhas.

— O gato comeu sua língua? — diz ela.

— Ah, não — diz Charmaine. Será que Ed vai criar problemas para ela porque ela não disse a coisa certa? — É só que... Eu gostaria de ter estado em seu programa. — E é verdade, porque assim talvez as pessoas tivessem enviado dinheiro, e ela e Stan nunca teriam sentido a necessidade de aderir ao Projeto.

REBANHO

Stan faz a contagem regressiva: mais dois dias até o Dia dos Namorados. O assunto não voltou à tona, mas de vez em quando ele pega Jocelyn olhando para ele pensativamente, como se o avaliasse.

Esta noite eles estão no sofá como de costume, mas desta vez o estofamento permanecerá imaculado. Estão lado a lado, virados para a frente, como um casal — o que eles são, embora sejam casados com outras pessoas. Mas eles não estão assistindo às estripulias digitais de Charmaine e Phil esta noite. Eles estão assistindo à TV de verdade — TV Consilience, mas ainda assim TV. Se você beber bastante cerveja, estreitar os olhos, eliminar o contexto, quase poderia acreditar que estava no mundo exterior. Ou no mundo exterior no passado.

Eles sintonizaram no final de um programa motivacional de autoajuda. Até onde Stan pode perceber, trata-se de canalizar os raios de energia positiva do universo através dos pontos de poder invisíveis em seu corpo. Você faz isso pelas narinas: fechar a narina direita com o dedo indicador, inspirar, abrir, fechar a narina esquerda, expirar. Isso dá uma dimensão totalmente nova ao cutucar o nariz.

A estrela do espetáculo é uma mulher jovem, de cabelos claros, em um justíssimo colante cor-de-rosa. Ela parece familiar, mas mulheres tão genéricas geralmente parecem. Belas tetas — especialmente quando fecha a narina direita —, apesar da tagarelice que sai de sua boca. Portanto, algo para todos: autoajuda e narinas para as mulheres, tetas para os homens. Distrações. Eles não se esforçam para torná-lo infeliz aqui.

A mulher de colante cor-de-rosa lhes diz para praticarem todos os dias, porque se você focar, focar, focar em pensamentos positivos, você atrairá sua própria sorte para si mesmo e excluirá aqueles pensamentos negativos que tentam entrar. Eles podem ter um efeito muito tóxico em seu sistema imunológico, levando a câncer e também a surtos de acne, porque a pele é o maior órgão do corpo e extrassensível à negatividade. Então, ela lhes diz que, na semana seguinte, o tema será alinhamento pélvico, de modo que todos eles devem reservar seus tapetes de ioga na academia. Ela se despede com a imagem congelada de um sorriso.

Aquela poderia ser Sandi, Stan se pergunta, a antiga colega de Charmaine no PixelDust? Não, bonita demais.

Uma nova música entra — "Somewhere Over the Rainbow", cantada por Judy Garland — e com ela o slogan da cidade: CONSILIENCE = CONDENAÇÃO + RESILIÊNCIA. CUMPRA PENA AGORA, GANHE TEMPO PARA NOSSO FUTURO!

Sim, é outra Assembleia Municipal. Stan boceja, tenta não bocejar de novo. Ele abre mais os olhos. Aí vêm os formadores de imbecis: os gráficos, as estatísticas, a intimidação disfarçada de enaltecimento. Os incidentes violentos decresceram pela terceira vez seguida, diz um sujeitinho de terno apertado, e vamos manter essa seta em movimento: foto de um gráfico. A produção de ovos está novamente em alta. Outro gráfico, seguido de uma tomada de ovos rolando por uma calha e um contador automático registrando cada ovo com um número digitalizado. Stan sente uma pontada de nostalgia — essas galinhas e ovos um dia já foram *suas* galinhas e ovos. Eram sua responsabilidade e, sim, sua tranquilidade. Mas agora tudo isso lhe foi tirado e ele foi rebaixado a chefe dos lambedores de dedos dos pés para Jocelyn, a espiã.

Contenha-se, ele diz a si mesmo. Feche a narina direita, inspire.

Agora, outro rosto surge na tela. É Ed, o homem de confiança, ali para fazer com que todos se sintam confiantes, mas um Ed que é mais substancial e seguro, de modos mais convincentes, mais cheio de si. Talvez ele tenha conseguido um grande contrato. De qualquer modo, ele está inflado com a importância do que está prestes a comunicar.

O projeto tem ido bem, diz Ed. A unidade deles, ali em Consilience, foi a primeira, a cidade pioneira, e outras da rede prosperaram de forma semelhante. O escritório central está sendo consultado diariamente por outras comunidades em apuros, que veem o Projeto como uma forma de resolver seus próprios problemas, tanto econômicos como sociais. Existem soluções diferentes, mais antiquadas, para esses problemas — a Louisiana manteve seu modelo de desenvolvimento, a hospedagem com fins lucrativos de recalcitrantes de outros estados, e o Texas ainda lida com suas estatísticas de criminalidade por meio de execuções. Porém, muitas jurisdições estão à procura de algo mais *gratificante*... mais *humano,* ou ao menos mais... por algo mais parecido com Consilience. Temos todos os motivos para acreditar que sua cidade gêmea está sendo vista nas altas esferas como um possível modelo para o futuro. O pleno emprego é difícil de ser superado. Ele sorri.

Mas agora, novamente a testa franzida. De fato, diz Ed, o modelo demonstrou ser muito eficaz — muito propício à ordem social e, por isso, muito positivo em termos econômicos; e de fato muito positivo para os investidores — para os *defensores* e *visionários* que tiveram a coragem e a fibra moral para vislumbrar um caminho a seguir em uma época de múltiplos desafios... O modelo Consilience tem sido, em poucas palavras, tão bem sucedido que criou inimigos. Como sempre acontece com empresas de sucesso. Onde há luz, parece uma regra que a escuridão logo apareça. Como agora, ele lamenta informá-los.

Ele franze ainda mais o cenho, projeta a testa, rebaixa o queixo, alça os ombros: uma postura de touro zangado. Quem são esses inimigos? Antes de tudo, eles são repórteres. Jornalistas da pior laia que tentam se infiltrar, para obter provas... para obter fotos e outros materiais que eles possam distorcer para as chamadas denúncias, a fim de colocar o mundo exterior contra tudo o que o Projeto Positron representa. Esses pretensos repórteres visam minar as bases do retorno da prosperidade e destruir a confiança, essa confiança sem a qual nenhuma sociedade pode funcionar de uma maneira estável. Vários jornalistas realmente conseguiram entrar na cidade, fazendo-se passar por cidadãos que queriam se inscrever no projeto, mas felizmente foram identificados a tempo. Por exemplo, ainda outro dia, uma jornalista de TV com excelentes credenciais foi agraciada com uma visita guiada, sob condições estritas de confidencialidade, mas foi flagrada no ato de tirar fotos clandestinas, com o objetivo de apresentar uma visão distorcida.

Como explicar o desejo de tais pessoas de sabotar um empreendimento de tal magnitude e excelência? Exceto dizendo que eles são desajustados que alegam estar agindo como fazem no interesse da chamada liberdade de imprensa, a fim de restabelecer os chamados direitos humanos e sob o pretexto de que a transparência é uma virtude e o povo precisa saber. Mas não é um direito humano ter um emprego? Ed acredita que sim! E o suficiente para comer e um lugar decente para viver, o que Consilience fornece — esses sem dúvida são direitos humanos!

Esses inimigos, para não medir as palavras — diz Ed —, já estiveram envolvidos em incitar reuniões de protesto, felizmente bastante pequenas, e têm escrito posts hostis em blogs, embora felizmente sem credibilidade. Nada disto foi muito longe até agora, porque que provas tais descontentes têm para suas acusações caluniosas? Alegações difamatórias que ele se recusa a repetir. Essas pessoas e suas redes devem ser identificadas e, em seguida, devem ser neutralizadas. Pois, caso contrário, o que acontecerá? O modelo Consilience será ameaçado! Ele será atacado de todos os lados pelo que podem parecer, a princípio, pequenas forças, mas juntas em uma multidão essas forças não são pequenas, são catastróficas, da mesma forma que um rato é insignificante, mas um milhão de ratos é uma infestação, uma praga. Portanto, as mais severas medidas devem ser tomadas antes que as coisas fiquem fora de controle. Uma solução se faz necessária.

E tal solução foi de fato criada, embora não sem uma reflexão muito cuidadosa e a rejeição de alternativas menos viáveis. É a melhor solução disponível neste momento e neste lugar: podem acreditar na palavra de Ed.

E é aqui que ele precisa da cooperação deles. Por ser a joia no meio de Consilience — Presídio Positron, ao qual todos eles deram tanto de seu tempo e atenção —, o Presídio Positron foi escolhido para um papel vital nessa solução. Cada residente de Consilience terá um papel a desempenhar, quanto mais não seja mantendo-se afastado do perigo e estando alerta para a subversão interna, mas por enquanto eles podem melhor ajudar simplesmente mantendo suas rotinas diárias como se nada de anormal estivesse acontecendo, apesar das inevitáveis rupturas que possam ocorrer nessa rotina de tempos em tempos. Embora se espere sinceramente que tais perturbações sejam mantidas em um nível mínimo.

Lembre-se, diz Ed, esses inimigos, se fossem bem-sucedidos, destruiriam a segurança do trabalho e o próprio modo de vida de Consilience! Todos devem ter isso em mente. Ele tem muita fé no bom senso dos cidadãos de Consilience e em sua capacidade de reconhecer o bem maior e escolher o mal menor.

Ele se permite um minúsculo sorriso. Então, é substituído pelo logotipo de Consilience e pelo conhecido slogan de encerramento: UMA VIDA COM SENTIDO.

Stan achou essa notícia interessante, se for notícia. Existem realmente subversivos? Eles estão realmente tentando minar o Projeto? Qual seria o objetivo? Ele mesmo estragou completamente sua vida, mas para as outras pessoas ali — qualquer um que ele conheça, pelo menos — este lugar é muito melhor do que o inferno que tinham antes.

Ele olha de esguelha para Jocelyn. Ela está olhando pensativamente para a tela, na qual uma criança pequena na pré-escola Positron brinca com um ursinho de tricô azul, uma fita em volta do pescoço. Eles passaram a exibir fotos de crianças após as Assembleias Municipais, como se quisessem lembrar a todos de não se desviarem do curso que Consilience havia estabelecido para eles, porque, do contrário, não estariam colocando em risco a segurança e a felicidade destes pequenos? Somente um abusador de crianças faria isso.

Jocelyn desliga a TV, depois suspira. Parece cansada. Ela sabia o que Ed ia dizer, pensa Stan. Ela sabe qual é a solução dele, seja lá o que for. Talvez ela tenha escrito o discurso.

— Você acredita em livre-arbítrio? — pergunta ela. A voz dela está diferente; não é seu tom confiante habitual. Será algum tipo de armadilha?

— Como assim? — diz Stan.

O primeiro caminhão chega na manhã seguinte. É descarregado nos portões principais: Stan vê isto quando se dirige ao trabalho em sua lambreta. As pessoas tocadas para fora como rebanho vestem os macacões cor de laranja regulamentares, mas estão encapuzadas, as mãos presas às costas com as tiras de plástico que são as novas algemas. Em vez de serem encaminhadas diretamente para Positron, elas são tocadas como gado ao longo da rua, pastoreadas por um bando de guardas. Os prisioneiros devem ter alguma forma de ver à frente; eles não tropeçam tanto como se poderia pensar. Alguns são mulheres, a julgar pelas formas disfarçadas por baixo das roupas largas.

Não há nenhuma necessidade de fazê-los desfilar assim, a menos que seja uma demonstração, pensa Stan. Uma demonstração de poder. O que tem acontecido no turbulento mundo fora do aquário fechado de Consilience? Não, não um aquário, porque ninguém pode ver dentro.

Os outros caras do depósito de conserto de lambretas erguem os olhos enquanto a procissão silenciosa passa, depois voltam ao seu trabalho.

— Às vezes você sente falta do jornal — diz um deles. Ninguém responde.

O CORAÇÃO É O ÚLTIMO A MORRER

AMEAÇA

Charmaine assistiu a Assembleia Municipal na TV, juntamente com todas na ala feminina. Ninguém tinha muito a dizer sobre isso, porque o que quer que estivesse acontecendo não as afetaria, especialmente enquanto estivessem dentro da prisão, então por que se preocupar com isso? De qualquer forma, disse alguém no círculo de tricô, e daí se um repórter entrasse, o que ele poderia relatar? Não estava acontecendo nada de ruim dentro de Consilience. As coisas ruins estavam no lado de fora; era por isso que todos eles tinham entrado, para fugir dessa situação. Cabeças assentem em toda a volta.

Charmaine não tem tanta certeza. E se algum repórter descobrisse sobre o Procedimento? Nem todo mundo entenderia isso; eles não entenderiam as razões para isso, as boas razões. Você poderia criar uma manchete realmente desagradável para tal história. Ela tem um vislumbre de si mesma, em uma foto da primeira página, em seu jaleco verde, sorrindo de forma assustadora e segurando uma seringa: O ANJO DA MORTE AFIRMA QUE MANDOU HOMENS PARA O CÉU. Isso seria horrível. Ela seria o alvo de muito ódio. Mas Ed não vai deixar os repórteres entrarem aqui, e graças a Deus por isso.

Na noite seguinte, após a refeição comunitária no refeitório feminino — guisado de frango, couve-de-bruxelas, pudim de tapioca —, todas elas dirigem-se em fila para o espaço principal, onde o círculo de tricô se encontra. O recipiente de ursinhos de tricô está pela metade; é tarefa delas preenchê-lo antes que o mês termine.

Charmaine pega o seu urso e se põe a trabalhar. Mas quando ela termina duas fileiras, um ponto meia, um ponto torcido, há um rebuliço. As cabeças se viram: um homem entrou na sala. Isto é quase inédito, aqui na ala feminina. É o próprio Ed, com o mesmo aspecto de quando o viu no setor Dobra de Toalhas, embora menos relaxado. Seus ombros estão mais para trás, seu queixo mais para cima. É uma postura de marcha.

Atrás dele estão Aurora, com seu PosiPad, e outra mulher: cabelos negros, rosto quadrado, um corpo musculoso, como alguém que malha muito... boxe, não ioga. Belas pernas em meias cinza. Charmaine a reconhece: ela é uma das cabeças falantes da tela de validação na Administração de Medicamentos. Então, afinal de contas, essas cabeças são reais! Ela sempre se perguntou sobre isso.

Será imaginação dela ou esta mulher a escolheu no grupo, deu-lhe um breve aceno de cabeça, um rápido sorriso? Talvez ela seja uma aliada secreta — uma das entusiastas dos bastidores, uma das que restituíram Charmaine a seu legítimo trabalho. Charmaine faz um leve aceno em sua direção, só por precaução.

Aurora fala primeiro. Aqui está Ed, seu presidente e CEO — elas vão, é claro, reconhecê-lo de suas excelentes apresentações na Assembleia Municipal —, e ele tem algumas instruções muito simples, mas muito cruciais para lhes dar nesta conjuntura.

Ed começa com um sorriso e um olhar ao redor da sala. Na TV, ele é sempre amistoso, faz contato visual, de alguma forma inclui todos no encontro. Ele está fazendo isso agora, colocando-as à vontade.

Ele começa a falar. Ele sabe que elas assistiram a Assembleia Municipal e ele tem algo a acrescentar sobre a crise que todos eles estão enfrentando — bem, não é uma crise ainda, e é trabalho dele, e trabalho delas também, garantir que nunca se torne uma. O escrutínio do mundo exterior é algo que Ed saúda — ele tem prazer em sair e falar em nome de todos que estão ali, e de angariar apoio —, mas ele não permitirá que os detentos sejam importunados e difamados, porque esse é o objetivo daqueles que estão contra eles: importunar e caluniar. Por que elas deveriam ser submetidas a tal tratamento? Seria muito injusto, depois de todo o trabalho árduo que têm feito.

As mulheres fazem um aceno de cabeça, concordando. Ele tem a simpatia delas. Como é atencioso, protegendo-as desta forma.

A situação está sob controle, ele continua, mas, enquanto isso, ele está convocando todas elas a se esforçarem ainda mais do que o normal, a fim de rechaçar nos portões os bárbaros que se declararam contra a nova forma de ordenar a sociedade que eles têm criado ali mesmo. A nova ordem que é um farol de esperança, um farol que corre o risco de ser deliberadamente sabotado.

Mas as medidas necessárias estão sendo tomadas. Alguns desses sabotadores foram identificados e estão sendo trazidos para cá mesmo, para Positron, para lidarmos com eles. Os defensores podem não ver tal movimento como estritamente legal, mas situações desesperadoras exigem uma certa flexibilização das regras, como ele tem certeza de que elas estarão de acordo.

Ele pediria a elas que ajudassem das seguintes maneiras: Sem confraternização com esses novos prisioneiros, mesmo que uma oportunidade possa se apresentar. Qualquer som incomum deve ser ignorado. Ele não pode dizer o que estes sons podem ser, além de incomuns, mas elas os conhecerão quando os ouvirem. Fora isso, elas devem continuar do modo habitual e cuidar — ele vai colocar isto de forma coloquial — cuidar de sua própria vida.

Como se tivesse sido orquestrado, ouve-se um grito. É distante — difícil de dizer se é de um homem ou de uma mulher —, mas é definitivamente um grito. Charmaine se mantém perfeitamente imóvel; ela se esforça para não virar a cabeça. Será que o grito veio pelo sistema de som? Teria sido de fora, do pátio? Há um rumor imperceptível entre as mulheres, enquanto elas se determinam a não ouvir.

Ed fez uma pequena pausa, abrindo espaço para o grito. Ele continua. E finalmente, diz ele, agora vai compartilhar algo com elas, e pede desculpas por isso: durante esta crise, e ele realmente espera que logo seja debelada, o Presídio Positron não será o refúgio confortável e familiar, de amigos e vizinhos, que eles ajudaram a fomentar. Lamentavelmente, ele se tornará um lugar menos confiável e aberto, porque é isso o que acontece em uma crise — as pessoas devem ficar de guarda, devem ser mais perspicazes, devem ser mais duras. Mas após este interlúdio, se as forças que atuam para o bem maior forem bem-sucedidas, a atmosfera normal, agradável e harmoniosa voltará.

Agora ele espera que elas relaxem e continuem o que estão fazendo. Ele vai apenas andar por ali e observá-las em seu trabalho, porque é profundamente encorajador para ele vê-las ocupadas de forma tão útil e pacífica.

— Acho que isso significa continuar tricotando — a mulher ao lado de Charmaine diz para ela. O círculo de tricô está sendo mais amistoso com ela, agora que sabem que ela conseguiu seu antigo emprego de volta.

— Do que ele estava falando? — diz outra. — Que sons? Eu não ouvi nada.

— Não precisamos saber — diz uma terceira. — Quando as pessoas falam assim, significa nem sequer ouvir, é o que eles querem dizer.

— Não entendi aquilo sobre uma crise — diz uma quarta. — Alguma coisa explodiu?

Que diabos, pensa Charmaine. Eu pulei um ponto.

Então, Ed surge bem ao lado dela. Ele deve ter se aproximado de mansinho.

— É um ursinho azul muito bonito que você está tricotando — ele lhe diz. — Vai fazer alguém muito feliz.

Charmaine ergue os olhos para ele. Ele está contra a luz: ela mal consegue vê-lo.

— Não sou muito boa nisso — diz ela.

— Ah, tenho certeza de que você é — diz ele enquanto se afasta.

Ocorre-lhe num instante: *Ele sabe sobre Max*. Ela é capaz de se sentir ruborizando de vergonha. Mas por que teve esse pensamento? Por que ele teria qualquer razão para saber? Ele é importante demais para ser incomodado por pessoas iguais a ela. Esse pensamento só lhe ocorreu por causa da maneira como se sente, a maneira como não consegue tirar Max de sua cabeça. De seu corpo. A maneira como não consegue ficar livre de suspeita.

DIA DOS NAMORADOS

É Dia dos Namorados. Stan está deitado na cama. Ele não quer se levantar, porque não quer se arrastar pelas horas que se avizinham, esperando ser emboscado a qualquer minuto por alguma surpresa constrangedora ou repulsiva com que Jocelyn planeje surpreendê-lo. Será um bolo vermelho mais uma peça de lingerie, cavada e de mau gosto, salpicada de coraçõezinhos, para Jocelyn — ou, pior ainda, para ele mesmo? Haverá uma declaração de amor açucarada e mortificante da parte dela, com a expectativa de uma igualmente açucarada e mortificante da parte dele em troca? Mulheres com casca dura como Jocelyn podem ser piegas no íntimo.

Ou será a Opção B — *Acabamos aqui, você fracassou.* Golpes na base do crânio, desfechados pelo carrasco que ela mantém escondido, à espreita, no armário de vassouras — ele faz as vezes de seu motorista regular, supondo que haja um motorista de verdade e não apenas um robô. Em seguida, uma agulha no braço para mantê-lo inconsciente; depois, arrastado para aquele carro furtivo, assustador, com as janelas escuras, e rebocado para Positron para ser processado da maneira como eles processam as pessoas por lá. Depois, no moedor de ração para frangos ou onde quer que eles se desfaçam das partes dos corpos. O bolo e a declaração melosa, amorosa, de olhos aveludados, ou a mão de ferro nos golpes? Ela é capaz de qualquer uma das opções.

Tendo se forçado a ficar de pé, ele veste suas roupas de trabalho no depósito de lambretas, em seguida esgueira-se na ponta dos pés ao longo do corredor do andar de cima para ouvir do topo das escadas. Ela deve estar na cozinha; há cheiros de comida e ruídos de panelas. Ele desce com cuidado, espreita pelo canto da porta. Ela está sentada à mesa da cozinha, digitando mensagens em seu celular, um prato de sobras de café da manhã à sua frente. Ela está usando seu traje de "não estou para brincadeiras": terno bem-arrumado, brincos de ouro, as meias cinza. Seus óculos de leitura estão empoleirados no nariz.

Sem bolo. Sem carrasco. Nada fora do comum.

— Dormindo até tarde? — pergunta Jocelyn, delicadamente.

Ele deveria dizer "Feliz Dia dos Namorados", depois se aproximar e dar-lhe um beijo para evitar qualquer dissabor? Talvez não. Talvez ela tenha esquecido que dia é hoje.

— Sim — ele responde.

— Pesadelos?

— Eu não sonho — diz ele, mentindo.

— Todo mundo sonha — diz ela. — Coma um ovo. Ou dois. Eu fiz para você. Podem estar um pouco duros. O café está na garrafa térmica. — Ela vira os dois ovos sobre uma torrada: eles foram preparados em forminhas com formato de coração. Será esta a surpresa do dia dos namorados? Só isso? Ele sente um alívio enorme.

Caia na real, Stan, ele diz a si mesmo. Ela não é tão ruim assim. Tudo o que ela queria era um pouco de diversão, além de se vingar de seu marido mulherengo.

Ela está olhando para ele para ver sua reação.

— Obrigado — diz ele. — Isso é legal. É um gesto... um gesto bonito.

Ela dá um de seus sorrisos de orelha a orelha. Ela não se deixa enganar nem por um instante, ela sabe que ele detesta isso.

— De nada — diz ela. — Um sinal do meu apreço. Uma dica para o criado doméstico. Humilhante. Ele tem que devorar o prato e deixar a casa o quanto antes. Dirigir-se na maior velocidade possível para o depósito de lambretas, jogar conversa fora, refazer alguns circuitos, golpear alguma coisa com um martelo. Tomar fôlego.

— Estou um pouco atrasado para o trabalho — diz ele, para prepará-la para sua rápida saída.

Ele enfia um dos ovos na boca, força-o a descer.

— Você não vai para o seu trabalho hoje — diz ela em voz neutra. — Você virá comigo, no carro.

O aposento escurece.

— Por quê? — diz ele. — O que foi?

— Sugiro que você coma aquele outro ovo — diz ela, sorrindo. — Vai precisar da energia. Você vai ter um longo dia.

— E por quê? — diz ele, com toda a calma que consegue reunir. Ele tenta adivinhar o que acontecerá nos próximos momentos. Névoa, uma queda abrupta. Ele se sente nauseado.

Ela serviu um café para si mesma, e se inclina sobre a mesa.

— As câmeras estão desligadas, mas não por muito tempo — diz ela. — Por isso, vou lhe dizer o seguinte muito rapidamente.

— Sua maneira mudou completamente. Foi-se o flerte embaraçoso, a pose de dominatrix. Ela é rápida, direta. — Esqueça tudo o que você acha que sabe sobre mim; e, a propósito, você manteve a sua calma muito bem durante nosso tempo juntos. Eu sei que não sou seu brinquedo favorito, mas você teria enganado muita gente. É por isso que estou lhe pedindo para fazer isto: porque eu acho que você pode.

Ela faz uma pausa, de olho nele. Stan engole em seco.

— Fazer o quê? — diz ele. Mentir, roubar, machucar alguém? Coisas de Conor? Algo do reino das trevas: assim parece.

— Precisamos contrabandear alguém para o exterior, para fora dos muros de Consilience — diz ela. — Eu já troquei seus registros no banco de dados. Você tem sido Phil nestes últimos meses, mas agora você vai ser Stan novamente, apenas por algumas horas. Depois disso, podemos mandá-lo para fora.

Stan se sente tonto.

— Fora? — diz ele. — Como?

Ninguém sai a menos que pertença ao alto escalão.

— Não importa como. Pense em si mesmo como um mensageiro. Preciso que você leve algumas informações.

— Espere um minuto — diz Stan. — O que está havendo? Quem são *nós*?

— Ed está certo a respeito de algumas coisas — diz Jocelyn. — Você o ouviu na Assembleia Municipal. Há realmente algumas pessoas que querem denunciar o Projeto. Mas eles não estão todos lá fora. Alguns deles estão aqui dentro. Na verdade, alguns deles estão nesta sala. — Ela sorri: agora seu sorriso tem um quê de elfo. Por mais perigosa que esta conversa possa ser, ela está se divertindo.

— Ei, ei, espere um minuto — diz Stan. Isto é demais em uma única declaração. — Como assim? Pensei que você fizesse parte da alta administração deste lugar. Você está no topo da Vigilância, certo?

— Estou, sim. Na verdade, sou a sócia fundadora de Ed. Eu apoiei o Projeto nos estágios iniciais. Eu acreditava nele; acreditava no Ed. E trabalhei duro. Pensei que era para o melhor — diz Jocelyn. — Eu acreditei na história da boa notícia. E era verdade no início, considerando a alternativa, que era uma vida terrível para muitas pessoas. Mas então Ed trouxe um grupo diferente de investidores para o Projeto, e eles ficaram gananciosos.

— Gananciosos com o quê? — diz Stan. — Como se este lugar desse lucro! Com a porra das couves-de-bruxelas? E as galinhas? Eu pensava que fosse mais sobre poupar dinheiro, ou como uma coisa de caridade, certo?

Jocelyn suspira.

— Você não acredita honestamente que toda esta operação esteja sendo realizada simplesmente para rejuvenescer o chamado "cinturão da ferrugem" e criar empregos, não é? Essa era a ideia original, mas uma vez que você tenha uma população controlada cercada por uma parede e sem nenhuma supervisão, você pode fazer o que quiser. Você começa a ver as possibilidades. E algumas delas se tornaram muito lucrativas, muito rapidamente.

Stan mal consegue acompanhar.

— Acho que os empreiteiros da construção devem estar fazendo...

— Esqueça a construção civil — diz Jocelyn. — É uma atividade secundária. O principal negócio é a prisão. As prisões costumavam ter a ver com punição, mais tarde, reforma e penitência, e depois manter os infratores perigosos confinados. Assim, durante algumas décadas, elas tinham a ver com controle de multidão — encerrando os jovens agressivos, marginalizados, para mantê-los fora das ruas. E então, quando começaram a ser administradas como empresas privadas, elas tinham a ver com as margens de lucro dos fornecedores de refeições pré-embaladas para os prisioneiros, os guardas contratados e assim por diante.

Stan assentiu; ele entende tudo isso.

— Mas quando nos inscrevemos — diz ele — não era assim. Eles não mentiram sobre o que teríamos, uma vez aqui dentro. Temos a casa, temos... Antes, nós estávamos falidos, éramos miseráveis. Aqui dentro, éramos muito mais felizes.

— Claro que eram — diz Jocelyn. — No começo. Eu também era, no início. Mas este já não é o começo.

— Qual é a má notícia, então? — diz Stan.

— Suponha que eu lhe conte sobre a renda gerada por partes do corpo. Órgãos, ossos, DNA, o que quer que seja solicitado. Essa é uma das grandes fontes de renda deste lugar. Estava acontecendo em outros países primeiro e eles estavam fazendo fortunas; esse aspecto era muito tentador para Ed. Há um grande mercado para material de transplante entre milionários idosos, não? Ed comprou parte de uma rede de casas de repouso e montou as clínicas de transplante dentro de cada uma das filiais. Clínica e Casa de Repouso Ruby Slippers: é grande. A operação principal é em Las Vegas, o projeto pioneiro. Ele calcula que haverá menos escrutínio, porque lá vale tudo. Ele não perde um truque.

— Só um minuto — diz Stan. — De quem são as partes do corpo? Ainda há o mesmo número de caras em Positron, eu os conheço, eles não estão sendo fatiados para venda dos órgãos, não é como se alguém estivesse desaparecendo. Não desde que nos livramos dos verdadeiros criminosos.

— Sim, Ed acha que é uma pena que não tenhamos mais aqueles — diz Jocelyn. — Ele tem planos de importar mais alguns, tirá-los das mãos do público, por assim dizer. Mas esses de quem você fala são os bons cidadãos de Consilience, eles mantêm o lugar funcionando dia após dia, eles são as formigas operárias. Eles serão mantidos. A matéria-prima está sendo trazida de fora.

O caminhão. Os prisioneiros encapuzados, arrastando os pés. Ah, ótimo, pensa Stan. Nós estamos presos em um filme retrô granulado, em preto e branco.

— Você quer dizer que eles estão reunindo as pessoas, transportando-as para cá? Matando-as por órgãos?

— Apenas indesejáveis — diz Jocelyn, sorrindo com seus grandes dentes. Ela manteve um pouco do seu sarcasmo maligno, de qualquer forma. — Mas agora *indesejável* é quem quer que Ed diga que é. A propósito, Ed diz que a próxima atração vai ser o sangue de bebês. Tem sido comentado como algo muito rejuvenescedor para os idosos, e a margem de lucro vai ser astronômica.

— Isso é... — Stan quer dizer "horripilante", o que não começa nem sequer a descrever aquilo. Ou então, ele poderia dizer: "Você está me enganando." Mas ele se lembra daquilo que ouviu sobre experimentos com ratos; além do mais, ela parece estar falando muito a sério. — Onde eles estão planejando conseguir os bebês?

— Não há escassez — diz ela com aquele seu outro sorriso, o irônico. — As pessoas os deixam por aí. Tão descuidadas...

— Alguém já ouviu falar disso? — diz ele. — Lá fora? Será que eles não deduziram, não deveriam...

— É com isso que Ed está preocupado — diz Jocelyn. — É por isso a segurança ultrarrigorosa. Alguns rumores começaram a circular, mas ele conseguiu silenciá-los. Agora ninguém ligado a uma agência de notícias pode chegar a menos de um quilômetro deste lugar e, como você sabe, nenhuma informação pode sair daqui. É por isso que temos que enviar uma pessoa, como você. Você levará um arquivo de documentos digitalizados e alguns vídeos, em um *flash drive*. Tentaremos colocá-lo em contato com uma peça-chave na mídia. Alguém que não seja ligado aos amigos políticos de Ed e que esteja disposto a correr o risco de divulgar a história.

— Então, eu devo ser o quê? — Stan quer saber. — O moço de recados? — O tal que leva um tiro, ele pensa.

— Mais ou menos — diz Jocelyn.

— Por que você mesma não leva? Este arquivo de documentos.

Jocelyn olha para ele com piedade.

— Nem pensar — diz ela. — É verdade que eu tenho um passe, eu posso sair. Eu tenho montado as operações externas, pagando as pessoas que contratamos para fazer as coisas menos legais em que Ed nos envolveu. Mas eu sou monitorada o tempo todo. Para ter certeza de que fico segura, é a desculpa de Ed. Ele confia em mim tanto quanto confia em qualquer um, mas cada vez mais isso não é muito. Ele está ficando nervoso.

— Por que você não abandonou tudo isso? Simplesmente foi embora? — pergunta Stan. Provavelmente é o que ele mesmo teria feito.

— Eu ajudei a construir tudo isto — diz Jocelyn. — Preciso ajudar a consertar. Agora, o tempo acabou. Temos que ir.

COAÇÃO

Eles estão no carro agora; ele mal se lembra de ter andado até o veículo. Diante deles há um motorista — um motorista de verdade, não um robô. O motorista senta-se ereto, os ombros cinzentos retos, a parte de trás da cabeça sem nenhuma característica reveladora.

As ruas deslizam sem se notar.

— Aonde vamos? — pergunta Stan.

— Positron — responde Jocelyn. — Nossa estratégia de saída para você começa lá. É preciso prepará-lo e, em seguida, acompanhá-lo durante o dia. Este passo não é isento de riscos. Seria muito lamentável se você fosse descoberto.

O motorista, pensa Stan. É sempre o motorista, no cinema. Escutando tudo. Espionando todos.

— E ele? — diz Stan. — Ele já ouviu tudo que você disse.

— Ah, esse é apenas o Phil — diz Jocelyn. — Ou Max. Você vai reconhecê-lo dos vídeos.

Phil se vira, dá um breve sorriso. É ele, sem dúvida, o Max de Charmaine, com seu rosto bonito, fino e pouco confiável, os olhos brilhantes demais.

— Ele tem sido de grande ajuda na criação do motivo — diz Jocelyn. — Nós escolhemos Charmaine porque achamos que ela poderia ser...

— Suscetível — completa Phil.

— Suficiente para resistir, mas livre para se deixar convencer — diz Jocelyn.

— O quê? — diz Stan. Isto é um insulto a Charmaine. Ele cerra os punhos. Calma, diz a si mesmo.

— Ela era uma aposta — diz Jocelyn.

— Mas valeu a pena — diz Phil.

O filho da mãe mentiroso, ele nem sequer foi sincero — pensa Stan. Ele estava enganando a pobre Charmaine o tempo todo. Armando para ela. Desencaminhando-a por motivos diferentes dos que você deve ter quando desencaminha alguém. É como se Charmaine não fosse suficientemente boa para ele; não suficientemente boa para uma genuína paixão ilícita. O que, se pensarmos nisso, é na verdade uma crítica a Stan. Suas mãos estão queimando: ele gostaria de estrangular o sujeito. Ou ao menos dar-lhe um bom soco nos dentes.

— Motivo para quê? — pergunta Stan.

— Não fique aborrecido — diz Jocelyn. — Para eu querer ver você eliminado. Eu tenho superiores. Preciso prestar contas a eles sobre minha decisão.

— Eliminado? Você vai fazer o *quê*? — Stan quase grita. Isto está ficando mais absurdo a cada minuto. Por baixo da conversa heroica, ela será uma psicopata afinal de contas? Com planos para seu fígado como um bônus?

— Chame como quiser — diz Jocelyn. — Entre nosso grupo de Gerência, nós chamamos isso de "reprogramação". Eu tenho poder discricionário para isso e já tomei esse tipo de decisão antes, quando as coisas ficaram seriamente... quando tive que fazê-lo. Para este cenário em particular, aquele voltado para fazê-lo passar inteiro pela muralha, qualquer pessoa que provavelmente esteja me controlando, como Ed, sabe que o poder corrompe, eles terão experimentado isso em primeira mão. Eles vão ver como eu seria tentada a usar meu próprio poder para razões pessoais. Eles podem não aprovar isso, mas vão acreditar. As provas estão todas lá, supondo que eu um dia venha a precisar usá-las, o que eu espero que não aconteça.

— Tal como? — diz Stan. — Provas? — Ele está sentindo frio em todo o corpo e está um pouco tonto.

— Está registrado, cada minuto, tudo que você precisaria para estabelecer um motivo. Phil e Charmaine, o tórrido caso deles, que eu tenho que admitir que Phil se empenhou ao máximo em representar. Mas ele é bom nisso. Então minhas próprias ciumentas e degradantes tentativas de reencenar esse caso e punir Charmaine por seu intermédio. Por que você acha que tivemos que passar por todo aquele sexo teatral em frente à TV? Sua relutância foi totalmente registrada, acredite, a iluminação foi boa, eu vi os clipes. — Ela suspira. — Fiquei um pouco surpresa por você não me dar uma surra. Muitos homens teriam feito isso, e eu sei que você quase perdeu o controle algumas vezes. Fiquei preocupada com a sua pressão sanguínea. Mas você mostrou um autocontrole impressionante.

— Obrigado — diz Stan. Ele tem um momento de prazer por ter sido considerado "impressionante". Caramba, diz ele a si mesmo. Você está acreditando nisso? Você acredita por um nanossegundo que essa vadia fria de pedra não estava se divertindo em grande estilo ao tratá-lo como um maldito criado doméstico? Você confia neles dois? Não, ele responde. Mas você tem alguma escolha? Recue, diga que você não vai compactuar com isso, e eles provavelmente o matarão.

— Foi uma vantagem que você tenha tido que se forçar — diz Jocelyn. — Sua relutância caiu bem, embora não tenha sido lisonjeira. Qualquer um que estivesse assistindo concluiria que foi sexo à mão armada virtual.

— Ela não é realmente assim, por dentro. Ela pode ser muito atraente — diz Phil galantemente. Ou talvez até mesmo honestamente, pensa Stan. Os gostos diferem.

— Eu concordo — diz ele, porque uma concordância se faz necessária. — Dificilmente teria sido à mão armada, foi...

Jocelyn cruza as pernas. Ela dá uns tapinhas na coxa de Stan como se estivesse acalmando-o.

— De qualquer forma, aqueles a quem talvez esses vídeos tenham que ser mostrados verão por que eu poderia querer me livrar de você. E por meio da Charmaine, pois, afinal de contas, ela roubou meu marido, certo? Punição dupla. Tem que ser à prova d'água, esta jogada. Algo que possa enganar Ed, supondo que ele comece a investigar. Ele acreditaria nesse tipo de malícia, vinda de mim. Ele acha que eu sou um osso duro de roer. É por isso que eu sou o braço direito dele.

Aonde isto vai chegar?, Stan pensa. Suas mãos estão pegajosas.

— Que jogada?

— A parte em que Charmaine entra para trabalhar na Administração de Medicamentos, onde em um dia comum ela administra uma dose letal a alguém destinado à reprogramação, e depois descobre que o próximo Procedimento Especial que ela tem que realizar é em você. E então ela o faz. Mas não se preocupe: ao contrário dos outros, você vai acordar depois. E então nós estaremos na metade do caminho, porque você não estará mais no banco de dados, exceto no pretérito.

Stan está ficando com dor de cabeça. Ele mal consegue acompanhar a trama. Então é isso que Charmaine tem feito em seu trabalho confidencial. Ela tem sido... Ele não pode acreditar nisto. A fofa, a otimista Charmaine? Nossa. Ela é uma assassina.

— Espere. Você não contou a ela? — diz ele. — Charmaine? Ela vai pensar que me matou?

— Para ela, tem que ser real — diz Jocelyn. — Nós não queremos que ela encene, eles descobririam: eles têm analisadores de expressão facial. Mas Charmaine acreditará na armação. Ela é muito boa em acreditar.

— Ela entra facilmente em fantasias — diz Phil. Isso é um sorriso?

— Charmaine não vai me matar — diz Stan com firmeza.

— Não importa... — *Não importa até onde você tenha chegado com ela, seu mentiroso idiota*, ele quer dizer, mas não o faz. — Se ela achar que vai me matar, ela não irá em frente com essa farsa.

— Nós vamos descobrir isso também, não vamos? — diz Jocelyn, sorrindo.

Stan quer dizer *Charmaine me ama*, mas ele não está mais completamente seguro disso. *E se houver um erro? E se eu realmente morrer?*, ele gostaria de perguntar. Mas ele é muito covarde para admitir que é covarde, então ele se mantém calado.

Phil liga o carro, locomove-se silenciosamente pela rua em direção ao Presídio Positron. Ele liga o rádio do painel do carro: é a playlist de Doris Day. "You Made Me Love You." Stan relaxa. Aquela voz sussurrante é um lugar muito seguro para ele agora. Ele fecha os olhos.

— Feliz Dia dos Namorados — diz Jocelyn suavemente. Ela dá tapinhas na coxa dele novamente.

Ele quase nem sente a agulha entrar; é apenas a picada de uma injeção. Então, é lançado da borda do penhasco enevoado. Em seguida, está caindo.

VII | TETO BRANCO

TETO BRANCO

Stan recobra a consciência como se saísse de um poço cheio de melado escuro. Não, um poço sem nada dentro, porque ele não teve nenhum sonho. A última coisa de que se recorda é de estar no carro, o carro preto da Vigilância com vidros escuros, com Jocelyn sentada ao seu lado no banco de trás, e seu marido traiçoeiro, presunçoso, ao volante, dirigindo.

Ele tem uma visão da parte de trás da cabeça de Phil — uma cabeça que ele não se importaria em perfurar com um caco de garrafa — e depois outra de Jocelyn estendendo a mão robusta, mas de unhas manicuradas, para dar um tapinha em seu joelho da forma condescendente como o fizera, como se ele fosse um cachorrinho de estimação. A manga de seu terno preto. Foi sua última imagem instantânea.

Então, a picada de uma agulha. Ele ficou inconsciente antes de se dar conta.

Mas veja, ela não o matou! Ele ainda está em seu próprio corpo, pode ouvir seu coração batendo. Quanto à sua mente, está clara como água gelada. Ele não se sente drogado; sente-se refrescado e hiperalerta, como se tivesse acabado de beber de um só gole dois expressos duplos.

Ele abre os olhos. Droga. Nada. Talvez ele tenha sido enviado para a estratosfera, afinal. Não, espere, é um teto. Um teto branco, com luz refletindo-se para baixo a partir dele.

Ele vira a cabeça para ver de onde vem a luz. Não, ele não vira a cabeça, porque sua cabeça não vira tanto assim. Algo a está limitando, e seus braços e, sim, suas pernas também. Droga! Eles o mantêm amarrado, imobilizado.

— Droga! — ele diz em voz alta. Mas não, ele não diz isso. O único som que sai de sua boca é um som baboso de zumbi. Mas urgente, como um carro em um banco de neve girando as rodas, encalhado. *Unhuhuh. Unhuhuh.*

Isto é horrível. Ele consegue pensar, mas não consegue se mover e não consegue falar. Droga.

Charmaine mal dormiu a noite toda. Talvez tenham sido os gritos; ou poderiam ter sido risos — isso seria mais agradável; embora, se fossem risos, eram barulhentos, altos e histéricos. Ela gostaria de perguntar a algumas das outras mulheres se elas também ouviram alguma coisa, mas isso provavelmente não é uma boa ideia.

Ou talvez sua insônia tenha vindo do excesso de empolgação, porque realmente ela está superentusiasmada. Está tão entusiasmada que só consegue beliscar no almoço, porque esta tarde ela vai retomar seu verdadeiro trabalho. Depois de cumprir sua sessão matinal de dobra de toalhas, ela tem que jogar fora o vergonhoso crachá de Lavanderia e substituí-lo por seu legítimo crachá de identificação: Administradora-Chefe de Medicamentos. É uma sensação de felicidade, como se esse crachá tivesse sido perdido e agora encontrado; como acontece quando você perde suas chaves da lambreta ou seu telefone e então eles aparecem e você se sente com sorte, como se as estrelas ou o destino ou alguma outra coisa o tivessem selecionado para uma vitória. Isso é o quanto seu legítimo crachá a faz se sentir feliz.

As outras mulheres de sua seção notaram esse crachá: elas a estão tratando com respeito renovado. Estão olhando para ela diretamente em vez de deixarem seus olhos deslizarem por ela como se ela fosse um móvel; elas estão lhe fazendo perguntas sociáveis como, por exemplo, se ela dormiu bem e não foi um ótimo almoço? Elas estão lhe oferecendo pequenos elogios, como que bom trabalho ela está fazendo com os ursinhos de tricô azuis, embora ela tricote muito mal. E estão sorrindo para ela, não com meios sorrisos, mas com sorrisos completos, escancarados, que são apenas parcialmente falsos.

Não é nada difícil para ela retribuir os sorrisos. Não como nas últimas semanas, quando ela foi exilada para a Dobra de Toalhas, quando se sentiu tão solitária e isolada, quando seu próprio sorriso lhe parecia falso, como se houvesse uma calçada de cimento quebrada bem atrás de seus dentes, sua boca parecia murcha e entupida, e as outras mulheres falavam com ela em frases de duas palavras porque não sabiam em que tipo de desgraça ela se encontrava.

Charmaine não podia censurá-las, pois nem ela mesma sabia. Ela tentou ao máximo acreditar que se tratava apenas de um erro trivial: é sempre melhor fazer todo o possível para acreditar no positivo, porque acreditar no negativo não leva a lugar nenhum, só serve para deixá-la deprimida. Ao passo que com o positivo você encontra forças para continuar.

E ela havia continuado.

Embora tivesse sido difícil, porque tinha ficado muito assustada. O que eles estavam realmente planejando para ela? Ela tem certeza de que há mais de um deles. O único que de fato eles mostram muito é o Ed, mas tem que haver um bando deles nos bastidores, falando sobre tudo e tomando decisões importantes.

Eles têm ficado sentados em sua sala de reuniões, discutindo sobre ela? Será que sabem que ela anda traindo Stan? Eles terão fotos dela, gravações de sua voz ou, pior ainda, um vídeo? Charmaine tinha dito isso a Max certa vez: E se houver um vídeo? Mas ele apenas riu e perguntou por que haveria uma câmera de filmagem em uma casa abandonada, e ele só desejava que houvesse, assim ele poderia reviver o momento. Mas e se ele estivesse revivendo o momento, e aqueles outros homens também o estivessem revivendo?

Faz com que ela fique ruborizada pensar neles observando-os, ela e Max, naquelas casas vazias. Ela não era ela mesma com Max, ela era outra pessoa, alguma loura vadia com quem ela não falaria se estivessem juntas em uma fila de checkout. Se essa outra Charmaine tentasse entabular uma conversa, ela se afastaria como se não tivesse ouvido, porque você é conhecido pelas companhias que mantém e essa outra Charmaine é má companhia. Mas essa Charmaine foi banida, e ela mesma — a verdadeira Charmaine — foi reconduzida a uma boa posição, e ela tem que mantê-la assim, a qualquer custo.

Ela olha ao longo da mesa para as fileiras de mulheres em seus macacões cor de laranja. Ela não as conhece muito bem porque essas mulheres basicamente não têm falado com ela, mas seus rostos são familiares. Examina suas feições enquanto elas mastigam seus almoços: não é uma sensação calorosa, difusa e grata que ela tem, porque cada uma delas é um ser humano único e insubstituível?

Não, isto não é um sentimento caloroso, difuso e grato. Para ser honesta, ela não gosta muito destas mulheres. Vovó Win não confiaria nelas porque a maioria está acima do peso. Elas deveriam queimar mais energia, fazer aulas de dança ou exercitar-se na academia Positron, porque ficar sentadas em seus traseiros gordos tricotando aqueles estúpidos ursinhos e comendo as sobremesas está fazendo os quilos se acumularem sobre elas, e elas estão inflando como dirigíveis. E lá no fundo ela não quer saber se cada uma delas é um ser humano único e insubstituível, porque elas não a trataram como tal. Elas a trataram como algo que ficou preso em seus sapatos.

Mas isso é o passado e ela não deve olhar para trás com raiva ou guardar ressentimentos, porque tal comportamento é tóxico, como diz a garota com o traje rosa no programa de ioga da TV, por isso agora ela está se concentrando em bênçãos. Em como todos eles são abençoados por estarem abrigados ali quando tantas outras pessoas estão passando maus momentos fora da muralha, onde — de acordo com Ed — tudo está cada vez mais deteriorado. Ainda mais do que quando ela vivia lá fora.

O almoço é salada de frango. É feita com frangos criados ali mesmo no Presídio Positron, em um ambiente saudável e cuidadoso, na ala masculina; e a alface, a rúcula, a chicória e o aipo são cultivados ali também. Embora não o aipo, agora que ela pensa nisso — ele vem de fora. Mas a salsinha cresceu ali mesmo. E a cebolinha. E os tomates Tiny Tim. Apesar de sua falta de apetite, ela belisca a salada, porque não quer parecer mal-agradecida. Ou, pior ainda, instável.

Lá vem a sobremesa. Eles a colocaram em cima da mesa, no outro extremo da sala; as mulheres se levantam em ordem, fileira por fileira, e ficam na fila. Torta de ameixa, as mulheres murmuram umas para as outras, feitas com ameixas vermelhas do próprio pomar de Positron. Embora a própria Charmaine nunca tenha trabalhado naquele pomar nem mesmo tenha falado com qualquer pessoa que tenha trabalhado lá — como poderia saber se o pomar sequer existe? Eles poderiam estar trazendo aquelas ameixas ali para dentro em latas e ninguém, a não ser quem abre as latas, ficaria sabendo.

Estas ideias céticas sobre Positron estão lhe ocorrendo cada vez com mais frequência. Não seja tão estúpida, Charmaine, diz a si mesma. Mude o canal, por que você se importaria com a procedência das ameixas? E se eles querem contar lorota sobre ameixas para nos fazer sentir melhor, qual o problema?

Ela pega sua fatia de torta de ameixa no resistente prato de vidro prensado. Há creme adicionado, das próprias vacas de Positron; não que ela tampouco já tenha visto essas vacas. Ela acena com a cabeça e sorri para as outras mulheres conforme vai passando por elas, senta-se de novo em seu lugar, olha fixamente para sua torta. Ela não consegue deixar de pensar que parece sangue coagulado, mas ela passa um marca-texto sobre esse pensamento, cobre-o com tinta preta. Ela deveria tentar comer apenas um pouco: isso poderia estabilizar seus nervos.

Ela tem estado longe do trabalho na Administração de Medicamentos por um longo tempo. Talvez tenha perdido o jeito. E se ela fizer uma bagunça com o Procedimento Especial na próxima vez? Ficar com medo? Perder o local certo na veia?

Quando você está realmente fazendo o Procedimento, você não tem preocupações de maior amplitude, você existe no momento, você só quer acertar e cumprir o seu dever. Mas nos últimos dois meses, ela tem estado a distância, e, a distância, o que ela faz na Administração de Medicamentos nem sempre parece o mesmo que ela deveria fazer, supondo que fosse apenas uma pessoa qualquer.

Você está tendo escrúpulos, Charmaine?, pergunta a vozinha em sua cabeça.

Não, bobinha, ela responde. Estou comendo minha sobremesa. Torta de ameixa.

As mulheres em sua mesa estão fazendo sons *hummm*. Respingos vermelhos grudam em seus lábios.

CAPUZ

Stan tenta novamente. Ele usa todas as suas forças, empurrando as correias para cima com os braços e as coxas — devem ser correias, embora ele não possa vê-las.

Sem chance. O que é isso, a ideia distorcida de Jocelyn de outro jogo sexual perverso?

— Charmaine — ele tenta chamar. Sua garganta emite um ronco arrastado, sua língua parece uma carne fria de sanduíche. De qualquer modo, por que ele a está chamando, como se não conseguisse encontrar suas meias, como se precisasse de ajuda com o botão de cima de sua camisa? Que tipo de lamúria é essa? Talvez parte de seu cérebro esteja morta. *Idiota*, ele diz a si mesmo: *Charmaine não pode ouvi-lo, ela não está no quarto*. Ou não até onde ele pode ver, o que não é muito longe.

Oh, Charmaine. Eu te amo, querida. Tire-me daqui!

Espere um minuto: agora ele se lembra. De acordo com Jocelyn, Charmaine deverá matá-lo.

Duas horas. O primeiro Procedimento da tarde está programado para as três horas. Após deixar a sala de jantar, Charmaine volta à sua cela para passar um pouco de tempo em silêncio, sozinha. Ela precisa se preparar, tanto física quanto mentalmente; e também espiritualmente, é claro. Respirar fundo, como eles mostram na TV. Retocar a maquiagem, o que é energizante. Calma, energia positiva: é disso que precisa.

Mas quando ela abre a porta de sua cela, já há alguém ali dentro. É uma mulher, no macacão laranja padrão, mas com um capuz sobre a cabeça. Ela está sentada na cama. Seus pulsos estão presos juntos, na frente, com algemas de plástico.

— Desculpe-me? — diz Charmaine. Se não fosse pelo capuz e pelas algemas, ela teria assinalado que esta é sua cela e, tanto quanto ela saiba, não houve nenhuma indicação de uma nova ocupante. E então ela teria dito "Por favor, saia".

— Não... — diz a voz da mulher, abafada pelo capuz. Então, diz algo mais que Charmaine não compreende. Ela se aproxima da cama — arriscado, porque e se for uma maníaca que possa saltar sobre ela ou algo assim — e levanta o capuz para cima e para trás.

É um choque. Isto definitivamente é um choque. É Sandi. Não pode ser a Sandi! Por que seria a Sandi? Ela fita Charmaine com olhos lacrimejantes, piscando.

— Charmaine, Santo Deus — diz ela. — Coloque o capuz de volta! Não fale comigo!

Charmaine fica confusa. Sandi nunca fez coisas ruins, além da prostituição, mas isso foi no lugar de um emprego, então por que ela precisaria fazer isso em Consilience? Seus cabelos estão arruinados. As maçãs do rosto estão mais proeminentes do que eram: talvez ela tenha se submetido a uma plástica. Será que talvez tenha se metido com drogas? Conversado com um jornalista? Mas como?

— Sandi! O que você está fazendo na minha cela? — pergunta Charmaine. Isso não soa muito gentil, embora ela não pretendesse dizer isso de forma mesquinha. A perna de Sandi está acorrentada à estrutura da cama, seus tornozelos estão acorrentados. Isto é sério.

— Não fale alto — sussurra Sandi. — Eles devem ter se enganado, me enfiaram no lugar errado. Finja que não me conhece! Ou você pode ter problemas.

— Você é um, você sabe... um elemento criminoso? — Charmaine pergunta, tem que perguntar, embora talvez ela não devesse. Sandi é uma garota de bom coração, não pode ser um elemento criminoso e, de qualquer forma, os elementos criminosos com os quais ela está acostumada a lidar na Administração de Medicamentos geralmente são homens. Ela não consegue ver Sandi assassinando qualquer pessoa, ou fazendo qualquer outra coisa que leve alguém a ficar amarrado de cinco maneiras em uma maca. — O que você fez? Quero dizer, você fez alguma coisa?

— Eu tentei sair — sussurra Sandi. — Tentei fugir, passar pela muralha em um saco de lixo, onde eles o jogam naquela calha para o caminhão lá fora. Fiz sexo com um desses caras do lixo, os que usam coletes verdes, você sabe quais são. Ele me denunciou, mas só depois do sexo, o filho da mãe.

— Mas, querida, por que você iria querer ir embora? — Charmaine sussurra. Isto é desconcertante para ela. — É muito melhor...

— Sim, foi no começo, tudo estava indo muito bem, eu estava ajudando na academia e então eles me escolheram para fazer aqueles vídeos de ioga, fiz uma plástica, maçãs do rosto, principalmente, e eles fizeram a maquiagem, e tudo o que eu tinha que fazer era colocar um colante rosa, ler o roteiro e fazer algumas poses.

— Eu achei que fosse você — diz Charmaine, falsamente. — Você foi ótima, parecia uma especialista! — Ela sente um pouco de ciúmes. Que trabalho fácil e com categoria de estrela também. Não como seu próprio trabalho. Mas o dela é mais importante.

— Então, um dia, Veronica voltou — Sandi sussurra. — Estávamos compartilhando um apartamento, ela estava em treinamento no hospital da prisão e estava toda empolgada. Eles lhe ofereceram uma promoção, para esta unidade especial que eles têm lá.

— Qual era? — diz Charmaine. Talvez algo leve, como a Pediatria.

— Era na Administração de Medicamentos — diz Sandi. — Ela foi no dia seguinte, para iniciar seu treinamento. Mas quando ela voltou, estava transtornada. Veronica nunca fica chateada normalmente. — Sandi faz uma pausa. — Você se importa de coçar minhas costas?

Charmaine coça as costas de Sandi.

— Um pouco para a esquerda — diz Sandi. — Obrigada. Então ela disse: "Basicamente, eles querem que eu mate pessoas. Por baixo de toda a besteira, essa é a verdade."

— Ah, meu Deus — exclama Charmaine. — Não me diga!

— É verdade — diz Sandi. — Então, ela lhes disse que não, que não podia fazer aquilo. E no dia seguinte, ela desapareceu. Simplesmente desapareceu. Ninguém sabia para onde tinha ido, ou melhor, não queriam dizer. Eu perguntei por ela em seu trabalho, eles me olharam de maneira estranha e disseram que a informação não estava disponível. Foi assustador! Então, eu quis ir embora.

— Você não está autorizada a sair! — Charmaine sussurra. — Lembre-se do que nós assinamos! Você não poderia simplesmente explicar a eles... — Ela sabe que isto é inútil, porque regras são regras, mas ela quer dar esperança.

— Esqueça — diz Sandi. — Estou frita. — Seus dentes estão batendo. — Não existe almoço grátis, eu deveria ter sabido. Agora você precisa colocar o capuz de volta, chamar um guarda e perguntar por que essa pessoa está em sua cela, e eles vão me tirar do seu caminho.

— Mas eu não posso simplesmente... — diz Charmaine. — O que vai acontecer com você? — Ela vai chorar. Isto está errado, *tem* que estar errado! As correntes, as algemas... Talvez eles apenas coloquem Sandi para dobrar toalhas ou algo assim. Mas ela não consegue acreditar nisso. Há uma luz escura ondulando ao redor de Sandi, como água suja. Charmaine coloca seus braços em volta dela. Ela está tão fria... — Ah, Sandi — diz ela. — Vai ficar tudo bem!

— Apenas faça isso — diz Sandi. — Você não tem escolha.

TORTA DE CEREJA

O teto branco é ainda mais chato do que a TV Consilience. Quase nada está acontecendo lá em cima, embora haja uma mosca, o que tem ajudado a passar o tempo. Cai fora, voa, pensou Stan dirigindo o pensamento para ela, para ver se ele poderia controlá-la transmitindo suas ondas elétricas mentais. Mas não conseguiu.

A outra coisa no teto branco é um pequeno círculo prateado. Ou é um extintor de incêndio ou uma câmera de vídeo. Ele fecha os olhos, depois os abre: ele deve permanecer acordado, se possível. Ele se concentra na cadeia de causas e efeitos, mentiras e farsas — algumas perpetradas por ele mesmo — que o levaram a este tedioso ou possivelmente aterrador beco sem saída.

Que terminará com Charmaine com um jaleco de laboratório entrando aqui em cerca de cinco minutos, ou pelo menos ele espera que seja logo, porque ele realmente precisa urinar. A pobre ratinha vai pensar que está prestes a enviar algum assassino em série ou molestador de crianças ou agressor de idosos para a próxima vida. Mas quando ela se aproximar da maca em que ele está amarrado, não será um elemento criminoso desconhecido que estará esperando por ela: será ele.

O que ela fará então? Gritar e fugir? Atirar-se sobre seu corpo? Dizer ao Positron que houve um erro terrível?

Talvez ela acione um interruptor oculto para desligar a câmera de vídeo, depois o desamarre, eles se abraçarão e ela sussurrará "Sinto muito, você pode me perdoar por traí-lo, é a você que eu realmente amo", e assim por diante, embora não haja tempo para as demonstrações de arrependimento que ele tem o direito de esperar. Mas ele a apertará de forma tranquilizadora e então ela lhe mostrará — o quê? Um alçapão? Um túnel secreto? Um conjunto de roupas para usar como disfarce?

Ao longo dos anos, ele assistiu TV demais. Na TV há fugas de última hora, túneis e alçapões. Isto é vida real, idiota, ele diz a si mesmo. Ou supõe-se que seja.

Mas tem que haver um plano de última hora como esse, porque Charmaine certamente nunca administraria a droga da morte nele, ou seja lá o que for que ela faz. Ela nunca levaria isso a cabo. Ela tem um coração muito compassivo.

Unhuhuh, diz ele para o teto. Porque agora ele não está tão seguro sobre a bondade dela. Ele não tem certeza de nada. E se alguma coisa tiver dado errado e os espiões de Positron tiverem descoberto a traição de Jocelyn e a prendido, ou talvez até matado?

E se, quando a porta se abrir, não for Charmaine quem a atravessa?

Provavelmente estão de olho nele agora mesmo, através daquele círculo prateado. Eles provavelmente torturaram Jocelyn, fizeram-na cuspir todo o seu plano subversivo. Eles provavelmente pensam que ele está metido nisso. Eu não sabia! Não fui eu! Eu não fiz nada!, ele grita em sua cabeça.

Unhuhuhuh.

Merda! Ele molhou as calças. Mas não se infiltra, não escorre. Será que colocaram fraldas nele? Droga. Isso não é um bom sinal. Isso significa que ele não deve ser a primeira pessoa que esteve ali e fez xixi nas calças. Não se pode dizer que eles não cubram todos os ângulos.

Charmaine leva algum tempo para recuperar a calma depois que os dois guardas levaram Sandi dali. Arrastando-a por debaixo dos braços, porque ela não podia andar muito bem com todos os grilhões.

— Não é preciso mencionar isso a ninguém — o primeiro guarda havia dito. O segundo deu uma espécie de risada que mais parecia um latido. Nenhum dos dois era alguém que Charmaine já tivesse visto alguma vez antes.

Ela faz um pouco de exercício de respiração de ioga, limpa sua mente de vibrações negativas. Em seguida, lava as mãos, depois escova os dentes: é como um ritual de limpeza, porque ela gosta de se sentir pura de coração ao entrar em um Procedimento. Ela se examina no espelho: ali está ela, o mesmo rostinho meigo, arredondado, de bebê em que ela sempre confiou em casa e na escola; ela não mudou tanto desde a adolescência, embora sua pele esteja um pouco escura sob os olhos. Ela puxa alguns fios de seu cabelo louro para a frente para emoldurar o rosto. Mas ela está mais magra. Perdeu peso nos últimos tempos, ligeiramente mais do que deveria, e parece pálida. Ela tem andado tão preocupada, e ainda está preocupada, porque mesmo que seu nome tenha sido limpo e ela tenha obtido seu emprego de volta, o que o futuro lhe reserva? Quando ela estiver de volta à casa.

O pior — bem, quase o pior — seria se eles contassem a Stan sobre Max. Então, o que vai acontecer quando ela vir Stan? Ele estará realmente furioso com ela. Mesmo que ela chore e diga que está arrependida, e como ele pode perdoá-la algum dia, e que é ele quem ela realmente ama, ele ainda pode querer o divórcio. A mera possibilidade a enche de lágrimas. Ela se sentiria tão insegura sem Stan, e as pessoas falariam mal dela, e ela estaria completamente sozinha em Consilience, para sempre, porque não se pode sair. Mas ela pode não se sentir muito segura *com* Stan, tampouco.

Quanto a Max, sim, ela se lembra de ter esperanças de que ele deixasse a esposa por ela para que pudessem ficar juntos e ela fosse esmagada em seu abraço como um bolinho de mirtilo pisado, a cada minuto de cada dia. Ele diria, "Não há ninguém como você, abaixe-se", enquanto lhe mordisca a orelha, e ela se derreteria como caramelo ao sol.

Mas, em algum nível, ela sempre soube que isso seria impossível. Ela tem sido uma distração para ele, mas não uma necessidade de vida. Mais como uma bala de hortelã superforte: intensa enquanto durou, mas rapidamente terminada. E, para ser justa, ele tem sido a mesma coisa para ela, e se ele lhe fosse oferecido em uma bandeja em troca de Stan, ela diria não, obrigada, porque ela nunca poderia confiar em Max: ele é rápido demais com a boca, é como um anúncio de TV, empurrando algo escuro e delicioso, mas ruim para você. Em vez disso, ela diria: "Eu escolho Stan." Ela tem certeza de que esta é a escolha que faria.

Mas e se Stan a rejeitar, apesar de suas novas e virtuosas intenções? E se ele a expulsar, jogar suas roupas no gramado à vista de todos e depois trancar a porta por dentro? Talvez isso aconteça à noite, e ela ficará do lado de fora, na chuva, arranhando a janela como um gato, implorando para ser aceita de volta. *Ah, eu estraguei tudo*, ela vai lamentar. Seus olhos se enchem de lágrimas só de imaginar.

Mas ela se recusará a pensar nisso, porque você faz de sua atitude sua própria realidade, e se ela pensar nisso acontecendo, então acontecerá. Em vez disso, ela pensará nos braços de Stan envolvendo-a e ele dizendo como tem sido infeliz sem ela e como está feliz por eles estarem finalmente juntos mais uma vez. E ela o acariciará, o abraçará, e será como nos velhos tempos.

Porque os dias passarão voando e será dia de transição em um par de semanas e ela poderá finalmente deixar Positron para seu mês como cidadã comum outra vez. Ela estará trabalhando em seu emprego em Consilience, na padaria, e não terá que pensar em gritos, nem em mulheres com capuz, acorrentadas às suas camas. Ela vai ter cheiro de canela por causa dos pãezinhos de canela, um cheiro tão alegre, e não como o aroma floral do amaciante de tecidos da Dobra de Toalhas em Positron, que se você tiver que respirar o dia todo é verdadeiramente químico e enjoativo. Ela não usará mais aquele amaciante em suas próprias roupas lavadas, nunca mais. Estará de volta à sua própria casa, com seus lindos lençóis e a brilhante cozinha onde ela prepara cafés da manhã tão agradáveis, e estará com Stan.

Por que contariam a ele sobre Max, supondo que eles saibam? Considerando que o objetivo de Consilience é que as coisas corram sem problemas, com cidadãos felizes, ou eles são internos? Ambos, para ser honesta. Porque os cidadãos sempre foram um pouco como internos e os internos sempre foram um pouco como cidadãos, de modo que Consilience e Positron somente oficializaram a situação. De qualquer forma, o objetivo é a maior felicidade em toda parte, e contar a Stan significaria menos felicidade. De fato, significaria mais infelicidade. Portanto, eles não o farão.

Ela já pode imaginar, não, sentir os braços de Stan ao seu redor; e então o modo como ele encosta o nariz na lateral do seu pescoço e diz coisas como, *Huum. Canela. Como está o meu pãozinho?* Ou ele costumava dizer coisas assim, coisas reconfortantes, embora estivesse se descuidando ultimamente. Aliás, quase desde que ela se envolveu com Max, por falar nisso. Mas ele vai dizer essas coisas de novo, porque ele terá sentido sua falta e estará preocupado com ela. *Como está minha torta de cereja?* Não como as coisas que Max diz, que são mais como: *Eu vou te virar do avesso, depois disto você não conseguirá nem rastejar. Implore-me por isso.*

Stan talvez não seja o mais... bem, o melhor. O máximo de qualquer coisa de que se possa chamar Max. Mas Stan a ama e ela o ama também.

Ela realmente o ama. Aquela coisa com Max foi apenas um deslize, um episódio animal. Ela terá que ficar longe de Max no futuro. Embora possa ser difícil, porque Max é muito apaixonado por ela. Ele vai tentar recuperá-la, sem dúvida. Mas ela terá que tampar os ouvidos, ranger os dentes, arregaçar as mangas e resistir à tentação.

Embora, por que uma pessoa não deveria ter ambos?, diz a voz em sua cabeça.

Eu estou fazendo um esforço aqui, ela responde. Então, cale-se.

Ela olha para seu relógio: duas e meia. Falta meia hora. A espera é a pior coisa. Ela nunca esteve tão trêmula antes de um Procedimento.

Ela sorri seu sorriso Eu-sou-uma-boa-pessoa, o sorriso de um anjo distraído com um viés infantil. Esse sorriso a tem ajudado a atravessar muitos lugares difíceis, ou pelo menos desde que ficou adulta. É um passe livre, é uma pulseira de show de rock, uma senha de segurança universal, como estar em uma cadeira de rodas. Quem o questionaria?

Para dar a si mesma confiança, ela aplica blush em todo o seu rosto pálido, depois uma fina camada de rímel nas pestanas: nada muito exagerado. Positron permite a maquiagem na cadeia; na verdade, encoraja a maquiagem, porque estar com sua melhor aparência é bom para o moral. É seu dever estar no seu melhor: ela está prestes a tornar-se a última coisa que algum pobre jovem verá nesta terra. Isso é uma grande responsabilidade. Ela leva isso a sério.

Charmaine, Charmaine, sussurra a vozinha em sua cabeça. Você é uma fraude.

Assim como você, ela retruca.

JOGO MENTAL

Stan deve ter cochilado, mas ele desperta com um sobressalto. Aquela maldita mosca está andando por todo o seu rosto e ele não pode espantá-la.

— Maldita mosca — ele tenta dizer. *Muuuuuh. Muuuuh.* Não, nenhuma função da fala até agora. A droga atacou a sua língua. Ele espera que isto não seja permanente: ele não vai ser capaz de comprar nada, exceto com pequenos bilhetes. *Oi, meu nome é Stan e eu não consigo falar. Me dê dez garrafas de bebida alcoólica.* Ele não vai querer saber de que tipo, ele beberia mijo de elefante. Depois do que passou, ele vai querer cair de bêbado. Inconsciente.

Mas isso dará uma boa história. Assim que ele sair. Assim que ele se conectar com o irmão Conor e seu bando de homens alegres, e sumir do radar de todos e de tudo que tenha a ver com Positron, porque qual é a regra que diz que ele tem que ser o lacaio e garoto doméstico de Jocelyn quando ele estiver lá fora? Deixe-a lidar com seus próprios casos estranhos. Ele terá que tirar a Charmaine de lá também, é claro. Talvez. Se possível.

Agora a mosca está tentando entrar em seu olho. Piscar, piscar, virar a cabeça: não parece ter muito medo de pestanas, mas se move. Agora está entrando em seu nariz. Pelo menos ele tem algum controle sobre suas narinas: ele assoa com força. Suas costas estão com uma comichão terminal, ele tem uma cãibra na perna, sua fralda está encharcada. Mais do que qualquer coisa, ele quer que isto acabe. Este estágio, esta fase, esta impotência, seja o que for. Vamos colocar este espetáculo na rua, ele gritaria, se fosse capaz de gritar. O que não é. Mas ele espera que em breve seja. Ele tem muitos gritos para pôr em dia.

Charmaine percorre os corredores familiares até a área de recepção da Administração de Medicamentos, onde três corredores se juntam. Ela está usando seu jaleco verde por cima do macacão laranja; suas luvas de látex estão em seu bolso, assim como a máscara facial em caso de germes. Ela a colocará antes de entrar no quarto — essa é a regra —, mas depois vai tirá-la outra vez porque a última visão de alguém de um rosto humano não deveria ser tão impessoal. Ela pretende que, quem quer que seja, consiga ver seu sorriso tranquilizador.

Ela está um pouco nervosa; é provável que eles estejam monitorando esse seu nervosismo. E é muito provável que isso conte a seu favor, porque durante o curso de treinamento que ela fez, eles colocavam alguns eletrodos em você, depois lhe mostravam fotos de pessoas sendo submetidas ao Procedimento Especial e mediam a sua reação. O que eles estavam procurando era um certo nervosismo, mas não tanto que você pudesse perder o controle. Eles haviam eliminado os que permaneceram totalmente calmos e frios, como também aqueles que mostraram muita avidez. Eles não queriam pessoas que tivessem prazer em fazer isto — não queriam sádicos nem psicopatas. Na verdade, eram os sádicos e psicopatas que precisavam ser — não *sacrificados*, não *apagados*, essas palavras são muito contundentes. Realocados para uma esfera diferente, porque não eram adequados para a vida de Consilience.

Talvez seja isso o que acontecerá com Sandi, mas de uma forma mais agradável. Talvez eles simplesmente a levem para outro lugar, como uma ilha, com as outras pessoas que são iguais a ela. Pessoas que não se encaixam, mas que não são elementos criminosos. Certamente, é isso que farão.

Agora ela chegou à Recepção e lá está a caixa de check-in com a tela plana na frente. A cabeça já está lá: deve estar esperando por ela. Hoje é a mulher de cabelos escuros e franja. É a mesma mulher que estava com Ed quando ele visitou o círculo de tricô na noite anterior, aquela com os brincos de argola e as meias cinza. Alguém importante. Charmaine sente um leve arrepio. Respiração de ioga, diz a si mesma. Inspirar pelo nariz, expirar pela boca.

A cabeça sorri para ela. É apenas uma imagem gravada desta vez ou é uma pessoa real?

— Poderia me dar a chave, por favor? — Charmaine pergunta, como deve fazer.

— Faça o login, por favor — diz-lhe a cabeça. Ainda está sorrindo, embora pareça estar olhando para ela com mais atenção do que de costume. Charmaine pressiona seu polegar na almofada, depois olha para o leitor de íris até ele piscar.

— Obrigada — diz a cabeça. A chave plástica desliza para fora da fenda no fundo da caixa. Charmaine a coloca no bolso do jaleco, espera pela tira de papel com os detalhes do Procedimento impressos nele: número do quarto, nome, idade, última dose de sedativo e quando administrada. É necessário saber em que estado de consciência o paciente pode estar.

Nada acontece. A cabeça está olhando para ela com um sorriso significativo. E agora?, pensa Charmaine. Não me diga que o maldito banco de dados bagunçou novamente meus números de identidade.

— Preciso do impresso do Procedimento — diz ela à cabeça. Mesmo que seja apenas uma imagem escaneada, seu pedido certamente será registrado.

— Charmaine — diz-lhe a cabeça. — Precisamos conversar.

Charmaine sente os cabelos da sua nuca ficarem em pé. A cabeça sabe seu nome. Está falando diretamente com ela. É como se o sofá tivesse falado.

— O quê? — diz ela. — O que eu fiz de errado?

— Você não fez nada de errado — diz a cabeça —, ainda. Mas está em liberdade condicional. Você deve passar por um teste.

— Como assim, liberdade condicional? — diz Charmaine. — Eu sempre fui boa neste trabalho, nunca tive nenhuma reclamação, minha pontuação na avaliação do trabalho tem sido... — Ela está torcendo a luva de látex em seu bolso direito; ela diz a si mesma para parar. É ruim mostrar agitação, como se ela fosse culpada de alguma forma. Ela está pronta para o maldito teste deles, seja lá qual for: está disposta a apostar em sua técnica e execução contra as de qualquer pessoa. Eles não podem culpá-la de nada, exceto por não usar sua máscara facial, mas quem em seu perfeito juízo se importaria com isso?

— Não é a sua competência que está em questão — diz a cabeça. — Mas a Gerência tem tido algumas dúvidas sobre sua dedicação profissional.

— Eu sempre fui extremamente dedicada! — afirma Charmaine. Alguém deve ter feito mexericos sobre ela, contado mentiras. — Você tem que ser dedicado para fazer este trabalho! Quem disse que eu não fui dedicada? — Deve ter sido aquela sorrateira Aurora, de Recursos Humanos. Ou alguém de seu grupo de tricô, porque ela não era suficientemente entusiasta com aqueles malditos ursos azuis. — Eu amo meu trabalho, quero dizer, não gosto de ter que fazer o que faço, mas sei que é meu dever fazê-lo, porque tem que ser feito por alguém, e eu sempre tomei o melhor cuidado e fui muito meticulosa e...

— Vamos chamar isso de lealdade — diz a cabeça.

Por que a cabeça disse *lealdade*? É *lealdade* sobre ela e Max?

— Eu sempre fui leal — diz ela. Sua voz soa fraca.

— É uma questão de grau — diz a cabeça. — Por favor, preste atenção. Você deve realizar o Procedimento como de costume hoje. É muito importante que você complete a tarefa que lhe foi designada.

— Eu sempre concluo a tarefa! — diz Charmaine, indignada.

— Hoje, desta vez, você pode se deparar com uma situação que lhe pareça desafiadora. Apesar disso, o Procedimento deve ser realizado. Seu futuro aqui depende disso. Você está pronta para isso?

— Que tipo de situação? — pergunta Charmaine.

— Você tem uma opção — diz a cabeça. — Você pode se demitir da Administração de Medicamentos agora mesmo e voltar para a Dobra de Toalhas, ou alguma outra forma pouco exigente de trabalho, se você sentir que não está à altura do teste. — Ela sorri, mostrando seus dentes fortes e quadrados.

Charmaine gostaria de perguntar se ela poderia ter algum tempo para pensar. Mas talvez isso não fosse bem aceito: a cabeça poderia ver isso como uma falha em sua lealdade.

— Você deve decidir agora — diz a cabeça. — Você está pronta?

— Sim — diz Charmaine. — Estou pronta.

— Tudo bem, então — diz a cabeça. — Agora você escolheu. Apenas dois tipos de pessoas são admitidos na ala de Administração de Medicamentos: as que executam o Procedimento e as que são submetidas a ele. Você elegeu o papel daqueles que o executam. Se falhar, as consequências serão severas. Você pode se encontrar desempenhando o outro papel. Compreende?

— Sim — diz Charmaine fracamente. Isso foi uma ameaça: se ela não eliminar, será eliminada. É muito claro. Suas mãos estão frias.

— Muito bem — diz a cabeça. — Aqui estão os detalhes de seu Procedimento de hoje.

A tira de papel desliza para fora da fenda. Charmaine a retira. O número do quarto e as informações sobre o sedativo estão lá, mas falta o nome do paciente.

— Não há nenhum nome — diz Charmaine. Mas a cabeça já desapareceu.

ESCOLHA

Stan deixa a mente flutuar livremente. O tempo está passando; o que quer que lhe esteja reservado está prestes a acontecer. Não há nada que ele possa fazer a respeito.

Serão estes os meus últimos minutos?, ele se pergunta. Claro que não. Apesar de seu momento inicial de pânico, ele agora está estranhamente calmo. Mas não resignado, não entorpecido. Em vez disso, ele está intensamente, dolorosamente alerta. Pode sentir seus próprios estrondosos batimentos cardíacos, pode ouvir o sangue precipitando-se pelas suas veias, ele pode sentir cada músculo, cada tendão. Seu corpo é rijo, como rocha, como granito; embora provavelmente um pouco flácido ao redor da cintura.

Eu deveria ter me exercitado mais, ele pensa. Eu deveria ter feito tudo mais. Eu deveria ter me libertado de... de quê? Olhando para trás em sua vida, ele se vê esparramado sobre a terra como um gigante coberto de pequenos fios que o seguram. Minúsculos fios de pequenos cuidados e pequenas preocupações, de temores que ele levava a sério na época. Dívidas, cronogramas, a necessidade de dinheiro, o desejo de conforto; o verme de ouvido do sexo, repetindo-se sem parar como um *loop* neural. Ele tem sido o fantoche de seus próprios desejos reprimidos.

Ele não deveria ter se deixado enjaular ali, privado da liberdade. Mas o que significa liberdade hoje em dia? E quem o havia enjaulado e isolado? Ele mesmo o tinha feito. Tantas pequenas escolhas. A redução de si mesmo a uma série de números, armazenados por outros, controlados por outros. Ele deveria ter saído das cidades em desintegração, fugido da vida apertada, comprimida, ali oferecida. Rompido a rede eletrônica, jogado fora todas as senhas, saído para percorrer a terra, um lobo magro uivando à meia-noite.

Mas não há mais terras a serem percorridas. Não há nenhum lugar sem cercas, estradas, redes. Ou será que existe? E quem iria com ele, ficaria com ele? Supondo que ele não consiga encontrar Conor. Supondo, impensável, que Conor esteja morto. Será que Charmaine estaria à altura de tal viagem? Será que ela sequer iria querer que ele a levasse clandestinamente para fora? Será que ela consideraria isso um resgate? Ela jamais gostou de acampar, e não iria querer ficar sem seus lençóis floridos limpos. Ainda assim, ele tem um breve flash de saudade: os dois juntos, mão na mão, caminhando para o nascer do sol, todas as traições esquecidas, prontos para uma nova vida, em algum lugar, de alguma forma. Com talvez algumas caixinhas daqueles antigos fósforos e... do que mais eles iriam precisar?

Ele tenta visualizar o mundo fora dos muros de Consilience. Mas ele não tem mais uma imagem real desse mundo. Tudo o que vê é névoa.

Charmaine usa sua chave e entra no dispensário, localiza o armário, usa o código para abrir a porta. Ela encontra o frasco e a seringa. Enfia-os no bolso, calça as luvas de látex com um estalo, em seguida percorre o corredor para a esquerda.

Estes corredores estão sempre vazios quando ela está a caminho de um Procedimento. Eles fazem isso de propósito, para que ninguém saiba quem exterminou qual pessoa? Ninguém, isto é, exceto a cabeça. E quem quer que esteja por trás da cabeça. E quem quer que a esteja observando neste exato momento, de dentro de uma luminária ou através de uma lente minúscula do tamanho de um rebite. Ela endireita os ombros, ajusta o rosto no que espera que seja uma expressão positiva, mas determinada.

Aqui está o quarto. Ela abre a porta, entra silenciosamente. Retira a máscara facial.

O homem está deitado de costas, preso à maca em cinco pontos, como deveria estar. A cabeça dele está um pouco virada para o outro lado. O mais provável é que ele esteja fitando o teto, qualquer que seja a parte que ele consiga ver. E, muito provavelmente, o teto está olhando de volta para ele.

— Olá — ela diz enquanto caminha para a maca. — Não está um lindo dia? Olha só que lindo sol! Eu sempre acho que um dia ensolarado é realmente animador, você não acha?

A cabeça do homem vira-se para ela, até onde ele consegue virar. Os olhos encontram os dela. É Stan.

— Ah, meu Deus — diz Charmaine. Ela quase deixa cair a agulha. Ela pestaneja, esperando que o rosto se transforme no rosto de outra pessoa, um total desconhecido. Mas isso não acontece. — Stan — ela sussurra. — O que eles estão fazendo com você? Ah, querido. O que você fez?

Ele terá cometido algum crime? Que tipo de crime? Deve ter sido muito grave. Mas talvez não tenha havido crime algum, ou apenas um pequeno crime, porque que tipo de crime Stan poderia ter cometido? Ele às vezes é rabugento e pode perder a calma, mas não é má pessoa. Ele não é do tipo criminoso.

— Você tentou me encontrar? — pergunta ela. — Querido? Você deve ter ficado louco de preocupação. Será que você... — O amor dele por ela o teria levado ao extremo? Terá ele descoberto a respeito de Max e o matado? Isso seria terrível. Um triângulo amoroso fatal, como algo que ela veria no noticiário da TV, no Dust. As notícias mais desprezíveis.

— *Uhuhuhuh* — diz Stan. Um fio de baba escorre do canto de sua boca. Ternamente, ela o limpa. Ele matou por ela! Deve ter sido isso! Os olhos dele estão arregalados: ele está lhe suplicando, silenciosamente.

Isto é mais horrível do que tudo. Ela quer sair correndo do quarto, correr de volta para sua cela, fechar a porta, atirar-se na cama, puxar as cobertas sobre a cabeça e fingir que nada disso jamais aconteceu. Mas seus pés não se movem. Todo o sangue está drenando para fora de seu cérebro. Pense, Charmaine, ela diz a si mesma. Mas ela não consegue pensar.

— Nada de ruim vai acontecer com você — diz ela, como costuma fazer, mas é como se sua boca estivesse se movendo sozinha, emitindo uma voz morta. Embora a voz esteja tremendo.

Stan não acredita nela.

— *Uhuhuhuh* — diz ele. Ele faz força contra as correias que o mantêm no lugar.

— Você vai se divertir muito — diz ela para ele. — Vamos fazer isso num instante. — Lágrimas escorrem de seus olhos; ela as enxuga com a manga do jaleco, porque essas lágrimas não vão servir para nada e ela espera que ninguém as tenha visto, nem mesmo Stan. Especialmente não Stan. — Logo você estará em casa — ela lhe diz. — E então teremos um jantar adorável e veremos televisão.

Ela se move para trás dele, fora de sua linha de visão.

— E então iremos para a cama juntos, do jeito que costumávamos fazer. Isso não seria bom?

As lágrimas chegam com mais força. Ela não consegue se conter, ela os vê quando se casaram, planejando — ah, tantas coisas para sua nova vida juntos. Uma casa, crianças, tudo. Eles eram tão amorosos na época, tão esperançosos; tão jovens, não como agora. E então não tinha dado certo, por causa das circunstâncias. E foi muito esforço, muitas tensões, com a vida no carro e tudo mais, mas eles haviam ficado juntos porque tinham um ao outro e se amavam. E então vieram para aquele lugar, e a princípio era tão bonito, tão limpo, tudo organizado, com música alegre e pipoca em frente à TV, mas depois...

Depois houve aquele batom. O beijo que ela dera com ele. Faminto. Culpa dela.

Controle-se, Charmaine, ela diz a si mesma. Não seja sentimental. Lembre-se de que é um teste.

Eles estão de olho nela. Eles não podem estar fazendo isso a sério. Eles não podem esperar que ela — mate, não, ela não vai usar a palavra *matar*. Eles não podem esperar que ela realoque seu próprio marido.

Ela afaga a cabeça de Stan.

— Shhh — diz a ele. — Está tudo bem.

Ela sempre acaricia a cabeça deles, mas desta vez não é uma cabeça qualquer, é a cabeça de Stan, com seu corte de cabelo à escovinha. Ela conhece muito bem cada aspecto da cabeça dele, cada olho, cada orelha, a curva da mandíbula, a boca com os dentes de Stan lá dentro, o pescoço e o corpo que está preso a ele. É quase resplandecente, esse corpo: é tão nítido para ela quanto se pode imaginar, cada sarda e cada fio de cabelo, como se ela estivesse olhando para ele através de uma lupa. Ela quer atirar seus braços ao redor deste corpo para mantê-lo imóvel, mantê-lo neste momento, porque, a menos que ela possa parar o tempo, este corpo não tem futuro.

Ela não pode fazer o Procedimento. Ela não o fará. Ela vai marchar para fora dali, de volta à Recepção, e exigir falar com a cabeça de mulher na caixa.

"Eu não vou cair nessa" — ela dirá. — "Eu não vou fazer seu teste estúpido, então apenas caia fora daqui."

Mas espere. O que acontecerá então? Outra pessoa entrará e realocará Stan. O procedimento vai acontecer com ele de qualquer maneira, e quem quer que seja não o fará de forma atenciosa e respeitosa, não da sua maneira. E o que será dela, Charmaine, se ela não passar no teste? Não será apenas voltar à Dobra de Toalhas, serão algemas plásticas, capuz e grilhões, como Sandi; depois na maca com as cinco correias. Deve ser por isso que colocaram Sandi em sua cela: como um aviso. Ela está tremendo agora. Mal consegue respirar.

— Ah, Stan — ela sussurra no ouvido esquerdo dele. — Não sei como as coisas chegaram a este ponto. Lamento muito. Por favor, me perdoe.

— *Uhuhuhuh* — diz Stan. É como um ganido de cachorro. Mas ele a ouviu, ele a entende. Isso é um aceno de cabeça?

Ela o beija na testa. Em seguida, correndo um grande risco, ela o beija na boca, um beijo longo, sincero. Ele não retribui o beijo — sua boca deve estar paralisada —, mas ao menos ele não tenta mordê-la.

Então, ela enfia a agulha no frasco. Ela observa suas mãos, em suas luvas de látex, movendo-se como algas marinhas; os braços estão pesados, como se ela estivesse nadando em cola líquida. Tudo está em câmera lenta.

De pé atrás de Stan, ela procura suavemente a veia em seu pescoço, encontra-a. Seu coração bate como percussão sob a ponta dos dedos. Ela enfia a agulha.

Então, um solavanco, em seguida um espasmo. Como eletrocussão.

Depois, ela desaba no chão.

Escuridão completa.

VIII | APAGUE-ME

ARMAZENADO

Quando Stan acorda, não está mais amarrado. Está encolhido, de lado, deitado em algo macio. Ele está tonto e tem uma dor de cabeça estrondosa, como três ressacas terríveis ao mesmo tempo.

Ele descola as pálpebras: vários pares de grandes olhos brancos com pupilas redondas negras fitando-o. Mas que droga é essa? Ele se esforça para se sentar, perde o equilíbrio, tropeça em um monte de corpos pequenos, felpudos, macios. Aranhas gigantescas? Lagartas? A despeito de si mesmo, ele grita.

Recomponha-se, Stan, diz a si mesmo. Controle-se.

Ah. Ele está deitado em um grande recipiente de metal cheio de ursinhos azuis tricotados. Esses são os olhos redondos e brancos que o observam.

— Caramba! — ele exclama.

Em seguida, para se certificar, ele acrescenta:

— Maldito inferno! — Ao menos tem sua voz de volta.

Ele está em um armazém com vigas de metal e uma faixa de luz fluorescente fraca no alto. Ao espreitar pela lateral do recipiente, ele examina o piso: cimento. Deve ser por isso que o colocaram em cima dos ursinhos de tricô: não há mais nada neste lugar que seja de alguma forma macio. Alguém foi muito atencioso.

Ele tateia pelo seu próprio corpo: todas as partes contabilizadas. Ainda bem que eles se livraram da fralda ou do que quer que fosse aquilo, embora seja humilhante visualizar o processo de remoção. Eles até colocaram algumas roupas novas nele: um macacão laranja de Positron e uma jaqueta de lã. E meias grossas, porque faz um frio de congelar aqui dentro. Faz sentido: é inverno. E por que aquecer um armazém com nada dentro além de ursinhos de tricô?

O que vem agora? Onde estão todos? Não é uma boa ideia gritar. Talvez se levantar, encontrar a saída? Mas espere: uma de suas pernas está presa à lateral do recipiente metálico com, sim, uma tornozeleira de nylon. Isso deve ser para evitar que ele circule por ali, deixando este armazém, esbarrando em quem quer que esteja do lado de fora da porta. Nada a fazer senão esperar até que Jocelyn venha e lhe diga o que diabos ele deve fazer.

Ele examina o interior do armazém mais uma vez. Mais recipientes como aquele em que está deitado, arrumados em fileira. Isso é um número muito grande de ursinhos de tricô. Além disso — em direção ao que ele agora identificou como as portas, uma pequena para pessoas, uma grande, deslizante, para caminhões —, há algumas pilhas de caixas longas que se parecem muito com caixões, mais estreitas em uma das extremidades. Ele certamente espera não estar encerrado ali dentro com um monte de cadáveres que em breve estarão em decomposição.

Que é o que Charmaine deve pensar que ele mesmo já é, a triste, a iludida coelhinha. Sua aflição não era falsa: aquelas lágrimas eram reais. Ela tremia quando tateou seu pescoço e depois enfiou a agulha nele: deve ter realmente acreditado que o estava assassinando. Ela deve ter desmaiado logo em seguida: na fração de segundo antes da droga o atingir e ele apagar em um feliz redemoinho de luzes coloridas, ele tinha ouvido o impacto quando ela caiu de cara no chão.

Se tivesse apostado dinheiro na afirmação de que Charmaine nunca iria em frente com aquilo, ele teria perdido a aposta. Ela é incrível à sua própria maneira, Charmaine; sob toda aquela futilidade ela tem coragem, ele tem que reconhecer isso. Ele pensou que ela deixaria o amor atrapalhar, que perderia a coragem, começaria a choramingar e recuaria. Que ela talvez se atirasse sobre ele, arruinasse o plano. Isso mostra sua incapacidade de dar palpite: a aposta de Jocelyn em Charmaine fora melhor do que a dele.

Pobre Charmaine, ele pensa. Ela deve estar atravessando o inferno neste momento. Remorso, culpa e coisas do gênero. Como ele se sente a respeito disso? Parte dele — a parte vingativa — está dizendo: Bem-feito. Ela e seu coração traiçoeiro, e ele espera que ela se contorça em angústia e arranque os angélicos olhos azuis com suas choradeiras. Outra parte está dizendo: Para ser justo, Stan, você também a enganou, tanto na intenção quanto na ação. É verdade, você pensava que estava perseguindo uma Paixão Púrpura diferente daquela que você conquistou. Com quem você fez sexo em muitas ocasiões, e embora seu coração possa não ter participado, seu corpo estava presente. Ou suficientemente envolvido. Portanto, deixe que o passado seja passado e vire a página.

Sim, diz a parte vingativa, mas a tola Charmaine não sabe sobre Jocelyn, então se vocês voltarem a ficar juntos um dia, você pode manter o namorico que ela teve com Max/Phil na cabeça dela para sempre. Poderá dizer-lhe que você já viu os vídeos. Repetir para ela as coisas que ela diz neles. Transformá-la em um punhado de lenços encharcados. Limpar suas botas nela: haveria alguma satisfação nisso. Sem mencionar o fato de que ela o assassinou. Ela será sua escrava, nunca ousará dizer não a você, vai ficar de mãos e pés atados.

Ou isso ou ela vai colocar veneno de rato em seu café. Há um lado frio nela. Não o subestime. Então talvez você devesse atacar primeiro, dada a oportunidade. Deixe-a. Jogue suas roupas no gramado. Tranque a porta. Ou bata na cabeça dela com um tijolo. É isso o que Conor faria?

Você se esquece, ele diz a si mesmo. Provavelmente nunca mais voltarei para dentro daquela casa outra vez. A menos que algo dê errado enquanto eu estiver fora da muralha, nunca mais voltarei a Consilience. Essa vida acabou. Eu deveria estar morto.

Ele deveria estar zangado com isso? Talvez não: estar morto é para o seu próprio bem. Por outro lado, ele não pediu para estar morto, ele não desejava isso para si mesmo. Ele foi simplesmente designado, como se fosse membro de um exército no qual nunca se alistou. Ele foi recrutado, contra sua vontade, e agora está ali, acorrentado a um recipiente cheio de ursos de tricô. Aquela maldita sádica Jocelyn parece ter se esquecido completamente dele e, apesar da dor de cabeça, ele está começando a sentir fome. Além disso, está congelando. Faz tanto frio que ele pode ver seu hálito.

Ele se deita novamente, se cobre com ursinhos azuis. Eles servirão de isolamento. A única coisa a fazer agora é ir dormir.

HORA DO CHÁ

Quando Charmaine acorda, ela está sozinha. E está de volta à sua casa. À casa deles, dela e de Stan; ou melhor, dela e de Stan um dia, mas agora apenas dela, porque Stan nunca mais estará nesta casa. Nunca, nunca, nunca, nunca, nunca. Ela começa a chorar.

Ela está deitada no sofá, o sofá azul royal com os lindos lírios *off-white*; embora, com seu rosto assim tão perto, ela possa ver que ele precisa de limpeza, porque alguém andou derramando café sobre ele, e outras coisas. Ela pode se lembrar de fingir não gostar deste padrão, fingir querer mudá-lo, fingir que ia olhar amostras de tecido como uma desculpa para sair de casa mais cedo nos dias de transição para que ela pudesse estar com Max. Podia-se ter certeza de que Stan não se interessaria de forma alguma por capas de sofá ou papel de parede ou qualquer uma dessas coisas. Sua falta de interesse uma vez a aborrecera — eles não deveriam estar juntos na construção da casa? —, mas depois ela tinha gostado, porque era um ponto cego dele que lhe dava algum tempo com Max. Agora isso a faz chorar porque Stan está morto. Pronto. Ela disse. *Morto.* Ela chora mais forte. Está soluçando, sua respiração vindo em estertores em staccato. Stan, o que eu fiz com você?, ela pensa. Para onde você foi?

Embora ela esteja chorando o mais forte que pode, ainda assim nota um fato estranho: não está mais usando seu macacão laranja. Em vez disso, ela veste um conjunto quadriculado pêssego e cinza, em tecido leve de lã, com uma saia *évase* e um casaquinho acinturado. Supõe-se que haja uma blusa que combine, que é uma imitação de seda de cor pêssego, com babadinhos na frente, como dos dançarinos de flamenco, também na cor pêssego, mas essa não é a blusa com que ela está vestida, que é uma estampa floral azul e não combina de modo algum com o conjunto de saia e casaquinho. Ela escolheu com cuidado o conjunto pêssego e cinza na seção "Sorria com estilo" do catálogo digital logo após Stan e ela terem se inscrito em Consilience. Foi uma escolha entre o pêssego e cinza e as outras combinações de cores, o azul-marinho e branco, que era um pouco Chanel demais para ela, e o verde-limão e laranja — nenhuma dúvida ali, porque ela não pode usar verde-limão, essa cor a deixa com um aspecto abatido.

Além disso, ela dobrou esta roupa e a guardou em seu armário rosa no porão, com suas outras roupas civis, logo antes de entrar para sua última estada em Positron. Então, alguém tem o código para o seu armário e alguém tem andado remexendo nas suas coisas. A mesma pessoa deve ter tirado o macacão e a vestido com o conjunto xadrez, com a blusa errada.

— Sentindo-se melhor agora? — diz uma voz. Ela ergue os olhos do sofá. Santo Deus, é Aurora dos Recursos Humanos, com a plástica exagerada que a faz parecer uma lagartixa: músculos das maçãs do rosto imóveis, olhos esbugalhados. Aurora é a última pessoa que ela quer ver, não apenas aqui e agora, mas para sempre.

Ela está carregando uma bandeja — uma bandeja de Charmaine, ela mesma a escolheu, das opções de bandejas do catálogo — com um bule de chá em cima. O bule de chá de Charmaine, embora tenha vindo com a casa. Charmaine se sente invadida. Como Aurora ousa ir entrando em sua casa, enquanto ela mesma está desmaiada no sofá, e simplesmente assumir o controle da cozinha como se fosse dela?

— Fiz um bom chá quente para você — diz Aurora com um meio-sorriso compassivo e exasperante. — Eu sei que você teve um choque. Você bateu com a cabeça quando desmaiou, mas eles não acham que você tenha tido uma concussão. No entanto, você deve fazer uma tomografia, só para ter certeza. Já providenciei isso para você, ainda hoje.

Charmaine não consegue dizer uma palavra. Ela se esforça para controlar as lágrimas. Ela está arfando, ofegante; o muco escorre de seu nariz.

— Vá em frente, chore pra valer — diz Aurora, como se concedesse permissão real. — Um bom choro desanuvia o ar. Sem mencionar as fossas nasais — ela acrescenta: sua versão de uma piada.

— Você abriu meu armário? — Charmaine consegue dizer.

— Agora, por que eu faria isso? — diz Aurora.

— Alguém abriu — diz Charmaine. — Porque eu estou vestindo uma roupa diferente.

A ideia de Aurora trocando suas roupas como se ela fosse uma boneca Barbie enquanto ela estava inconsciente lhe dá uma sensação de arrepio por todo o corpo.

— Imagino que você mesma tenha feito isso e simplesmente não se lembre. Você deve ter tido um episódio de amnésia temporária — diz Aurora, naquela sua voz de sabichona. — Um choque como aquele que você teve pode provocar um estado de fuga. Você estava no sofá quando cheguei aqui há dez minutos. — Ela deposita a bandeja de chá sobre a mesinha de centro. — O cérebro é muito protetor, ele decide o que escolhemos lembrar.

Charmaine sente a raiva inundando-a, afastando a dor do luto. Se tivesse estado no porão, tirando coisas de seu armário, ela se lembraria, além do que nunca teria escolhido esta blusa. Que moda de mau gosto eles acham que ela usa? Aliás, quem a trouxe de volta da Administração de Medicamentos para cá?

Ela se força a sentar, lança as pernas para fora do sofá e as apoia no chão. Ela absoluta e totalmente não quer que Aurora a veja neste estado, tão desfeita. Limpa o nariz e os olhos na manga, já que não há um lenço de papel, afasta os cabelos úmidos da testa, força o rosto a um semblante de ordem.

— Obrigada — diz ela, secamente. — Na verdade, eu estou bem.

Será que Aurora sabe o que Charmaine fez com Stan? Talvez ela possa blefar, esconder sua fraqueza. Dizer que desmaiou porque ficou menstruada ou por causa do baixo nível de açúcar no sangue ou algo assim.

— Bem, você está sendo muito forte — diz Aurora. — Quero dizer, poucas pessoas teriam um senso tão firme de dever e de lealdade. — Ela senta-se no sofá ao lado de Charmaine. — Eu tenho que admirá-la, eu realmente tenho.

Ela serve o chá na xícara — a xícara de Charmaine, com os botões de rosa cor-de-rosa que Stan nunca gostou. Mas ele nunca gostou de chá de qualquer forma, era do tipo que tomava café com creme e dois tabletes de açúcar. Ela reprime um soluço.

— Eu realmente deveria pedir desculpas, em nome da Gerência — diz Aurora, colocando a xícara sobre a mesinha, em frente a Charmaine. — Foi muita falta de tato da Logística. — Ela coloca uma xícara para si mesma na bandeja e ocupa-se em enchê-la. Charmaine toma um gole de chá. Isso realmente ajuda.

— Como assim? — diz ela, embora saiba perfeitamente bem o que Aurora quer dizer. Aurora está gostando disso. Ela está saboreando o momento.

— Eles deveriam ter programado você para o Procedimento de outra pessoa — diz Aurora. — Eles não deveriam ter feito você passar por tal provação. — Ela coloca açúcar em sua própria xícara e mexe.

— Que provação? — diz Charmaine. — Eu só estava fazendo meu trabalho. — Mas não adianta. Ela pode ver isso no comportado meio-sorriso no rosto exageradamente repuxado de Aurora.

— Ele era seu marido, não era? — diz Aurora. — Seu Procedimento mais recente. De acordo com os registros. Qualquer que tenha sido o estado de sua vida privada juntos, e isso não é da nossa conta e eu não quero me intrometer, mas qualquer que tenha sido esse estado, a realização do Procedimento deve ter sido... uma decisão verdadeiramente difícil para você tomar.

— Ela amplia seu sorriso, um sorriso compreensivo, bajulador.

Charmaine tem vontade de esbofeteá-la. O que você sabe sobre isso, sua hipócrita enrugada?, ela gostaria de gritar.

— Eu só faço meu trabalho — diz ela defensivamente. — Eu sigo a rotina prescrita. Em todos os casos.

— Eu aprecio seu desejo de, digamos, embaçar os contornos — diz Aurora. — Mas acontece que gravamos todo o processo, como fazemos aleatoriamente, controle de qualidade. Foi muito... foi muito comovente. Observar você lutar com suas emoções. Fiquei comovida, fiquei mesmo, todos nós ficamos! Nós podíamos ver você vacilar, era natural, quero dizer, quem não o faria? Você teria que ser desumana. Mas você realmente as superou, essas emoções! Não pense que não notamos isso. A superação. Das emoções. Na verdade, nosso próprio chefe, Ed, gostaria de lhe agradecer pessoalmente, e um passarinho me contou, não é oficial, mas acho que pode haver uma promoção vindo por aí, porque se alguém a merece pelo heroico...

— Acho que você deve ir embora agora — diz Charmaine, pousando sua xícara. Em mais um minuto, ela vai jogar aquela xícara com tudo que tem dentro. Bem no meio da cara pré-fabricada da Aurora.

— Claro — diz Aurora com um meio-sorriso como uma fatia de limão perfeitamente simétrica. — Eu sinto sua dor. Deve ser tão, bem, tão dolorosa. A dor que você sente. Marcamos uma consulta com um conselheiro de trauma para você, porque é claro que você vai experimentar a culpa do sobrevivente. Bem, mais do que apenas culpa do *sobrevivente*, porque com um sobrevivente, tudo o que eles fizeram foi sobreviver, ao passo que você, quero dizer...

Charmaine se levanta abruptamente, derrubando sua xícara.

— Por favor, saia — ela diz com a maior firmeza que consegue reunir. — Agora mesmo.

Vá em frente, diz sua vozinha interior. Bata com este bule na cabeça dela. Corte sua garganta com a faca de pão. Depois, arraste-a para baixo e esconda o corpo em seu armário cor-de-rosa.

Mas Charmaine se contém. Haveria manchas de sangue reveladoras no tapete. Além disso, se eles a filmaram com Stan e a agulha, eles podem ter uma maneira de fazer isso dentro desta casa também.

— Você se sentirá diferente amanhã — diz Aurora, levantando-se também, ainda exibindo seu sorriso inexpressivo e esticado. — Todos nós nos adaptamos, com o tempo. O funeral é na quinta-feira, dentro de dois dias. Acidente elétrico nas instalações das galinhas, é a explicação que estamos dando; estará no noticiário hoje à noite. Todos no funeral vão querer oferecer condolências, portanto, você deve estar preparada. Vou providenciar um carro para as seis e meia, para buscá-la para a tomografia de sua concussão; já será depois da hora de funcionamento, mas eles estarão esperando por você especialmente. Em seu estado, você não deve dirigir sua lambreta.

— Eu te odeio! — grita Charmaine. — Bruxa desgraçada! Mas ela espera até depois da porta se fechar.

HORA DO CAFÉ

— Stan — diz uma voz. — Hora de ir.

Stan abre os olhos: é Jocelyn. Ela sacode o braço. Ele olha para ela, atordoado.

— Já não era sem tempo — diz ele. — E obrigado por me deixar armazenado no frio. Você se importa de me soltar? Preciso urinar.

Ele tem uma visão de como seriam os próximos minutos se este fosse um filme de espionagem. Ele daria um soco em Jocelyn, a derrubaria no chão, encontraria suas chaves, jogaria seu corpo dentro do recipiente de ursinhos, pegaria seu telefone para que ela não pudesse pedir ajuda quando acordasse — ela deve ter um telefone — e então ele sairia dali e salvaria o mundo sozinho.

— Não faça nada espontaneamente — diz Jocelyn. — Eu sou a única coisa entre você e rigor mortis. Portanto, preste muita atenção, porque só posso explicar isto uma única vez. Tenho de ir a uma reunião de alto nível, assim, quase não temos tempo.

Ela está usando seu traje de trabalho — o terninho elegante, os pequenos brincos de argola, as meias cinza. Estranho pensar nela deitada de bruços embaixo dele ou nua em cima dele, onde ela estivera muitas vezes — pernas espalhadas, boca aberta, cabelos desgrenhados, como se tivessem sido atingidos por uma rajada de vento. Isso parece ter sido em outro planeta.

Ela solta a corrente que o prende, ajuda-o a sair do recipiente de ursinhos de tricô. Ele ainda está vacilante. Cambaleia para trás do recipiente de metal, urina — não vê nenhum outro lugar para fazê-lo —, depois volta cambaleante outra vez.

Ela tem uma pequena garrafa térmica de café com ela, graças a Deus. Ele bebe o café sofregamente, engolindo os dois comprimidos de analgésicos que ela lhe entrega.

— Para a dor de cabeça — diz ela. — Desculpe por isso, mas essa droga é a única que poderíamos usar. Imita os efeitos da verdadeira droga, mas sem o resultado final.

— Quão perto eu cheguei? — quer saber Stan.

— Nada pior do que um anestésico forte — diz ela. — Pense nisso como férias para seu cérebro.

— Bem — diz Stan. — Eu estava errado sobre Charmaine. Ela acertou na mosca.

— Ela não poderia ter sido melhor — diz Jocelyn com um sorriso irritante. — Uma encenação não chegaria nem perto.

Sua idiota insensível, pensa ele.

— Você sabe que é uma desgraçada em terceiro grau — ele diz. — Fazendo-a passar por isso. Você bagunçou a cabeça dela para o resto da vida.

— Ela está um pouco abalada, sim — diz Jocelyn sem se alterar. — Por enquanto. Mas nós cuidaremos dela.

Stan não acha isso muito reconfortante: *cuidar dela* poderia significar algo não muito piedoso.

— Ótimo — diz ele, apesar de tudo.

— Mas imagino que você esteja com fome — diz Jocelyn.

— Para dizer o mínimo — diz Stan. Agora que pensa sobre isso, ele está faminto.

De sua bolsa, Jocelyn tira um sanduíche de queijo que ele engole com uma só dentada. Ele poderia comer mais alguns desses, mais um pedaço de bolo de chocolate e beber uma cerveja.

— Onde estou exatamente? — pergunta ele, depois de ter engolido tudo.

— Em um armazém — diz Jocelyn.

— Sim, eu entendi isso. Mas eu ainda estou dentro do Presídio Positron?

— Sim — afirma Jocelyn. — Faz parte das instalações.

— Então, aqueles são caixões? — Ele acena em direção às caixas compridas.

Jocelyn ri.

— Não. São caixotes de transporte.

Stan decide não perguntar o que eles podem estar enviando.

— Certo, então — diz ele —, para onde eu vou? A menos que pretenda me manter aqui com estes malditos ursinhos.

— Eu posso entender sua irritação — diz Jocelyn. — Tenha paciência comigo. — Ela lhe dá um sorriso de dentes grandes. — Há duas coisas que você precisa lembrar, para sua própria segurança durante seu tempo aqui. Em primeiro lugar, seu nome agora é Waldo.

— Waldo? — diz ele. — Não posso ser... Droga! — Não há como ele ver a si mesmo como um Waldo. Esse não era um tipo de coelho de desenho animado na TV infantil? Ou um peixe? Não, esse era Nemo. Uma coisa de desenho animado, de qualquer forma. *Onde está Waldo?*

— É um movimento de banco de dados — diz Jocelyn. — Você está substituindo um Waldo anterior. Ele sofreu um acidente. Não me olhe assim, foi um acidente de verdade, envolvendo um ferro de solda. Você está herdando o código dele, a identidade dele. Eu entrei no sistema e inseri seus dados biométricos.

— Ok — diz ele. — Então eu sou o maldito Waldo. Qual é a segunda coisa?

— Você estará em uma equipe Possibilibôs — diz Jocelyn. — Apenas observe os outros e siga as ordens.

— Possibilibôs? — diz Stan. Isto é algo que ele deveria saber? Ele não consegue localizar o termo; está se sentindo tonto novamente. — Ainda tem café?

— Possibilibôs é uma linha de design holandês de réplicas exatas de assistentes sexuais femininas — diz Jocelyn. — Para a casa e para exportação. Tenho certeza de que você achará o trabalho interessante.

— Você quer dizer aqueles prostibôs? Os robôs sexuais? Os caras do depósito de lambretas estavam falando sobre eles.

— Esse é o nome não oficial para eles, sim. Uma vez montados e testados quanto ao desempenho, são embalados nessas caixas — ela indica as pilhas de caixotes em forma de caixão — e despachados para fora de Consilience, para serem colocados em centros de diversão e outras áreas de franquia. Os belgas são loucos por certos modelos deles. E alguns dos outros modelos são muito apreciados no sudeste asiático.

Ele pensa por um momento.

— E quem eles vão pensar que este Waldo é? Esse que eu devo ser? Será que não vão se perguntar aonde foi o outro Waldo?

— Eles nunca conheceram esse Waldo. Eles nem sequer sabem que havia um Waldo. Ele foi destacado para outro lugar. Mas se eles verificarem o banco de dados, você será o Waldo lá dentro. Não se preocupe, só continue dizendo que seu nome é Waldo. E lembre-se, o trabalho aqui é a chave para transferir você com segurança para o mundo exterior.

— Quando faremos isso? — diz Stan. Será por meio de algum truque de prestidigitação? Um túnel subterrâneo? Ou o quê?

— Você será abordado por alguém daqui. A senha é a canção "Na ponta dos pés através das tulipas". Eu não posso dizer mais nada, caso suspeitem de você e você seja questionado. Em um mundo perfeito, eu estaria supervisionando o interrogatório, mas não é um mundo perfeito.

— Por que eu seria interrogado? — diz Stan. Ele não está gostando nada daquilo.

Agora que está chegando perto disso, ele não quer mais ser enviado para o mundo exterior, porque quem sabe que desgraça extrema está ocorrendo por lá? Já poderia ser uma anarquia total. Dada a escolha, ele optaria por ficar em Consilience, com Charmaine. Se ao menos ele pudesse rebobinar até o primeiro dia, apagar toda essa porcaria de Jasmine, tratar Charmaine da maneira que ela queria ser tratada, o que quer que isso fosse, de modo que ela nunca se desviasse por aí... O mero pensamento a respeito dela, e da casa que ele um dia achou tão chata, lhe dá vontade de chorar.

Mas ele não pode rebobinar nada. Ele está preso no presente. Quais são suas opções? Ele se pergunta o que aconteceria se delatasse Jocelyn. Ela e seu marido mulherengo filho da mãe. Mas a quem ele a denunciaria? Teria de ser alguém da Vigilância, e, quem quer que fosse, certamente se reportaria diretamente à própria Jocelyn, e então ele viraria comida de cachorro.

Ele terá que correr o risco, seguir em frente com a farsa Waldo, ser o mensageiro de Jocelyn, em nome da liberdade e da democracia, sem dúvida. Não que ele se preocupe muito com liberdade e democracia, uma vez que ambas não têm tido um desempenho muito bom para ele pessoalmente.

— É improvável que você seja questionado enquanto se mantiver fiel ao disfarce de Waldo — diz Jocelyn. — Mas não há plano que seja à prova de falhas. Estou atrasada para aquela reunião. Aqui está o seu crachá de Waldo. Tudo entendido?

— Claro — ele diz, embora esteja claro como breu. — Aonde eu vou agora?

— Por aquela porta — diz Jocelyn. — Boa sorte, Stan. Você está indo bem por enquanto. Conto com você. — Ela lhe dá um rápido beijo no rosto.

Seu impulso é abraçá-la, agarrar-se a ela como a uma boia salva-vidas, mas ele resiste.

ENTREABERTO

Resta um pouco de tempo a Charmaine antes da chegada do carro para levá-la para o exame; não que ela ache que precise de uma tomografia, mas é melhor fazer a vontade deles. Ela anda pela casa — sua casa — colocando as coisas em ordem. Os panos de prato, os pegadores de panela. Ela detesta quando os utensílios de cozinha são largados em qualquer lugar, como o saca-rolha. Definitivamente esse saca-rolha foi colocado em uso por Max e sua mulher. Eles sempre foram descuidados nos detalhes de arrumação.

Na sala de estar há um abajur de mesa fora do lugar. Ela vai consertar isso mais tarde: não tem vontade de rastejar pelo chão agora procurando a tomada da parede. E há algo no DVD player da TV de tela plana: a luzinha está piscando. O que Max andou assistindo? Não que ela ainda esteja obcecada por ele, não depois do choque que teve. Matar Stan eliminou Max de sua mente.

Ela empurra a tecla Play.

Ah. Ah, *não*.

O sangue lhe sobe ao rosto, a tela oscila diante de seus olhos. Está sombreado, fora de foco, mas é ela. Ela e Max, em uma daquelas casas vazias. Correndo um para o outro, colidindo, tombando no chão. E aqueles sons que saem dela, como um animal em uma armadilha... Isto é horrível. Ela pressiona a tecla Eject, retira o disco prateado. Quem o tem assistido? Se for apenas Max, revivendo seus momentos juntos, então ela está mais ou menos a salvo.

O que fazer com ele? Colocá-lo no lixo seria fatal: alguém pode encontrá-lo. E se ela o quebrar em pedaços, mais uma razão para alguém querer reconstruí-lo. Ela o leva para a cozinha, desliza-o entre a geladeira e a parede. Ali. Não é um esconderijo fantástico, mas ela já improvisou esconderijos no passado e funcionou muito bem, então é melhor do que nada.

Aja normalmente, Charmaine, ela diz a si mesma. Supondo que você possa se lembrar do que é normal.

Ela está com as pernas trêmulas, mas consegue chegar ao lavabo ao lado do hall de entrada, onde joga água no rosto, enxuga-o e inclina-se mais perto do espelho. Seu cabelo é um ninho de passarinhos, os olhos estão inchados. Talvez alguns saquinhos de chá frios? E ela pode pulverizar um fixador nos cabelos, o que os manterá no lugar no curto prazo.

Stan não gostava do cheiro do produto capilar: dizia que ela ficava com cheiro de removedor de tinta. Ela sente-se nostálgica até mesmo de seus comentários irritantes.

Não chore mais, ela diz a si mesma. Faça uma coisa de cada vez. Vá de hora em hora, de dia em dia, como um sapo pulando em nenúfares. Embora ela nunca tenha visto um sapo fazer isso, exceto na TV.

Sua maquiagem e suas coisas estão no quarto. Ela está ao pé das escadas, olhando para cima. Parece uma longa subida. Talvez até o porão primeiro, verificar seu armário. Sair dessa estúpida blusa com estampa floral, encontrar a certa, a de cor pêssego com os babados. É mais fácil descer as escadas do que subir. Desde que você não caia delas, Charmaine, ela adverte a si mesma.

Seus joelhos estão fracos. Agarre-se ao corrimão. Essa é a minha menina, como diria Vovó Win. Coloque um pé no primeiro degrau, depois o outro ao lado, como você fazia quando tinha três anos. Você precisa tomar conta de si mesma, porque quem mais o fará?

Pronto. De pé no chão sólido do porão, oscilando como uma... como uma... Oscilando.

Agora ela está de pé junto aos quatro armários, que estão lado a lado. Eles são horizontais, com tampas que se elevam, como freezers. Seu armário, cor-de-rosa. O de Stan, verde. Depois os armários dos Substitutos, que são roxo e vermelho. O vermelho é do Max e o roxo pertence àquela mulher dele, a quem Charmaine odeia por princípio. Se ela pudesse brandir uma varinha de condão e fazer desaparecer esses dois armários, ela o faria, porque então também poderia fazer desaparecer todo esse pedaço do passado. Nada disso jamais teria acontecido e Stan ainda estaria vivo.

Ela se inclina para digitar o código de seu armário. A tampa está um pouco aberta, por quem quer que andou remexendo em suas coisas. Aqui está a blusa cor de pêssego. Ela tira o casaquinho do conjunto e a blusa com estampa azul e se esforça para vestir a blusa pêssego. Ela tem que fazer um grande esforço porque um de seus ombros está dolorido: deve ter batido com ele quando desmaiou. Abotoar a blusa é difícil por causa dos dedos trêmulos, mas ela consegue. Torna a vestir o casaco do conjunto. Agora ela se sente menos discrepante.

E ali estão todas as suas roupas civis, inclusive as que ela vestia na última vez que deu entrada em Positron. O pulôver cereja, o sutiã branco. Alguém deve tê-los trazido de volta para cá e os guardado; eles devem conhecer seu código. Bem, é claro que eles sabem seu código, porque sabem o código de todo mundo.

Ela costumava esconder coisas neste armário. Costumava pensar que estavam realmente escondidas. Que estupidez isso tinha sido. Ela havia comprado aquele batom fúcsia barato que cheirava a chiclete para que pudesse colocar beijos em seus bilhetes para Max. *Sinto fome de você*, coisas tolas como essa. Ela deveria se livrar dele. Enterrá-lo no quintal.

Ela havia embrulhado aquele batom em um lenço e o enfiado na ponta de um de seus sapatos de salto alto, ali mesmo.

Mas ele desapareceu. Não está mais lá.

Ela tateia ao redor. Precisa trazer uma lanterna: muito provavelmente ele rolou para fora de alguma forma quando quem quer que tenha sido revirou suas coisas. Ela o encontrará mais tarde e, quando o fizer, vai atirá-lo longe, muito longe. É um memento, e *memento* significa algo que o ajuda a lembrar. Ela preferia ter um *esquecimento*.

É uma piada. Ela fez uma piada.

Você é uma pessoa superficial e frívola, diz a vozinha. Você não consegue enfiar em sua cabeça estúpida que Stan está...

Nem mais uma palavra, diz ela. Fecha a tampa de seu armário, insere o código para FECHADO. Ao se virar para sair, ela vê que o armário verde de Stan está entreaberto. Alguém também mexeu nele. Ela sabe que não deve olhar dentro do armário. Será ruim para ela ver as roupas familiares de Stan, todas bem dobradas — as camisetas de verão, a jaqueta de lã que ele costumava usar quando podava a sebe. Ela vai começar a pensar em como essas roupas estão vazias de Stan para sempre e começará a chorar outra vez, e então serão olhos inchados, só que duas vezes mais inchados.

É melhor fazer tudo desaparecer. Ela chamará o serviço de remoção de Consilience amanhã e fará com que eles entrem e levem as roupas de Stan. Ela pode começar de novo, em um lugar totalmente diferente; eles a colocarão em um dos condomínios para solteiros. Talvez haja um prédio especial para viúvas. Mesmo sendo muito mais jovem que a média das viúvas, ela pode fazer essas coisas de viúva com as outras viúvas. Jogar cartas. Olhar pela janela. Observar as folhas mudarem de cor. De qualquer modo, será tranquilo ser viúva.

Portanto, ela não deveria se preocupar com o caixão de Stan. Com o armário de Stan. Mas ela vai até lá de qualquer maneira e levanta a tampa.

O armário está vazio.

APAGUE-ME

Ela está sentada no chão do porão. Há quanto tempo está ali? E por que foi um choque tão grande encontrar o armário de Stan vazio? Ela já deveria esperar por isso. É claro que eles viriam e levariam as coisas dele. Para poupá-la do sofrimento. Eles são muito atenciosos, a equipe de Consilience.

Talvez tenha sido aquela megera intrometida, Aurora, ela pensa. Não pode deixar de meter o nariz abelhudo em tudo. Rolando na minha tristeza como um cachorro na bosta.

A campainha da porta toca.

Ela podia ficar ali sentada até eles irem embora. Não está disposta a submeter sua cabeça a uma tomografia, não agora.

Mas a campainha toca novamente e então ela pode ouvir a porta se abrir. Eles têm o código da porta, é claro que têm. Ela coloca-se de pé, dirige-se às escadas do porão e sobe.

Há uma mulher na sala de estar. Ela está se curvando, fazendo algo com a TV, apesar de estar desligada. Cabelos escuros, um terninho.

— Olá — diz Charmaine. — Desculpe a demora em atender à porta. Eu estava lá embaixo no porão, eu estava...

A mulher se endireita, vira. Ela sorri.

— Eu estou aqui para levá-la à sua tomografia — diz ela.

Os pequenos brincos de argola, a franja, os dentes quadrados. É a cabeça da caixa da Recepção na Administração de Medicamentos.

Charmaine prende a respiração.

— Ah, meu Deus — ela exclama. Senta-se no sofá como uma pedra que cai. — Você é a cabeça!

— Como? — diz a mulher.

— Você é a cabeça falante! Na Recepção. Na caixa. Você me disse para matar Stan — diz Charmaine. — E agora ele está morto! — Ela não deveria estar dizendo isso, mas não teve como evitar.

— Você sofreu um choque — diz a mulher com uma voz compassiva que não engana Charmaine nem por um segundo. Eles fingem ser simpáticos, fingem que estão ajudando. Mas eles têm outras ideias em mente.

— Você disse que era um teste — diz Charmaine. — Disse que eu tinha que seguir o Procedimento, para mostrar que eu era leal. Por isso, eu o segui muito bem, porque eu sou extremamente leal, e agora Stan está morto! Por sua causa! — Ela não consegue estancar as lágrimas. Lá vêm elas de novo, de seus olhos inchados, mas ela não se importa.

— Você está confusa — diz a mulher calmamente. — É normal culpar os outros. A mente em choque reverte para os hábitos da infância e gera atividade; achamos difícil captar a aleatoriedade do universo.

— Isso é um lixo total e você sabe muito bem — diz Charmaine. — Foi você. Você estava naquela caixa da Recepção. O que eu quero saber é por quê? Por que você quis matar meu Stan? Ele era um bom homem! O que ele fez a você?

— É importante para você ver um médico — diz a mulher. — Eles vão verificar sua concussão, depois lhe dar um sedativo para ajudá-la a dormir. Sinto muito pelo seu marido e o terrível acidente nas instalações para frangos no Presídio de Positron. O incêndio foi causado por cabos defeituosos. Mas por causa da ação rápida do seu marido, a maioria das galinhas foi salva, assim como vários de seus colegas de trabalho. Ele foi um herói. Você deveria ter orgulho dele.

Eu nunca ouvi tanto disparate em toda minha vida, pensa Charmaine. Mas o que eu devo fazer? Entrar no jogo, fingir acreditar nela? Se eu não o fizer, se continuar dizendo a verdade e pressioná-la a contar a verdade também, ela vai dizer que sou desequilibrada. Perturbada, alucinada, fora do normal. Ela chamará os fortões da Vigilância, eles me arrastarão para uma cela, me algemarão a uma cama como Sandi e depois enfiarão uma droga em mim; e então, se eu não "melhorar", posso entrar na fase terminal.

Ela respira fundo. Expira, inspira.

O que eles querem é conformidade. O oposto de contestação.

— Ah, mas eu *tenho* orgulho de Stan — diz ela. Nossa, sua voz nunca soou tão falsa. — Eu estou tão orgulhosa dele, eu realmente estou. Não me surpreende que ele tenha se sacrificado para salvar outras pessoas, e as galinhas também. Ele sempre foi um homem tão altruísta. E um amante de animais — acrescenta ela, por precaução.

A mulher sorri com seu sorriso falso. Por baixo desse traje de executiva, ela é musculosa, pensa Charmaine. Ela poderia me confrontar, me derrubar em um instante. Eu não ganharia uma briga com ela. E ela não está usando um crachá com seu nome. Como posso saber se ela é quem diz ser?

— Fico feliz que você concorde — diz a mulher. — Mantenha essa história firme na mente. A Gerência de Consilience fará o que for necessário para ajudar você com o processo de luto. Há alguma coisa que você sente que precisa neste momento? Nós poderíamos enviar alguém para ficar com você hoje à noite, por exemplo. Para fazer companhia, preparar uma xícara de chá para você. Aurora de Recursos Humanos gentilmente se ofereceu.

— Obrigada — diz Charmaine recatadamente. — É muito gentil da parte dela, mas eu tenho certeza de que não é necessário.

— Veremos — diz a mulher. — Agora é hora de levarmos você a esse exame. Eles estão à sua espera. O carro está lá fora. Você tem um casaco?

— Acho que está no meu armário — diz Charmaine, mas quando a mulher abre o closet do hall de entrada, ali está, seu casaco: pendurado em um cabide, pronto para ela vestir. É como um adereço de palco.

Um borrão rosa pálido persiste a oeste, de onde o sol se pôs; há uma leve poeira de neve. A mulher pega o braço de Charmaine enquanto elas percorrem o caminho de entrada. Há uma silhueta escura na frente do carro: o motorista.

— Vamos nos sentar atrás — diz a mulher. Ela abre a porta, fica de lado para Charmaine entrar. Eles certamente a tratam como realeza quando decidem cuidar de você, pensa Charmaine.

Agora a luz interna do carro está acesa. Ao entrar, Charmaine vê o perfil do motorista. Ela dá um pequeno grito.

— Max! — exclama. Seu coração se abre como uma rosa vermelha. *Ah, Santo Deus!*

O motorista vira a cabeça, olha para ela. É Max, sem dúvida. Como poderia esquecê-lo? Seus olhos, seus cabelos escuros. Essa boca. Macia, mas firme, premente, exigente...

— Como disse? — o homem pergunta. Seu rosto está imóvel.

— Max, eu sei que é você! — diz ela. Como ele se atreve a fingir não reconhecê-la?

— Está enganada — diz o motorista. — Eu sou Phil. Eu dirijo para a Vigilância.

— Max, o que diabos está acontecendo? Por que você está mentindo? — diz Charmaine, quase gritando.

O homem desprendeu seu crachá do paletó.

— Veja — diz ele, entregando-o a Charmaine. — Phil. É o que diz aqui. Meu crachá. Esse sou eu.

— Há algum problema? — diz a mulher, que agora está sentando-se no banco traseiro, ao lado de Charmaine.

— Ela diz que meu nome é Max — diz o motorista. Ele parece realmente intrigado.

— Mas é! — diz Charmaine. — Max! Sou eu! Você vivia para o nosso próximo encontro! Você disse isso uma centena de vezes! — Ela estende a mão por cima do banco do carro, tentando tocá-lo; ele se afasta.

— Desculpe-me — ele diz. — Você me confundiu com outra pessoa.

— Você acha que pode se esconder atrás desse estúpido crachá? — Charmaine diz. Sua voz está se elevando.

— Tenho certeza de que podemos esclarecer isto — diz a mulher, mas Charmaine a ignora.

— Você está tentando me apagar! — ela chora. — Mas você não pode mudar um único minuto de tudo que fizemos! Você adorava, vivia para isso, é o que você dizia! — Ela precisa parar, precisa parar de falar. Ela não vai ganhar esta, porque que prova ela tem? Exceto o vídeo: ela tem o vídeo. Mas está lá em sua cozinha.

— Eu nunca a vi antes em minha vida — diz o homem. Ele parece ofendido, como se Charmaine tivesse ferido seus sentimentos.

É doloroso. Por que ele está fazendo isso? A menos que — Charmaine, não seja tão tola! — a menos que esta mulher seja sua esposa ou algo assim. Isso faria sentido. Se ao menos ela pudesse ficar sozinha com ele!

— Peço desculpas — diz a mulher a ele. — Eu deveria tê-lo prevenido. Ela sofreu um choque, está um pouco delirante. — Ela abaixa a voz. — Foi o marido dela hoje, no incêndio nas instalações dos frangos. É uma pena, ele foi tão corajoso. Vamos para o hospital agora, por favor.

— Pois não — diz o homem.

Ele coloca o carro em movimento. Charmaine ouve as trancas clicando ao fechar. Santo Deus, ela pensa. Eu não estou delirando. Você não pode estar enganada sobre um homem que já fez aquele tipo de coisas a você. Com você. Mas e se essa mulher souber a nosso respeito? E se os dois tiverem planejado isso juntos? Será sobre o Max querer me dar o fora? Se livrar de mim, como um encontro às cegas que deu errado? Que covarde.

Não chore, ela diz a si mesma. Agora não é o momento. Não há ninguém do seu lado.

Ela precisará manter sua perspicácia se quiser levar algum tipo de vida meio decente em Consilience a partir de agora. A vida de uma viúva respeitável, mantendo sua boca fechada, o sorriso sempre pronto. Em vez de terminar em uma cela acolchoada; ou pior, como uma linha em branco no banco de dados.

Ela terá que enterrar a verdade sobre Stan, e a verdade sobre Max também, o mais fundo que puder dentro da própria cabeça. Certificar-se de não deixar escapar nada, de não fazer as perguntas erradas como Sandi fez. Ou dar as respostas erradas, como Veronica. Ainda que ela pudesse contar a alguém, e mesmo que eles acreditassem nela, eles fingiriam não acreditar, porque veriam a verdade como botulismo. Eles temeriam a contaminação.

Ela está por conta própria.

IX | POSSIBILIBÔS

ALMOÇO

Stan está na cantina Possibilibôs com os caras de sua equipe — sua nova equipe, a equipe em que ele acabou de ser inserido. Ele está tomando uma cerveja, aquela cerveja fraca, com cor de urina, que estão produzindo agora; mais uma porção de anéis de cebola e algumas batatas fritas para compartilhar, além de uma travessa de asinhas de frango apimentadas. Sugando a gordura de uma asinha, ele reflete que ele mesmo poderia ter cuidado da dona desta asa quando estava coberta de penas e presa a uma galinha.

Os caras de sua equipe parecem bastante normais, apenas caras comuns sentados na cantina, almoçando, como ele. Nem jovens nem velhos; bastante em forma, embora alguns deles estejam ficando gordos ao redor da cintura. Todos têm crachás. O dele diz WALDO, e ele realmente precisa se lembrar de que seu nome agora é Waldo, não Stan. Tudo o que tem que fazer é permanecer Waldo até que alguém lhe entregue o pen drive com a porcaria da batata quente que ele supostamente deve contrabandear para fora e revele o que Stan precisa fazer para conseguir ele mesmo atravessar a muralha. Ou então, até que descubra como fugir por conta própria.

Na ponta dos pés através das tulipas é supostamente a senha, o aperto de mão secreto. Será que seu contato desconhecido falará ou cantará? Ele espera que não haja nenhuma cantoria. Quem escolheu essa canção irritante? Jocelyn, é claro: além de seus outros traços de personalidade complexos, ela possui um senso de humor desvirtuado. Ela apreciaria a ideia de obrigar algum pobre coitado a coaxar aquela cantiga doida. Nenhum dos caras no almoço parece do tipo *Na ponta dos pés através das tulipas*; nem nenhum deles se parece com um possível contato disfarçado. Mas, por outro lado, seu contato também não pareceria.

Waldo, Waldo, ele diz a si mesmo. *Agora você é Waldo.* É um nome fraco, como algo em um livro infantil de gatinhos. Os outros nomes ao redor da mesa são mais sólidos: Derek, Kevin, Gary, Tyler, Budge. Ele acaba de conhecê-los, não sabe nada sobre eles, então ele tem que manter a boca fechada e os ouvidos abertos. E eles não sabem nada sobre ele, exceto que ele foi enviado para preencher uma vaga na equipe.

Tem havido muitas exclamações de nojo na mesa do almoço, muitas piadas internas que Stan não compreendeu. Ele está tentando ler as expressões faciais: por trás dos largos sorrisos simpáticos há uma barreira, atrás da qual uma linguagem que lhe é estranha está sendo falada, uma linguagem de referências obscuras. Ao redor da sala, em outras mesas da cantina, há outros grupos de homens. Outras equipes Possibilibôs seria seu palpite. Ele está fazendo muitas adivinhações.

A cantina é uma sala comprida com paredes verde-claras. Janelas de vidro fosco de um lado: não se pode ver o lado de fora. No lado sem janelas há um par de cartazes retrô. Um deles mostra uma garotinha de seis ou sete anos em uma camisola branca amarrotada, esfregando um dos olhos com sono, um ursinho de pelúcia azul aninhado na dobra do outro braço. Há uma xícara fumegante de algo em primeiro plano. DURMA BEM, diz o slogan. É como um pôster de propaganda de cem anos de uma bebida maltada para dormir.

O outro cartaz mostra uma loura bonita em um biquíni de bolinhas vermelhas e brancas e uma pose de *pin-up*, as mãos entrelaçadas ao redor de um joelho dobrado, o pé em uma sandália de tiras, vermelha, de salto alto; a outra perna estendida, a sandália pendurada no dedo do pé. Lábios vermelhos fazendo beicinho, um piscar de olhos. Algumas palavras escritas em, deve ser, holandês.

— Parece uma garota de verdade, não é? — diz Derek, indicando a *pin-up* com a cabeça. — Mas não é.

— Me enganou também — diz Tyler. — Eles fizeram aquele pôster em estilo década de 1950. Esses holandeses estão muito à nossa frente!

— Sim, eles aprovaram a legislação e tudo — diz Gary. — Eles anteciparam o futuro.

— O que diz? — pergunta Stan. Ele sabe o que eles estão fazendo no Possibilibôs. Réplicas de mulheres; máquinas vagabundas, é como alguns as chamam. Falou-se muito sobre elas entre os colegas reparadores de lambretas: o trabalho da vida real que eles podem evitar, o dinheiro que eles podem ganhar. Talvez todas as mulheres devessem ser robôs, ele pensa com um toque de acidez: as de carne e osso estão fora de controle.

— É holandês, então quem sabe o que diz exatamente — diz Kevin. — Mas algo como *Melhor do que o real*.

— E é? — Stan pergunta. — Melhor do que o real? — Ele está se sentindo mais relaxado agora, ninguém suspeita que ele não seja Waldo, de modo que ele pode arriscar mais algumas perguntas de improviso.

— Não exatamente. Mas as opções de voz são ótimas — diz Derek. — Você pode ter silêncio ou, digamos, gemidos e gritos, até mesmo algumas palavras: *mais, com mais força*, coisas assim.

— Na minha opinião, não é a mesma coisa — diz Gary, a cabeça de lado como se provasse uma nova opção de menu. — Eu mesmo não fiquei muito entusiasmado. Foi muito, sabe, mecânico. Mas alguns preferem. Nenhuma preocupação com pinto mole, se você foder com tudo.

— Por assim dizer — diz Tyler, e todos eles riem.

— Você precisa brincar com as configurações — diz Kevin, esticando a mão para o último anel de cebola. — É como um banco de bicicleta, você precisa fazer os ajustes. Vocês querem outra rodada de cervejas? Eu vou buscar.

— Eu voto sim — diz Tyler. — E aproveite para trazer mais algumas daquelas asinhas.

— Talvez você tenha escolhido o modelo errado — diz Budge para Gary.

— Acho que eles nunca conseguirão substituir as vivas e respirando — diz Gary.

— Eles disseram isso sobre e-books — diz Kevin. — Você não pode parar o progresso.

— Com a categoria Platinum, elas respiram — diz Derek. — Dentro, fora. Eu prefiro. Com as que não respiram, você sente que está faltando algo.

— Algumas também têm batimentos cardíacos — diz Kevin. — Se você quiser sofisticar. Essa é a Platinum Plus.

— De qualquer modo, eles deveriam enfiar algumas joelheiras no kit — diz Gary. — A minha boneca ficou travada em alta velocidade, eu esfolei meus joelhos, quase fiquei aleijado e não consegui desligar aquela maldita coisa.

— Você poderia gostar de um recurso desses em uma real — diz Kevin, que está de volta com as cervejas e as asinhas. — Sem botão de desligamento.

— O problema é que, com algumas das verdadeiras, não há botão de ligar — diz Tyler, e desta vez são risos por todos os lados. Stan participa: ele pode se identificar com isso.

— Mas você precisa se lembrar de que elas não estão vivas; elas são tão boas assim, as de categoria superior, pelo menos — diz Derek a Stan. De todos eles, Derek parece ser o maior entusiasta.

— Devemos deixar o velho Waldo experimentar — diz Tyler. — Todos nós fizemos isso, na primeira chance que tivemos! Deixe-o fazer um teste. Que tal, Waldo?

— Não é oficialmente permitido — diz Gary. — A menos que você tenha sido designado para isso.

— Mas eles fazem vista grossa — diz Tyler.

Stan dá o que ele espera ser um sorriso lascivo.

— Eu topo — diz ele.

— Mau garoto — diz Tyler alegremente.

— Então você não se importa de quebrar as regras — diz Budge. — Ignorar os limites. — Ele dá a Stan um sorriso amável, o sorriso de um tio indulgente.

— Depende, acho — diz Stan. Será que ele cometeu um erro, colocou-se em risco? — Há limites e limites.

Isso deve segurar as pontas por um tempo.

— Está bem, então — diz Budge. — Primeiro uma visita às instalações, depois o teste. Venha por aqui.

OVOS QUENTES

Charmaine dormiu mal ontem à noite, apesar de estar em sua própria cama.

É claro que esta cama não é realmente dela, pertence a Consilience, mas ainda assim é uma cama com a qual ela está acostumada. Ou *estava* acostumada, quando Stan estava lá com ela.

Mas agora Charmaine se sente estranha em relação a ela, como em um daqueles filmes de terror em que você acorda e descobre que está em uma nave espacial, que foi abduzida e pessoas que você pensava que eram suas amigas tiveram seus cérebros dominados e querem fazer sondagens bizarras; porque Stan não está mais nesta cama com ela e nunca mais estará. Encare a verdade, ela diz a si mesma: você lhe deu um beijo de despedida e depois enfiou a agulha nele, e ele morreu. Essa é a realidade, e não importa o quanto você chore por isso agora porque ele continua morto e você não pode trazê-lo de volta.

Pense em flores, diz a ela mesma. É o que Vovó Win lhe diria. Mas ela não consegue pensar nelas. Flores são para funerais, é tudo que ela pode ver. Flores brancas; como o quarto branco, o teto branco.

Ela não tinha a intenção de matá-lo. Ela não tinha a intenção de matar *ele*. Mas de que outra forma ela poderia ter agido? Eles queriam que ela usasse a cabeça e se desfizesse de seu coração; mas não era tão fácil, porque o coração é o último a morrer e o dela ainda se agarrava dentro dela o tempo todo em que ela estava preparando a agulha, e é por isso que estava chorando o tempo todo. Então, quando deu por si, estava deitada em seu próprio sofá com dor de cabeça.

Ao menos ela não teve uma concussão. Foi o que lhe disseram na clínica de Consilience após o exame. Eles a mandaram de volta para casa com três tipos de comprimidos — um rosa, um verde e um amarelo — para ajudá-la a relaxar, segundo eles. Ela não havia tomado aqueles comprimidos, no entanto: ela não sabia o que havia neles. Dar a uma pessoa alguma coisa para deixá-la nocauteada é o que os alienígenas faziam antes de colocá-la em sua nave espacial, e depois você acordava com tubos entrando em você, bem no meio de uma sondagem. Na verdade, não há nenhum alienígena; mas mesmo assim, ela não confiava no que poderia lhe acontecer enquanto estivesse dormindo como um bebê.

— Você dormirá como um bebê — era o que Aurora havia dito sobre aqueles comprimidos. Ela estava na clínica, esperando por Charmaine. Estavam todos metidos nisso, o que quer que fosse: Aurora, Max e aquela mulher que a tinha levado à clínica, a mulher de cabelos escuros e brincos de argola.

Pensando no que aconteceu, Charmaine acha que talvez não devesse ter deixado escapar: "Você é a cabeça na caixa!" Dizer a uma pessoa que ela era uma cabeça em uma caixa era muito brusco.

Ela também tinha feito asneira com a questão de Max. Ela não deveria de modo algum ter deixado transparecer que o conhecia, muito menos fazer aquelas exigências patéticas. Mas foi muito estúpido ele alegar que seu nome era Phil. Phil! Ela nunca poderia ter se atirado nos braços de um homem chamado Phil. Os Phils eram farmacêuticos, jamais estavam nos programas de televisão diurnos, não tinham sombras interiores e chamas de desejo reprimido. E Max tinha, mesmo naquele feio uniforme de motorista que estava usando. Ela sabia que ele a desejava; ela é sensível, tem um instinto para essas coisas.

Então ela entendeu: deveria agir de forma burra, porque eles estavam mexendo com sua cabeça. Ela já vira filmes assim: pessoas se disfarçando de outras e fingindo não conhecê-la; então, quando você as acusava de fazer isso, elas diziam que você estava louca. Portanto, é mais seguro concordar com qualquer versão inventada de si mesmas que elas quiserem apresentar.

Apesar de que, se ela pudesse encurralar Max sozinho, fazê-lo beijá-la e conseguir um aperto firme na fivela do seu cinto — uma fivela familiar, que ela poderia abrir dormindo —, sua história de disfarce arderia em fumaça e se transformaria em cinzas, como a matéria inflamável que é.

Depois de a terem levado de volta da clínica e ela ter se enfiado na cama, Charmaine se manteve quieta como um camundongo. Ela não podia nem andar de um lado para o outro nem choramingar porque Aurora insistira em dormir no quarto de hóspedes. Alguém tinha que permanecer com Charmaine, disse Aurora.

Considerando o choque da tragédia das instalações de frangos, Charmaine podia fazer alguma coisa precipitada que Aurora obviamente estava morrendo de vontade de soletrar.

— Não gostaríamos de perdê-la também — disse ela em sua voz falsamente atenciosa, aquela que ela usava para rebaixar as pessoas. A mulher de cabelos escuros, que disse ser da Vigilância, tinha apoiado Aurora. *Altamente aconselhável* foi a expressão que ela usou sobre a permanência da Aurora. Embora, ela acrescentou, Charmaine fosse livre para tomar suas próprias decisões.

Pois sim que sou, Charmaine pensou. "Deixe-me em paz!", ela teve vontade de gritar. Mas não se discute com a Vigilância. Escolha suas batalhas, dizia sua Vovó Win, e não valia a pena entrar em um cabo de guerra para ver se a intrometida Aurora, com seu rosto desfeito, repuxado para trás, iria ou não bagunçar os lençóis florais perfeitamente passados de Charmaine.

E bagunçar as toalhas limpas. E desperdiçar um sabonete em miniatura para hóspedes com perfume de rosas; embora ela e Stan nunca tenham tido nenhum hóspede, porque ninguém que você tivesse conhecido antes podia entrar em Consilience para uma visita, você não podia lhes enviar um e-mail nem lhes telefonar. Mas só de pensar que um dia você poderia ter um hóspede de verdade, como um velho amigo do colégio, pessoas que você esperava que não ficassem muito tempo e que muito provavelmente esperavam isso também, mas mesmo assim, seria bom para ficarmos em dia com as novidades — só de pensar nisso era um conforto. Ela tentou ver Aurora como esse tipo de convidado, em vez de um cão de guarda; e foi quando finalmente adormeceu.

— Bom dia, flor do dia! — diz a voz de Aurora. Maldição, lá vem ela invadindo o quarto, carregando a bandeja de Charmaine com a xícara de chá de Charmaine. — Eu fiz um chá para despertar. Meu Deus, você realmente precisava deste sono reparador!

— Por que, que horas são? — Charmaine pergunta, zonza.

Ela age como se estivesse ainda mais grogue do que realmente está para que Aurora pense que ela tomou aqueles comprimidos. Ela havia jogado dois deles pela privada, porque tinha certeza de que Aurora iria contar quantos ela tomou.

— É meio-dia — diz Aurora, colocando a xícara de chá na mesinha de cabeceira. Não há nada em cima da mesinha, nada da bagunça usual — a lixa de unhas, a loção para as mãos, o sachê de alfazema da aromaterapia —, apenas o despertador e a caixa de lenços de papel. E a mesinha de cabeceira de Stan também havia sido liberada. Onde eles colocaram tudo aquilo? Talvez seja melhor não fazer alarde sobre isso.

— Agora, leve o tempo que quiser, sem pressa. Eu preparei o *brunch* para nós. — Ela sorri seu sorriso esticado, sem rugas.

E se esse não for seu verdadeiro rosto?, pensa Charmaine. E se só estiver preso por cima e houver uma barata gigante ou algo assim por trás? E se eu a agarrasse pelas duas orelhas e puxasse, o rosto saltaria?

— Ah, muito obrigada — diz ela.

O *brunch* está arrumado sobre a mesa no recanto ensolarado da cozinha: os ovos nas tacinhas para ovos quentes no formato de galinha, que Charmaine encomendara do catálogo em homenagem ao trabalho de Stan com as galinhas, o café nas canecas com gnomos pintados nelas, um rabugento para Stan e um feliz para Charmaine, embora às vezes ela os trocasse por diversão. Stan precisava de mais diversão em sua vida, ela lhe dizia. Embora o que ela queria dizer era que *ela* precisava de mais diversão em sua própria vida. Bem, ela teve alguma. Ela teve Max. Diversão demais, por um tempo.

— Torrada? Outro ovo? — diz Aurora, que tomou posse total do fogão, das panelas, da torradeira.

Como Aurora soube onde encontrar tudo na cozinha de Charmaine? Uma horda de gente tem entrado e saído de sua casa, ao que parece. O lugar poderia muito bem ser feito de celofane.

— Mais café? — diz Aurora. Charmaine olha para a caneca: Aurora lhe deu o gnomo feliz. Ela sente as lágrimas rolarem pelo seu rosto. Ah, não, nada mais de choro; ela não tem forças para isso. Por que eles queriam matar Stan? Ele não era um elemento subversivo; a menos que estivesse escondendo alguma coisa dela. Mas ele não poderia ter feito isso, ele era tão fácil de ler. Embora fosse isso que ele havia pensado sobre ela, e veja o quanto ela havia escondido dele.

Talvez ele tivesse descoberto algo sobre Positron, algo muito ruim. Produtos químicos perigosos nas galinhas e todos estavam comendo-as? Certamente não, aqueles frangos eram orgânicos. Mas talvez as galinhas fizessem parte de alguma terrível experiência, e Stan tenha descoberto e pretendia avisar todo mundo. Poderia ser essa a razão pela qual o queriam morto? Se assim for, ele realmente era um herói e ela estava orgulhosa dele.

E o que acontecia com os corpos, realmente? Depois dos Procedimentos. Ela nunca perguntara; ela devia saber que estaria ultrapassando um limite. Existe mesmo um cemitério em Consilience? Ou no Presídio Positron? Ela nunca viu nenhum.

Ela limpa o nariz no guardanapo, um de pano com um passarinho bordado em pequenos pontos. Aurora estende a mão por cima da mesa ensolarada, dá uns tapinhas na mão de Charmaine.

— Não tem importância — diz ela. — Vai ficar tudo bem. Confie em mim. Agora, termine seu café da manhã e nós iremos às compras.

— Compras? — Charmaine quase grita. — Mas para quê?

— O funeral — diz Aurora, na voz apaziguadora de um adulto para uma criança teimosa. — É amanhã. Você não tem uma única peça preta em todo o seu guarda-roupa. — Ela abre a porta do closet: lá estão todos os vestidos e conjuntos de Charmaine, cuidadosamente pendurados em cabides acolchoados. Quem os tirou de dentro do seu armário no porão?

— Você tem mexido em meu closet! — Charmaine diz de forma acusadora. — Você não tem esse direito, esse é meu closet particular...

— É o meu trabalho — diz Aurora com mais rigor. — Para ajudar você a superar isto. Você será a estrela, todos estarão olhando para você. Seria desrespeitoso você usar... bem, estampados florais em tons pastel.

Ela tem razão, pensa Charmaine.

— Certo — diz ela. — Sinto muito. Eu estou nervosa.

— É compreensível — diz Aurora. — Qualquer um estaria, em seu lugar.

Nunca houve ninguém no meu lugar, pensa Charmaine. Meu lugar é muito esquisito. E quanto a você, minha senhora, não me diga que é *compreensível*, porque o que você entende não é nada. Mas ela guarda essa observação para si mesma.

VISITA GUIADA

Após o almoço, Stan começa a visita guiada. Ou Waldo começa a visita. Waldo, enfie isso na sua cabeça, ele diz a si mesmo. Ele só espera que não haja nenhum outro Stan nesta unidade, porque então ele poderia se trair. Alguém chamaria seu verdadeiro nome e sua cabeça se viraria instantaneamente, ele não seria capaz de evitar.

Budge conduz Stan e o restante do grupo por um corredor comprido, pintura em tom claro, piso comum. Nas paredes, há fotografias brilhantes de frutas: um limão, uma pera, uma maçã. Luminárias redondas de vidro branco. Eles viram uma esquina, viram outra esquina. Ninguém que fosse teletransportado aqui teria a menor ideia de onde estava — que cidade, até mesmo que país. Saberia apenas que estava em algum lugar no século XXI. Todos os materiais são genéricos.

— Então, há basicamente seis divisões — diz Budge — para os modelos padrão de classe econômica: Recepção, Montagem, Customização, Controle de Qualidade, Roupas e Acessórios e Expedição. Nessa porta você tem Recepção, mas não nos preocuparemos em entrar, não há nada para ver, são apenas alguns caras descarregando caixas dos caminhões de transporte.

— Como os caminhões entram? — pergunta Stan, mantendo a voz neutra. — Eu nunca vi nenhum caminhão grande passando pelas ruas da Consilience.

É uma cidade de lambretas. Até mesmo carros são uma raridade, reservada à Vigilância e às autoridades.

— Eles não vêm pela cidade — diz Budge descontraidamente. — Este lugar é uma extensão, construída na parte de trás do Presídio Positron. A porta traseira da Recepção abre-se para o exterior. Claro, não deixamos nenhum desses caminhoneiros entrarem aqui. Sem troca de informações, essa é a política: sem curiosos, sem vazamentos. Até onde eles saibam, estão entregando equipamentos hidráulicos.

Isso é interessante, pensa Stan. Um portal externo. Como ele poderia arranjar um emprego na Recepção sem parecer muito ansioso sobre isso?

— Equipamentos hidráulicos — diz ele com uma risada. — Essa é boa. — Budge sorriu alegremente.

— As caixas contêm apenas as peças — diz Kevin. — Fabricadas na China como todo o resto, mas não compensa montá-

-las lá e enviar os robôs para cá. Não há controle de qualidade suficiente.

— Além do mais, haveria quebras — diz Gary. — Quebras demais.

— Então, elas vêm em partes — diz Budge. — Braços, pernas, torsos, basicamente o exoesqueleto. Cabeças padrão, embora façamos a customização e a aplicação da pele aqui. Há muitas encomendas especiais. Alguns dos usuários finais são muito específicos em suas exigências.

— Fetichistas — diz Kevin.

— Stalkers — diz Tyler. — Eles encomendam uma com as feições de alguém que eles desejam, mas não podem ter, como estrelas do rock, ou líderes de torcida, ou talvez sua professora de inglês do ensino médio.

— Pode ficar muito sujo — diz Budge. — Recebemos alguns pedidos feitos por parentes. Tivemos até uma tia-avó certa vez.

— Isso foi nojento — diz Kevin.

— Ei. Todos são diferentes — comenta Derek.

— Mas alguns são mais diferentes do que outros — retruca Budge, e todos eles riem.

— Os chips de armazenamento de informações já estão instalados, e também os elementos de voz, mas temos que imprimir em 3-D algumas das conexões neurais — diz Gary. — Nos trabalhos sob encomenda.

— Colocamos a pele por último — diz Tyler. — Essa é uma operação delicada. A pele tem sensores, ela pode realmente *sentir* você. Com a linha mais cara, ela pode até ficar arrepiada. Quando você está em contato, de perto e pessoalmente, é muito difícil notar a diferença.

— Mas depois de ter visto uma delas sendo montada, você não consegue se livrar do que sabe — diz Budge. — Você sabe que se trata apenas de um objeto.

— Mas eles fizeram testes duplo-cego — diz Gary. — Verdadeiras e estas. Estas tiveram uma taxa de sucesso de setenta e sete por cento.

— Eles estão visando cem por cento — diz Kevin —, mas nem pensar, jamais vão conseguir chegar lá.

— Nem pensar — ecoa Budge. — Não se podem programar as pequenas coisas. Os imprevistos.

— Embora haja estas configurações nelas — diz Kevin. — Você pode pressionar a tecla RND para reações aleatórias e ter uma surpresa.

— Sim — diz Tyler. — Ela diz: "Hoje não, estou com dor de cabeça."

— Isso não é uma surpresa — diz Kevin, e todos riem mais um pouco.

Eu preciso inventar algumas piadas, pensa Stan. Mas ainda não: eles não me aceitaram completamente. Ainda estão em fase de julgamento.

— Lá na frente estamos chegando à Montagem — diz Budge. — Dê uma olhada, mas não precisamos entrar. Lembra-se das fábricas de automóveis?

— Quem se lembra delas? — diz Tyler.

— Certo, filmes delas. Este cara não faz nada além disto, aquele cara não faz nada além daquilo. Especializado. Terrivelmente chato. Sem margem para erros.

— Faça errado e elas podem ter um espasmo — diz Kevin. — Sair se debatendo. Não é bonito.

— Uns pedaços podem se soltar — diz Gary. — Quero dizer, pedaços de você.

— Um cara ficou engatado. Ele ficou preso como um rato na ratoeira por quinze minutos, só que era mais como um giroscópio. Foi preciso um eletricista e três técnicos de informática para desconectá-lo, e depois disso seu pinto ficou com o formato de um saca-rolha para o resto de sua vida — diz Derek.

Eles riem novamente, olhando para Stan para ver se ele acredita nisso.

— Você é doente — diz Tyler a Derek afetuosamente.

— Pense no lado positivo — diz Kevin. — Nada de preservativos. Nenhum problema de gravidez.

— Nenhum animal foi prejudicado nos testes deste produto — diz Derek.

— Exceto Gary — diz Kevin. Mais risadinhas.

— É isto, aqui — diz Budge. — Montagem. — Ele usa seu cartão-chave para abrir uma porta dupla, com um aviso de advertência contra poeira e dispositivos digitais, esses últimos a serem desligados firmemente, porque, como diz o aviso, delicados circuitos eletrônicos estão sendo ativados.

Linhas de montagem são o que Stan esperaria ver, e isso é o que ele realmente vê. A maior parte do trabalho está sendo feita por robótica — anexando uma coisa à outra, robôs fazendo outros robôs, exatamente como a montagem na Dimple Robotics —, embora haja alguns supervisores humanos dispersos aqui e ali. Há esteiras rolantes transportando coxas, articulações de quadril, torsos; há bandejas de mãos, esquerdas e direitas. Estas partes do corpo são feitas pelo homem, não são porções de cadáveres, mas, de qualquer modo, o efeito é monstruoso. Estreite os olhos e você está em um necrotério, ele pensa; ou então em um matadouro. Exceto que não há sangue.

— Eles são muito inflamáveis? — ele pergunta a Budge. — Os corpos. — É Budge quem parece ter a autoridade. E o cartão-chave para as portas: Stan deve anotar em qual bolso ele o guarda. Ele se pergunta que outras portas aquela chave pode abrir.

— Inflamável? — diz Budge.

— Supondo que um cara esteja fumando — diz Stan. — Um cliente, por exemplo.

— Ah, acho que eles não estarão fumando — diz Tyler desdenhosamente.

— Não posso andar e mastigar chiclete ao mesmo tempo — diz Derek.

— Mas alguns caras gostam de fumar — diz Stan. — Depois. E talvez um pouco de conversa, apenas algumas palavras, como "Isso foi fantástico".

— No nível Platina, essa é uma opção — diz Tyler. — Os modelos de tecnologia mais baixa não podem bater papo.

— A linguagem mais complexa tem custo extra — diz Gary.

— Mas há uma vantagem, elas não podem importunar você, como *Você trancou a porta?, Levou o lixo para fora?*, essas coisas — diz Budge.

Um homem casado, então, pensa Stan. Ele se sente tomado por uma onda de nostalgia: cheira a suco de laranja, a lareiras, a chinelos de couro. Charmaine um dia lhe disse coisas assim, na cama. *Você trancou a porta, querido?*

Ele se identifica com Budge: ele, também, deve um dia ter levado uma vida normal.

TRAJE PRETO

O preto me cai bem, pensa Charmaine, verificando sua imagem no espelho do lavabo. Aurora sabia aonde levá-la para suas compras e, embora o preto nunca tenha sido sua cor preferida, Charmaine não está contrariada quanto aos resultados. O conjunto preto, o chapéu preto, os cabelos louros — é como uma trufa de chocolate branco com trufas de chocolate escuro à volta;

ou como... quem era mesmo? Marilyn Monroe em *Torrentes de paixão*, na cena imediatamente anterior àquela em que ela é estrangulada, com a echarpe branca que ela nunca deveria ter usado, porque as mulheres em perigo de serem estranguladas devem evitar qualquer acessório de moda que amarre ao redor do pescoço. Eles exibiram esse filme um monte de vezes na TV Positron e Charmaine assistia a ele todas as vezes. O sexo no cinema costumava ser muito mais sexy do que se tornou depois que se podia realmente fazer sexo no cinema. Era lânguido e comovente, com suspiros e rendição e olhos semicerrados. Não apenas um monte de movimentos atléticos saltitantes.

Claro, ela pensa, a boca de Marilyn era mais cheia do que a dela e na época você podia usar batom vermelho muito espesso. Será que ela mesma tem essa inocência, esse olhar de surpresa? *Ah! Meu Deus!* Grandes olhos de boneca. Não que a inocência de Marilyn estivesse muito em evidência em *Torrentes de paixão*. Mas esteve, mais tarde.

Ela arregala os olhos no espelho, faz um O com a boca. Seus próprios olhos ainda estão um pouco inchados, apesar dos saquinhos de chá frios, com um leve semicírculo escuro sob eles. Sedutor, ou não? Isso dependeria do gosto de um homem: se ele fica excitado pela fragilidade com uma pitada de fogo latente por baixo, ou talvez pela insinuação de um soco no olho. Stan não teria gostado do ar de olhos inchados. Stan teria dito "O que há de errado com você? Caiu da cama?" Ou então, "Ah, querida, o que você precisa é de um grande abraço". Dependendo de qual fase do Stan ela está lembrando. *Ah, Stan...*

Pare com isso, ela diz a si mesma. Stan se foi.

Serei uma pessoa frívola?, ela pergunta ao espelho. Sim, sou frívola. O sol brilha nas ondulações onde a água é rasa. Em águas profundas é muito escuro.

Ela examina o chapéu preto, um pequeno chapéu redondo com uma aba também pequena — como um chapéu de colegial

— que Aurora disse que era absolutamente apropriado para um funeral. Mas ela tem que usar um chapéu? Todos usavam, antigamente; depois os chapéus desapareceram. Mas agora, dentro de Consilience, eles estão aparecendo novamente. Tudo nesta cidade é retrô, o que explica a grande oferta de itens vintage pretos em Acessórios. O passado é muito mais seguro, porque o que quer que esteja nele já aconteceu. Não pode ser mudado; portanto, de certa forma, não há nada a temer.

Um dia ela se sentiu muito segura dentro desta casa. Sua casa e de Stan, seu casulo aconchegante, seu abrigo do perigoso mundo exterior, aninhado dentro de um casulo maior. Primeiro, a muralha da cidade, como uma concha externa; depois, Consilience, como a parte branca e macia de um ovo. E dentro de Consilience, a Prisão Positron: o núcleo, o coração, o sentido de tudo isso.

E em algum lugar dentro de Positron, neste momento, está Stan. Ou o que costumava ser Stan. Se ao menos ela não tivesse... e se, em vez disso... Talvez ela mesma seja uma espécie de mulher fatal, como Marilyn em *Torrentes de paixão*, com teias de aranha invisíveis saindo dela, enredando os homens porque eles não podem evitar, e a aranha também não pode evitar, porque é da sua natureza. Talvez ela esteja condenada a ser pegajosa, como chiclete, ou gel de cabelo, ou...

Porque veja o que ela fez sem querer. Ela causou o funeral de Stan e agora ela tem que ir até lá. Mas ela não pode revelar sua culpa no funeral, não pode chorar e dizer "*É tudo culpa minha*". Ela terá que se comportar com dignidade, porque este funeral será muito solene, piedoso e reverente, será o funeral de um herói. O que a cidade inteira acredita, porque estava na TV, é que houve um incêndio elétrico nas instalações de frangos, e Stan morreu para salvar seus colegas de trabalho.

E para salvar as galinhas, é claro. E ele realmente as salvou: nenhuma galinha tinha perecido. Esse fato foi enfatizado na reportagem como tornando Stan ainda mais verdadeiramente heroico do que se ele tivesse salvado apenas pessoas. Ou talvez não mais heroico, apenas mais comovente. Talvez como salvar bebês: as galinhas eram pequenas e indefesas também, embora não tão bonitinhas. Nada com um bico pode ser realmente bonitinho, na opinião de Charmaine. Mas por que ela está sequer pensando em Stan salvando galinhas? Aquele incêndio foi inventado, não tinha de forma alguma acontecido.

Pare de hesitar, Charmaine, diz a si mesma. Volte à realidade, o que quer que isso acabe sendo.

A campainha da porta está tocando. Ela caminha pelo corredor, balançando-se em cima de seus sapatos pretos de salto alto. É Aurora, que saiu mais cedo para vestir seu traje de luto. Atrás dela, esperando junto à calçada, está um longo carro escuro.

Aurora está usando um conjunto em estilo Chanel, preto com debruns brancos: muito geométrico para sua figura, que de qualquer forma é geométrica. Devia tirar os enchimentos dos ombros, Charmaine se vê pensando. O chapéu é uma espécie de pá invertida que não a favorece em nada, mas nenhum chapéu poderia. É como se seu rosto fosse esticado como uma touca de banho de borracha sobre uma grande cabeça careca. Seus olhos são muito afastados para os lados.

Quando Charmaine era pequena e *recessão* era um palavrão e não um fato da vida, Vovó Win lhe disse que ninguém deveria ser chamado de feio. Em vez disso, tais pessoas deveriam ser chamadas de desafortunadas. Era simplesmente uma questão de boa educação. Anos mais tarde, porém, quando Charmaine era mais velha, Vovó Win lhe disse que as boas maneiras eram para aqueles que podiam se dar ao luxo de tê-las, e se um cotovelo nas costelas de uma pessoa que tentava entrar na sua frente fosse o que era preciso, então um cotovelo nas costelas era a ferramenta que você deveria usar.

Aurora sorri com seu sorriso inquietante.

— Como você está se sentindo agora? — ela diz. Ela não espera por uma resposta. — Aguentando, espero! A roupa está perfeita. — Mais uma vez ela não espera por uma resposta. Dá um passo adiante e recua um passo.

Por que Aurora quer entrar? Elas não estão indo ao funeral?

— Não vamos ao funeral? — diz Charmaine em uma voz que soa, para si mesma, queixosa e desapontada, como uma criança a quem disseram que afinal não será levada ao circo.

— Claro que vamos — diz Aurora. — Mas temos que esperar por um convidado muito especial. Ele quis estar aqui pessoalmente, para apoiá-la em sua perda. — Ela está segurando seu celular, Charmaine vê agora; deve ter acabado de fazer uma chamada. — Ah, olha, aqui está ele agora! Sempre pronto!

Um segundo carro preto desce a rua lentamente e para atrás do primeiro. Então Aurora arranjou para vir mais cedo, para ter certeza de que Charmaine ainda está mantendo o controle, e não cambaleando e delirando; então ela enviou um sinal de que tudo estava certo pelo seu telefone e aí vem o homem misterioso.

É Max. Ela sabe que é. Ele se afastou daquela mulher fria e controladora, a cabeça dentro da caixa. Ele escapuliu, da maneira como costumava fazer, e muito em breve ela estará envolta em seus braços familiares. Nada se interpõe entre eles exceto Aurora — como se livrar dela? — e também o funeral, aquele ao qual ela tem que comparecer. Ela já pode ouvir um pano preto se esgarçando conforme Max rasga suas roupas, destrói suas rendas, a arremessa sobre... Mas o que ela está pensando? Ela precisa comparecer.

Embora, espere: Aurora pode ir ao funeral em seu próprio carro, e Charmaine e Max podem ir no segundo, e se deixar afundar no estofamento luxuoso, e depois, uma das mãos na sua boca, uma cascata de botões, dentes em sua garganta... Porque o funeral não é verdadeiro, Stan não está realmente em um caixão lá, mas ele está morto, portanto não será traição.

Não, Charmaine, ela diz a si mesma. Max não é de confiança, ele já demonstrou isso. Você não pode se deixar arrastar por uma onda gigante de hormônios traiçoeiros. *Ah, por favor! Deixe-se levar!*, diz sua outra voz.

Mas o homem que está saindo do segundo carro não é Max. Charmaine leva um momento para identificá-lo: é Ed. Ed em pessoa, sozinho, vem apenas para vê-la. Isso é uma surpresa! Aurora está rindo para ela como se Charmaine tivesse ganhado na loteria.

— Ele quis fazer o esforço — diz ela. — É um tributo a você. E a seu marido, é claro.

Charmaine se sente lisonjeada? Sim, ela se sente. Este sentimento não é bom, moralmente, ela sabe disso. Ela deveria estar muito transtornada com a morte de Stan para se sentir lisonjeada com qualquer coisa. Mas ainda assim...

Ela sorri de forma incerta. Pode ser muito atraente, a incerteza — uma espécie de olhar tímido, hesitante, mas com ar culpado, especialmente se não for falso. E o dela não é falso, porque neste momento ela está pensando, mesmo enquanto sorri: *O que ele quer?*

NA PONTA DOS PÉS ATRAVÉS DAS TULIPAS

A Recepção e a Montagem eram bastante simples: nada que não pudessem fazer na Dimple Robotics.

— É aqui que a Fada Azul faz sua mágica — diz Budge. — E Pinóquio ganha vida.

Eles estão na Customização. Nenhum dos trabalhadores ali é um robô: muitos detalhes individualizados, diz Tyler, especialmente ao terminar as cabeças. Stan quer vê-los trabalhar as características faciais, especialmente os sorrisos. Ele tem um interesse profissional, de seu trabalho na Dimple. O Modelo de Empatia em que ele havia trabalhado podia sorrir, mas era sempre o mesmo sorriso. Embora, o que mais você precisa para verificar a saída das compras do mercado? Coloque dois olhos em qualquer coisa e ela basicamente se parece com um rosto.

— Eles fazem o penteado ali — diz Tyler. — Tudo com cabelo, como barbas e bigodes. O estilo *lumbersexual* é uma tendência.

— O quê? — diz Stan em uma voz um pouco alta demais.

— Há prostibôs homens? Desde quando?

Kevin olha incisivamente para ele.

— Possibilibôs é para todos — diz ele.

É claro, pensa Stan. É a idade da tolerância. Que idiota eu sou. Vale tudo, lá fora, no chamado mundo real; embora não dentro de Consilience, onde o ambiente de superfície é saudavelmente, implacavelmente hétero. Eles têm eliminado os gays durante todo esse tempo ou simplesmente não os têm deixado entrar?

— É verdade, a maioria das encomendas é por mulheres — diz Tyler. — Embora isso possa mudar. Mas por enquanto não há muita capacidade, exceto no nível Platinum.

— Porque estes robôs econômicos não podem andar por aí, nem nada — diz Kevin. — Mobilidade limitada. Sem locomoção. Portanto, em sua maioria, é apenas a posição missionária. Eles fazem o que é necessário e isso é tudo, enquanto que com um cara em cima de outro...

— Entendi — diz Stan. Ele não precisa dos detalhes.

— De qualquer forma, alguns dos itens masculinos são para as clientes mais velhas — comenta Derek. — Elas dizem que se sentem mais confortáveis com um robô. Não têm que apagar as luzes. — Há um risinho compartilhado.

— Você pode obter todas as diferentes faixas etárias, diferentes tipos de corpo — diz Budge. — Gordo, magro, o que for. Cabelos grisalhos, há alguns pedidos para isso.

— Aqui é o Departamento de Expressão — diz Gary. — Há um cardápio de expressões básicas. Além disso, o pessoal aqui pode fazer alguns ajustes. O único problema é que, uma vez que você tenha definido a expressão, ela não pode ser mudada. A face humana funcional tem trinta e três conjuntos de músculos, mas o conjunto completo seria muito caro para construir, talvez impossível.

Stan observa com interesse quando um técnico faz uma das faces percorrer todo o repertório de sorrisos.

— Isso é realmente avançado! — diz ele. — Realmente. É incrível.

— Este é apenas o segmento inferior — diz Budge modestamente. — Mas a maioria dos usuários está na categoria de cliente transitório. Os parques de diversões fechados, os cassinos, os locais de grandes espetáculos, os centros comerciais de destino; ou os quarteirões de robôs baratos em lugares como a Holanda e cada vez mais aqui mesmo, em casa. Algumas cidades do "cinturão da ferrugem" já foram rejuvenescidas com a criação de uma loja de robôs baratos, ou é isso que ouvimos dizer.

— As profissionais estão furiosas com isso — diz Derek. — Seus preços estão sendo reduzidos. Já fizeram manifestações, tentaram quebrar vitrines, arrancar as cabeças de alguns robôs, foram presas por destruir propriedade privada. Não é um investimento pequeno, montar uma instalação.

— Mas essas espeluncas fazem muito dinheiro — diz Gary. — Las Vegas está faturando mais com isso do que com os caça-níqueis, ou assim dizem. Mas faz sentido, quase tudo é margem de lucro depois que você faz o investimento inicial. Sem ter que comprar comida, sem morte como tal, e é de uso múltiplo ao quadrado. Há o lubrificante, você tem que prover muito disso.

Mas essas garotas são robustas! Uma de verdade só poderia fazer, digamos, cinquenta shows por dia, no máximo, sem se quebrar, ao passo que com estas o número é infinito.

— A menos que os mecanismos de lavagem e saneamento funcionem mal — diz Derek.

Stan pega um formulário de pedido de uma das mesas de trabalho. Há uma lista de verificação codificada, com letras e quadradinhos para marcar.

— Isso é para as expressões padrão — diz Budge.

— O que é A? — quer saber Stan.

— É para Acolhedora, uma expressão de boas-vindas — diz Budge. — Mas é um pouco neutra, como a de uma comissária de bordo. T+H é Tímida e Hesitante, L+S é para Libertina e Sem-vergonha. Z+B é para Zangada e Beligerante; você pode pensar que não haveria muita demanda para isso, mas você estaria errado. O V é de Virgem, que é T+H mais alguns outros ajustes.

— Agora, aqui está a Customização Plus — diz Tyler. — É para onde o cliente envia uma foto, o tipo de corpo é escolhido de acordo com a foto e o rosto é esculpido para se parecer com o da foto. Ou na medida do possível. Essas são todas encomendas particulares. É claro que fazemos as celebridades mortas para os locais voltados para o entretenimento. Muitos desses em Vegas.

— É como poder enlouquecer no museu Madame Tussaud — diz Kevin. — Há uma grande demanda.

Stan olha com curiosidade para o trabalho especial personalizado que está em andamento. Morenas em uma mesa, ruivas em outra. Aqui estão as loiras.

E ali está Charmaine, olhando para ele com seus olhos azuis, de uma cabeça sem corpo. Há uma foto dela presa em um suporte sobre a mesa. Ele a reconhece: é uma foto com os dois, tirada em sua lua de mel na praia, muito antes de tudo isso acontecer. Ele a mantinha guardada em seu armário.

Mas ele mesmo havia sido excluído da foto. Há apenas um espaço vazio onde antes ele sorria e fazia pose, peito estufado, bíceps flexionados.

Um arrepio percorre sua espinha. Quem andou remexendo nas coisas dele? Será que Charmaine encomendou uma réplica de sua própria cabeça e tirou-o de sua vida?

A quem perguntar? Ele olha em volta. O empregado designado para a cabeça de Charmaine está em uma pausa para o café. De qualquer forma, o que saberia o operário? Eles apenas seguem instruções. O formulário de pedido está colado na mesa de trabalho; a expressão marcada no formulário é T+H, com um V adicionado. Mas o nome do cliente foi coberto com tinta.

Calma, ele diz a si mesmo.

— Quem pediu esta cabeça? — ele pergunta, muito displicentemente.

Budge olha diretamente para ele. Será um aviso?

— Encomenda da alta esfera — diz ele. — Pedido ultraespecial. Disseram para sermos muito meticulosos com ela.

— Vai direto para o topo — diz Kevin. — Não é meu tipo, pessoalmente, muito banal, mas alguém lá em cima deve gostar desse estilo.

— As instruções são *extrarrealistas* — diz Gary.

— Não podemos nos dar ao luxo de estragar isso — diz Tyler.

— Sim, nós realmente temos que andar "na ponta dos pés através das tulipas" com essa aí — diz Budge.

Tulipas. Na ponta dos pés. O bonachão Budge com uma boa pança deveria ser seu contato subversivo? Budge, que se parece com o gnomo feliz da caneca de Charmaine? Certamente que não!

— Andar na ponta dos pés através de quê? — diz ele.

— Tulipas — diz Budge. — É uma canção antiga. Antes do seu tempo.

Caramba! O espião-chefe Budge, confirmado. Eu realmente preciso de uma bebida, pensa Stan. Agora mesmo, droga!

X | TERAPIA DO LUTO

MÃO ARREPIANTE

Charmaine senta-se no banco de trás do carro longo, polido e silencioso. Ao lado dela, está Ed, que acaba de ajudá-la a entrar, com uma das mãos no seu cotovelo coberto pela manga do traje preto.

— É muita bondade da sua parte vir me buscar — Charmaine diz a ele, trêmula. — Pessoalmente.

O lábio inferior dela está realmente tremendo, uma lágrima está realmente escorrendo. Ela a enxuga com a ponta da sua luva preta de algodão. Essa ponta da luva parece um pé de coelho seco e macio, acariciando-a suavemente.

Ela e Stan uma vez tiveram um pé de coelho. Já estava no carro quando eles o compraram, junto com um monte de outras porcarias. Stan queria jogá-lo fora, mas Charmaine disse que deveriam ficar com ele porque algum coelho tinha sacrificado sua vida para que eles pudessem ter boa sorte. Tão triste. O rímel, ela pensa: está borrando? Mas seria grosseiro, neste momento, tirar o pó compacto de sua bolsa preta para ver.

— É o mínimo que eu poderia fazer — diz Ed. Ele soa quase tímido. E dá um tapinha no braço dela, um tapinha hesitante, próximo a algo muito familiar. Sua voz é mais monótona e estridente do que quando sai da TV, e ele é mais baixo. Ela estava sentada na ocasião em que ele foi a Positron e fez aquele discurso assustador, e depois a elogiou pelo ursinho azul que ela estava tricotando. Ele parecera mais alto na ocasião, mas ela estava olhando para cima. Ela supõe que ele fique em pé em uma caixa quando está fazendo as importantes transmissões na TV sobre o enorme progresso e como todos eles devem triunfar sobre os elementos subversivos. Mas agora, se por acaso você olhasse pela janela, embora não possa olhar para dentro porque o vidro é escuro, nunca imaginaria que Ed é o mandachuva de Consilience. O maior de todos, o Queijo Grande, como se diz aqui.

Por que os homens importantes são chamados de Queijo Grande?, Charmaine se pergunta. Ela precisa se distrair, não quer lidar com o fato de que Ed deu um tapinha em seu braço novamente e desta vez sua mão pairou no ar, em seguida desceu e pousou, logo abaixo de seu cotovelo. Você nunca diria Queijo Grande em relação a uma mulher, mesmo sendo uma mulher muito importante. E Ed se parece mais ou menos com um queijo, por causa de seu aspecto liso e lustroso; o tipo de queijo redondo recoberto com cera por fora, que as crianças costumavam adorar. Elas costumavam fazer trocas por aquele queijo, a fim de obter a cera. Era vermelha e você podia removê-la do queijo e moldá-la em pequenas figuras, como cães ou patos. Isso é o que era valorizado, a cera; o queijo era apenas um complemento. Não era saboroso, mas, pelo menos, tampouco era horrível.

Talvez seja assim que Ed seria na cama, ela pensa. Não saboroso, mas não horrível. Algo que você não queria, mas que tinha que ser aceito por causa de algo que você realmente queria. Ele teria que ser encorajado, teria que ser estimulado. Respiração rápida, falsos crescendos. Depois, haveria sua gratidão, ela teria que lidar com isso. Ela preferiria que fosse ela a sentir gratidão. Só de pensar em tudo isso já fica cansada.

Até onde ela poderia se forçar a ir, supondo que chegue a isso? Porque chegará, se ela o permitir. Ela pode afirmar por causa do olhar que Ed está lhe lançando agora, uma espécie de olhar úmido, doentio, piedoso. Reverência cruzada com luxúria oculta, mas por trás disso a determinação de conseguir o que quer. É um olhar perigoso disfarçado de gentileza. Primeiro, eles adulam, mas se você não fizer o que querem, eles ficam perigosos.

Não importa, ela diz a si mesma. Pense em flores, porque agora você está segura. Só que ela não está segura. Talvez ninguém jamais possa estar seguro. Você corre para seu quarto, bate a porta, mas não há nenhuma fechadura.

— É absolutamente o mínimo que poderíamos fazer — diz Ed. — Estamos aqui para apoiá-la em sua grande perda.

— Obrigada — murmura Charmaine. O que fazer com a mão? Ela não pode afastá-la, isso seria indelicado e ela perderia a vantagem que isso lhe dá. Não que ela tenha exatamente uma vantagem, mas é uma espécie de vantagem, desde que não o ofenda nem o encoraje. E se ela segurasse a mão dele nas suas e começasse a chorar? Não, isso talvez o excite ainda mais. Ele poderia se atirar em cima dela, desajeitadamente. Ela não pode tê-lo em cima dela pouco antes do funeral.

— Você tem sido corajosa — continua Ed. — Você tem sido... leal. Você deve se sentir muito só agora, como se não houvesse ninguém em quem pudesse confiar.

— Ah, é verdade — diz Charmaine. — Eu realmente me sinto sozinha. — Nenhuma mentira nisso. — Stan era tão...

Mas Ed não quer saber de Stan neste momento.

— Queremos lhe assegurar que pode confiar em nós, em todos nós da Gerência aqui, em Consilience. Se você tiver qualquer dificuldade, problemas, medos ou preocupações que queira compartilhar...

— Ah, sim. Obrigada. Isso me faz sentir tão... protegida — diz ela, inspirando um pouco de ar. Não há a menor hipótese de que ela compartilhe seus temores, especialmente os que está tendo neste momento. Isto é gelo fino. Homens poderosos não aceitam bem a rejeição. O resultado poderia ser a raiva.

Há uma pausa.

— Você pode confiar em... mim — diz Ed. A mão aperta.

Que descaramento, pensa Charmaine com indignação. Insinuando-se para uma viúva — uma mulher cujo marido acaba de morrer heroicamente em um trágico acidente com frangos. Mesmo que ele não o tenha feito e mesmo que Ed saiba que ele não o fez. Ele sabe, e vai usar esse conhecimento como arma. Ele vai sussurrar no ouvido dela a culpa por ter matado o marido, depois ele a agarrará em seus braços e colará sua boca na dela porque ela cometeu um terrível crime e é assim que deverá pagar.

Se ele tentar isso eu grito, pensa Charmaine. Não, ela não vai gritar, porque ninguém a ouviria, exceto o motorista, que certamente foi treinado para ignorar quaisquer ruídos vindos do banco de trás. E um grito iria jogar sua vantagem para o alto.

O que fazer, como agir? Ela não pode deixar que ele a subestime. Se houver necessidade de aturar Ed, ela precisará fazê-lo implorar um pouco. Ao menos, *pro forma*. Terá que ser uma negociação, como pedir um aumento de salário, embora ela não tenha feito isso quando tinha um emprego de verdade, na Ruby Slippers. Mas suponha que ele seja aberto a uma negociação, o que ela poderia obter dele em troca?

Felizmente o carro está parando junto ao meio-fio, porque chegaram à capela do funeral. Ed retirou a mão, e a porta de seu lado está sendo aberta pelo lado de fora, não pelo motorista, mas por um homem de terno preto. Em seguida, sua própria porta é aberta e Ed a ajuda a sair. Há uma multidão reunida, com aquele ar mudo — como bonecos de pano — que as pessoas que esperam pelos funerais costumavam ter na época em que os funerais ainda eram feitos corretamente por aqui. Quando as pessoas ainda tinham dinheiro para investir neles. Antes de os mortos serem simplesmente lançados à deriva.

Ed oferece seu braço e conduz Charmaine em seus vacilantes saltos altos pretos e seu elegante traje preto pelo meio do aglomerado de pessoas. Eles se afastam para deixá-la passar porque ela está santificada pelo luto. Ela mantém os olhos baixos e não olha à volta nem sorri, como se estivesse em profundo pesar.

Ela *está* em profundo pesar. Está, sim.

CONTROLE DE QUALIDADE

— Ao fundo do corredor — diz Budge. — Próxima parada, Controle de Qualidade. Aguente firme, estamos quase terminando. — Ele dá uns tapinhas no ombro de Stan.

Isto tem que ser um sinal. Stan se esforça para sufocar sua vontade de rir. Tudo isso é uma loucura. A cabeça de Charmaine? Budge, o espião? Ninguém poderia imaginar. Ele está achando difícil levar aquilo a sério. Mas é sério.

— O Controle de Qualidade — diz Kevin — é onde eles fazem os corpos repassarem todos os seus movimentos antes de acoplarem as cabeças.

— É para testar a parte mecânica e a digital — diz Gary —, especialmente as contorções e a suavidade da ação pélvica.

O espaço é cheio de movimentos de coxas e abdomens, como uma grotesca instalação de arte; há um suave som pulsante e um cheiro de plástico.

— Waldo, você quer uma volta em um destes? — pergunta Derek.

Stan reflete que, no final das contas, nada o excita menos do que a visão de uma dúzia de corpos plásticos sem cabeça, nus e imitando o ato da cópula. Tem algo parecido com insetos nisso.

— Vou deixar pra outro dia — diz ele. Todos riem.

— Sim, certo, nós também não quisemos — diz Tyler.

— Eles consertam esse cheiro mais tarde — diz Gary. — Acrescentam feromônios sintéticos e depois há uma seleção de aromas à escolha: de flor de laranjeira, rosa, ylang-ylang, pudim de chocolate ou Old Spice.

— Eu diria que você precisa, no mínimo, da cabeça — diz Budge. — Eles as prendem depois que os corpos tiverem sido aprovados no controle de qualidade. É complicado, muitas conexões neurais. Todo esse trabalho seria desperdiçado se o corpo estivesse com defeito.

Stan olha para o lado mais distante da sala: é como uma sala de cirurgia. Luzes brilhantes no teto, purificadores de ar. Eles estão usando até toucas e máscaras cirúrgicas.

— Você não vai querer que nenhum pelo ou pó entre nessas cabeças — diz Derek. — Pode estragar o tempo de reação.

Eles seguem para Roupas e Acessórios. Cabideiros de roupas prontas — roupas de rua comuns, trajes de trabalho, roupas de couro, penas e lantejoulas e fantasias de gala; também prateleiras rolantes, com muitas perucas diferentes.

Os sets de filmagem deviam ser assim, nos tempos dos musicais Technicolor.

— Aqui estão as Rihannas e as Oprahs — diz Kevin. — E as princesas Dianas. Estes são os James Deans e os Marlon Brandos e os Denzel Washingtons e os Bill Clintons, e este é o corredor do Elvis. Em sua maioria, o modelo de macacão branco, com as tachas e as lantejoulas, é o mais pedido, mas há outras escolhas. O preto com bordado de ouro é muito popular. Mas não com as senhoras idosas, elas querem o branco.

— E esta é a seção Marilyn — diz Budge. — Você pode ter cinco penteados diferentes e nos trajes você também tem uma escolha, dependendo do filme. Este é de *Os homens preferem as louras*, o vestido cor-de-rosa; tem o conjunto preto de *Torrentes de paixão* e ali está o da banda de jazz só de garotas de *Quanto mais quente melhor*.

— Para onde vão estas? — diz Stan. — As Oprahs. Eles são tão interessados em Oprahs na Holanda?

— Cite o que quiser e alguém vai ter um fetiche em relação a isso — diz Derek.

— Nossos maiores clientes são as operações do cassino — diz Gary. — Os em Oklahoma, mas lá eles podem ser puritanos. Mesmo que não sejam mulheres de verdade e assim por diante. Ao passo que em Vegas... É o que for, quando for, e o lugar está nadando em dinheiro. Esse negócio de "cinturão da ferrugem" nunca chegou lá.

— Pelo menos, não nos lugares de luxo — diz Budge. — Hordas de turistas estrangeiros, grandes gastadores. Seus russos, seus milionários indianos, seus chineses, seus brasileiros.

— Sem regulamentos — diz Tyler. — O céu é o limite.

— Seja o que for que você possa pensar, ou já está em funcionamento ou vai estar — diz Derek.

— Há muitos Elvises e Marilyns lá, de qualquer forma — diz Kevin. — Vivos. Assim, as réplicas se misturam bem.

— O que é aquilo ali? — diz Stan. Ele viu um recipiente cheio de ursinhos de tricô azuis.

— São para ao kidbôs — diz Kevin. — Eles são vestidos com camisolas brancas ou pijamas de flanela. São encaixotados em lençóis de malha e cada um tem um ursinho enfiado na embalagem para um efeito extrarrealista.

— Isso é doentio — diz Stan.

— Você tem razão — diz Derek. — Sim, é doentio. Nós concordamos, sentimos o mesmo quando soubemos desta linha de produtos. Mas eles não são reais.

— Quem sabe? Talvez estes robôs estejam poupando crianças de verdade de muita dor e sofrimento — diz Kevin. — Mantém os pervertidos fora das ruas.

— Eu não acredito nisso — diz Stan. — Eles vão usá-los para um teste, vão praticar, depois vão... — Cala a boca, diz a si mesmo. Não se envolva.

— Mas muitos clientes os compram, se você entende o que quero dizer — diz Gary. — Compram como água no deserto. Esta linha é uma grande fonte de receita para os Possibilibôs. Difícil argumentar com os resultados econômicos.

— Há empregos em jogo, Waldo — diz Derek. — Megaempregos. O pessoal lá fora tem contas a pagar.

— Isso não é uma boa razão — diz Stan. Todos estão de olho nele agora, mas ele continua. — Como você pode concordar com isto? Não está certo!

— Está na hora do seu teste — diz Budge. Ele dá um pequeno aperto no ombro de Stan, virando-o em direção à saída. — Com licença, rapazes. Eu tenho tudo pronto em uma das salas de teste privadas. Há certas coisas que um homem precisa fazer sozinho.

Risos.

— Boa viagem — diz Derek.

Gary acrescenta:

— Vai fundo no lubrificante.

— Por aqui — diz Budge. — Não resta muita coisa para ver na visita propriamente dita, exceto a Expedição — ele comenta. — É principalmente carregar caixas de um lado para o outro; elas estão todas embaladas e lacradas quando chegam à Expedição. Esse é o meu departamento, Expedição. Quer uma cerveja?

— Claro — diz Stan. Ele quase estragou tudo lá atrás, por causa dos kidbôs. E daqueles malditos ursinhos de tricô azuis. Que pervertido veio com essa ideia? — E o teste? — pergunta ele.

— Esqueça. Temos outras coisas a fazer — retruca Budge. — Coisas de tulipas.

— Certo — diz Stan. Será que ele deve saber o que isso significa?

— Aqui dentro é o meu escritório. — Eles entram; cubículo padrão, escrivaninha, um par de cadeiras. Minibar: Budge pega duas cervejas, tira as tampas.

— Sente-se. — Ele se inclina para a frente sobre a mesa. — Meu trabalho é enviá-lo. Você e o que quer que esteja levando com você. Eu não sei por que e eu não sei o quê, então não adianta perguntar.

— Obrigado — diz Stan —, mas... — Ele quer perguntar sobre Charmaine, sobre a cabeça. Ela está em perigo por causa de algum perseguidor depravado? Se for assim, ele não pode sair de Positron. Não pode simplesmente abandoná-la.

— Não precisa agradecer — diz Budge. — Sou apenas um matador de aluguel, faço o que me mandam fazer. É uma de nossas especialidades, o deslocamento de pessoas. — Ele não se parece mais com um velho tio amigo; ele parece um empregado eficiente. — Eu, por exemplo. Para me colocar para dentro, eles me enfiaram em uma caixa de torsos, junto com a identificação que eu iria precisar. Funcionou bem. Mas você é nossa primeira tentativa de enviar alguém para fora.

— Quem é este nós? — diz Stan. — Você quer dizer Jocelyn.

— Primeiro, seu irmão, Conor — diz Budge. — Nós nos conhecemos há muito tempo. Nós cumprimos pena juntos quando éramos garotos.

— Conor! — diz Stan. — Como ele se meteu nisso? — Confie no maldito Conor. Não que ele confie. Ele se lembra do carro escuro e elegante na frente do estacionamento de trailers, daquela vez em que ele foi ver Con. Quem está pagando?

— Da mesma forma em que ele se mete em tudo — diz Budge. — Recebemos uma ligação, fizemos um acordo. Temos a reputação de manter nossa palavra. De fazer aquilo para o qual fomos pagos.

— Posso perguntar quem lhe pagou? — indaga Stan.

— Confidencial — diz Budge, sorrindo. — Então, aqui está o plano. Vamos colocá-lo em uma roupa de Elvis, depois em um contêiner para transporte de robôs. Um Elvis seria o mais próximo do seu tamanho.

— Espere um minuto! — diz Stan. — Você quer que eu seja um sexbô? Está me usando? De jeito nenhum, isso não vai...

— É apenas para a parte de remessa — diz Budge. — Não há muitas opções. Você não pode simplesmente sair andando daqui. E eles verificam cada veículo da Gerência e conferem a biometria. Lembre-se, mesmo que eles pensem que você está morto, seus dados ainda estarão em arquivo. Mas dentro da caixa de expedição e ao olhar casual...

— Não me pareço com Elvis — diz Stan.

— Vai ficar parecido quando adicionarmos a roupa e os toques finais — diz Budge. — E não é com o verdadeiro Elvis que você precisa se parecer, é com os Elvises de imitação. Não é difícil parecer-se com um deles.

— O que eu faço quando chegar lá? — diz Stan.

— Estamos enviando um guia com você — diz Budge. — Ela vai te ajudar.

— Ela? — diz Stan. — As únicas mulheres que vi aqui dentro eram de plástico.

— Os prostibôs são apenas uma das soluções que Possibilibôs está comercializando — diz Budge. — Há algo ainda mais avançado. — Ele verifica seu relógio. — Hora do show.

Eles saem para o corredor, viram uma esquina, depois outra. Mais imagens emolduradas de frutas: uma manga, um quincã. As frutas, ele observa, estão ficando cada vez mais exóticas.

— Os robôs não conseguem manter uma conversa de verdade — diz Budge. — Nem o melhor deles. A tecnologia de hoje ainda não chegou lá. Porém, mais acima na escala de renda, os clientes querem algo que possam mostrar a seus amigos; algo menos... algo menos como...

— Um brinquedinho vagabundo — diz Stan. Aonde Budge está querendo chegar?

— Deixe-me explicar-lhe — diz Budge. — Suponha que você possa personalizar um ser humano por meio de um procedimento cerebral.

— Como assim? — diz Stan.

— Eles usam lasers — diz Budge. — Eles podem eliminar seu apego a qualquer pessoa anterior. Quando acorda, o sujeito se apega a quem quer que esteja ali.

— Caramba! — exclama Stan.

— Então, em resumo: escolha uma garota atraente, faça a operação nela, fique na sua frente quando ela estiver acordando e ela será sua eternamente, sempre complacente, sempre pronta, não importa o que você faça. Assim, ninguém se sente explorado.

— Espere um minuto — diz Stan. — Ninguém é explorado?

— Eu disse que ninguém se *sente* explorado — diz Budge. — É diferente.

— As mulheres se inscrevem para isto? — diz Stan. — Para a operação no cérebro?

— Não se inscrevem, exatamente — diz Budge. — Acordam, é melhor dizer. Dessa forma, há mais liberdade de seleção. Os clientes provavelmente não iriam querer ninguém desesperado o suficiente para se inscrever por conta própria.

— Então, eles sequestram as pessoas? — pergunta Stan.

— Não quer dizer que estou endossando isso — diz Budge.

— Isso é... — Stan não sabe se deve dizer *diabólico* ou *brilhante*. — Elas não... essas mulheres, elas não se importam mais com suas vidas anteriores? Não se ressentem...

— Não se o trabalho a laser for feito de forma profissional — diz Budge. — Mas ainda é experimental. Não foi totalmente aperfeiçoado. Alguns clientes têm estado dispostos a correr o risco de qualquer maneira, mas erros já ocorreram.

— Como o quê? — pergunta Stan.

— Você vai ver quando conhecer sua guia — diz Budge.
— Ela não ficou exatamente como deveria. Esse foi um cliente muito irritado! Mas ele havia assinado os termos e condições, ele conhecia os riscos.
— O que deu errado? — quer saber Stan. Ele já está imaginando. Ela quer transar com gente morta, com cachorros ou o quê?
— Não escolheram um bom momento — diz Budge. — Mas isso faz dela uma trabalhadora ideal, porque ela nunca pode ser distraída por um homem.
— Com o que ela *pode* ser distraída? — pergunta Stan.
Budge para diante de uma porta, bate, abre com seu cartão.
— Você primeiro — diz ele.

SACRIFÍCIO

A capela funerária é tamanho único. Sem cruzes ou qualquer outro acessório, apenas um par de mãos postas em prece e uma imagem de um nascer do sol. O esquema de cores é azul-claro e branco, como as xícaras de chá estilo Wedgwood que a Vovó Win costumava ter. Há enormes bancadas de flores brancas; eles realmente se esmeraram.

A capela está transbordando de gente. Estão ali as mulheres da padaria onde Charmaine trabalha quando não está na prisão, assim como os grupos de tricô — seu grupo original e aquele outro que ela mal conhece. Eles devem ter deixado essas mulheres saírem de Positron com passes para o comparecimento ao funeral. Muitas estão usando chapéus pretos — boinas, chapéus redondos em forma de panqueca, clochês modificados — então ela fez a escolha certa em termos de chapéu.

Há uma série de colegas de trabalho de Stan da loja de lambretas. Eles fazem um aceno com a cabeça para ela, com grande deferência, porque ela é a viúva, mas há também uma camada extra de deferência. Deve ser a presença de Ed, que aconchegou o braço dela dentro do dele e que a está conduzindo ao altar com cuidado, respeitosamente. Ele a coloca no banco da frente, depois se senta ao lado dela, sem tocar sua coxa na dela, graças a Deus, mas ainda muito perto.

Aurora está do outro lado de Charmaine, e, do outro lado de Ed, está a mulher da Vigilância, usando um chapéu pillbox. Ela está se parecendo um pouco com Jackie Kennedy.

E do outro lado dessa mulher está Max. Charmaine pode sentir um fino filamento de ar superaquecido estendendo-se entre eles, como o interior de uma lâmpada antiga: incandescente. Ele também sente. Ele tem que sentir.

Ignore isto, diz ela a si mesma. É uma ilusão. Você está de luto.

A capela tem bancos dobráveis para o caso de alguma pessoa morta ter uma família que se ajoelha. Charmaine não foi educada como uma crente que se ajoelha, mas gostaria de poder se ajoelhar agora mesmo — colocar as mãos no encosto do banco à frente, então pousar a testa sobre essas mãos como se estivesse em desespero. Dessa forma, ela poderia simplesmente se ausentar dali, o que a ajudaria a passar por este falso funeral. Ou ela poderia passar o tempo pensando no que diabos vai fazer se Ed der em cima dela, como colocar a mão em sua coxa. Mas ela não pode se ajoelhar, porque está na primeira fila. Ela tem que sentar-se ereta e agir com nobreza. Ela endireita os ombros.

Agora eles estão tocando música de órgão, algum tipo de hino. Se tocarem "You'll Never Walk Alone", como em alguns funerais da Consilience TV, ela não sabe se vai ser capaz de suportar. Ela está caminhando sozinha, ela sempre caminhará sozinha. Aí vem uma lágrima.

Seja forte. Finja que está no cabeleireiro, diz a vozinha interior.

O caixão está fechado, devido às hediondas queimaduras que Stan supostamente sofreu ao se atirar sobre o interruptor principal defeituoso, depois frigindo quando a corrente disparou através do seu corpo. É o que foi dito no noticiário da TV, mas na verdade o caixão está fechado porque Stan não está nele. Ela se pergunta o que fizeram com ele e o que colocaram no caixão em seu lugar. Muito provavelmente alguns repolhos velhos ou sacos de aparas de grama: algo com a consistência e o peso certos. Mas por que haveria alguma coisa? Ninguém vai olhar dentro do caixão.

E se ela revelasse o blefe deles? Dissesse *Eu quero ver meu querido Stan mais uma vez*. Fizesse uma cena, se atirasse sobre o caixão, exigisse que arrancassem a tampa. Então, quando se recusassem, ela poderia voltar-se para a congregação e dizer-lhes o que realmente está acontecendo: *Pessoas inocentes estão sendo mortas! Como Sandi! Como Stan! E deve haver dezenas de outras...* Mas eles a cercariam em um minuto e a levariam dali para acalmá-la, porque, afinal de contas, ela está fora de si de tanto pesar. Então, ela seria apagada, assim como Stan. *Ah, Stan...*

Caramba, mais lágrimas. Aurora aperta sua mão em demonstração de apoio. Ed continua com seus tapinhas e, dentro de mais um minuto, ele vai passar o braço ao redor dela. Há preto em seu lenço branco: o rímel.

— Eu estou bem — ela murmura, arfando.

Agora surge uma solista, uma mulher do grupo de tricô de Charmaine, o segundo. Ela possui aquela solene expressão de soprano no rosto, está inflando os pulmões, empinando os seios sob os babados pretos e abrindo a boca, e isto será terrível, porque Charmaine reconhece a melodia da música de órgão: "Cry Me a River." A mulher é muito desafinada. Charmaine cobre o rosto com as mãos enluvadas, porque ela pode acabar rindo. Nada de perder o controle, ela diz a si própria com firmeza.

A soprano terminou, graças a Deus. Depois que o sussurro e os pigarros esmoreçem, um dos colegas de trabalho de Stan da loja de lambretas transmite uma mensagem do que ele chama de equipe do Stan. Cabeça abaixada, pés irrequietos. Grande sujeito, o Stan; *o melhor entre nós, orgulhoso dele, fez o sacrifício por todos nós, sentimos falta dele.* Charmaine sente pena do orador, porque ele foi enganado. Como todo mundo.

Então, Ed se desvencilha de seu braço, endireita a gravata e caminha para o pódio. Ele limpa a garganta e derrama sua voz de TV, calorosa e tranquilizadora, forte e convincente. Chega até ela como explosões de som, como um CD riscado. *Acarretou mau funcionamento lamentável sagrado deplorável admirável corajoso duradouro heroico para sempre.* Em seguida, *Unir-se perda cônjuge ajuda esperança comunidade.*

Se ela não soubesse a verdade, Charmaine ficaria convencida. Mais do que convencida, conquistada. Acabe com isso, seu tagarela, ela pensa de Ed.

Agora seis membros da equipe de Stan estão se aproximando. Agora estão empurrando a mesa de rodinhas que leva o caixão pela nave da capela. A música começa a tocar: "Side by Side."

Eu não aguento isto, pensa Charmaine. Deveríamos ter sido nós, Stan e eu, seguindo em frente como costumávamos fazer, através de todas as intempéries, até dentro daquele carro velho e fedorento, desde que estivéssemos juntos. Aí vêm as lágrimas novamente.

— Levante-se — Aurora está lhe dizendo. — Você precisa seguir o caixão.

— Eu não posso, eu não consigo ver — Charmaine balbucia, arquejante.

— Eu vou ajudá-la. Levante-se! As pessoas vão querer dar os pêsames na recepção.

A recepção. Sanduíches de salada de ovo com as cascas cortadas. Cata-ventos de aspargos. Quadradinhos de limão.

— A mim? Pêsames? — Charmaine asfixia um soluço. Isso é tudo de que precisa, um surto histérico. — Eu não poderia, eu não poderia comer nada!

Por que a morte deixa as pessoas com tanta fome?

— Respire fundo — diz Aurora. — Assim está melhor. Você vai apertar as mãos deles e sorrir, é tudo o que esperam. Depois, eu vou voltar de carro para casa com você e podemos discutir sua terapia do luto. Consilience sempre proporciona isso.

— Eu não preciso de nenhuma terapia do luto! — Charmaine quase grita.

— Ah, precisa, sim — diz Aurora com sua falsa compaixão.

— Ah, eu acho que você realmente precisa.

Veremos, pensa Charmaine. Ela começa a descer a nave, a mão firme de Aurora em seu cotovelo. Ed se materializou novamente e a acompanha do outro lado, o braço grudado às suas costas como uma lula.

PERFEITA

Budge abre a porta devagar, fica de lado para deixar Stan ir primeiro. A sala em que eles entram é a que mais se aproxima de uma genuína sala antiga que Stan tem visto nos últimos tempos. O campo de golfe da Dimple Robotics tinha um bar como esse. Há painéis de madeira, cortinas que vão até o chão, tapetes orientais. Há um fogo queimando na lareira, ou quase um fogo: gás, talvez. Há um sofá com aparência de couro à frente dela.

Sentada no sofá com suas longas pernas esticadas está uma das mais lindas mulheres que Stan já viu. Cabelos escuros e brilhantes, na altura dos ombros; seios perfeitos, a parte de cima deles um pouco à mostra. Ela está usando uma capa preta simples, um único fio de pérolas. Que mulher requintada, pensa Stan. Ela sorri para ele, o sorriso neutro que ela poderia dar a um cachorrinho ou a uma tia idosa. Não há nenhuma carga proveniente dela, nenhuma química.

— Stan, gostaria que conhecesse Veronica — diz Budge. — Veronica, este é Stan.

— Veronica — diz Stan. Esta é a mesma Veronica? Aquela prostituta do PixelDust que Charmaine costumava lhe dizer que não era realmente sua amiga? Se for, ela passou por uma grande transformação. Ela já era bonita antes, mas agora está deslumbrante. — Eu te conheço? — pergunta ele, depois se sente um idiota porque todo homem que ela encontra deve lhe perguntar isso.

— Possivelmente — diz Veronica —, mas o passado não interessa mais. — Ela estende a mão. Unhas bem cuidadas, cor de vinho. Relógio caro, Rolex. Palma da mão fria. Ela lhe dá um sorriso de LED: luz, mas nenhum calor. — Sei que eu vou levar você para o outro lado.

Stan aperta a mão. Leve-me para qualquer lugar, ele pensa. Era assim que um dia ele imaginou que Jasmine seria — Jasmine, a fantasia fatal.

Ele precisa ter cuidado, não se deixar levar pelas gônadas. Escute com atenção, ele diz ao seu pênis silenciosamente. Mantenha o zíper fechado.

— Sente-se, tome uma bebida — diz Veronica.

— Você mora aqui? — pergunta Stan.

— Morar? — diz Veronica. Ela arqueia uma sobrancelha perfeita.

— Esta é a suíte de lua de mel — diz Budge. — Ou uma delas. Onde os indivíduos personalizados encontram pela primeira vez seus... seus...

— Seus proprietários — diz Veronica com uma risada. — Deveria ser luxúria à primeira vista por parte das... das pessoas como eu, mas eles erraram o alvo no meu caso. O homem entrou para recolher seu investimento e não havia nada.

— Nada? — diz Stan. Por que ela não está com raiva? Mas Budge disse que elas não ficavam, ou ao menos não que você pudesse notar. Elas não parecem sentir falta do que perderam.

— Nenhuma faísca entre nós. Nem uma pontada. Ele ficou furioso com isso, mas não havia nada que eu pudesse fazer. Consilience lhe deu a escolha de um reembolso ou uma segunda opção. Ele ainda está pensando sobre isso.

— Eles não poderiam operar Veronica novamente — diz Budge. — Muito arriscado. Ela pode sair babando.

— Ele só queria a mim — diz Veronica, encolhendo os ombros. — Mas eu não posso. Não foi minha culpa.

— Foi uma enfermeira estúpida e bem-intencionada — diz Budge. — A foto do sujeito estava lá, como acordado, no caso de ele ter ficado detido em uma reunião. Mas a enfermeira lhe deu um brinquedo de consolo. Como se ela fosse uma criança.

— Minha cabeça estava virada para aquele lado, então ele foi a primeira coisa que vi — diz Veronica. — Seus dois olhos lindos, olhando dentro dos meus. — O percalço não parece tê-la incomodado. — Felizmente, posso levar meu amado comigo aonde quer que eu vá. Eu o mantenho nesta sacola, bem aqui. Eu o mostraria para você, mas eu poderia perder o controle. Até mesmo falar dele é a mais incrível excitação para mim.

— Mas... — diz Stan. — Mas você é tão bonita! — Isto é uma piada, os dois estarão tentando mexer com a minha cabeça? Se não, que desperdício. — Você já tentou...

— Qualquer outro homem? Receio que não adiante — diz Veronica. — Eu sou simplesmente frígida quando se trata de homens de verdade. O mero pensamento deles dessa maneira me faz sentir um pouco enjoada. Isso foi programado quando eles fizeram a operação.

— Mas ela é inteligente — diz Budge. — Boa em uma emergência, e ela tem um chute rápido. E segue ordens, desde que não se trate de sexo. Então, você vai estar em boas mãos.

— E eu não vou estuprar você — diz Veronica com um doce sorriso.

Imagine só, pensa Stan.

— Importa-se se eu olhar? — ele pergunta educadamente, indicando a sacola preta. Ele sente uma forte vontade de ver o que já está considerando como seu rival.

— Tudo bem — diz Veronica. — Vá em frente. Você vai rir. Sei que não acredita em mim sobre tudo isso, mas é verdade. Por isso, só estou lhe dizendo: não tenha nenhuma esperança em relação a mim. Eu detestaria esmagar suas bolas.

Não é uma transformação tão total, pensa Stan. Ela ainda tem a boca suja.

A sacola tem um zíper. Stan o abre. Lá dentro, olhando para ele com seus olhos redondos e vazios, está um ursinho de tricô azul.

TERAPIA DO LUTO

Charmaine consegue de alguma forma aguentar a recepção até o fim. Ela administra a fila de condolências, os apertos de mão, os olhares significativos, os afagos no braço e até os abraços dos seus dois grupos de tricô de ursinhos. Esse segundo grupo quase não falava com ela, como se ela tivesse feito algo errado; mas agora que ela *fez* algo errado, todas elas estão melosas e grudentas, com seu hálito de sanduíche de salada de ovo. O que apenas vem demonstrar, como Vovó Win teria dito. Mas o que isso vem demonstrar? Que as pessoas estão paranoicas?

Sentimos muito pela sua perda. Saia daqui! Charmaine quer gritar. Mas ela sorri com discrição e diz a cada uma delas, *Ah, obrigada. Obrigada pelo seu apoio.* Inclusive quando eu realmente precisei de apoio e vocês me trataram como vômito de cachorro.

Agora eles estão no carro de Aurora. Aurora está no banco da frente e Charmaine está comendo o cata-vento de aspargos que ela embrulhou em um guardanapo de papel e enfiou na bolsa quando ninguém estava olhando, porque, apesar de tudo, ela tem que manter suas forças. E agora elas estão na casa de Charmaine, e Aurora está removendo seu chapéu preto nada lisonjeiro em frente ao espelho do hall. E agora ela está dizendo:

— Vamos apenas tirar nossos sapatos e ficar confortáveis. Vou fazer um chá e depois poderemos começar sua terapia do luto.

Ela sorri com seu rosto repuxado. Por um instante fugaz, parece assustada; mas do que ela pode ter medo? De nada. Ao contrário de Charmaine.

— Eu não preciso de nenhuma terapia do luto — Charmaine murmura, amuada. Ela sente-se sem corpo e também desequilibrada, como se o piso estivesse inclinado. Oscilando, vai até o sofá em seus saltos altos e se deixa cair pesadamente. De jeito nenhum vai permitir que essas pessoas más e escorregadias a submetam a uma terapia do luto. Terapia sobre qual luto? A maneira como Stan deveria ter morrido ou como ele realmente morreu? Seja qual for, será uma grande destruição cerebral.

— Confie em mim, isso lhe fará bem — diz Aurora enquanto desaparece na cozinha. Ela vai colocar um comprimido no chá, pensa Charmaine. Ela apagará minha memória, essa é provavelmente sua ideia de terapia do luto. Na cozinha, o rádio é ligado: "Happy Days Are Here Again." Os pelos do pescoço de Charmaine se arrepiam: estarão tocando essa música de propósito? Eles conhecem seu hábito de cantarolar suas músicas animadas favoritas enquanto se prepara para fazer os Procedimentos?

Aurora entra, de meias, carregando uma bandeja com um prato de biscoitos de aveia e três xícaras. Não duas, três. Charmaine sente frio em todo o corpo: quem está na cozinha?

— Pronto — diz Aurora. — Festa do chá das meninas!

A mulher da Vigilância sai da cozinha. Ela está segurando um ursinho de tricô azul. Sua expressão é — o quê? Sarcástica, Charmaine teria dito certa vez. Mais como curiosa. Mas escondendo isso.

— O que você está fazendo na minha cozinha? — Charmaine diz. Sua voz está esganiçada de indignação. Realmente, é demais! Invasão de privacidade! Calma, ela diz a si mesma: esta mulher poderia te apagar com uma única palavra.

— Na verdade, a cada dois meses é a *minha* cozinha — diz a mulher. — Meu nome é Jocelyn. Eu moro aqui quando não estou trabalhando em Positron.

— Jocelyn? Você é minha *Substituta*? — diz Charmaine. — Então você é... — Ah, não. — A mulher de Max! Ou Phil ou o que quer que ele...

— Talvez devêssemos tomar nosso chá primeiro — propõe Aurora —, antes de entrarmos no...

— Não importa quem é a mulher de quem — diz Jocelyn. — Não podemos perder tempo com esta chanchada sexual. Preciso que você ouça com muita atenção o que eu vou dizer. Muitas vidas vão depender disso. — Ela fixa em Charmaine um olhar severo, como o de um professor de ginástica.

Meu Deus, pensa Charmaine. O que eu fiz agora?

— Antes de mais nada — diz Jocelyn —, Stan não está morto.

— Sim, está, sim! — diz Charmaine. — Isso é uma mentira! Eu sei que ele está! Ele *tem* que estar morto!

— Você acha que o matou — afirma Jocelyn.

— Você me disse para matá-lo — retruca Charmaine.

— Eu disse a você para realizar o Procedimento Especial — diz Jocelyn — e você o fez. Obrigada por isso e por sua reação exagerada; foi uma grande ajuda. Mas a fórmula que você administrou apenas induziu uma inconsciência temporária. Stan está agora em segurança dentro de uma instalação adjacente ao Presídio Positron, aguardando instruções adicionais.

— Você está mentindo novamente! — diz Charmaine. — Se ele está vivo, por que você me fez passar por toda essa coisa do funeral?

— Sua dor tinha que ser genuína — diz Jocelyn. — A tecnologia de reconhecimento da expressão facial é muito precisa hoje em dia. Precisávamos que todos estivessem de olho em você para endossar uma realidade na qual Stan está morto. Morto é a única maneira em que ele pode ser eficaz.

Eficaz em quê?, Charmaine se pergunta.

— Eu simplesmente não acredito em você! — ela rebate. Isso é uma borboleta de esperança em algum lugar dentro dela?

— Ouça por um minuto. Ele lhe enviou uma mensagem — diz Jocelyn. Ela mexe no ursinho de tricô azul e dele sai a voz de Stan: *Olá, querida, aqui é o Stan. Está tudo bem, eu estou vivo. Eles vão tirar você daí, podemos estar juntos novamente, mas você tem que ter fé neles, você tem que fazer o que eles dizem. Eu te amo.* A voz é estridente e soa muito distante. Em seguida, ouve-se um clique.

Charmaine está estupefata. Isto tem que ser falso! Mas se realmente for Stan, como pode confiar que ele esteja sendo autorizado a falar por vontade própria? Ela tem uma visão dele com uma arma apontada à cabeça, sendo forçado a gravar a mensagem.

— Toque de novo — diz ela.

— Ela se apagou — diz Jocelyn. Ela retirou um pequeno objeto quadrado do ursinho; ela o esmaga sob o salto de seu sapato. — Razões de segurança. Você não iria querer ser pega com um ursinho destes. Então, você vai ajudar Stan?

— Ajudar o Stan a fazer o quê? — pergunta Charmaine.

— Você não precisa saber disso ainda — diz Jocelyn. — Stan vai lhe dizer, quando a tirarmos daqui. Ou a levarmos para longe o suficiente.

— Mas ele sabe que eu o matei — diz Charmaine, começando a fungar novamente. Mesmo que os dois voltem a ficar juntos fora de Positron, como ele um dia poderá perdoá-la?

— Vou dizer a ele que você sabia que não era real — diz Jocelyn. — A droga da morte. Mas eu sempre posso desdizer, depois do que ele vai odiá-la e você pode ficar trancada aqui para sempre. O poderoso Ed tem tesão por você e ele não vai aceitar risadinhas como resposta. Ele está mandando fazer um sexbô à sua imagem.

— Ele está fazendo um quê? — pergunta Charmaine.

— Um sexbô. Um robô sexual. Eles já esculpiram seu rosto, a seguir vão adicionar o corpo.

— Eles não podem fazer isso! — rebate Charmaine. — Sem sequer me pedir!

— Na verdade, podem — diz Jocelyn. — Mas uma vez que ele tenha praticado no robô, ele vai querer a coisa real. Por fim, ele vai se cansar de você, se o histórico nos diz alguma coisa. Pense em Henrique VIII. E então onde você vai terminar? No lado errado do Procedimento, é o meu palpite.

— Isso é muito cruel — lamentou Charmaine. — Para onde eu devo ir?

— Você pode ficar aqui à mercê de Ed ou pode correr um risco conosco, e depois com Stan. Um ou outro. — Jocelyn dá uma dentada em seu biscoito, observando o rosto de Charmaine.

Isto é horrível, pensa Charmaine. Um sexbô de si mesma, isso é tão assustadoramente repugnante. Ed deve ser louco; e apesar da mensagem que ele enviou, Stan deve estar totalmente furioso com ela. Por que ela tem que escolher entre duas coisas assustadoras?

— O que você quer que eu faça? — ela pergunta.

O que eles querem que ela faça é facilmente explicitado. Eles querem que ela se aconchegue com Ed, aproxime-se dele, mas não muito — lembre-se, ela é uma viúva de luto —, e depois relate tudo o que ele disser e tudo com que ela se deparar, por exemplo, em suas gavetas de escritório ou em sua pasta, ou talvez em seu celular, se ele se descuidar; mas essa parte — a parte do descuido — ficará por conta dela. Ela deve encorajá-lo a pensar com o pênis, um apêndice não muito inteligente. Isso é no curto prazo e o curto prazo é tudo que estão pedindo no momento. Ou assim diz Jocelyn.

— Eu tenho que... você sabe — diz Charmaine. — Ir até o fim?

A ideia de ter Ed rastejando em seu corpo nu lhe dá náusea.

— Absolutamente não. Na verdade, isso é crucial. Você precisa retardar isso — diz Jocelyn. — Se ele começar a ficar insistente, diga-lhe que você ainda não está pronta. Você pode alegar tristeza por algum tempo. Ele é parte da realidade na qual Stan está morto, então vai compreender. Ele até vai gostar. Ele nunca viu aqueles vídeos de você e Phil, eu me certifiquei disso, então ele pensa que você é recatada. Faz parte da obsessão dele por você: é muito difícil encontrar uma garota pudica hoje em dia.

Isso é uma contração muscular, um quase sorriso?

— Se você não quiser nos ajudar, nós podemos mostrar os vídeos a ele. A reação dele seria adversa. No mínimo, ele se sentiria traído.

Charmaine fica ruborizada. Ela *é* recatada, é só que... A coisa com Max não era o seu verdadeiro eu, não poderia ter sido.

Talvez ele estivesse usando algum tipo de hipnotismo sobre ela. As coisas que ele a fez dizer... Todas as quais foram gravadas. Isto é chantagem!

— Muito bem — diz ela com relutância. — Vou tentar.

— Uma decisão apropriada — diz Aurora. — Tenho certeza de que você vai perceber isso, a seu tempo. Você estará me ajudando, você estará nos ajudando, mais do que possa imaginar. Tome, coma um biscoito.

DISFARCES

Na sala de Possibilibôs, onde Budge o escondeu, Stan cochila espasmodicamente. Ele está sonhando com ursos azuis: eles estão do lado de fora da janela, espreitando-o. Eles se agarram ao peitoril, balançam-se sugestivamente, olham fixamente para ele com olhos redondos e inexpressivos. Agora estão rindo dele, exibindo fileiras de dentes de tubarão pontiagudos. E agora estão entrando em seu quarto, se espremendo através da janela semiaberta, caindo sobre sua cama...

Ele acorda com um sobressalto e um ronco abafado, mas é apenas Veronica, sacudindo-lhe o braço.

— Depressa — ela lhe diz. Há más notícias: no escritório de Ed, a TI descobriu que alguns arquivos cruciais foram copiados. Esses seriam os arquivos no pen drive que Stan deverá levar para fora. Certamente haverá uma busca exaustiva pela manhã. Felizmente, chegou uma encomenda de última hora em Possibilibôs: cinco Elvises estão partindo para Vegas às três da manhã e ele será um. Ela e Budge têm tudo pronto e esperando na Expedição, mas ele precisa ir agora mesmo.

Ele veste suas roupas rapidamente e a segue. Ela está usando jeans e camiseta, roupas bastante comuns, embora no seu corpo pareçam seda. A vida é injusta, pensa ele, ao observá-la ondular pelos corredores.

Ela possui todos os cartões de acesso certos enquanto o conduz através de uma série de portas até a Expedição.

— Você encontrará tudo de que precisa no toalete masculino — diz ela. — Estarei no feminino, me vestindo.

— Você também vem a Vegas? — diz ele de um jeito tolo.

— Claro que vou. Tenho que tomar conta de você. Lembra-se?

Não há muito tempo a perder. O traje de Elvis está pendurado em uma das cabines. Stan se enfia nele: é meio número menor do que o seu tamanho. Ele poderia ter ganhado tanto peso assim com a cerveja Positron ou quem quer que tenha pegado esta maldita fantasia para ele era um fetichista de sadomasoquismo? O macacão branco boca de sino é muito apertado, os sapatos de plataforma incomodam os dedos dos pés, o cinto com a grande fivela prateada e turquesa mal consegue contornar sua cintura. O Elvis usava uma cinta, ou o quê? Ele deve ter sofrido de um caso permanente de cãibra na virilha. A jaqueta é incrustada de tachas e lantejoulas, com uma pequena capa sobreposta. O colarinho se ergue como a gola do manto de Drácula, os enchimentos dos ombros são grotescos.

A peruca preta é escorregadia — algum tipo de material sintético —, mas ele consegue puxá-la sobre seus próprios cabelos. A cabeça dele vai cozinhar nesta coisa! As sobrancelhas aderem muito facilmente, as costeletas nem tanto; ele tem que tentar duas vezes. Aplica o bronzeador em pó com o pincel fornecido: bronzeado instantâneo. É como no Halloween, quando ele era criança. Provavelmente o resultado ficou uma porcaria, mas quem é que vai vê-lo? Ninguém, se tiver sorte.

Tudo o que falta são os anéis enormes — ele os deixará para o fim — e os lábios falsos, superior e inferior, que são fornecidos com sua própria cola. Não é um sucesso total; os lábios parecem precários, mas pelo menos têm boa aderência.

Ele posa em frente ao espelho, faz um sorriso distorcido; embora mal precise sorrir porque os lábios sozinhos já fazem o sorriso por ele. Por baixo deles, seus próprios lábios estão semiparalisados. Ele remexe suas novas sobrancelhas pretas, atira a cabeça para trás, alisa o cabelo.

— Seu demônio charmoso — diz ele. — De volta dos mortos.

Os lábios falsos são difíceis de manobrar, mas ele vai pegar o jeito. Estranhamente, ele de fato se parece um pouco com Elvis. Será que isso é tudo o que somos?, ele pensa. Roupas inconfundíveis, um penteado, alguns traços exagerados, um gesto?

Ouve-se uma batida discreta: é Veronica em sua roupa de Marilyn, os cabelos escondidos sob uma peruca loura curta. Ela escolheu o conjunto preto de *Torrentes de paixão*, com a saia justa e a echarpe branca. Sua boca brilha como plástico vermelho liso. Ele tem que admitir que ela está ótima; até se parece com a verdadeira Marilyn. Ela carrega uma grande bolsa preta que, sem dúvida, contém seu fetiche azul tricotado.

— Pronto para ir? — diz ela. — Vou acomodá-lo em sua embalagem, depois Budge fará o mesmo por mim. Sua carga está na fivela do cinto, não a perca! Temos que nos apressar. Espere, deixe-me nivelar um pouco o tom de sua pele. — Ela localiza o pincel, empoa o rosto dele um pouco mais. Ela está muito perto; é uma tortura, mas ela parece ignorar isso. Ele anseia por apertá-la, enterrar o nariz em seus cabelos de Marilyn, esmagar a boca borrachuda em seus brilhantes lábios vermelhos, por mais fútil que isso possa ser.

— Pronto — diz ela. — Agora você está perfeito. Está parecendo de fato um robô de Elvis. Vamos colocá-lo na embalagem. O contêiner é marcado com ELVIS/UR-ELF em letras maiúsculas em stencil; é um conjunto de cinco empilhados no cais de carga, pronto para o embarque.

Ao lado dele estão cinco caixas menores rotuladas MARILYN/UR-MLF, uma das quais está aberta. É forrada com cetim rosa, com moldes de embalagem de isopor para evitar quebras. Sua própria caixa de embalagem é forrada de azul.

— Isto é seguro? — pergunta ele ao entrar no contêiner. — Como eu vou respirar?

— Há buracos de ar — diz ela. — Eles não são muito perceptíveis porque nenhum robô de verdade precisaria deles. Estou posicionando esta bolsa de água quente, ela está vazia. Veja, está bem ao lado do seu cotovelo. Você deve ser capaz de mover seus braços o suficiente para urinar nela, se for preciso. Aqui estão alguns comprimidos para o caso de você entrar em pânico, eles vão sedá-lo, não use mais do que dois de cada vez. Ah, e aqui estão suas garrafas de água, estou lhe dando três, não vamos querer que você murche, e um par de aquecedores de mãos Little Hotties, para o caso de ficar frio no avião. E uma barra de cereais, se você sentir fome. Vou me certificar de que eles o deixem sair assim que chegarmos!

E se eles não deixarem? Stan quer gritar.

— Certo — diz ele, tentando soar despreocupado.

— Se houver um problema e a pessoa errada o encontrar, basta dizer que você estava drogado e não tem a menor ideia de como foi parar no contêiner — diz Veronica. — Em Las Vegas, eles vão achar isso plausível. Agora, durma bem! Aí vem Budge, é a minha vez.

Ela abaixa a tampa e Stan ouve os trincos serem fechados. Agora ele está no escuro. Droga, ele pensa. É melhor que isto funcione. Na melhor das hipóteses, ele consegue chegar a Vegas, livra-se de Veronica, abandona este traje e viaja — como? — para voltar a se unir a Conor, porque uma vida fora da lei é muito mais atraente para ele do que qualquer outra coisa que esteja acontecendo neste momento. Embora isso não vá funcionar, porque Conor, via Budge, tem um contrato para entregá-lo a quem quer que seja, portanto isso é o que ele fará.

No pior dos casos... Ele tem uma visão de si mesmo dentro do contêiner, abandonado em um aeroporto noturno em, digamos, as selvas do Kansas, gritando para o vazio: *Socorro! Me tirem daqui!* Ou, pior ainda, identificado como uma ameaça terrorista por algum cão farejador viciado e detonado pela Segurança Nacional. Costeletas e prata por toda parte. Ele repete o conhecido bordão do final dos shows de Elvis: *What the hey! I think Elvis has left the building!*

Ele se contorce dentro do escorregadio casulo de cetim, tentando ficar confortável. Ele não quer tomar um comprimido, já tomou o suficiente de drogas nos últimos tempos. Está completamente escuro; algumas horas ali dentro e começará a ver coisas. O ar já está abafado; fede a cola, dos lábios. Talvez isso o deixe chapado, e, portanto, menos ansioso. Quando foi que ele se desviou do caminho, indo parar neste sombrio beco sem saída, como conseguiu concordar com esta fuga louca, o que se tornou sua chamada vida? Será que algum dia conseguirá ver Charmaine outra vez? Se ele tivesse roubado sua cabeça esculpida: ao menos, então, ele teria algo tangível.

A imagem de seu rosto lindo, pálido e coberto de lágrimas flutua diante dele. Ela tem tido poucas escolhas reais; está tão despreparada para toda essa porcaria quanto ele. Deitado no vazio forrado de cetim, com o colarinho de Elvis fazendo comichão em seu pescoço e a peruca de Elvis cozinhando seu couro cabeludo no vapor, ele lhe perdoa tudo: seu interlúdio rançoso com Phil/Max, o momento em que ela pensou que o estava matando, até mesmo sua obsessão por capas de sofá e com aquelas canecas de café com gnomos. Ele deveria ter dado mais valor a ela, deveria ter cuidado melhor dela.

Bem ao lado de seu ouvido, ele ouve a voz de Veronica. Ela está sussurrando. *Oi, Stan. Há um microfone em sua ombreira e um no meu urso. É o nosso próprio walkie-talkie, ultrasseguro, só você e eu. Para que você saiba que está tudo bem, estou em meu próprio contêiner, estamos começando a ser levados para fora. Terminando a transmissão agora. Relaxe.*

Até parece, pensa Stan, ao sentir que seus pés acabam de ser levantados no ar. Maldito inferno!

XI | RUBY SLIPPERS

FLERTE

Charmaine e Ed estão jantando no Together, que é o mesmo restaurante onde Charmaine jantou com Stan na primeira noite em que eles estavam em Consilience, antes de terem realmente se inscrito. Tinha sido tão mágico então. As toalhas de mesa brancas, as velas, as flores. Como um sonho. E agora ali está ela novamente e deve tentar não se lembrar daquela primeira vez, quando tudo ainda era simples com Stan, quando ela mesma ainda era simples. Quando era capaz de dizer o que realmente sentia.

Agora nada é simples. Agora ela é viúva. Agora ela é uma espiã.

Ela está achando este encontro com Ed um pouco difícil. Mais do que um pouco: ela não sabe como jogar este jogo, porque não está claro o que ele quer, ou não o *quê*, mas *quando*. Por que ele não pode simplesmente falar às claras?

— Você está se sentindo bem? — Ed pergunta com preocupação, e ela responde:

— Eu vou ficar bem, é só... — Então, ela pede licença e vai ao toalete. Deve-se esperar que a dor a domine de vez em quando, o que na verdade acontece, só que não agora. Mas o toalete feminino é um lugar confiável, um lugar para onde uma garota pode se retirar em momentos como este. O jantar ainda nem sequer começou e ela já precisa de uma pausa.

É relaxante ali; luxuoso, como um spa. As bancadas são de mármore, as pias são longas e feitas de aço inoxidável, com uma fileira de torneiras minúsculas que expelem incessantemente uma corrente fina de água prateada. As toalhas não são de papel, são uma pilha de algodão branco e macio, e felizmente não há um secador de ar que sopra sua pele e a ondula até os pulsos; ela os odeia, eles fazem com que perceba que pode ser descascada como uma laranja. Quando não há toalhas, ela prefere correr o risco com os micróbios e limpar as mãos na saia.

Há uma loção que dizem ser feita de amêndoas de verdade: Charmaine esfrega-a na parte interna dos braços, sente o aroma. Se ao menos ela pudesse ficar ali dentro, para sempre. Um lugar de mulher. Como um convento de freiras. Não, um lugar de menina, imaculada, como as camisolas de algodão branco que ela usava na casa de Vovó Win, quando ela podia ficar limpa, e não ferida e com medo. Um lugar onde ela se sinta segura.

Os banheiros tocam uma música quando você abana a mão na frente do suporte de papel higiênico. A melodia é a canção-tema do Together; é de alguma velha canção sobre não ter um barril de dinheiro e usar roupas velhas e ter que viajar junto, lado a lado, mais ou menos do jeito que tinha sido quando ela e Stan estavam vivendo em seu carro; mas, na canção, nada disso importa porque os dois estão juntos, cantando uma canção. Uma canção sobre estar juntos, para o restaurante cujo nome — Together — significa "juntos".

É mentira, essa canção. Não ter dinheiro realmente importa, assim como ter que usar essas roupas surradas. É porque todas essas coisas importam que eles se inscreveram no Projeto.

Ela examina sua imagem no espelho, umedece os lábios. Por que é tão difícil para ela estar com Ed? É porque ele é como aquele nerd psicopata esquisito que a admirava tanto no colegial, qual era o nome dele...

Caia na real, Charmaine, seu reflexo diz a ela. Ele não apenas admirava você. Ele tinha uma paixão sexual nauseante por você, costumava enfiar bilhetes anônimos em seu armário, do qual ele parecia ter a combinação, apesar de você ter trocado a fechadura duas vezes. Esses bilhetes — digitados, mas não enviados por e-mail, nem por SMS, ele era mais esperto do que isso — listavam as partes do seu corpo e em quais ele mais queria deslizar as mãos por cima ou dentro. Depois veio o dia do lenço úmido deixado dentro do bolso de seu casaco, fedendo a masturbação; isso foi realmente nojento. Por que ele havia pensado que ela de alguma forma poderia achar aquilo atraente?

Embora talvez o objetivo não fosse atraí-la. Talvez o objetivo fosse repeli-la, depois então dominá-la, apesar de sua aversão. O sonho molhado de um rapaz que esperava ser um rei leão, mas que, na verdade, não passava de um pegajoso perdedor.

Ela volta para a sala de jantar. Ed se levanta, segura a cadeira para ela. A entrada — abacate com camarão — está no lugar, bem como uma garrafa de vinho branco em um balde de prata. Ele ergue seu copo e diz:

— A um futuro mais brilhante.

O que na verdade significa "A nós". E o que ela pode fazer a não ser levantar seu copo em resposta? No entanto, ela faz isso recatadamente. Tremulamente. Então, suspira. Ela não tem que fingir o suspiro. É o que sente.

Ela enxuga o canto do olho, dobrando o vestígio de rímel preto no guardanapo. Os homens não gostam de pensar em maquiagem, eles gostam de pensar que tudo em você é genuíno. A menos, é claro, que queiram pensar que você é uma vagabunda e tudo em você é falso.

— Eu sei que você deve achar difícil acreditar num futuro mais brilhante, tão cedo após... — diz ele.

— Ah, sim — diz ela. — É difícil. É tão difícil! Tenho tantas saudades do Stan! — O que é verdade, mas ao mesmo tempo ela está refletindo sobre a palavra *vagabunda*. Foi Max quem chamou sua atenção para essa palavra, prendendo-a no chão, *Diga, diga...*

Ela junta as pernas com força. E se ela ainda pudesse...? Mas não, Jocelyn está entre eles, com seu olhar sarcástico e aqueles vídeos de chantagem. Ela nunca deixará Charmaine ficar com Max, nunca mais.

Isso acabou, Charmaine, diz a si mesma. Acabou.

— Ele morreu como um herói — diz Ed, piedosamente. — Como todos sabemos.

Charmaine olha para o seu abacate parcialmente comido.

— Sim — diz ela. — É um grande conforto.

— Embora, para ser justo — diz ele —, eu tenha que alertá-la para o fato de que existem algumas dúvidas.

— Ah — exclama ela. — Verdade? Que tipo de dúvidas? — Uma onda de calafrio sobe de sua barriga. Ela agita os cílios. Ela está corando?

— Nada com que você precise se preocupar neste momento — diz ele. — Um boato irresponsável. Que Stan não morreu naquele incêndio, mas de uma maneira diferente. As pessoas são capazes de inventar coisas muito maliciosas! De qualquer forma, acidentes realmente acontecem e os dados se misturam. Mas eu posso cuidar desse boato para você. Cortá-lo pela raiz.

Idiota, pensa ela. Você está me subornando! Você sabe que eu matei Stan, você sabe que tenho que fingir que ele morreu salvando galinhas e agora você está torcendo meu braço. Mas adivinhe, eu sei de algo que você não sabe. Stan não está morto e muito em breve estarei com ele novamente.

A menos que Jocelyn esteja mentindo.

— Ainda está se servindo? — diz o garçom, um jovem moreno em um paletó branco. No Together eles querem que tudo se pareça com um filme antigo. Mas ninguém em um desses filmes jamais teria dito *Ainda está se servindo?*, como se comer fosse algum tipo de obrigação. Ele se esqueceu de dizer *senhora*.

— Não, obrigada — diz ela, com um sorrisinho trêmulo. Triste demais, refinada demais, demasiado agredida pelo destino para fazer algo tão corajoso, tão ganancioso, tão nojento, como mastigar: essa é sua história. Ela pode comer como uma porca quando voltar para casa. Há um pacote de batata frita no armário da cozinha, a menos que Jocelyn e Aurora tenham se servido dele, bem como se serviram de tudo o mais em sua vida.

O garçom tira o prato rapidamente. Ed inclina-se para a frente. Charmaine se inclina para trás, mas não muito para trás. Talvez não devesse ter usado o vestido preto com decote em V. Não teria sido sua escolha, mas Jocelyn o selecionou para ela. Isso e o sutiã apertado por baixo. "Você tem que sugerir que ele poderia olhar até lá embaixo", disse ela. "Mas não deixe que ele de fato faça isso. Lembre-se, você está de luto. Vulnerável, mas inacessível. Esse é o seu jogo."

Trabalhar em segredo com Jocelyn desse modo — era empolgante de certa forma. Ela tem que admitir. Ela a maquiara cuidadosamente, com um pouco mais de pó para a palidez.

— Eu respeito seus sentimentos — diz Ed. — Mas você é jovem, tem toda uma vida à sua frente. Você deve vivê-la intensamente.

Aí vem a mão dele, planando devagar pela toalha de mesa branca como uma arraia em um daqueles documentários sobre as profundezas do mar. Está descendo sobre a dela, que Charmaine não deveria ter deixado tão descuidadamente pousada em cima da mesa.

— Não parece que eu possa fazer isso — diz Charmaine. — Viver a vida intensamente. Parece que minha vida acabou. — Seria grosseiro demais retirar sua mão. Seria como uma bofetada. A mão dele cobre a dela: está úmida. Três batidinhas, aperto. Depois, felizmente, retirada.

— Temos que colocar as rosas de volta em suas faces — diz Ed. Agora ele está sendo paternal. — Foi por isso que pedi carne vermelha. Aumentar o seu ferro.

E ali está o bife na frente dela, tostado e marrom, marcado com uma grade em preto, escorrendo sangue quente. Como acompanhamento, três minibrócolis e duas batatas pequenas. O cheiro é delicioso. Ela está esfomeada, mas seria loucura demonstrar isso. Mordidas minúsculas, femininas, se tanto. Talvez ela devesse deixá-lo cortar o bife para ela.

— Ah, é demais — diz ela, soltando o ar. — Eu não conseguiria...

— Você precisa fazer um esforço — diz Ed. Será que ele irá ao ponto de colocar um pedacinho em sua boca? Ele vai dizer "Abra a boca"? Para se antecipar a ele, Charmaine mordisca um raminho de brócolis.

— Você tem sido tão gentil — diz ela. — Tão solidário.

Ed sorri, seus lábios agora brilhantes de gordura.

— Eu gostaria de ajudá-la — diz ele. — Você não deve voltar ao seu antigo trabalho no hospital, seria demasiada pressão. Demasiadas lembranças. Acho que eu tenho um trabalho de que você iria gostar. Nada que exija muito. Você pode adaptar-se sem nenhum esforço.

— Ah — diz Charmaine. Ela não deve parecer ansiosa. — Que tipo de trabalho?

— Trabalhar comigo. Como minha assistente pessoal. Dessa forma, posso ficar de olho em você. Certificar-me de que você não esteja sobrecarregada.

Você não me engana, pensa Charmaine.

— Ah, bem, não tenho certeza... Parece... — diz ela, como se estivesse vacilando.

— Não há necessidade de discutir isso agora — diz ele. — Temos muito tempo para fazer isso mais tarde. Agora coma, como uma boa garota.

Esse é o papel que ele escolheu para ela: boa garota. Ela sente uma onda repentina de desejo por Max. A menina má é o que ela era para ele. Má, merecedora de punição. Ela se inclina para a frente para cortar uma batata e Ed se inclina também. Ela sabe exatamente qual é a visão do vantajoso ponto de vista dele. Ela ensaiou os ângulos no espelho. Uma curva de seio, com uma borda de renda preta. Ele está suando? Sim, faça disso uma certeza. É o joelho dele, dando ao joelho dela o mais gentil dos empurrões debaixo da mesa? Sim, é: ela conhece um joelho sob a mesa quando sente um. Ela afasta o próprio joelho.

— Pronto — diz ela. — Estou comendo. Estou sendo uma boa garota.

Ela olha para ele por cima da borda de seu copo de vinho: seu olhar de olhos azuis, seu olhar infantil. Depois, ela bebe um pequeno gole do vinho, enrugando os lábios em um beicinho. Talvez ela deixe um beijo de batom no copo para ele, como se fosse por acidente. Um beijo pálido, a sombra de um beijo, como um sussurro. Nada muito gritante.

EXPEDIDO

Stan acorda e dorme, acorda e dorme, acorda. Ele tomou um dos comprimidos que Veronica lhe deu, o que o nocauteou, embora não por tempo suficiente, e agora está hiperalerta. Ele não quer tomar mais comprimidos, porque e se o avião pousar em breve? Ele não pode estar dormindo nessa hora: ele pode precisar entrar em ação, embora não tenha ideia de que tipo de ação. Salvar o mundo com uma capa azul e uma peruca de Elvis em estilo rabo de pato não o convence nem mesmo como uma fantasia. Mas teria um elemento-surpresa se o inimigo pensar que ele é um robô.

Que inimigo? De volta a Positron, o inimigo é Ed — maníaco por controle, vendedor de partes do corpo humano, potencial vampiro de sangue de bebê —, mas quem será o inimigo depois que ele chegar a Las Vegas? Na escuridão absoluta, um desfile de inimigos em potencial passa diante de seus globos oculares. Corruptores de Charmaine, sequestradores de Veronica, pelotões de homens escravizadores muito mais lascivos do que ele é, com peles escamosas, unhas em forma de garra e olhos de lagarto, as pupilas em forma de fenda. Além do que, eles têm força sobre-humana e podem subir pelas paredes laterais dos arranha-céus como se fossem peixes humanos.

Lá vai um deles agora, saltando de telhado em telhado, Charmaine debaixo de um braço, Veronica debaixo do outro. Mas é Stan quem vai resgatá-las. Felizmente, sua capa azul de Elvis e a fivela de prata do seu cinto têm poderes mágicos.

— Largue essas mulheres ou eu vou cantar "Heartbreak Hotel". Não vai ser bonito.

O monstro estremece e aperta as mãos em cada uma das orelhas pontiagudas; enquanto ele está distraído, Stan pressiona sua fivela de prata e dispara um raio letal. O monstro grita e se desintegra. As duas beldades escassamente vestidas caem, suas roupas diáfanas esvoaçando. Stan lança-se para a frente, voa pelo ar e apanha as beldades desfalecidas em seus braços estendidos. Elas são muito pesadas, ele está perdendo altitude, está prestes a cair! Que beldade desfalecida ele deve salvar? E qual vai, portanto, se espatifar? Ele não pode salvar ambas. Considerando que Veronica nunca irá transar com ninguém além de um ursinho de tricô, talvez ele devesse ficar com Charmaine.

Lá se vai o sonho, que o coloca de volta no recanto do café da manhã com ele e Charmaine brigando para saber quem enganou mais, depois se Charmaine realmente queria matar Stan e depois as lágrimas. "Como você pôde acreditar nisso a meu respeito! Nós não nos amamos?" Sim ou não? Talvez não seja permitido. Não importa como ele fabrique o sonho, ele sempre sairá como um idiota. Ou um covarde. Essas são suas únicas escolhas?

Ele come a barra energética, que tem gosto de serragem com aromatizante de coco. Está um gelo ali dentro. Quanto tempo este maldito voo vai durar? Por que ele não tem um relógio com luz? Está totalmente escuro, para não falar em barulhento. Ele sabe — sabe com a parte racional de sua mente — que está dentro de um contêiner de transporte forrado de cetim, que por sua vez está amarrado no lugar, com outros quatro Elvises, dentro de um Unit Load Device — ULD, um dispositivo de carga unitária de alumínio, que por sua vez está no porão de carga de um avião transcontinental; mas outra parte de sua mente — de longe a mais forte no momento — acha que está sendo enterrado vivo. *Me tirem daqui! Me tirem daqui!*, ele grita silenciosamente. Como se em resposta, há o latido abafado de um cão. Algum animal de estimação sombrio, o escravo e o brinquedo de uma concubina coberta de joias, ela própria sem dúvida o animal de estimação sombrio de um plutocrata sádico. Ele compreende.

Como um tolo, ele bebeu duas das garrafas de água que Veronica havia providenciado para ele, e agora, é claro, é claro! ele precisa urinar. As instruções de Veronica eram que ele deveria urinar na bolsa de água quente vazia, mas onde diabos ela está? Ele tateia ao redor, localiza a bolsa enroscada em sua capa, desatarraxa a tampa. Por que não lhe deram uma lanterna? Porque ele pode se esquecer de desligá-la, então os feixes de luz atravessando os orifícios de ar o denunciariam, eles arrancariam o seu disfarce, armas em punho. *Ei! Mano! Este Elvis não é um robô, este Elvis está vivo! Elvis morto-vivo! Pegue o alho e a estaca!*

Acalme-se, Stan, ele ordena a si mesmo. Próximo desafio do concurso: abrir o zíper da braguilha de Elvis. Ele se atrapalha. O zíper trava. É claro! É claro!

— Droga, merda — fala em voz alta.

— Stan, é você? — vem o sussurro no ouvido dele. Veronica, pela Rede Privada Virtual; sua voz, mesmo sua voz sussurrante, envia um choque de eletricidade sexual através de sua coluna vertebral. — Mantenha a voz baixa, pode haver microfones de monitoramento no porão de carga. Está tudo bem?

— Sim, está tudo bem — sussurra ele de volta. Ele não vai lhe dizer que não conseguiu tirar o pau para fora da braguilha e que o resultado é que ele se molhou.

— Por que você está acordado? Está preocupado?

— Na verdade, não, mas...

— Está tudo arranjado. Eles não vão lhe perguntar nada. Basta seguir o plano.

Que maldito plano? Stan quer perguntar, mas não pergunta.

— Certo, legal — diz ele.

— Você tomou um comprimido?

— Sim, tomei, mais cedo. Mas não quero tomar outro, preciso me manter alerta.

— Está tudo bem, tome um se quiser. Tome dois, vai ficar tudo bem. Suas mãos estão frias? Lembre-se de que você tem essas Little Hotties. Basta rasgar o pacote, sacudir um pouco e ele se aquece.

— Obrigado — sussurra ele. Mesmo agora, com as coisas realmente não indo tão bem, realmente ficando terrível ali dentro, já que ele está se esborrachando no cetim quente, úmido e perfumado que logo será cetim frio, úmido e malcheiroso, ele não pode deixar de imaginar Veronica deitada dentro da ULD ao lado dele. Esculpida à perfeição, tão macia, tão curvilínea, tão convidativa. Little Hottie. Como ele gostaria de rasgar e abrir sua embalagem, dar-lhe uma sacudida, senti-la se aquecer.

Stan, Stan, ele diz a si mesmo. Você está em uma missão. Você pode parar de pensar como um babuíno maníaco sexual pré-humano por talvez apenas um minuto? São os seus hormônios, devem ser os seus hormônios. Ele é responsável por seus hormônios?

— Quanto tempo mais? — sussurra ele.

— Oh, talvez uma hora. Volte a dormir, está bem?

— Está bem — ele sussurra de volta. Ele cai em um cochilo, mas depois, bem em seu ouvido, ele ouve novamente a voz dela sussurrando.

— Ah, querido. Ah, sim. Você é tão macio! Você é tão forte!

Por um instante, ele pensa que ela está falando com ele. Não teve essa sorte: ela está se agarrando com o urso de tricô azul. Ela deve ter se esquecido de desligar o microfone do seu lado, ou então ela o está torturando por alguma razão obscura. Porque é uma tortura! É pior ouvir ou não ouvir? Espere, espere, ele quer gritar. Eu posso fazer isso melhor!

— Sim, sim... ah, mais forte...

Isto é obsceno! Em desespero, ele engole três dos comprimidos e cai no esquecimento.

FETICHE

Na manhã seguinte ao jantar de Charmaine com Ed, Jocelyn chega à casa em seu elegante carro preto. Sem chofer desta vez, sem Max/Phil: ela deve ter vindo dirigindo. Aurora está com ela.

Charmaine observa as duas da janela da frente conforme elas sobem o caminho de entrada, cada qual em seu bem-arrumado terninho de trabalho. Ela está em desvantagem: de robe, sem maquiagem, com os cabelos desgrenhados. Sente-se como se estivesse de ressaca, embora não tenha bebido quase nada: é o efeito tóxico de Ed.

Jocelyn faz a Charmaine a cortesia de tocar a campainha, muito embora ela tenha uma chave e vá entrar de qualquer maneira. Charmaine diz:

— Entre.

— Vou fazer café — diz Aurora, usando sua voz mais eficiente.

— Obrigada, você sabe onde está tudo — diz Charmaine. Isto deveria ser uma reprimenda para Aurora pela maneira como tem se metido na vida de Charmaine, mas ou Aurora não percebe a repreensão ou não dá a menor atenção. Jocelyn segue Charmaine até a sala de estar.

— Bem... — diz ela. — Fisgou o peixe? Não que ele já não estivesse fisgado até as guelras.

Charmaine descreve sua noite, inclusive a comida, tudo que Ed disse e tudo o que ela disse por sua vez. Ela inclui a oferta de trabalho, mas Jocelyn já sabia disso, porque Ed lhe pediu conselhos sobre o assunto. Ela está mais interessada na linguagem corporal. Ed segurou o braço dela quando eles deixaram o restaurante? Sim, segurou. Ele colocou o braço em volta da cintura dela, em algum momento? Não, ele não fez isso. Ele tentou dar-lhe um beijo de boa-noite?

— Houve um momento — diz Charmaine. — Ele meio que se aproximou daquela maneira como os homens costumam fazer. Mas eu dei um passo para trás e disse obrigada pela noite adorável e por ele ser tão compreensivo, e então eu deslizei pela porta casa adentro.

— Excelente — diz Jocelyn. — "Compreensivo", boa escolha. No mesmo nível de "Eu o considero um amigo". Você precisa mantê-lo a distância, sem realmente empurrá-lo para longe. Pode fazer isso?

— Vou tentar — diz Charmaine. Então, ela tem que perguntar, pois por que outra razão ela estaria fazendo tudo aquilo?

— Onde está Stan? Quando poderei vê-lo?

— Ainda não — diz Jocelyn. — Você tem algumas cartas para jogar para nós primeiro. Mas ele está bastante seguro, não se preocupe.

Aurora entra com a bandeja e três canecas de café.

— Agora, sobre seu novo emprego — diz ela. — Aqui está o que queremos que você vista. — Elas remexeram em suas roupas novamente, acrescentaram mais alguns trajes; elas já têm tudo planejado.

Aurora a deixa nervosa. Por que ela está em conluio com Jocelyn? Por que arriscaria seu trabalho? Ela já teria feito alguma coisa criminosa que Jocelyn conhece? Charmaine não pode imaginar o que possa ser.

Para seu primeiro dia como assistente pessoal de Ed, Charmaine vestiu um conjunto preto com debruns brancos e gola alta. Há uma blusa branca por baixo, com um laço branco de babados no pescoço. Ela senta-se a uma mesa do lado de fora do escritório de Ed e não faz nada demais. Ela tem um computador no qual deve manter um registro dos compromissos de Ed, mas seu calendário na tela do computador parece funcionar sozinho e ele acrescenta datas nele sem consultá-la. Ainda assim, ela tem uma boa ideia de seu paradeiro na maior parte do tempo, para o que quer que isso valha. Ele pede que Charmaine envie um e-mail para algumas pessoas e diga-lhes que ele não pode encontrar-se com elas porque tem compromissos anteriores; pede para procurar em seus arquivos de endereços alguns contatos em Las Vegas. Um deles é em um cassino, outro parece ser um consultório médico, mas um é na nova sede de Ruby Slippers que eles abriram após assumirem o controle da rede, o que a faz ficar completamente nostálgica. Se ao menos ela ainda tivesse seu antigo emprego, na filial local da Ruby Slippers, onde um dia já tinha se sentido tão satisfeita...

Ou tinha ficado satisfeita o suficiente. Ser gentil com os residentes e planejar eventos especiais de entretenimento para eles não era o que a maioria das pessoas chamaria de estimulante, mas era gratificante poder lançar um raio de felicidade na vida das pessoas, e ela era boa nisso, e tinha se sentido apreciada.

Ed passa por sua mesa, diz "Como vai?", entra em seu escritório, fecha a porta. Um cão treinado poderia fazer este trabalho, pensa ela. Não é realmente um trabalho, é uma desculpa. Ele me quer onde ele possa deitar as mãos em mim.

Mas ele não põe as mãos em cima dela. Ele não a leva para almoçar nem faz qualquer avanço sobre ela, além de dar um sorriso simpático e a garantia de que ela logo se acostumará às coisas. Ele nem sequer lhe pede para entrar em seu escritório, exceto para levar-lhe café. Ela teve um pequeno devaneio — um pequeno pesadelo — com Ed encurralando-a lá dentro, em seguida trancando a porta e avançando sobre ela com um olhar malicioso. Mas isso não acontece.

O que há nas gavetas de sua própria escrivaninha? Apenas algumas canetas e clipes, esse tipo de coisa. Nada a relatar ali.

Há outra coisa, ela diz a Jocelyn, que veio à noite para interrogá-la. Há um mapa na parede atrás da mesa de Ed, com alfinetes marcadores. Os alfinetes laranja são os Presídios Positron, que estão aumentando. Ed disse a ela que agora o Presídio Positron é uma franquia: há um plano básico, há instruções; é como cadeias de hambúrgueres, só que de prisões. Os alfinetes vermelhos são para as filiais da Ruby Slippers. Há mais desses, mas essa empresa existe há mais tempo.

Ed parece muito orgulhoso do mapa. Ele se certificou de que ela o estivesse observando no dia em que ele espetou um novo pino, perto de Orlando.

No quinto dia de seu trabalho, três governadores de estados ligaram e Ed ficou bastante animado.

— Eles querem uma em seus estados — Charmaine o ouviu dizer ao telefone. — O modelo está provando seu valor! Estamos fazendo progresso!

No final da semana, ele foi a Washington para uma reunião com alguns senadores — Charmaine providenciou as passagens e reservou o hotel —, mas, apesar de parecer satisfeito quando voltou, ele não lhe contou o que aconteceu.

— Você entrou no escritório dele enquanto ele estava fora? — pergunta Aurora.

— Está grampeado — diz Charmaine. — Ele me disse isso.

— Eu estou encarregada da escuta, lembra-se? — diz Jocelyn.

— É assim que eu sei que sua casa está limpa. Na próxima vez, entre. Dê uma olhada ao redor. Mas não mexa no computador. Ele ficaria sabendo.

Na metade da segunda semana, Charmaine diz:

— Eu não entendo. Segundo vocês duas, ele está louco por mim...

— Ah, ele está — diz Aurora. — Ele está na fase de admirar embasbacado.

— Mas ele mal olha para mim e não me convidou para sair novamente. E o trabalho não é nada. Para que ele me quer lá?

— Para que ninguém mais possa te pegar — diz Jocelyn. — Ele me pediu para seguir você de e para o trabalho, e para relatar sobre qualquer pessoa, qualquer homem, que a visite em casa.

Não é preciso dizer que eu mesma não relatei sobre mim. Sobre Aurora, sim, eu relato. Ela supostamente está fazendo terapia do luto com você.

— Mas o que... Não vejo para onde isto está indo — diz Charmaine.

— Eu mesma também não vejo compreendo — diz Jocelyn.

— Mas ele tem a sua cópia quase terminada. Dê uma olhada.

Ela abre uma janela em seu PosiPad: imagem granulada de um corredor, Ed caminhando por ele. Ele passa por uma porta.

— Imagem da Vigilância — ela diz. — Desculpe a qualidade. Isto é em Possibilibôs, onde estão fazendo os robôs sexuais.

Charmaine lembra-se de Stan dizendo alguma coisa sobre isso, mas ela não havia prestado muita atenção, andava muito preocupada com Max. Sexo de verdade com ele era tão, era tão... *Divino* não é a palavra. Se você podia ter isso, para que se preocupar com um robô?

Dentro da sala, luz brilhante. Há dois homens ali, um de óculos, outro sem. Eles vestem jalecos verdes. Há muitos fios e engenhocas.

— Como está indo o trabalho? — pergunta Ed aos dois homens.

— Quase pronta para um ensaio — diz o de óculos. — Apenas o prosticorpo padrão, por enquanto, com a ação regular. Não podemos fazer o corpo personalizado sem as medidas e algumas fotos para os detalhes.

— Isso virá depois — diz Ed. — Vamos dar uma olhada.

Ele passa a uma mesa, ou será uma cama? Um lençol com padrão de flores sobre uma forma corporal. Margaridas e cravos. Ed levanta a ponta do lençol.

Lá está a cabeça de Charmaine, sua própria cabeça, com seus próprios cabelos, ligeiramente desgrenhados. Ela está dormindo.

Parece tão real, tão viva: Charmaine juraria que pode ver o subir e o descer da parte superior do tronco.

— Ah, meu Deus! — exclama ela. — Sou eu! Isso é tão... — Ela sente um arrepio de terror. Por outro lado, é emocionante de uma maneira estranha. Outra Charmaine! O que vai acontecer com ela?

Ed inclina-se, acaricia delicadamente a face. Os olhos se abrem, se arregalam de surpresa.

— Perfeita — diz Ed. — Vocês já programaram a voz?

— Basta colocar suas mãos ao redor do pescoço dela — diz um dos homens, o de óculos. — Dê um aperto de leve.

Ed faz isso.

— Não! Não me toque! — diz a cabeça de Charmaine. Os olhos se fecham, a cabeça é jogada para trás em uma atitude de rendição.

— Agora beije seu pescoço — diz o homem sem óculos. — Uma pequena mordida é aceitável, mas não morda com muita força.

— Você não quer romper a pele — diz o outro. — Poderia haver um curto-circuito.

— Eles podem ser feios — diz o homem sem óculos.

— Certo, aqui vai — diz Ed, como se estivesse prestes a pular dentro de uma piscina. Sua cabeça mergulha. A câmera vê dois braços brancos subirem, envolvê-lo. Ouve-se um gemido por baixo de Ed.

— Mandou muito bem — diz o homem com óculos.

— O gemido significa que você está no alvo — diz o outro.

— Espere até tentar a ação principal.

— Genial — diz Ed. — Exatamente como esperado. Vocês merecem uma medalha. Quando vão me entregar?

— Amanhã — diz o que tem óculos. — Se você estiver disposto a prosseguir com esta iteração. Há apenas mais alguns ajustes.

— Não quer esperar pelo corpo personalizado? — diz o outro.

— Este serve, por enquanto — diz Ed. — Quando eu tiver os dados e as fotos, eu as enviarei a vocês para a substituição. — Ele se inclina sobre a cabeça, que está dormindo novamente. — Boa noite, querida — murmura. — Vou ver você muito em breve.

O filme termina. Charmaine sente-se tonta.

— Ele vai fazer sexo com ela? — Ela se sente estranhamente protetora de seu "eu" forjado.

— Essa é a ideia — diz Jocelyn.

— Por que ele simplesmente não... Quero dizer, ele poderia me perguntar em vez disso. Ele poderia praticamente me forçar a dormir com ele.

— Ed tem medo de rejeição — diz Aurora. — Muita gente tem. Assim, ele nunca será rejeitado por você.

— A propósito, atenção — diz Jocelyn. — Ele me pediu para plantar algumas câmeras em seu banheiro, para tirar as fotos para o corpo personalizado.

— Mas você não vai fazer isso — diz Charmaine. — Vai? — Expondo-se para uma câmera invisível, fingindo que ela não sabe que a câmera está lá... é o tipo de coisa que Max poderia pedir a ela para fazer. De fato, pediu. *Vire-se. Levante os braços. Incline-se.* A piada era que realmente existiam câmeras.

— É o meu trabalho — diz Jocelyn. — Se eu não fizer isso, ele saberá que algo está errado.

— Muito bem. Eu simplesmente não vou tomar banho — diz Charmaine. — Ou duchas — acrescenta.

— Eu não adotaria essa atitude se fosse você — diz Aurora.

— Não ajuda em nada. Pense nisso como se estivesse atuando. Queremos que ele siga em frente com seu plano.

— Em parte são negócios — diz Jocelyn. — Você é como um modelo de demonstração. Pode imaginar qual seria a demanda do mercado por robôs personalizados como este, uma vez que eles tenham resolvido todos os problemas do processo?

— Além desses, pensamos que ele está trabalhando em uma espécie de mistura. Não que a gente saiba com certeza — diz Jocelyn.

— Uma mistura de quê? — diz Charmaine.

— Nossa, olhem só o horário! — diz Aurora. — Eu preciso do meu sono de beleza!

— Acho que vou fazer uma visita a Possibilibôs — diz Jocelyn. — Só para ter certeza de que a segurança está apertada em torno do projeto especial de Ed. Nós não queremos nenhuma sabotagem na primeira vez que ele a leva para dar uma volta no quarteirão.

— Uma o quê? — diz Charmaine. — Por que você está falando de um carro?

Jocelyn realmente ri. Normalmente, ela não ri muito.

— Você é fantástica — diz ela a Charmaine. — Não é um carro.

— Ah — diz Charmaine após um minuto. — Agora eu entendi.

AVARIA

No dia seguinte, Ed não está no escritório. Não há nada em sua agenda que possa sugerir onde ele está. Charmaine toma a liberdade — ou melhor, a oportunidade — de bater à sua porta. Quando não há resposta, ela entra. Nenhum sinal dele. Escrivaninha completamente limpa. Ela espreita às pressas pelas gavetas de sua mesa: existem algumas pastas, mas tudo o que há nelas são planos de expansão para Ruby Slippers. Nenhum recibo de passagens de avião, nada. Aonde ele poderia ter ido?

Ela não deve contatar Jocelyn durante o dia, nem por SMS, nem por telefone ou e-mail: sem rastro, é o lema de Jocelyn.

Sem ordens para seguir, ela ocupa a mente pintando as unhas, o que é uma coisa muito relaxante quando se está ansioso e tenso. Algumas pessoas gostam de atirar objetos, tais como copos de água ou pedras, mas pintar unhas é mais positivo. Se mais líderes mundiais adotassem esse passatempo, haveria menos sofrimento, em sua opinião.

Depois do "trabalho", ela vai direto para casa. Jocelyn está esperando por ela na sala de estar, sentada no sofá, sem os sapatos e com os pés para cima. Charmaine sofre com a visão daqueles pés. Desde que Jocelyn se mantenha completamente vestida, parece improvável que Max/Phil alguma vez pudesse ter feito amor com ela, mas sem os sapatos, mostrando pés com dedos reais... E ela tem pernas fantásticas, Charmaine tem que reconhecer. Pernas que as mãos de Max/Phil devem ter acariciado, no sentido ascendente, muitas vezes.

Charmaine não consegue imaginar Jocelyn tomada pela paixão, não consegue imaginá-la dizendo o tipo de palavras que Max gosta de ouvir. Ela está sempre assim, em completo domínio de si mesma. Nada menos do que um instrumento de tortura poderia fazê-la perder o controle.

— Estou tomando um uísque — diz Jocelyn. — Quer um?

— Por quê? O que aconteceu? — diz Charmaine. Haverá um choque a caminho? — O que aconteceu com Stan?

— Stan está bem — diz Jocelyn. — Ele está relaxando.

— Tudo bem então — diz Charmaine. Ela se deixa cair na poltrona. Está tão aliviada que seus joelhos estão fracos. Jocelyn balança os pés para o chão, atravessa a sala para servir a bebida a Charmaine.

— Água, eu acho, mas sem gelo.

Não é nem mesmo uma pergunta. Droga, Charmaine pensa, quando ela vai parar de ficar me dando ordens?

— Obrigada — diz Charmaine. Ela chuta os próprios sapatos. — Hoje aconteceu uma coisa engraçada. Ed não estava lá.

No escritório. E não há nada no calendário dele, nenhum compromisso. Ele simplesmente desapareceu.

— Eu sei — diz Jocelyn. — Mas ele não desapareceu. Está na enfermaria hospitalar de Positron. Ele teve um acidente.

— Que tipo de acidente? — quer saber Charmaine. — É grave? — Talvez seja um acidente de carro. Talvez ele morra, e então ela não terá que se preocupar com o que quer que fosse que deveria vir em seguida. Mas se Ed morrer, ela perderá qualquer poder que possa conseguir. Ela não terá nenhuma função para Jocelyn. E será descartável.

Ela tem uma ideia rápida: Por que não fazer o que Ed quer? Tornar-se sua o que quer que seja. Amante. Então ela estaria a salvo. Não?

— O tipo doloroso, eu creio — diz Jocelyn. — A julgar pelos registros de vigilância por vídeo. Mas temporário. Ele em breve estará de volta ao normal.

— Ah, não — diz Charmaine —, ele quebrou alguma coisa?

— Não, não quebrou. Mas ficou um pouco fora de forma. — Jocelyn sorri, e desta vez é realmente um sorriso amigável. — Ele se viu emaranhado com você, para dizer a verdade.

— Comigo? — diz Charmaine. — Não é possível. Eu nunca...

— Muito bem, com sua duplicata malvada — diz Jocelyn. — O prostibô com sua cabeça. Ele se deixou levar. Apertou seu pescoço com muita força e depois te mordeu.

— Eu não — diz Charmaine. Jocelyn a está provocando. — Não sou eu!

— Ed achou que era — diz Jocelyn. — Essas coisas podem ser convincentes quando combinadas com uma fantasia pessoal, que é sempre o ingrediente mágico, você não concorda?

Charmaine fica ruborizada, ela não consegue evitar. Então, Jocelyn não a havia perdoado. Ela ainda está usando isso contra ela: aquele caso com Max. Com Phil.

— O que eu... o que o robô fez? — pergunta ela. — Para Ed?

— Algum tipo de curto-circuito elétrico — diz Jocelyn. — Esses circuitos são muito sensíveis; a menor coisa pode fazê-los disparar, tal como um objeto estranho, tal como, ah, um pino. Talvez tenha sido inserido deliberadamente. Alguns funcionários ressentidos. Quem sabe como isso poderia ter acontecido?

— Isso é horrível — diz Charmaine.

— Sim, é terrível — confirma Jocelyn. Você chamaria aquilo de um sorriso? Não é exatamente um sorriso amável. Mas Jocelyn não costuma abrir esse tipo de sorriso. — Enfim, a coisa entrou em espasmos, prendendo Ed dentro dela, e então ela começou a se debater para todo lado.

— Ah, meu Deus — diz Charmaine. — Ele poderia ter morrido!

— O que teria sido um desastre comercial para Possibilibôs se a notícia vazasse — Jocelyn diz. — Por sorte, eu estava de olho nele, então enviei os paramédicos antes que houvesse muitos danos. Eles puseram bolsas de gelo sobre ele e estão usando anti-inflamatórios. Não deve haver muitos hematomas. Mas não se surpreenda se você o vir andando por aí como um pato.

— Ah, meu Deus — diz Charmaine novamente. Ela coloca as duas mãos sobre a boca. O que quer que ela pense de Ed, não seria certo rir. Uma pessoa é uma pessoa, por mais estranha que seja. E dor é dor. Só de pensar nessa dor faz com que um fio de formigamento dispare pelas suas costas.

— Mas ele ficou furioso com você — Jocelyn continua em sua voz impessoal. — Ele a mandou de volta para a fábrica. Ele ordenou que você fosse destruída.

— Eu não! — diz Charmaine. — Eu não sou ela, na verdade!

— Não, claro que não. Você sabe o que quero dizer. Os rapazes da fábrica disseram que lamentavam muito, que haviam testado o protótipo antes, mas, como ele havia sido informado, era um modelo beta e essas coisas acontecem. Eles disseram que podiam depurar o robô, mas ele lhes disse para não se incomodarem porque ele não queria mais saber de substitutos.

— Ah — exclama Charmaine. Ela tem uma sensação de desfalecimento. — Isso significa o que estou achando? Você me disse para não deixar que ele...

— Isso ainda vale — diz Jocelyn. — Ele estará de pé de novo em breve, e então você terá que se manter à vista, mas fora do alcance. É crucial. Eu devo enfatizar o quanto isso é importante e o quanto você é importante. Nós estamos dependendo completamente de você. Faça o papel do pedaço de queijo para o rato do Ed. Você é esperta, pode fazer isso.

Não é muito agradável ouvir que você é um pedaço de queijo, mas Charmaine está satisfeita por Jocelyn tê-la chamado de importante. Também inteligente. Até agora, ela teve a impressão de que Jocelyn a considerava uma idiota.

DESEMBALADO

Stan acorda com um sobressalto. Ainda está escuro, mas ele se move rapidamente pelo ar, os pés primeiro. Depois, há um solavanco. Vozes abafadas. Vários estalidos — os ferrolhos de seu caixote. A tampa se levanta, a luz invade o interior. Ele pisca na claridade. Braços cobertos de branco se estendem para ele, o levantam e o colocam sentado.

— Upa!

— Oh-oh, o que está fedendo?

— Traga outras calças para ele. Traga outro traje completo.

— Não seja severo, ele não fez isso de propósito.

— Todos juntos agora! Levantem!

Stan é levantado do caixão de cetim, colocado de pé. Por quanto tempo esteve dormindo? Parece que por dias. Ele sacode a cabeça, tenta abrir os olhos. Do alto, a sala é iluminada por uma fileira de LEDs — hiperbrilhantes, mas isso é porque ele está no escuro há muito tempo. Parece estar em um escritório; há armários de arquivo, duas escrivaninhas. Um terminal de computador.

Dois Elvises, em branco e prata com capas azuis, estão segurando-o pelos braços; outros três o examinam. Cada qual tem o penteado, a fivela do cinto, as dragonas, os lábios. O bronzeado falso. Encostados contra as paredes, há mais sete ou oito, mas esses não parecem ser reais.

— Não o solte, ele vai cair!

— Ah, meu Deus, a boca dele caiu!

— Ele parece um morto-vivo.

— Seja útil ao menos uma vez, traga um café para ele.

— Eu diria uma bebida energética.

— Por que não os dois?

Outro Elvis entra, carregando mais uma roupa de Elvis. Stan pisca. Caramba, quantos Elvises existem?

— Aqui vamos nós — diz o mais alto; ele parece ser o líder. — Vamos colocar você em algo mais confortável. Não fique envergonhado, todos aqui já se molharam pelo menos uma vez na vida.

— E a maioria deles não estava trancada em uma caixa de embalagem — diz outro.

— Ali tem um banheiro.

— Não vamos espiar!

— Ou talvez vamos! — Risos.

Que se danem. Eles são todos gays, pensa Stan. Uma sala cheia de Elvises gays. Isto é um erro, será que está no lugar errado? Ele espera que eles não estejam achando... Como pode lhes dizer que ele é hétero sem soar mal-educado?

— Obrigado — ele murmura. Seus lábios estão entorpecidos. Ele começa a ir em direção ao banheiro. Suas pernas cambaleiam; ele faz uma pausa, encosta-se a uma mesa. — Onde está Veron... onde está a Marilyn com quem eu vim? — É melhor não mencionar o nome de Veronica até que ele consiga descobrir o que está acontecendo. Como estes Elvises gays se encaixam no plano de Jocelyn? Ou eles são apenas uma estação de passagem? Talvez Veronica devesse recolhê-lo, mas não tenha conseguido, então ele foi entregue ali por engano.

E se Jocelyn não souber onde ele está? Ele pode se esconder com os Elvises por algum tempo, em seguida dirigir-se para a costa, misturar-se à população local. Dizer que ele está trabalhando em uma startup tecnológica. Arranjar um emprego como garçom. Depois disso, descobrir como reconectar-se com Charmaine, supondo que isso seja possível. Mas como? Para começar, ele não tem dinheiro.

— *Aquela* Marilyn? Ela está com as Marilyns — diz o Elvis principal. — Elas não moram aqui.

— É uma clientela totalmente diferente. São só homens, com as Marilyns. Use o bronzeador lá dentro, retoque a maquilagem. Cole seus lábios outra vez. Ah, e há uma caixa de costeletas.

Stan tem vontade de perguntar sobre a clientela dos Elvises, mas isso pode esperar. Ele vai se balançando para o banheiro, fecha a porta. Sai de dentro das calças brancas molhadas e malcheirosas, joga-as no que acha que seja um cesto de roupa suja, umedece uma toalha, usa-a como esponja para se lavar. Ele troca o casaco e a capa também, mas conserva o cinto com que veio, juntamente com a fivela. Ele passa a mão por ela, frente e verso — se houver um pen drive dentro, deve haver uma maneira de abri-la —, mas ele não consegue achar nenhum botão ou lingueta.

Stan afivela o cinto — depois do tempo passado em trânsito, ao menos ele está mais esbelto — e depois examina seu rosto no espelho. Que desastre. Costeletas penduradas, bronzeador borrado, sobrancelhas fora do lugar. Ele conserta a boca da melhor maneira possível — resta um pouco da cola com as costeletas sobressalentes — e aplica mais bronzeador. Ele levanta o lábio superior, tenta um típico sorriso torto de Elvis. Grotesco.

Do lado de fora, eles estão discutindo sobre Stan.

— O que você acha? Ele é material UR-ELF?

— Ele sabe cantar?

— Vamos descobrir. Ele teria que fazer todos os trejeitos, não funciona sem isso.

— Está dizendo isso a *mim*?

— Ah, parem com isso ao menos uma vez, tentem ser úteis.

Stan sai do banheiro. Os Elvises mostram-se encorajadores.

— *Muito* melhor!

— Um novo homem!

— Eu adoro um novo homem!

— Aqui, tome um café. Açúcar?

Os Elvises fazem Stan sentar-se em uma cadeira de escritório, observam-no enquanto ele toma alguns goles de café. Ele baba um pouco: os lábios falsos são difíceis de controlar.

— Você tem que fazer *assim* — diz um dos Elvises, forçando a boca para fora em uma espécie de focinho. — Vai se acostumar depois de algum tempo.

— Obrigado — diz Stan.

— Tente isso em um registro mais baixo. *Obri-gado*. Projete do plexo solar. Mais como um rosnado... Elvis possuía um alcance de voz *impressionante*.

— Bem — diz o Elvis-chefe —, que posição você vê para si mesmo? Aqui na UR-ELF temos uma ampla variedade. Temos Elvis Cantor: danças, festas, tudo que precise de um pouco de *showtime*. Cobramos as taxas mais altas para esses. Elvis Casamento, você precisa obter a certificação para que seja legal, mas isso não é difícil por aqui. Elvis Acompanhante: é para ir a eventos, levá-los para jantar e talvez a um show.

— E Elvis Motorista, se for o que eles querem — diz um dos outros. — Passeios turísticos pela cidade, coisas assim. Podem querer que você os leve às compras. É o que eu mais gosto. E Elvis Guarda-costas, para os grandes jogadores, para que ninguém tente roubar suas carteiras. Ah, e Elvis Casa de Repouso. Nós atendemos em hospitais também, cuidados paliativos. Mas pode se tornar deprimente, deixe-me avisá-lo.

— O Elvis Cantor é o mais divertido — diz um terceiro Elvis. — Você pode realmente se expressar!

— Eu não sei cantar — diz Stan. — Então isso está fora. — Expressar-se é a última coisa que ele quer neste momento. Ele só poderia uivar. — Qual é a menos exigente? Para começar?

— Acho que talvez as casas de repouso — diz o Elvis-chefe. Ali dentro, eles não vão saber a diferença.

— Querido, você vai derrubar todos eles.

Será que eles acham que eu também sou gay?, Stan se pergunta. Droga. Onde diabos está Veronica, e por que Budge não o preparou para esta parte? Ninguém jamais disse que ele iria ter que atuar nesta balbúrdia de Elvises. Eles estão rindo dele? Eles não parecem nada curiosos sobre o porquê de ele estar em um caixote de embalagem, então isso é uma boa coisa.

RUBY SLIPPERS

Os Elvises prepararam um espaço para ele no Elvisorium, que é como eles chamam o bangalô de dois andares da década de 1950, compartilhado por vários deles.

Ele dorme em uma cama dobrável na lavanderia, uma admissão tácita de que não ficará para sempre.

— Só até que seu "Apanhador em campo de centeio" apareça — diz o Elvis-chefe. — Essa sua Marilyn deve estar chegando em breve.

— Enquanto isso, nós podemos cuidar de você — um outro interrompe. — Que sorte a nossa!

— Estamos fazendo isso por Budge — diz o Elvis-chefe. — Não que ele não pague bem. Quarto e pensão completa.

Stan pergunta quanto tempo ele deverá esperar, mas os Elvises não parecem saber.

— Somos apenas o seu disfarce, Waldo — diz o Elvis-chefe.

— Mantê-lo alimentado, conseguir algumas reservas, fazer você parecer real. Podemos ser os seus Sete Anões, Branca de Neve!

— Eles acham isto engraçado.

Eles lhe dão alguns dias de lazer enquanto decidem como encaixá-lo. Eles lhe dizem que ele deveria explorar a vida da rua, ver a Strip, vale a pena! Embora insistam que ele tem que usar o traje completo toda vez que sair. Desta forma, terá menos visibilidade: os Elvises existem aos montes nessa cidade. Se alguém se aproximar dele e quiser tirar uma foto com ele, tudo o que tem a fazer é posar e sorrir, e aceitar a nota amarrotada que podem oferecer. Ele deve resistir a todos os convites para cantar. Deve cumprimentar com um aceno da cabeça qualquer outro Elvis que venha a encontrar — uma cortesia —, mas evite conversar: nem todos os Elvises são da agência deles, UR-ElvisLiveForever, e não seria bom se aqueles outros Elvises inferiores começassem a fazer-lhe perguntas.

Esses Elvises — seus próprios Elvises — sabem que ele está se escondendo de alguma coisa ou que alguém pode estar procurando por ele; negócios obscuros, de qualquer forma. Mas eles são discretos e não lhe pedem nenhum detalhe. Nem mesmo de onde ele veio. Nem mesmo seu sobrenome.

Ele vagueia pelas ruas uma hora de cada vez, apreciando a vista, posando para uma ou outra foto. Não consegue ficar fora por mais tempo: tudo é muito quente, muito brilhante, muito espalhafatoso, muito supersaturado. Muitos turistas joviais passeiam aqui e ali, aproveitando ao máximo suas ausências da realidade, fazendo compras, indo de bar em bar e tirando selfies com os imitadores. Na rua principal, há pelo menos um desses por esquina: ratos de luva branca, Mickey ou Minnie; Patos Donald; Godzillas; piratas; Darth Vaders; Guerreiros gregos. Há um Fórum Romano falso, uma Torre Eiffel em miniatura, um canal veneziano completo com gôndolas. Existem outras réplicas, embora Stan não consiga decifrar o que elas estão imitando. O lugar é apinhado de vendedores: balões em forma de animais, comida de rua, máscaras de Carnaval, souvenires de todo tipo. Várias mulheres velhas vestidas de ciganas empurram-lhe cartões postais mostrando garotas pouco vestidas, com números de telefone.

De volta ao Elvisorium, ele toma banhos frequentes e cochila muito. No começo, tinha dificuldade para dormir durante o dia porque os Elvises cantores gostam de praticar seus números, acompanhados de trilhas sonoras de apoio no mais alto volume. Mas ele logo se aclimata.

Ninguém vem recolher sua fivela de cinto, com seus dados preciosos e escandalosos. Ele dorme com ela sob seu travesseiro.

Ele está comendo um cachorro-quente em um café de rua, abrigando-se do sol da melhor maneira que pode, quando uma Marilyn desliza sobre o assento ao seu lado.

— É Veronica — ela sussurra. — Está tudo bem? Os caras estão te tratando bem? Ainda tem aquela fivela?

— Sim, mas eu preciso saber...

— Caramba, olha, os dois juntos! Isso é tão fabuloso! Podemos tirar uma foto? — Um sujeito de cara vermelha em uma camiseta *I* ♥ *Vegas*, sua esposa sorridente, duas adolescentes de aparência entediada.

— Certo, apenas uma — diz Veronica. Ela joga a cabeça para trás, faz o sorriso Marilyn, dá o braço a Stan; eles posam. Mas vários outros casais empunhando câmeras se aproximam deles. Isto poderia se transformar em um verdadeiro tumulto. — Te vejo mais tarde. — Ela sorri. — Tenho que correr! — Ela beija Stan na testa, deixando — ele supõe — uma grande boca vermelha. Ela não esquece o característico meneio do traseiro de Marilyn enquanto se afasta. Ela carrega uma nova sacola vermelha; ele só pode supor que seu gigolô de ursinho de tricô esteja dentro dela.

Seus primeiros compromissos oficiais são para a ala de cuidados paliativos da Ruby Slippers; é a mesma rede para a qual Charmaine costumava trabalhar antes de ambos perderem seus empregos, por isso a decoração tem um toque familiar. Ele não se permite pensar demais no que deu errado entre os dois, ou onde Charmaine está agora. Ele não pode se dar ao luxo de se preocupar. Um dia de cada vez é como ele precisa agir agora.

O trabalho não é difícil. Uma vez que ele tenha sido indicado por um amigo ou parente, tudo o que ele tem que fazer é vestir a fantasia e desempenhar o papel. Então, ele entrega buquês de flores a pacientes idosos — pacientes idosas do sexo feminino, uma vez que as Marilyns cuidam dos homens. Os enfermeiros de cuidados paliativos o recebem com satisfação: ele é um ponto de luz, dizem eles: mantém os pacientes interessados na vida.

— Não pensamos nos clientes aqui como se estivessem à beira da morte — disse-lhe um deles em sua primeira visita. — Afinal de contas, todos nós estamos morrendo, apenas alguns mais lentamente. — Em alguns dias ele acredita nisso; em outros ele se sente como o Ceifador. O Anjo da Morte como Elvis. De certa forma, se encaixa.

Para cada apresentação, ele mostra na Recepção sua carteira de identidade com o logotipo da UR-ELF, passa pela Segurança e é escoltado até a porta do quarto da paciente. Lá ele faz uma entrada dramática, embora não muito: uma surpresa ruidosa pode ser fatal. Então, ele apresenta as flores com uma mesura e um rodopio de sua capa, e apenas uma sugestão de ação pélvica.

Depois disso, ele senta-se ao lado das camas de hospital, segura as mãos frágeis, trêmulas, e diz às pacientes que as ama. Elas gostam de ter esta mensagem entregue na forma de títulos de canções de sucesso de Elvis — "I Want You, I Need You, I Love You" ou "I'm All Shook Up" ou "Let Me Be Your Teddy Bear" —, mas ele não precisa cantar essas canções, apenas sussurrar os títulos. Algumas pacientes mal sabem que ele está ali, mas outras, menos fracas, se divertem e acham que ele é uma boa piada.

Outras, ainda, acreditam que ele é real.

— Ah, Elvis, finalmente você está aqui! Eu sabia que você viria — exclama uma velha mulher, atirando os braços finos como palitos de fósforo ao redor de seu pescoço. — Eu te amo! Eu sempre te amei! Beije-me!

— Eu também te amo, querida — ele responde com sua voz grave, colocando os lábios de borracha na bochecha enrugada. — Eu te amo com ternura. "I love you tender."

— Ah, Elvis!

Quando ele começou, sentia-se um completo idiota, saltitando por aí com um traje cafona, fingindo ser alguém que ele não é; porém, quanto mais ele faz isso, mais fácil se torna. Após a quinta ou sexta vez, ele realmente ama essas velhinhas, ao menos por um instante. Ele leva tanta alegria. Quando foi a última vez que alguém ficou tão verdadeiramente feliz em vê-lo?

XII | ACOMPANHANTE

ELVISORIUM

Stan está no Elvisorium, tomando cerveja e jogando *Texas Hold'em* com três outros Elvises. Eles não jogam a dinheiro, não caem nessa. Já viram muitos apostadores desesperados perderem seu último dólar nas mesas de jogo. Eles jogam a panquecas — as panquecas do Baby Stacks Café, embora você possa trocar as suas fichas por sanduíches de bacon ou de pasta de amendoim — e não há nenhuma regra de que você tenha que comer tudo aquilo: panquecas demais e aqueles cintos com as fivelas de prata não conseguirão dar a volta nas cinturas expandidas. O conceito central é Elvis em seus dias de glória, de quadris esbeltos, não Elvis em sua decrepitude inflada. Ninguém quer lembrar o trágico declínio.

Agora, Stan já conhece os nomes civis dos membros da equipe UR-ELF. Rob, o mais alto, é o fundador e CEO; ele cuida das reservas e de RP, incluindo o website, e fica de olho no desempenho geral. Pete, o segundo no comando, cuida das finanças. Ted — um pouco gordo para um Elvis — é responsável pelo funcionamento diário do Elvisorium: a limpeza a seco das roupas de Elvis, os lençóis e toalhas, o básico da alimentação. A UR-ELF está tendo lucro, diz Pete, apenas porque eles mantêm as despesas gerais baixas. É uma operação muito perto do limite mínimo: não flui champanhe nem se espalha caviar. Eles estão sempre procurando meios de ganhar um pouco mais, embora nem todos eles funcionem. O Elvis Malabarista não foi um sucesso. O mesmo aconteceu com o

Elvis da Corda Bamba. Os fãs não querem que os Elvises façam coisas que o histórico Elvis nunca fez: seria como fazer troça do Rei, e eles não gostam disso.

É um dia lento, então os jogadores de pôquer não estão "a caráter", como Rob chama vestir-se de Elvis. Estão usando shorts, camisetas e sandálias de dedo. O ar-condicionado não está funcionando bem e lá fora está fazendo quarenta graus. Felizmente, Vegas fica em um deserto, então pelo menos não é úmido.

Stan agora sabe que nem todos os Elvises são gays. Alguns são, e há dois bis e um assexual, embora quem pode dizer com certeza hoje em dia?

— Digamos que é um continuum — disse Rob enquanto explicava isto a Stan no segundo dia. — Ninguém é uma coisa ou outra, quando se trata disso. Eu, eu estou entre esposas. A chata e velha situação.

O próprio Stan não compra a história do continuum. Mas por que ele deveria se preocupar com o que os outros fazem em seu tempo livre?

— Do jeito que vocês falavam quando eu cheguei aqui, vocês poderiam ter me enganado — disse ele.

— E enganamos — disse Pete. — Mas trata-se de encenação. A UR-ELF foi fundada por atores para quando não estamos trabalhando.

— A maioria de nós está aqui apenas procurando um papel em um dos shows — disse Rob.

— A propósito, nós damos treinamento em como agir de modo gay — disse Ted. — Para nossos novos Elvises. Dez dicas, esse tipo de coisa. Stan, talvez tenhamos que lhe dar alguma ajuda.

— Um cara heterossexual fazendo-se de gay fazendo-se de heterossexual, mas de tal forma que todos assumem que ele é gay;

isso requer habilidade. Pense na complexidade. Embora alguns dos caras exagerem. É uma linha tênue — disse Rob.

O pensamento de Stan voltou aos seus dias com Jocelyn, quando se esperava que ele representasse qualquer fantasia que ela tivesse encomendado naquela noite.

— Certo — disse ele. — Eu entendo isso sobre a atuação, mas por que a coisa gay? Eu posso ser burro, mas Elvis definitivamente não era gay, então...

— São os clientes — disse Rob. — E os parentes, os que nos contratam para um regalo. Eles preferem que os Elvises sejam gays.

— Eu não entendo.

— Eles não querem nenhuma sem-vergonhice indesejável — disse Rob. — Especialmente não nos hospitais. Com as pacientes do sexo feminino, as que estão nos quartos particulares. Historicamente, tem havido incidentes.

Stan riu.

— Não é possível! Caramba! Quem iria querer... — Quem iria querer trepar com uma mulher de cem anos com tubos por todo o corpo e as entranhas vazando?, é o que ele está pensando.

— Isto é Vegas — disse Rob. — Você ficaria surpreso.

— Cerveja? — diz Pete, fechando sua mão de cartas e se levantando.

Stan acena com a cabeça, continua estudando suas cartas. Ele já pode antever outra pilha de panquecas. Ele está em uma maré de vitórias.

— Ouvi dizer que há duas novas produções programadas — diz Ted. — A indústria de shows está em plena expansão aqui, muito melhor do que na Broadway.

— Dan está se dando muito bem — diz Rob. — Eles estão escalando um elenco exclusivamente masculino para *Midsummer*

Night's Scream e ele obteve o papel de Tits Tania. É por isso que ele não tem aparecido por aqui.

— Esperemos que sua voz aguente. Não é o que você chamaria de cantar — diz Pete com um toque de rancor. — Eu mesmo não gostaria de estar naquele monte de estrume.

Stan estava completamente por fora daquele assunto — o que é Tits Tania? —, mas quando eles entram nessa conversa de atores, é melhor não perguntar.

— Pelo menos não foi o maldito Cobweb — diz Ted. — Com as asas de fada.

— Ou a droga do Puck. Você pode imaginar os trocadilhos. Ouvi dizer que eles vão fazer um *Annie* no ano que vem, também com um elenco inteiramente masculino — diz Pete. — Eu vou tentar ser... como é o nome dela, a piranha que dirige o orfanato do mal. Eu fiz isso uma vez, em Philly. Eu poderia me dar bem.

— Cinco panquecas — diz Rob, colocando suas cartas na mesa. — Você pode pagar no domingo.

— Quer ir de novo? — diz Ted. — Ganhe-as de volta. De qualquer forma, me devem seis, da última partida.

— Outra pessoa seja o distribuidor — diz Rob.

— Vamos tirar na sorte.

— Com Dan fora, nos falta um Acompanhante — diz Rob.

— Vem aí uma grande convenção, é a NAB. Vamos ter demanda.

— NAB? — diz Stan. Eles estão sempre jogando essas siglas no ar, acrônimos para orgs das quais ele nunca ouviu falar.

— National Association of Broadcasters, Associação Nacional de Emissoras. TV, rádio, tudo isso. Eles veem exposições, ouvem palestras durante o dia, bebem um café horrível, o de sempre; então, eles fazem os programas à noite. Muitas mulheres solteiras, nem sempre jovens. Stan, você topa?

— Topa o quê? — diz Stan cautelosamente.

— Elvis Acompanhante. Você tem se saído muito bem nos hospitais, nada além de estrelas e *likes* nos comentários do site, portanto, você deve se sair bem. Ver um show, comer alguma comida, beber alguma bebida. Elas podem dar em cima de você, oferecer-lhe extra para subir até seus quartos. É aí que ser gay pode vir a ser útil.

— Eu posso ver isso — diz Stan. — Talvez eu precise de algumas dessas lições de viadagem.

— Mas queremos que a cliente tenha uma experiência geral positiva. Todos nós somos pela igualdade de gênero. Se as senhoras quiserem sexo por dinheiro, nós fornecemos.

— Espere um minuto — diz Stan.

— Não com você — diz Rob. — Você só vai nos ligar no celular, na UR-ELF Linha Noturna, e enviamos um dos robôs Elvis. Grande margem de lucro sobre esses! Como um superdildo, só que com um corpo preso. Vibrador embutido, opcional.

— Gostaria de me sentir assim — diz Pete.

— Então você conversa com elas, lhes serve uma bebida, diz que gostaria de ser hétero. Quando o Elvis chega, você o liga e ele cantarola uma pequena melodia enquanto você repassa as instruções com a cliente: ele responde a simples comandos de voz como *love me tonight*, *wooden heart* e *jingle bell rock*. A velocidade dessa última é ousada, mas algumas gostam. Então você espera no saguão. Você terá um fone de ouvido, para que possa ouvir se tudo está se desenrolando de acordo com o plano.

Ah, ótimo, pensa Stan. Estacionado no saguão de um hotel e escutando às escondidas enquanto alguma galinha mofada tem um orgasmo. Ele já teve o suficiente de mulheres insaciáveis. Ele se lembra de Charmaine, do jeito que ela era assim que se casaram: sua contenção quase virginal. Ele não apreciou aquilo o suficiente.

— Por que esperar no lobby? — diz ele.

— Para que você possa supervisionar a devolução. Além disso, no caso de haver um mau funcionamento — diz Rob.

— Certo — diz Stan. — Como vou saber?

— Se você ouvir gritos demais, está na hora de agir. Chegue lá em cima rápido e desligue o interruptor.

— Vai soar diferente — diz Rob. — A gritaria. Mais aterrorizada.

— Ninguém quer ser fodido até a morte — diz Pete.

POR QUE SOFRER?

Ed ainda não retornou ao escritório. Tudo o que aconteceu foi que três homens com o logotipo Positron nos bolsos dos casacos chegaram com uma caixa grande. É uma mesa para usar em pé, dizem eles, e têm ordens para instalá-la no escritório do chefe. Uma vez instalada, eles vão embora e Charmaine é deixada entregue a seus próprios afazeres, que consistem em remover os sapatos e meias e pintar as unhas dos pés, atrás da escrivaninha para o caso de alguém entrar.

Blush Pink é a cor que lhe é permitida. Nada flamejante, nada flagrante, nada fúcsia. Aurora comprou o Blush Pink para ela e o apresentou da maneira presunçosa que ela tem.

— Aqui está, esta cor é muito popular entre as crianças de doze anos, segundo me disseram, então tenho certeza de que transmitirá a mensagem certa.

Aurora dá muita atenção a esses detalhes, o que é útil, mas Charmaine sente que está chegando ao ponto de gritar. *Droga, me deixe em paz! Pare de falar comigo!* Algo parecido com isso.

Pintar suas unhas dos pés lhe dá um novo ânimo. Isso é o que a maioria dos homens nunca entende, como é um verdadeiro estímulo ser capaz de mudar a cor de seus dedos dos pés. Stan ficou bravo com ela uma vez quando eles estavam morando no carro, porque ela gastou um pouco do seu dinheiro de gorjeta do PixelDust — ele não disse *gastou*, ele disse *desperdiçou* — em um pequeno frasco de esmalte em um lindo tom de coral cintilante. Eles tiveram uma desavença por causa disso, porque ela disse que o dinheiro era dela, ela mesma o tinha merecido e não era como se o esmalte custasse muito; então, ele a acusou de jogar na cara dele que ele não tinha um emprego e ela respondeu que não era nada disso, ela só queria que seus dedos dos pés ficassem bonitos para ele; ele retrucou que não estava nem aí para a cor dos dedos dos pés dela e então ela chorou.

Agora ela chora um pouco, lembrando-se disso. O quanto as coisas são ruins quando você pode sentir saudade de viver em seu carro? Mas não é o carro que a entristece, é a ausência de Stan. E não saber se ele está zangado com ela. Realmente zangado, não apenas com a droga da cor dos seus dedos dos pés. Não é absolutamente o mesmo.

Ela tenta não pensar no fato de Stan não estar mais ali, porque o que é fato, é fato, como dizia a Vovó Win, e o que não pode ser curado deve ser aturado, e ria e o mundo rirá com você, mas chore e você chorará sozinho. Talvez tenha sido bem-feito para ela responder a Stan, daquela vez no carro.

(*Eu vou te ensinar a me responder!* Agora, quem disse isso? E de que maneira ela havia respondido? Chorar contava como uma resposta? Sim, contava, porque depois disso algo ruim acontecia. *Que isso seja uma lição para você.* Mas qual era a lição?)

Ela deixa sua mente ficar em branco. Então, depois de algum tempo olhando para o mapa com alfinetes vermelhos e laranja por toda parte, como sarampo, ela pensa, Ed vai precisar de uma luminária para aquela escrivaninha, o que lhe dá a desculpa para ir para o catálogo digital de Consilience. Ela navega aqui e ali para encontrar a seção certa, parando talvez por tempo demais na seção Moda Feminina e Cosméticos, e encomenda o dispositivo de iluminação apropriado.

Depois é hora de ir para casa. Então, ela vai para casa. Não que seja um verdadeiro lar. É mais como uma mera casa, porque, como dizia Vovó Win, é o amor que faz de uma casa um lar. Às vezes ela deseja que a Vovó Win saia da sua cabeça.

Aurora está instalada no sofá da sala de estar. Está tomando uma xícara de chá com um biscoito de tâmaras. Será que Charmaine gostaria de se juntar a ela?, Aurora pergunta com seu sorriso largo e retesado. Como se ela fosse a maldita anfitriã, pensa Charmaine, e eu simplesmente um visitante. Mas ela passa por cima disso, porque de que adianta? Ela tem que se dar bem com esta mulher, então é melhor engolir essa.

— Nada de chá, obrigada — diz ela. — Mas eu realmente precisava de uma bebida. Aposto que há algumas azeitonas ou algo assim na geladeira também.

Havia azeitonas da última vez em que ela olhou, mas a comida tem aparecido e desaparecido daquela geladeira como se ela tivesse um problema grave de gnomos.

— Certamente — diz Aurora, enquanto Charmaine se deixa afundar na poltrona, chutando os sapatos. Há uma pausa enquanto cada uma espera para ver se a outra vai buscar a bebida. Droga, pensa Charmaine, por que eu deveria ser sua empregada? Se ela quer ser a anfitriã aqui, que ela o faça.

Depois de um momento, Aurora pousa a xícara, levanta-se do sofá, retira as azeitonas da geladeira e as coloca em um prato de azeitonas, depois remexe entre as garrafas de bebidas. Há mais destas garrafas do que costumava haver: Jocelyn tem uma concessão especial, sem limitações como para o restante, então é ela quem está trazendo a bebida. Consilience vê os bêbados com maus olhos porque eles não são produtivos e desenvolvem problemas médicos, e por que todos deveriam pagar porque um indivíduo não tem autocontrole? Isso tem aparecido muito na TV ultimamente. Charmaine se pergunta se estará havendo contrabando ou talvez pessoas produzindo bebidas ilegais a partir de cascas de batata ou algo assim. Ou talvez estejam bebendo mais porque as pessoas estão ficando entediadas.

— Campari e soda? — diz Aurora.

O que é isso, pensa Charmaine, alguma bebida esnobe desconhecida para nós caipiras?

— Tanto faz — diz ela —, desde que tenha álcool.

A bebida é avermelhada e um pouco amarga, mas depois de alguns goles Charmaine já se sente melhor.

Aurora espera até que Charmaine tenha bebido a metade. Então, ela anuncia:

— Vou ficar aqui neste fim de semana. Jocelyn achou que seria melhor. Eu posso ficar de olho em você, para o caso de acontecer algo inesperado.

Ah, diabos, pensa Charmaine. Ela estava ansiosa para ter algum tempo só para si. Ela desfrutaria de um longo banho na banheira, por trás da cortina do chuveiro onde a câmera não pode vê-la, e sem ter que se preocupar com outra pessoa que talvez queira entrar ali para usar o fio dental.

— Ah, eu não quero te dar trabalho — diz ela. — Eu não acho que nada de inesperado... Eu estou bem, de verdade. Eu não preciso...

— Tenho certeza de que isso é verdade — diz Aurora em seu tom que significa o oposto. — Mas pense desta forma. E se ele decidir lhe fazer uma visita?

Um grande "E Se", pensa Charmaine. Ela não precisa perguntar quem *ele* é, mas ela duvida muito que ele vá lhe fazer uma visita, pois pelo que Jocelyn diz seu pênis está engessado.

— Acho que ele não vem — diz ela. — Não neste fim de semana.

— Nunca se sabe — diz Aurora. — Pelo que sei, ele pode ser impetuoso. Além do mais, ele ficará feliz em saber que você teve uma acompanhante. Também sei que ele pode ser muito ciumento. E não queremos levantar suspeitas indevidas, não é mesmo?

É melhor do que ela pensava, o fim de semana com Aurora. Você nunca deve perder a chance de aprender algo novo, e Charmaine aprende várias coisas. Antes de tudo, ela fica sabendo que Aurora sabe fazer ovos mexidos muito bem. Em segundo lugar, ela fica sabendo que Ed está planejando algum tipo de viagem e que Charmaine será convidada a acompanhá-lo, mas Aurora não sabe onde ou quando, portanto agora é apenas um aviso.

E terceiro, ela fica sabendo que o rosto de Aurora não é o seu rosto original. Sempre foi óbvio que ela fez plástica, Charmaine soube desde o começo, mas o que Aurora lhe diz vai muito além de uma simples plástica.

— Você deve ter se perguntado sobre meu rosto — é como Aurora abre a rodada do rosto. Isto é no domingo, depois de terem assistido a *Quanto mais quente melhor,* comendo pipoca e bebendo cerveja, não que Charmaine goste tanto de cerveja, mas parecia ser a coisa certa a fazer. Então, elas passaram aos drinques, o que a esta altura são incomuns, uma vez que as opções de ingredientes estão se esgotando.

Agora elas estão se sentindo como velhas melhores amigas da escola, ou pelo menos Charmaine está se sentindo assim. Não que ela tivesse as melhores amigas de escola, não realmente grandes amigas. Quando ela era pequena, não tinha permissão para tê-las e mais tarde ela não quis tê-las, porque elas iriam perguntar demais sobre sua vida. Então talvez ela esteja tendo uma melhor amiga fora de época. Embora possa ser apenas o efeito do seu quarto Campari com soda, ou é gim tônica, ou talvez algo com vodca?

— Seu rosto? O que você quer dizer? — diz Charmaine, tentando soar como se ela nunca tivesse notado nada de errado com ele.

— Você não precisa fingir — diz Aurora. — Eu sei como eu sou. Eu sei que é muito... esticado. Mas eu costumava parecer muito diferente. E então, por uns tempos, eu parecia... Eu não tinha rosto nenhum.

— Sem rosto? — diz Charmaine. — Todo mundo tem um rosto!

— O meu foi raspado — diz Aurora.

— Você está brincando! — diz Charmaine, e então ela não consegue deixar de rir porque é ridículo demais, um rosto raspado, como se raspa a cobertura de um bolo, e então Aurora ri também, o máximo que pode, considerando-se.

— Eu sofri um acidente em um campeonato de patins — diz ela quando terminam de rir. — Era um evento de caridade, para a agência de consultoria de imagem para a qual eu trabalhava na ocasião. Estávamos arrecadando dinheiro para câncer de pulmão. Acho que eu não deveria ter me apresentado como voluntária, mas eu realmente queria ajudar. Você sabe.

— Ah, sim. Eu sei. Mas patins de rodas, isso é perigoso — diz Charmaine.

Ela não teria imaginado que Aurora fosse tão atlética. O rosto raspado! Dói só de pensar nisso. Aurora parece desfocada e Charmaine quase pode ver por baixo de sua pele. A dor é o que está embaixo dela. Muita dor.

— Sim. Eu era jovem na época, achava que era forte. Eu não deveria nem dizer acidente, foi um tropeço deliberado de Maria da Contabilidade. Ela quis se vingar de mim por causa de um homem chamado Chet, não que houvesse algo entre nós. E eu caí com o rosto direto no chão, em velocidade máxima. Saí dali parecendo um hambúrguer.

— Ah — exclama Charmaine, ficando um pouco sóbria. — Ah, terrível.

— Eu não pude nem processar — diz Aurora. — Não havia sequer uma categoria.

— Claro que não — diz Charmaine, compassivamente. — Malditas companhias de seguro.

— Então eles me ofereceram um transplante de rosto inteiro — diz Aurora. — Para me inscrever no Positron.

— Eles fizeram isso? — diz Charmaine. — Você pode fazer isso com rostos? — Tirar o seu rosto, encaixar outro no lugar. Você pode ser uma pessoa totalmente diferente, por fora, não apenas por dentro.

— Sim. O procedimento ainda era experimental e lá estava eu. Eu fui sob medida para eles. Eles queriam ver se eram capazes de transplantar um rosto inteiro. Por que sofrer? Foi o que eles disseram.

— Você recebeu o rosto de quem? — Charmaine pergunta. É uma pergunta grosseira, ela não deveria ter perguntado isso. O rosto de um paciente do Procedimento é a resposta. O rosto de alguém que não precisava mais de seu rosto. Mas eles estariam nas nuvens enquanto seu rosto era descascado, eles nem saberiam. E foi tudo para o melhor. Para o bem. Ela acaba de beber seu drinque.

— Isso foi no começo — diz Aurora. — Estão fazendo as coisas de modo diferente agora.

— De modo diferente — repete Charmaine. — As coisas. Você quer dizer que estão matando de modo diferente? Aqueles prisioneiros? Não estão fazendo o Procedimento? — Ela não deveria ter extravasado daquela forma, ela sabe que nunca deve usar a palavra com m. Ela bebeu demais. Ao menos, ela não disse a palavra *assassinando*.

— *Matando* é brusco — diz Aurora. — Foi posicionado como o alívio de dor excessiva. E felizmente agora há mais do que uma maneira de fazer isso! Aliviando a dor excessiva. Maneiras que são menos brutais.

— Você quer dizer, eles não matam mais? — Até para si mesma, Charmaine soa como uma menina de cinco anos. Ela está exagerando no papel de tola.

— Quase nunca mais — diz Aurora. — A questão é que as pessoas se sentem sós; querem que alguém as ame. Isso já pode ser arranjado para qualquer um, mesmo que você se pareça com algo que o gato vomitou. Por que alguém deveria ter que suportar esse tipo de dano emocional? Deus sabe que eu posso me identificar com toda a solução! Considerando o modo como meu rosto... este rosto é, você pode imaginar que não tenho tido muita vida amorosa desde que isso aconteceu.

— Coitada — diz Charmaine. — Claro, pode haver um lado negativo.

— Um lado negativo a quê? — diz Aurora um pouco friamente.

— Bem, você sabe. A uma vida amorosa. A tudo isso — diz Charmaine. Ela poderia contar a Aurora alguns de seus próprios pontos negativos, mas por que se deter no negativo?

— Não se a pessoa for dedicada — diz Aurora. — Não se tiverem fixação por você. Somente você. Pode ser feito, eles fazem isso mudando o cérebro, é como uma poção mágica do amor.

— Ah — diz Charmaine. — Isso seria... — Qual é a palavra? *Incrível? Impossível?* Ela nunca sentiu que tivesse muita escolha no amor, especialmente com o tipo para o qual não há esperança. Do tipo que consiste principalmente em sexo. Você ama alguém desse modo e bum!, está perdida. Não consegue se conter. É como descer por um toboágua: não consegue parar. Ou assim era com Max. Talvez ela nunca mais seja capaz de sentir algo assim.

— Jocelyn me prometeu — diz Aurora. — Se eu a ajudasse. Ela diz que eu posso mandar fazer isso, muito em breve, quando ela tiver identificado a combinação certa. Eu tenho esperado há tanto tempo! Mas agora eu posso ter uma vida totalmente nova. Seus olhos se enchem de lágrimas.

Charmaine quase sente inveja. Uma vida totalmente nova. Como poderia, ela mesma, conseguir uma dessas?

ACOMPANHANTE

— Você pegou seu primeiro show do Elvis Acompanhante — diz Rob a Stan no café da manhã. Ou no café da manhã de Stan. É mais como um almoço para Rob, mas Stan dormiu até tarde. No entanto, ambos estão comendo praticamente a mesma coisa: alimentos indiferenciados. Coisas que já vêm fatiadas, coisas em embalagens de papel alumínio, coisas em potes. O Elvisorium não é um estabelecimento gourmet.

Stan faz uma pausa no meio de um estalo de batata frita. Ele tem que parar de engolir Pringles, elas vão fazê-lo engordar.

— Onde? — diz ele.

— Uma mulher que está aqui para aquela convenção de emissoras — diz Rob. — NAB. Ela é de televisão, ou era de televisão, ao que parece. Ela achava que eu deveria saber quem ela era. Ela quer alguém que a leve a um show. Parece inofensivo.

Stan na verdade se sente nervoso. Ansiedade de desempenho, ele diz a si mesmo. O que há para se preocupar? Este não é seu verdadeiro trabalho nem o resto de sua vida.

— Então, o que exatamente eu faço? — diz ele.

— O que ela mandou fazer — diz Rob. — Você nem precisa passar pelo jantar, é apenas o show. Você só vai saber sobre o sexo mais tarde da noite; isso pode ser uma compra por impulso.

Mas lembre-se de cumprimentá-la pelo seu vestido. Olhar nos olhos dela, tudo isso. Na UR-ELF, somos conhecidos por nossa discreta atenção a cada detalhe.

— Certo, entendi — diz Stan.

Ele vai para seu passeio habitual pela Strip para acalmar seus nervos, posa para algumas fotos, recolhe alguns dólares e uma nota de cinco de um grande gastador de Illinois. Quando ele volta para o Elvisorium, Rob ainda está na cozinha.

— Alguns caras estiveram aqui procurando por você — diz ele. — Eles tinham sua foto.

— Que tipo de caras? — diz Stan.

— Quatro caras. Eles eram carecas. Usavam óculos escuros.

— O que você disse a eles? — pergunta Stan. Quatro carecas com óculos escuros... soa sinistro. Jocelyn nunca mencionou nada parecido, nem Budge ou Veronica. Supõe-se que seu contato seja apenas uma pessoa. Será que Ed rastreou o vazamento de dados até sua fonte, arrancou as unhas de Jocelyn para extrair dela o paradeiro de Stan? Esses caras serão capangas de Ed? Ele se vê sendo jogado para dentro de um carro, depois amarrado a uma cadeira em uma garagem vazia, sendo torturado até que ele grita: "Está na fivela do cinto!" Ele já está suando dentro de sua carapaça de Elvis. Ou suando mais do que antes.

— Eu disse que eles tinham o endereço errado — disse Rob.
— Tive má impressão deles.

— Que tipo de foto? — pergunta Stan. Ele pega uma cerveja, bebe metade de um só gole. — De mim. Você acha que foi tirada aqui? — Se assim for, ele está realmente em apuros.

— Não, era velha — diz Rob. — Você estava de pé em uma praia com uma bela loura, com pinguins em sua camisa.

Stan sente o estômago se torcer. É a sua foto de lua de mel, tem que ser. A última vez que ele viu uma cópia dela foi em

Possibilibôs; estava ao lado da cabeça de Charmaine e ele mesmo havia sido apagado. Ed e o Projeto estão por trás disso, com certeza. Eles o localizaram.

Droga, ele pensa. Estou frito.

Ele acha que é melhor ficar em meio à multidão — os bandidos carecas não vão querer chamar atenção para si mesmos enquanto o sequestram, por isso é bom que ele tenha um cliente para a noite. Seu nome é Lucinda Quant. Esse nome não lhe parece estranho. Charmaine não costumava assistir a um show que esta Lucinda fazia, quando eles estavam dormindo no carro? A primeira vez que ele ouviu esse nome ele pôde imaginar as piadas de vestiário que ele deve ter gerado nos anos da adolescência de Lucinda.

Ele a encontra em seu hotel, como combinado; é o veneziano. O saguão está abarrotado de frequentadores de convenções da NAB, ainda com seus crachás. Alguns deles parecem ser famosos, ou terem sido, um dia; os outros, os de aparência mais esquisita, provavelmente são de rádio.

Lucinda Quant o avista antes que ele a veja.

— Você é meu Elvis de aluguel? — ela diz.

Ele dá uma olhada na etiqueta com seu nome e diz com a voz grave:

— Ora, sim, minha senhora.

— Nada mal — diz Lucinda Quant. Ela tem uns cinquenta, talvez sessenta anos. Stan não sabe ao certo porque ela é muito bronzeada e enrugada. Ela agarra o braço de Stan, acena um adeus para um grupo tagarela de seus colegas jornalistas de radiodifusão e diz:

— Vamos sair deste show de aberrações.

Stan a coloca em um táxi, dá a volta para o outro lado e desliza para o banco ao lado dela. Ele lhe dá seu melhor sorriso de lábios emborrachados, o que ela não retorna. Ela é magra nos braços, com os dentes branqueados e está coberta de enfeites de prata e turquesa. Seus cabelos estão tingidos de preto, suas sobrancelhas estão desenhadas a lápis e na cabeça ela está usando dois chifres pequenos, como chifres de um cabrito, de cor laranja.

— Boa noite, senhora — diz ele em seu registro vocal de Elvis. — Eu realmente admiro muito esses chifres que você tem. — É uma maneira tão boa como qualquer outra de iniciar uma conversa social.

Ela dá a risada rouca de uma fumante de longa data.

— Eu os comprei aqui. De um vendedor ambulante — diz ela. — Supostamente são os chifres de Nymp.

— Nymp? — diz Stan.

— É uma criatura ninfomaníaca — diz Lucinda Quant. — Alguma história em quadrinhos, coisa de mangá. Meus netos sabem disso, eles dizem que está na moda.

— Quantos anos eles têm? — pergunta Stan educadamente.

— Oito e dez — diz Lucinda. — Eles até sabem o que é "ninfomaníaco". Quando eu tinha a idade deles, não sabia qual a ponta do pirulito que devia colocar na minha boca.

Isso é uma insinuação? Stan espera que não. Corta essa, Stan, ele diz a si mesmo.

Seja homem. Melhor ainda, seja um outro homem. Lucinda cheira a Blue Suede, um perfume de tributo a Elvis que Stan inalou uma tonelada ultimamente. Muitas das velhas garotas o usam; deve ser como gatos que rolam sobre os moletons de seu dono morto. É estranho usar um perfume com nome de sapatos, mas o que ele sabe? O aroma — um pouco como canela, mas com um toque de conservante de couro — sobe do meio dos seios de Lucinda, semi-expostos no profundo decote em V de seu vestido estampado de hibiscos escarlates.

— Então, primeiro pensei, esses chifres são para crianças — diz Lucinda —, mas depois eu pensei, por que não? Vá em frente, garota! Viva enquanto você pode, é o que eu digo. Vou lhe dizer agora mesmo que este não é meu cabelo de verdade. É uma peruca. Eu sou uma sobrevivente de um câncer, ou sou até agora, batendo na madeira, e neste momento só quero desfrutar esta droga de vida.

— Tudo bem, estes não são meus lábios verdadeiros — diz Stan, e Lucinda ri novamente.

— Você é fabuloso — diz ela. Ela desliza um pouco no assento e posiciona uma de suas nádegas magras e ossudas contra a coxa de Stan.

Ele deveria dizer, em sua voz grave de Elvis, "Querida, temos a noite toda"? Não; isso daria uma sugestão, injustamente, de delícias por vir. Em vez disso, ele diz:

— Bem, já que você compartilhou comigo, eu sinto que devo lhe dizer que eu sou gay.

Ela ri seu riso enfumaçado.

— Não, você não é — diz ela, dando uns tapinhas no seu joelho revestido de branco. — Mas boa tentativa. Podemos discutir isso mais tarde.

Ali estão eles no local do show, no momento exato. É um cassino novo, com o tema Império Russo; denomina-se O Kremlin. Cúpulas parecendo cebolas douradas do lado de fora, funcionários com botas vermelhas, uma fileira de comedores de fogo vestidos de cossacos esperando para recebê-los. Um deles ajuda Lucinda a sair do carro, enquanto ergue sua tocha flamejante bem alto com a outra mão.

Coquetéis White Russians servidos nos bares e dançarinas em tapa-mamilos de pele falsa requebrando ao som de rock eslavo em várias das mesas de jogo. Quatro teatros ali dentro: os espetáculos agora atraem mais do que o jogo, de acordo com Rob, embora eles façam você atravessar todo o salão de jogo para o caso de você ser possuído pelo diabo do risco.

★ ★ ★

— Por aqui — diz Lucinda. — Já estive aqui antes. — Ela o conduz em direção ao teatro onde seu espetáculo começará em breve.

Stan fica de olho em qualquer careca com óculos escuros, mas até agora, tudo bem. Eles conseguem passar pelos caça-níqueis, pelo blackjack e pelas dançarinas de mesa sem contratempos, depois entram no auditório. Ele instala Lucinda em seu lugar. Ela coloca seus óculos de leitura cravejados de estrasses e examina o programa de souvenir.

Stan olha em volta, localiza as saídas no caso de precisar correr. Há pelo menos uma dúzia de outros Elvises presentes no auditório, cada um com uma idosa debaixo da asa. Há também uma dispersão de Marilyns, em vestidos vermelhos e perucas louras platinadas, acompanhadas de tipos idosos. Alguns deles têm os braços em torno dos ombros de suas Marilyns; as Marilyns estão atirando a cabeça para trás, fazendo o icônico riso de boca aberta, fazendo reluzir seus dentes de Marilyn. Ele tem que admitir que é sexy, esse riso, embora saiba o quanto é falso.

— Agora vamos conversar um pouco — diz Lucinda Quant.

— Como foi que você entrou neste negócio? — Sua voz tem a neutralidade e a austeridade de uma entrevistadora profissional, que é o que ela afirma ser.

Cuidado, Stan, ele diz a si mesmo. Lembre-se daqueles quatro carecas. Perguntas demais significam perigo.

— É uma longa história — diz ele. — Eu só faço isto quando estou entre compromissos. Eu sou um ator, na verdade. Em comédia musical.

Isso evoca um bocejo infalível: todos aqui são.

Felizmente para ele, o espetáculo começa.

MARGARET ATWOOD

REQUISIÇÃO

No início da manhã de segunda-feira, Jocelyn vai até a casa. Charmaine tomou um banho e está vestida para o trabalho, com uma blusa branca de babados e tudo o mais, mas ela não está se sentindo à altura — deve ser uma ressaca; no entanto, ela teve tão poucas dessas na vida que não tem certeza. Aurora está fazendo ovos mexidos e café, apesar de Charmaine ter dito que acha que não consegue encarar um ovo. Ela tem uma vaga lembrança do que elas discutiram na noite anterior. Gostaria de poder se lembrar mais disso.

— Há uma atualização — diz Jocelyn.
— Café? — diz Aurora.
— Obrigada — diz Jocelyn. Ela inspeciona Charmaine. — O que aconteceu? Você está com péssimo aspecto, se não se importa que eu diga.
— É a dor do luto — diz Aurora, e ela e Charmaine dão risadinhas.

Jocelyn assimila isso.

— Certo, boa história. Fique com ela se ele perguntar — diz ela. — Estou vendo que vocês duas andaram brincando no armário das bebidas. Eu vou me livrar das provas para vocês, garrafas vazias são o meu forte. Agora escutem.

Elas sentam-se à mesa da cozinha. Charmaine experimenta um gole de café. Ela ainda não está pronta para enfrentar os ovos.

— Aqui está o plano dele — diz Jocelyn. — Charmaine, ele vai lhe dizer que tem uma viagem de negócios a Las Vegas. Vai lhe pedir para reservar passagens para ele e para você também. Ele vai dizer que precisa de seus serviços no local.

— Que tipo de serviços? — Charmaine pergunta nervosamente. — Será que ele vai me encurralar em um quarto de hotel e então...

— Nada tão simples — diz Jocelyn. — Como você sabe, ele não quer mais saber de sexbôs, para seu uso pessoal. Ele está seguindo para a próxima fronteira.

— Era isto que eu estava lhe dizendo — comenta Aurora.

— Ontem à noite.

As lembranças de Charmaine da noite anterior são um pouco confusas. Não, elas são muito confusas. O que ela e Aurora estavam bebendo? Talvez tivesse alguma droga na bebida. Alguma coisa estava acontecendo no rosto de Aurora, mas isso não pode estar certo.

— Fronteira? — diz ela. Tudo em que consegue pensar é em filmes de faroeste.

Jocelyn tira seu PosiPad, liga-o, abre um vídeo.

— Desculpe pela qualidade — diz ela —, mas você pode ouvir muito bem. — É possível ver um Ed pixelizado de pé em frente a uma grande tela touchscreen da sala de reuniões que diz Possibilibôs; a escrita se transforma em um rabisco pelo espaço, explode em fogos de artifício e então recomeça. Ele se dirige a um pequeno grupo de homens de terno, visíveis apenas pela parte de trás das cabeças.

"Posso afirmar", ele está dizendo em sua maneira mais persuasiva, "que a experiência da interface, mesmo com nossos modelos mais avançados, é, e só pode ser, um substituto pouco convincente para a verdadeira. Um recurso para os desesperados, talvez," — nesse momento há algumas risadas das costas das cabeças — "mas certamente podemos fazer melhor do que isso!"

Murmúrios; os cortes de cabelo concordam com a cabeça.

Ed continua:

"O corpo humano é complexo, meus amigos, mais complexo do que podemos esperar duplicar com o que é, e só pode ser, um dispositivo mecânico. E o corpo humano é movido pelo cérebro, que é a construção mais intrincada, mais sofisticada do universo conhecido. Temos nos matado tentando nos aproximar dessa combinação corpo-cérebro! Mas talvez tenhamos entendido tudo errado!"

"Como assim?", pergunta uma das cabeças.

"O que eu quero dizer é, por que construir um dispositivo autônomo quando um dispositivo assim já existe? Por que reinventar a roda? Por que não apenas fazer essas rodas *rolarem onde queremos*? De uma forma que seja benéfica para todos. A maior felicidade possível do maior número possível. Isso é o que Possibilibôs significa, estou certo?"

"Vá direto ao assunto", diz um dos cortes de cabelo. "Você não está na TV, nós não precisamos do sermão."

"O que há de errado com nossa posição atual? Eu pensei que estávamos faturando alto", diz outro.

"E estamos, estamos", diz Ed. "Mas podemos faturar ainda mais. Certo, resumindo: por que não tomar um corpo e um cérebro existentes e, por meio de uma intervenção indolor, fazer com que aquela entidade, aquela pessoa, para ser mais claro, aquela garota gostosa que nunca te dá atenção, se ligue em você, e apenas em você, como se ela achasse que você é o gostosão mais sexy que ela já viu?"

"Isto é algum tipo de perfume?", diz outra voz. "Com feromônios, como acontece com as traças? Eu tentei isso, é uma porcaria. Eu atraí um guaxinim."

"Não me diga! Um guaxinim de verdade? Ou apenas uma dona com..."

"Se for um novo comprimido de oxitocina-Viagra, eles não duram. Na manhã seguinte ela vai voltar a pensar que você é um palerma."

"O que aconteceu com o guaxinim? Isso seria algo novo!"

Risos.

"Não, não", diz Ed. "Vamos nos acalmar. Não é um comprimido, e acreditem ou não, não é ficção científica. A técnica que eles estão aperfeiçoando em nossa clínica de Las Vegas se baseia no trabalho que tem sido feito sobre a supressão de lembranças dolorosas, em veteranos de guerra, sobreviventes de abuso infantil e assim por diante. Eles descobriram que não só podem identificar vários medos e associações negativas no cérebro e depois os eliminar, mas também podem apagar o seu objeto de amor anterior e imprimir em você um objeto diferente."

A câmera se desloca para uma mulher muito bonita em uma cama de hospital. Ela está adormecida. Então, seus olhos se abrem, movem-se para o lado.

"Ah", diz ela, sorrindo com alegria. "Você está aqui! Finalmente! Eu te amo!"

"Uau, tão simples", diz um corte de cabelo. "Ela não está encenando?"

"Não", diz Ed. "Esta é uma que não deu certo; nós fizemos esse experimento no local, mas era muito cedo, a técnica não havia sido aperfeiçoada. Nossa equipe de Las Vegas está empenhada em acelerar o processo agora. Mas ilustra o princípio."

Cena seguinte: A mulher está pressionando os lábios em um ursinho de tricô azul em um beijo apaixonado.

— Essa é Veronica! — Charmaine quase grita. — Ah, meu Deus! Ela se apaixonou por um ursinho de tricô!

— Espere — diz Jocelyn. — Há mais.

"Eu não sei que sabotador lhe deu aquele urso", diz Ed. "O problema é que isto funciona em qualquer coisa com dois olhos. O cara que encomendou o serviço... o trabalho... a operação, ficou extremamente aborrecido quando apareceu, mas já era tarde demais. Já estava impresso na mente dela. O momento certo é tudo."

"Isto é dinamite", diz uma das cabeças. "Você poderia ter um harém, você poderia ter..."

"Então você designa o alvo..."

"Você o requisita..."

"Coloca o alvo na van, depois no avião," diz Ed, "parte para a clínica de Las Vegas, uma rápida agulhada e então... uma vida inteiramente nova!"

"Fan-tás-ti-co!"

Jocelyn desliga o PosiPad.

— É isso, em poucas palavras — diz ela.

— Quer dizer, eles estão sequestrando as mulheres? — diz Charmaine. — De suas próprias vidas? As mulheres?

— Essa é uma maneira grosseira de colocar isso — diz Jocelyn. — Embora não apenas mulheres, é uma coisa unissex. Sim, essa seria a ideia. Mas o alvo não importa, porque seus apegos amorosos anteriores foram anulados.

— Então é por isso que Ed quer que ela vá na viagem de negócios a Las Vegas? — diz Aurora.

— Ele não me disse isso com todas as letras — diz Jocelyn —, mas é um bom palpite.

— Você quer dizer que ele quer me consertar para eu não amar mais Stan — diz Charmaine. Ela ouve sua própria voz: É tão triste. Se isso acontecesse, Stan se tornaria um estranho para ela. Todo o passado deles, seu casamento, viver no carro, tudo o que eles passaram juntos... Talvez ela se lembre disso, mas não significaria mais nada. Seria como ouvir uma outra pessoa, alguém que ela nem conhece, alguém chato.

— Sim. Você não amaria mais Stan. Em vez disso, você amaria Ed — diz Jocelyn. — Você iria se apaixonar por ele.

Isto é como uma daquelas poções de amor nos velhos livros de contos de fadas na casa da Vovó Win, pensa Charmaine. Do tipo em que se é presa por um príncipe sapo. Nessas histórias, você sempre consegue ter seu verdadeiro amor de volta no fim, desde que você tenha um vestido prateado mágico ou algo assim; mas na vida real, nesta vida real, em que Ed tem planos para ela, Charmaine estará sob terrível feitiço do príncipe sapo para sempre.

— Isso é horrível! — diz Charmaine. — Eu me mataria primeiro!

— Talvez — diz Jocelyn —, mas você não vai se matar depois. Você recobrará os sentidos quando a operação terminar, e lá estará Ed, segurando sua mão e fitando-a nos olhos. Você olhará para ele, jogará os braços em volta dele e dirá que o amará para sempre. Então você vai implorar a ele que faça de você o uso sexual que ele quiser. E você estará dizendo a verdade, a cada palavra. Você nunca vai se fartar dele. É assim que esta coisa deve funcionar.

— Ah, meu Deus — diz Charmaine. — Mas você não pode deixar isso acontecer comigo! Não importa o que eu tenha... não pode deixar isso acontecer com *Stan*!

— Você ainda se importa com Stan? — Jocelyn diz com interesse. — Depois de tudo?

Charmaine tem um vislumbre de Stan, como ele era doce, na maior parte do tempo; como ele parecia inocente quando estava dormindo, como um menino; como ficaria arrasado se ela lhe virasse as costas como se ele nunca tivesse existido, tomasse o braço de Ed e fosse embora. Ele nunca, jamais superaria isso.

Ela não pode evitar: começa a chorar. Grossas lágrimas rolam de seus olhos, ela está ofegante, sem conseguir respirar. Aurora lhe traz um lenço de papel, mas não vai tão longe a ponto de lhe dar palmadinhas no ombro.

— Pelo menos ele quer *você* — diz Aurora. — Não apenas o seu robô.

— Está tudo bem — diz Jocelyn. — Acalme-se. Ed especificou que eu devo ir com você. Sou sua segurança, sou seu guarda-costas, devo manter você a salvo. — Ela faz uma pausa, para deixar a ideia ser absorvida. — E vou mantê-la a salvo. Eu te dou cobertura.

XIII | HOMENS VERDES

HOMENS VERDES

O show para o qual Lucinda tem ingressos é o Grupo Homens Verdes. Eles são um subproduto do Grupo Homens Azuis, que está em Las Vegas há décadas. Stan viu uma versão falsa deles no YouTube quando ainda estava trabalhando na Dimple. Há também o Grupo Homens Vermelhos, o Grupo Homens Laranja e o Grupo Homens Rosa, cada um com um truque diferente. Com o Grupo Homens Verdes, diz o programa, é um tema ecológico.

Efetivamente, quando as luzes de inundação e os spots se acendem, surge uma vegetação falsa com algumas aves falsas, e quando o primeiro conjunto de Homens Verdes vem saltando, não são apenas carecas e pintados de um verde brilhante, como também se vestem de folhagem. Exceto pelas folhas, é o mesmo tipo de show de comédia, tecnologia e música rigidamente dirigido que Stan se lembra de assistir on-line, ou partes dele: truques com balões que se transformam em flores, mastigar quiabo e cuspir gosma verde da boca, fazer malabarismos com cebolas e muito batuque, além de um cara com um gongo, que é usado como pontuação. Nenhuma palavra — nenhum dos Homens jamais diz nada, já que se supõe que eles sejam mudos. De vez em quando, há um pouco de mensagem — canto de pássaros, um nascer do sol nas grandes telas do palco, um voo de balões de hélio com mudas de árvores afixadas a eles —, mas logo os tambores entram em cena novamente.

De repente, há um número de tulipas, ao som de "Na ponta dos pés através das tulipas". No início, isto faz Stan empertigar-se na cadeira: é a senha de seu tempo em Possibilibôs, não pode ser nenhuma coincidência! Mas à medida que o número se desenrola, ele pensa, Espere aí, Stan. Sim, pode ser uma coincidência, muitas coisas são, e considerando a idiotice descarada do que os Homens Verdes estão fazendo lá em cima no palco, tem que ser. Se fosse um sinal, o que eles estariam esperando que ele fizesse em resposta? Sair correndo, gritando? Gritar *Peguem a fivela do meu cinto! Aqui está o pen drive*? Então, coincidência, com certeza.

Ele se reclina de novo no assento, observa o número. Há pirotecnia com tema de tulipas, manipulações de tulipas, transformações de tulipas: tulipas que pegam fogo, tulipas que explodem, tulipas que saem das orelhas de um Homem Verde. Stan tem que admitir que é habilmente realizado e também engraçado. É relaxante ver outros caras se dando mal. Mas se fizerem isso de propósito, talvez não conte.

A seguir, um gongo. O ator que faz soar o gongo é uma espécie de palhaço. Ele é motivo de muitas risadas. Mas existe apenas um cara de gongo? Os Homens Verdes são como os Elvises: eles usam trajes idênticos e são difíceis de distinguir. Stan tenta seguir as trocas, mas é como observar um trapaceiro: o truque é feito, você sabe que é um truque, mas não consegue flagrá-lo no ato.

O penúltimo número é um segmento de participação da plateia. Três inocentes são içados ao palco, vestidos com trajes à prova d'água, solicitados a comer substâncias peculiares e bombardeados com gosma verde. Em seguida, há um *gran finale*, com mais tambores, gongos e coisas que se iluminam. Então, as cortinas se fecham e tornam a se abrir para os agradecimentos finais. Os carecas verdes estão suando.

— Então, Elvis de aluguel, qual é o seu veredicto? — diz Lucinda quando as luzes se acendem.

— Bom *timing* — diz Stan.

— Só isso? Bom *timing*? — diz Lucinda. — Os homens dedicam suas vidas a desenvolver essas habilidades e isso é tudo o que você pode dizer? Aposto que você é um garanhão na cama.

Vá se danar, pensa Stan. Mas é melhor que não.

— Minha senhora — diz ele, conduzindo-a pelo corredor central com um floreio de sua capa azul. — Você primeiro.

Os chifres cor de laranja na cabeça de Lucinda estão tortos; eles lhe conferem um ar travesso, como um demônio em férias.

Lucinda diz que está indo ao toalete e que depois disso espera que Stan a leve a um dos bares daquela espelunca, compartilhe um ou dois White Russians com ela e lhe conte a história de sua vida. A noite é uma criança, portanto, depois que fizerem isso, eles podem fazer algo mais. Ela tem plena intenção de fazer valer ao máximo o seu dinheiro, diz com um sorriso, mas também com uma voz austera, ligeiramente acusadora, de uma professora do ensino médio.

Uma coisa de cada vez, pensa ele. Stan a acompanha até o toalete. Enquanto espera por ela do lado de fora, procurando na multidão que se dispersa qualquer bandido que pareça estar muito interessado nele, uma das Marilyns se aproxima dele.

— Stan — sussurra ela. — Sou eu. Veronica.

— Por que demorou tanto? — ele rosna. — Há uns caras de Positron, de óculos escuros, perguntando por mim no lugar onde estou morando. Você precisa me levar para outro lugar. Onde está o Budge? Onde está o Conor? Eu sou tão insignificante assim? Se esta porcaria que estou carregando é tão importante, por que ninguém vem buscá-la?

— Fale baixo — diz ela. — A NAB está sempre fervilhando de bisbilhoteiros. Essas emissoras gostam de roubar furos jornalísticos e denunciar umas às outras para quem estiver ouvindo. Isso pode ser ruim para você.

— Pensei que Jocelyn quisesse divulgar a notícia! — diz Stan.

— É o posicionamento — diz Veronica. — Ela precisa se conter até o momento certo. Venha comigo, depressa. Vamos para os bastidores.

— E o meu par? — diz Stan. Lucinda vai fazer um escândalo se ele desaparecer; ela é do tipo que faz escândalo.

— Não se preocupe com isso. Nós temos outro Elvis, ele tomará o seu lugar, ela não será capaz de distingui-lo.

Stan duvida disso — Lucinda não é tola —, mas segue Veronica por um corredor lateral e pela porta de saída na fila da frente do teatro. Há um corredor, uma esquina, alguns degraus. Então, a porta do palco. Ela bate. É aberta por um careca pintado de verde, com um terno verde-escuro e um fone de ouvido.

— Por aqui — diz ele. Eles pensaram em tudo: seguranças temáticos.

Veronica se apressa ao longo de um corredor estreito, Stan atrás dela. Ela domina perfeitamente o balanço traseiro de Marilyn: eles dão aulas disso? Torça seu tornozelo, depois enfie os pés nos saltos altos? Veronica, ele pensa pesarosamente, você está tão desperdiçada com aquele urso.

Eles param em frente à porta fechada de um camarim com uma estrela verde. GRUPO HOMENS VERDES.

— Espere aí dentro — diz Veronica. — Se alguém chegar, diga que você está fazendo um teste.

— Quem estou esperando? — pergunta Stan.

— O contato — diz Veronica. — A entrega. Aquele que vai levar suas informações para a imprensa. Quer dizer, se tivermos sorte. Você ainda tem a fivela do cinto?

— O que é isto? — diz Stan, indicando seu grande adorno ornamentado na cintura. — Um pouco difícil de não ver.

— Ninguém a trocou? A fivela?

— Por que fariam isso? — disse Stan. — É uma porcaria de prata, não é de verdade. De qualquer forma, eu dormi com ela debaixo do meu travesseiro.

Veronica encolhe seus adoráveis ombros de Marilyn.

— Espero que você esteja certo — diz ela. — Não seria bom se eles a abrissem e estivessem esperando um pen drive e não houvesse nada lá dentro. Eles vão pensar que você o vendeu.

— A quem eu iria vender isso? — Stan pergunta. Ele havia considerado essa possibilidade por um breve instante, mas ele não tinha nenhuma influência. Quem o quisesse e soubesse onde está iria simplesmente tomar dele e depois atirá-lo em uma vala.

— Ah, alguém iria pagar — diz Veronica. — De uma forma ou de outra. Bem, entre aí. Tenho que correr. Boa sorte! — Ela faz um biquinho com seus lábios de Marilyn, sopra para ele um beijo de Marilyn, fecha a porta silenciosamente atrás de si.

Não há ninguém no camarim. Há um espelho longo e iluminado, uma bancada que corre por baixo dele, um monte de potinhos de maquiagem, tinta verde neles. Pincéis. Uma cadeira para sentar-se enquanto se pinta. Um par de trajes de Homens Verdes em cabides, no gancho atrás da porta. Roupas de rua: calças jeans, jaqueta, camiseta preta. Um par de Nikes, grandes. Quem quer que ocupe este camarim, tem os pés maiores do que os de Stan.

Só há uma maneira de sair deste cômodo: ele não gosta dessa parte. Contorna a cadeira e senta-se na bancada, de costas para o espelho. Tem o cuidado de não ficar de costas para a porta.

GONGO

Ouve-se uma batida na porta. O que deve fazer? Nenhum lugar para se esconder, então é melhor ele tentar.

— Entre — diz ele, usando sua voz Elvis.

A porta se abre. É Lucinda Quant. Droga, como foi que ela o rastreou? Mas ela não diz "Onde você se meteu?" ou qualquer coisa do gênero.

Em vez disso, ela desliza para dentro, fecha a porta, alcança-o com três grandes passadas e diz com voz sibilante:

— Tire o cinto! — Ela começa a mexer desajeitadamente no cinto com os dedos de unhas vermelhas.

— Hei! — diz ele. — Espere um minuto, minha senhora! Se é isso que quer, você precisa voltar ao seu hotel e então eu posso ligar, temos um serviço, você vai adorar...

A ideia de Lucinda Quant na cama com um robô Elvis o faz estremecer. Mesmo em sua forma diminuída atual, ela teria chances de vencer essa.

— Não entre em pânico, eu não quero seu corpo — ela rosna com uma risada irônica. — Quero a fivela do seu cinto. Agora mesmo!

— Espere — diz ele.

Ela não pode ser a tal! Ela não é de modo algum o que ele estava esperando — não um bem-apessoado agente duplo de preto, não um sujeito truculento da Vigilância que trabalha para Jocelyn, não — na pior das hipóteses! — um assassino enviado por Positron. Como ele pode saber se esta improvável velhota enxerida é o elo de entrega certo?

— Só um minuto — diz ele. — Quem a enviou?

— Não seja tolo. Você sabe quem — diz ela, sacudindo sua peruca preta e os chifres laranja de Nymp com uma pitada de

malícia que devia ter feito dela um flerte letal há quarenta anos.
— Este vai ser o meu maldito retorno, então não brinque.
Espere, espere, ele diz a si mesmo. Você não pode simplesmente desistir.
— Há uma senha — diz ele, com a maior seriedade possível.
— Na ponta dos pés através das malditas tulipas — diz ela.
— Agora, eu vou ter que arrancar suas calças ou o quê?
Stan solta o cinto. Lucinda o leva para a bancada de maquiagem, coloca seus óculos de leitura e segura a fivela sob a luz. Ela tem um instrumento minúsculo, como uma pequena chave de fenda. Ela o insere na parte superior da fivela, dá uma volta e a coisa se abre. No interior, há um minúsculo pen drive preto.

Lucinda enfia o pen drive em um pequeno envelope, lambe a cola e o fecha, arranca os cabelos com os chifres e tudo e prende o pen drive com fita adesiva no topo de seu escalpo coberto de penugem, quase, mas não totalmente careca. Então, ela recoloca a peruca e arruma os chifres.

— Obrigada — diz ela. — Estou de saída. Eu realmente espero que isto contenha um grande escândalo. Eu não me importo de arriscar o que sobrou do meu pescoço, desde que valha a pena. Veja o noticiário!

Ela desaparece em um redemoinho de estampa floral de hibiscos e perfume Blue Suede. O que vem agora?, Stan se pergunta. Esperar até que os quatro caras de óculos escuros cheguem e comecem a arrancar os meus molares? *Não está comigo!*, ele vai gritar. *É aquela feiticeira sobrevivente de câncer com chifres! Ela o prendeu com fita adesiva na cabeça!* Por que a vida não pode lhe dar algo razoável para variar?

A porta se abre novamente: quatro carecas entram, exceto que não têm óculos escuros, e são verdes. Eles enchem o camarim.

— Stan — diz o primeiro, avançando com postura de quem vai lhe dar tapinhas nas costas. — Bem-vindo a Vegas, mano!

— Conor! — diz Stan. — Que porra é essa? — Eles dão os tapinhas; algo molhado sai na bochecha de Stan.

— Certo — diz Conor, sorrindo em verde. — Você se lembra de Rikki e Jerold. Foi Jerold quem o deixou entrar nos bastidores.

Apertos de mão, sorrisos, pancadas no ombro. O quarto sujeito diz:

— Stan. Muito bem-feito. — Poderia ser Budge? Careca e verde? Sim, poderia.

— Vocês me assustaram — diz Stan. — Aparecendo na casa do Elvis, com minha foto e tudo mais. — Sua foto de lua de mel na praia, a que ele havia enviado a Conor. Foi lá que eles a conseguiram.

— Desculpe por isso — diz Con. — Pensei que poderíamos eliminar algumas etapas, fazer contato mais cedo, economizar tempo. Mas nos desencontramos de você.

— Deu tudo certo no final das contas — diz Budge.

— Como você saiu de Possibilibôs? — pergunta-lhe Stan.

— Em uma caixa, como você — diz Budge. — Foi difícil encontrar uma roupa de Elvis do meu tamanho, mas nós a cortamos pela parte de trás da mesma forma que os agentes funerários fazem; além disso, a caixa era apertada, mas fora isso tudo funcionou sem nenhum problema. Nossa amiga em comum fechou minha tampa na ponta Possibilibôs.

— Vamos tirar você dessa porcaria idiota de Elvis. Você parece um babaca — diz Conor. — Quem tem uma lâmina de barbear?

Stan, vestindo um terno de Homem Verde mal ajustado, a cabeça recém-raspada, o rosto verde da cor de alga marinha, está bebendo uma água de coco no camarim de Conor. Conor diz que a água de coco é um energético rápido, embora Stan na verdade não precise de mais energia no momento: ele está zumbindo como um fusível defeituoso.

Na tela pequena e embaçada do camarim, o segundo show dos Homens Verdes da noite está em andamento. Eles os apresentam em equipes, diz Conor, porque a atuação os deixa exauridos. Não a seus rapazes, porque eles não estão realmente no show, eles estão apenas disfarçados. Eles podem ir e vir aos bastidores porque todos na Equipe Um pensam que eles estão na outra equipe e vice-versa. Mas o próprio Conor sempre desejou os holofotes, portanto ele próprio se fez inserir como tocador de gongo.

— Sim, eu sei, é idiota — diz Conor. — Mas você tem que admitir que é o melhor disfarce enquanto estamos esperando para fazer o trabalho.

— Que trabalho? — diz Stan.

— Ah. Ela não lhe disse? Ela foi taxativa sobre você. Disse que você tinha que estar conosco; caso contrário, seria um fracasso. Disse que você era a peça-chave.

— Quem disse? Você quer dizer... — Ele se cala para não dizer o nome de Jocelyn. Ele olha em volta, depois para o teto: é seguro aqui dentro?

— Estou falando dela! A Grande Bazuca! Ela disse que vocês dois estavam unidos pelo quadril.

A Grande Bazuca não é como Stan teria pensado em Jocelyn, mas de certa forma se encaixava. *Bazuca.*

— Então, eu sou a peça-chave — diz ele. — Importa-se se eu perguntar por quê?

— Não faço a menor ideia — diz Conor alegremente. — Tenho feito biscates para ela desde antes de Cristo. Ela soube que você era meu irmão mais velho desde que o viu no estacionamento de trailer, antes de você se inscrever naquele curral atacadista de partes do corpo. Mas eu nunca lhe pergunto por que ela quer o que quer, isto é problema dela. O negócio é que eu só faço o trabalho, sem pontas soltas; depois eu recebo, fim da história, tenha uma boa vida. Mas acho que descobriremos amanhã sobre o porquê de você ser tão importante. É quando vai acontecer.

Stan tenta parecer inteligente. É possível parecer inteligente com seu rosto pintado verde? Ele duvida.

— O que eu faço? — diz ele. Ele espera que não seja roubar um banco ou matar alguém. — Neste trabalho? Quando vai acontecer?

— Imagine que vamos colocá-lo no gongo — diz Conor. — Não é difícil de aprender, você só tem que conhecer as deixas, então bater o gongo com o martelo e parecer um idiota. Isso não deve ser muito difícil para você.

— Então eu estou no palco? — diz Stan. Isso não é seguro, todos estarão olhando para ele. Mas então, e daí? Ele não tem mais aquela coisa na fivela do cinto; ele não tem mais nem mesmo o cinto, já que Rikki levou toda sua roupa de Elvis e atirou-a em uma caçamba de lixo.

— Aqui não — diz Conor. — Em um lugar chamado Ruby Slippers. É um tipo de clínica e casa de repouso, muitos velhos ricos guardados ali ou sendo cortados e costurados. Nós somos o entretenimento.

— Isso é tudo? — diz Stan. — Tudo o que tenho que fazer é bater o gongo?

Embora ele já tenha estado muitas vezes naquela filial da Ruby Slippers como Elvis, flertando com as velhinhas, ninguém o reconhecerá; não em seu atual disfarce de uma ervilha gigante.

— Não seja um maldito boneco — diz Conor. — Esse é o disfarce! O verdadeiro trabalho é um roubo.

— Aquele lugar tem uma segurança muito rígida — diz Stan.

— Ei! É com seu irmão que você está falando! — diz Conor. — Ele esfrega dois dedos juntos, em sinal de dinheiro. — Esses caras são pagos! Nós só vamos lá, começamos a apresentação verde, passamos pela segurança por causa de nossa aparência, fazemos o roubo...

Besteira, pensa Stan. Eles estão sequestrando alguém. Isso pode fazer com que eles levem um tiro, para não mencionar eu mesmo.

— Então, eu bato o gongo...
— Isso mesmo — diz Conor. — E depois, nos mandamos!
— Nos mandamos?
— O grande golpe — diz Conor. — É genial.

EM VOO

Ed está lá na frente, na classe Executiva. Pareceria estranho para Charmaine estar lá também — afinal de contas, ela é apenas a assistente, oficialmente. Esse é o raciocínio de Ed, diz Jocelyn: ele não quer chamar atenção indevida. Graças a Deus por isso, pensa Charmaine, porque ela acharia muito, muito difícil ser simpática com ele ou mesmo educada, agora que sabe o que ele pretende fazer com ela. Se ela estivesse ao lado dele na Executiva, muito provavelmente ele estaria apertando o braço dela durante todo o trajeto até Las Vegas, além de abastecê-la com gin e tônica e tentar colocar seus dedos no joelho dela ou olhar pelo seu decote, embora não houvesse nenhuma esperança disso porque ela está usando uma blusa abotoada até o queixo que Aurora escolheu para ela.

E o tempo todo ele estaria lhe perguntando se ela está sentindo menos pesar por Stan. Não que ele realmente se importe com Stan, ou com qualquer coisa de que ela goste ou ame, ou não goste ou não ame, porque ele não tem interesse algum em quem ela realmente é.

Ela representa em grande parte apenas um corpo para ele e agora ele quer transformá-la simplesmente em um corpo. Ela pode muito bem não ter nenhuma cabeça.

Depois de sentir-se tão triste durante semanas, ela está realmente zangada por dentro. Se tivesse que sentar-se com Ed, ela não deixaria de ser ríspida com ele e então ele poderia descobrir que ela ficou sabendo de seu grande plano. E então ele poderia entrar em pânico e fazer algo estranho, ali mesmo no avião. Ele poderia jogá-la no chão e começar a arrancar os botões de sua roupa, do jeito que Max costumava fazer, mas com Max ela queria que ele fizesse isso, ao passo que com Ed seria uma coisa muito diferente, seria constrangedor e francamente assustador. *Mantenha suas malditas mãos longe dos meus malditos botões!* Isso é o que ela diria.

Bem, ele não poderia realmente fazer isso — a coisa do chão com os botões — porque os comissários de bordo iriam detê-lo. Mas e se eles fingissem não ver, e se todos forem seus empregados e se todos no avião estiverem do seu lado?

Acalme-se, Charmaine, ela diz a si mesma. Isso é uma tolice. Esse tipo de coisa não acontece na vida real. Está tudo bem, vai ficar tudo bem, porque Jocelyn está sentada ao seu lado, Aurora está na fileira atrás delas e há outra pessoa da Vigilância no avião também, Jocelyn lhe garantiu — um homem, mais atrás, perto da porta de saída. E esse homem, além de Jocelyn e Aurora, eles serão mais do que o necessário para conter Ed. Ela não sabe o que eles farão, mas provavelmente será um golpe de judô ou algo assim. E eles têm a vantagem de saber sobre o plano de Ed, enquanto ele não sabe nada sobre o deles.

Ou Jocelyn tem a vantagem de saber sobre o plano de Ed. Até agora, ela não compartilhou muito disso com Charmaine. Ela está lendo em seu PosiPad, fazendo anotações. Charmaine tentou assistir a um filme — como seria incrível ver um filme que não é dos anos 1950, ela não pôde ver nada assim durante muito tempo, e isso tiraria seu pensamento do que estava acontecendo —, mas sua tela não está funcionando. Nem o botão de reclinar sua poltrona, e alguém arrancou a maior parte das páginas da revista do avião. Em sua opinião, o pessoal da companhia aérea faz coisas como essas de propósito, para esfregar na sua cara que você não está na classe Executiva. É muito provável que eles tenham uma equipe que percorre os aviões à noite, arrancando as páginas e estragando as telas.

Charmaine olha para fora da janela: nuvens, nada além de nuvens. Nuvens planas, nem sequer nuvens fofinhas. No início era tão emocionante estar em um avião — ela só viajou de avião uma vez antes, com Stan, indo em lua de mel. Ela lê as páginas restantes da revista. Que coincidência: "Lua de mel na praia." Stan teve uma queimadura solar no primeiro dia, mas ao menos eles fizeram uma coisa que ele realmente queria, que era fazer sexo debaixo d'água, ou as partes inferiores deles estavam debaixo d'água. Havia pessoas na praia também. Elas poderiam saber? Ela esperava que pudessem, ela se lembra de desejar isso. Então, eles tiveram que vestir seus trajes de banho novamente e Charmaine não conseguia encontrar a parte inferior do biquíni porque, com toda a agitação, ela a deixara cair. Stan teve que mergulhar para encontrá-la e eles riram muito. Eles estavam tão felizes então. Era como um anúncio.

Pela janela, ainda se vê apenas nuvens. Ela se levanta, vai ao toalete, só para ter algo a fazer. Que falta de consideração, a última pessoa não limpou a pia. Realmente, eles não apreciam seus privilégios.

É melhor fechar a tampa quando se dá descarga: Vovó Win lhe disse isso. Caso contrário, os germes voam no ar e sobem pelo seu nariz.

Voltando pelo corredor, ela se pergunta qual deles é o segurança. Bem perto da saída, Jocelyn havia dito. Ela olha em volta, mas não consegue ver as cabeças lá atrás. Ela chega a seu assento, espreme-se para passar por Jocelyn, que sorri para ela, mas não diz nada. Charmaine se agita mais um pouco; então, só lhe resta perguntar.

— O que afinal ele estava planejando *fazer*? Jocelyn olha para ela.

— Quem? — pergunta ela, como se não soubesse.

— Ele. Ed — sussurra Charmaine. — Como ele ia...

— Com fome? — diz Jocelyn. — Porque eu estou. Vamos pegar uns amendoins. Quer um refrigerante? Café? — Ela olha para seu relógio. — Nós temos tempo.

— Só uma água — diz Charmaine. — Por favor.

Jocelyn chama a aeromoça, pede alguns amendoins, dois sanduíches de queijo, uma garrafa de água para Charmaine com um copo de cubos de gelo e um café para ela mesma. Charmaine se surpreende por estar tão faminta; ela engole o sanduíche num piscar de olhos, bebe um grande gole de água.

— Ele tem tudo pensado — diz Jocelyn. — Eu devo nocauteá-la no avião, pouco antes de pousarmos. Um pouco de algo em sua bebida: Zolpidem, ou GBH, ou similar.

— Ah — diz Charmaine. — Como aquelas drogas de estupro, usadas no golpe "Boa noite Cinderela".

— Certo. Então, você fica inconsciente. Em seguida, direi que você desmaiou e chamamos uma ambulância de paramédicos para vir até o avião e você é levada em uma maca. Depois, você será levada à clínica em Ruby Slippers Vegas e, após a intervenção cerebral, você acordará e Ed estará bem ao seu lado, segurando sua mão. E você vai reconhecê-lo, sorrir para ele como se ele fosse Deus, jogar seus braços ao redor dele, dizer que você é dele, corpo e alma, e o que você pode fazer por ele, tal como um boquete ali mesmo na clínica.

— Isso é totalmente uma droga — diz Charmaine, franzindo o nariz.

— E então você viverá feliz para sempre — continua Jocelyn em voz neutra. — Assim como em um conto de fadas. E Ed também viverá. Isso deve ser o que ele pensa.

— Como assim, ele também *viverá*? — diz Charmaine. — A primeira parte nem vai acontecer! Não vai acontecer! Você não vai deixar que isso aconteça! Foi o que você disse.

— Correto — diz Jocelyn. — Foi o que eu disse. Então agora você pode relaxar.

E Charmaine se sente realmente relaxada; suas pálpebras estão caindo. Ela adormece, mas logo acorda novamente. Acorda mais ou menos.

— Talvez eu tome aquele café, afinal — diz ela. — Eu preciso me animar.

— Tarde demais — diz Jocelyn. — Estamos prestes a pousar. E olhe, eu acho que estou vendo a ambulância, bem na hora. Eu lhes enviei um e-mail antes de decolarmos. Sentindo-se um pouco sonolenta? Apenas recoste-se.

— A ambulância? Que ambulância? — diz Charmaine. Não é só sonolência, há algo errado. Ela olha para Jocelyn e vê duas Jocelyns, ambas sorridentes. Elas dão tapinhas em seu braço.

— A ambulância que vai levá-la à clínica de Ed em Ruby Slippers — diz ela.

Você prometeu, você prometeu, Charmaine quer dizer. Deve ter sido a água, algo que Jocelyn colocou dentro. *Ah, diabos! Sua bruxa mentirosa!* Mas ela não consegue pronunciar as palavras. Sua língua parece espessa, seus olhos estão fechando. Ela sente todo o seu corpo se inclinando para o lado.

Pancada, solavanco. Eles devem estar na pista. Ela está muito tonta. Vozes, muito distantes:

— Ela desmaiou. Não sei o que... ela estava bem há um minuto. *Aqui, deixe-me...*

É Aurora. Charmaine tenta chamá-la, mas não há palavras, apenas uma espécie de gemido.

— *Uhuhuhuh...*

— *Não deixe a cabeça dela bater na parede.* — Jocelyn.

Ela está nos braços de alguém, um homem; está sendo erguida no ar. É uma sensação ótima, como estar flutuando.

— *Devagar. Pronto.*

Ele a coloca sobre uma superfície e a cobre. Será Max? É a voz de Max, tão perto de seu ouvido?

— *Bem instalada.*

Caindo, caindo. Desfalecida.

XIV | RAPTO

RAPTO

É melhor para Stan não retornar ao Elvisorium, diz Conor, porque embora os sujeitos de óculos escuros que vieram à sua procura fossem apenas Conor e seus três amigos, nunca se sabe. Da próxima vez eles poderão ser mais sinistros e é melhor não ter deixado nenhum rastro, porque depois que o grande golpe acontecer, deixar rastros pode vir a ser uma péssima ideia. Se tudo correr como planejado, não haverá problema com isso porque ninguém vai ficar metendo o nariz e fazendo perguntas; mas, se der errado, há o risco de que todos os cinco possam torrar no fogo vermelho de uma churrasqueira, a menos que estejam prontos para limpar seu paradeiro do GPS muito rapidamente. É um grande risco, o que eles estão prestes a fazer.
 Conor não parece muito preocupado com a porcaria do grande risco, pensa Stan. No mínimo, ele está entusiasmado. Quebrar a janela de uma *mobile home*, convencer Stan a entrar sorrateiramente com ele, então, quando alguém chegar, fugir muito rápido, deixando Stan para explicar o que ele está fazendo com dois bifes do freezer e calcinhas de mulher. Essa sempre foi a ideia de Conor de uma noite de diversão.
 Conor e os rapazes têm uma suíte Imperador de dois quartos no Caesars Palace: quem contratou Con não é pobre. Con diz que eles não podem sair para um show, um bar de striptease ou os cassinos, porque ele não pode correr o risco de estragarem tudo tão perto do lance final. Budge diz que, para ele, está tudo bem, talvez possam assistir a um jogo, mas há alguns resmungos

de Rikki e Jerold. Con os faz calar a boca dizendo quem está no controle de tudo, e se houver alguma dúvida sobre isso, ele ficaria feliz em resolvê-la. Assim, os cinco acabam jogando *Texas Hold'em* por uvas e pedaços de queijo do prato de queijos sortidos que Con encomendou e bebendo Cingapura Slings porque Con nunca havia tomado o drinque e queria experimentar, mas só podem beber três cada um porque precisam estar alertas para o dia seguinte.

Stan ganha uma quantidade moderada de queijo, que ele come; mas depois de três Cingapura Slings ele está fora de combate e adormece no sofá. Ainda bem, porque existem apenas quatro camas e ele não tem nenhuma vontade de dormir em uma delas com outra pessoa.

Pela manhã, os cinco dormem até tarde, tomam banho, reclamam de suas ressacas — todos exceto Budge, que tinha mostrado algum comedimento na noite anterior — e pedem o café da manhã. Rikki fica atrás da porta quando o carrinho chega, Glock na mão como em um filme policial, só para o caso de ser uma armadilha. Mas não, são apenas ovos mexidos, presunto, torradas e café, em um carrinho empurrado por uma simpática servente: eles estão seguros até agora.

Em seguida, vestem-se e pintam suas cabeças de verde. Con alugou uma van; está no Estacionamento com todo o equipamento dos Homens Verdes já carregado dentro dela. Antes de saírem, Con repassa as deixas para Stan tocar o gongo. Toda vez que ele apontar para sua orelha — a que tem o receptor —, Stan deve bater o gongo. Ele não precisa saber por quê, ele só precisa bater o gongo. Isso não deve ser muito difícil. Se Con sair correndo repentinamente em direção, por exemplo, a uma ambulância que pode, por exemplo, estar parando na frente do prédio, e se os outros homens verdes falsos saírem com ele, Stan deve tocar o gongo mais três vezes para que as pessoas pensem que tudo aquilo faz parte do espetáculo. Então ele deve esperar por novas deixas. Depois, ele deve seguir o fluxo.

Uma vez dentro da van, Stan começa a sentir um friozinho na barriga. Qual é o fluxo? Será este mais um caso de Con desaparecendo por cima da cerca deixando Stan para trás? — Você perdeu um pouco de verde atrás da cabeça — Jerold lhe diz. — Eu vou pintar.

— Obrigado — diz Stan. Ele está com torcicolo: está sentado muito reto para que o verde de seu couro cabeludo não saia no estofamento.

Con tem um passe que permite que sua van entre pelo portão da Ruby Slippers, com seu lema: *Não há lugar melhor que o nosso lar.* Do lado de dentro, o caminho se divide: Entrada Principal e Recepção à esquerda, Clínica à direita e virando a esquina. Eles estacionam no setor de Visitantes com Deficiência na frente e entram todos juntos; Con mostra o passe à recepcionista.

— Ah, o evento especial — diz ela. — Vocês ficarão no Atrium. — Ela está obviamente acostumada com caras verdes ou o equivalente desfilando pela sua mesa. Palhaços, malabaristas, cantores com violões, dançarinos zumbis, piratas, Batman, o que quer que seja. Atores.

No Atrium, há um evento especial já em pleno volume — um Elvis, com a roupa branca e dourada. Ele está terminando uma apresentação gorgolejante de "Love me Tender" e lança um olhar de desprezo aos Homens Verdes quando eles entram como uma tropa. A plateia de idosos brinda o Elvis com aplausos e ele diz:

— Muito obrigado, muito obrigado. Gostariam de ouvir outra canção?

Mas Con toca a corneta verde de ano-novo que ele trouxe consigo, o que põe um fim a isso.

— Não podemos ter aquele perdedor interrompendo nossa apresentação — diz ele. — Vamos pôr essa música para tocar!

A música vem de um telefone, tocando através de um pequeno alto-falante Bluetooth. Con saltita por ali no compasso da música, sacudindo um par de maracas verdes e sorrindo como um maníaco. Jerold está enchendo balões verdes com um cilindro de hidrogênio, Rikki os entrega a Budge, que os distribui aos membros da plateia. Eles seguram os cordões das bolas, alguns meio confusos, outros com desconfiança, outros talvez com prazer, embora seja difícil dizer. Diversos Assistentes de Eventos da Ruby Slippers com sapatos vermelhos que são a marca da instituição, ajudam, usando chapéus verdes, em homenagem aos Homens.

— Isto não é legal? — eles arrulham, para o caso de haver alguma dúvida, que existe. Mas ninguém protestou ainda, portanto a apresentação deve estar indo bastante bem, ou pelo menos o suficiente para convencer. Conor aponta para sua orelha e Stan bate o gongo.

Con olha para seu relógio.

— Droga — Stan o ouve murmurar. — O que está retendo essa gente? Esguiche um pouco de água de sua boca — ele diz a Rikki. — Isso é sempre uma distração.

Agora há o lamento de uma sirene, aproximando-se. Uma ambulância entra pelo portão da frente, dirigindo-se à entrada da clínica ao lado. Con tira uma tulipa gigante de borracha do interior de seu casaco, agita-a no alto. Ela explode, suavemente. Esse é o sinal: Jerold, Rikki e Budge liberam um punhado de balões de hélio no ar, saem correndo pela porta do Atrium e desaparecem ao virar a esquina.

— Eles vão voltar? — diz uma voz clara da plateia. Stan acena vigorosamente com a cabeça e bate o gongo novamente. Talvez eles sejam um sucesso, afinal.

Agora Con está puxando sua manga: ele está fazendo uma mesura, então Stan faz o mesmo. Con dá o braço a ele e o conduz pela porta afora no mesmo compasso que ele.

— Nós o pegamos — sussurra ele.

Quem eles pegaram?, Stan se pergunta.

Eles dobram a esquina, como em um passo de dança.

— Perfeito — diz Con.

Ali está a ambulância, as portas traseiras abertas. Ali está Jocelyn, com outra mulher. O idiota do marido de Jocelyn está ajudando Budge com um terceiro homem, que parece ter caído no chão. É o Ed, o figurão da Positron, sem dúvida: não há como errar com aquela combinação de terno e corte de cabelo. Dois guardas de segurança e outros três sujeitos de terno preto entulham a calçada. Serviço rápido, pensa Stan.

— Vamos lá, peça-chave — diz Con. — Aqui dentro.

Ele conduz Stan para a ambulância.

No interior há uma maca, com alguém em cima dela, coberta até o queixo com um cobertor vermelho e branco.

Uma mulher. Charmaine. Essa é a cabeça do robô? Parece real demais. Stan toca o rosto dela.

— Ah, caramba! — diz ele. — Ela está morta?

— Ela não está morta — diz Jocelyn, que se juntou a ele. — Está tudo em ordem, mas não temos muito tempo. A equipe neuro está pronta.

— Vamos levar os dois para dentro da clínica — diz Con.

— Depressa.

EM CHAMAS

Lucinda Quant revela a história do grande vazamento no noticiário das seis horas. Ela é direta, verossímil e, o melhor de tudo, ela tem um extenso rastro de documentos e vídeos. Ela conta a história de como teve acesso ao seu tesouro de imundície, embora não mencione nomes — ela diz "uma funcionária corajosa" — e como contrabandeou o pen drive contendo as informações através das hordas de jornalistas enxeridos e agentes de segurança disfarçados na convenção da NAB, colando-o com fita adesiva no topo da cabeça coberta de penugem sob sua peruca de sobrevivente de um câncer — neste ponto, ela retira a peruca para demonstrar.

Ela encerra dizendo que está muito feliz que o destino lhe tenha dado esta oportunidade no que poderia ser o fim de sua vida, porque *Viva cada minuto ao máximo* sempre foi seu lema. Ela se mostra humilde em relação à pequena parte que desempenhou no que, afinal, é um quadro muito maior, e embora pudesse ser vítima de um atropelamento e fuga ou ser encontrada misteriosamente morta sob uma mesa de *blackjack* ou similar, porque muito dinheiro foi investido em Positron, ela assumiu o risco pois o público tem o direito de saber.

O apresentador do programa lhe agradece muito e diz que a América seria um lugar melhor se houvesse mais pessoas iguais a ela. Grandes sorrisos de ambas as partes.

Instantaneamente, os sites de mídia social se inflamam de indignação. Abusos nas prisões! Colheita de órgãos! Escravos sexuais criados pela neurocirurgia! Planos para sugar o sangue de bebês! Corrupção e ganância, embora estas, em si mesmas, não sejam grande surpresa. Mas a apropriação indevida dos corpos das pessoas, a violação da confiança pública, a destruição dos direitos humanos — como tais coisas poderiam acontecer? Onde ocorreu a omissão? Quais políticos se deixaram comprar por este esquema sórdido em uma tentativa equivocada de criar empregos e economizar dinheiro para o contribuinte? Programas de entrevistas explodem a noite inteira — eles não se divertiam tanto assim havia anos — e os blogueiros irrompem em chamas.

Porque há sempre dois lados, pelo menos dois lados. Alguns dizem que esses que tiveram seus órgãos colhidos, e que podem ter sido posteriormente convertidos em ração para galinhas, eram criminosos de qualquer forma e deveriam ter morrido em câmeras de gás, e que esta foi uma maneira real de pagar sua dívida para com a sociedade e compensar os danos que causaram, e que, de qualquer forma, não foi tanto desperdício como simplesmente jogá-los fora depois de mortos. Outros disseram que tudo isso estava indo muito bem nos estágios iniciais de Positron, mas ficou claro que, depois que a Gerência acabou com seu estoque de criminosos e também percebeu qual o preço corrente para fígados e rins, eles começaram a sacrificar ladrões de lojas e usuários de maconha, e então eles começaram a sequestrar pessoas nas ruas porque o dinheiro fala mais alto, e, uma vez tendo começado a falar em Positron, não se calou mais.

Outros ainda disseram que a ideia da cidade gêmea tinha sido boa no início; quem iria ser contrário ao pleno emprego e um lar para todos? Havia algumas maçãs podres, mas sem elas teria funcionado. Em resposta, alguns disseram que esses esquemas utópicos sempre deram errado e se transformaram em ditaduras, porque a natureza humana era o que era. Quanto à operação que o transformava em um objeto de amor — se não de sua própria escolha, então da escolha de alguém —, qual o mal nisso, já que ambas as partes terminavam satisfeitas?

Alguns blogueiros objetaram, outros concordaram, e em pouquíssimo tempo "comunista" e "fascista" e "psicopata" e "brando com o crime" e um novo termo, "neurocafetão", estavam zunindo pelo ar como chumbo grosso.

Stan está assistindo a um dos programas de entrevistas na tela plana da sala de recuperação, onde Charmaine está deitada em um sono anestésico. Há uma pequena atadura branca em sua cabeça, nenhum sangue. Felizmente, eles não rasparam o cabelo; isso teria sido desagradável. Ela pode levar um susto assim que vir o novo e careca Stan, mas isso será passageiro, diz Jocelyn, e depois disso Charmaine será toda dele.

— Mas não abuse de sua sorte — diz ela. — Seja gentil com ela. Sem ressentimentos. Lembre-se, ela não fez mais sexo com Max, ou Phil, do que você fez comigo, menos, na verdade, e eu pretendo dizer a ela tudo sobre nosso pequeno interlúdio. Esta nova chance que você está recebendo é seu pagamento por toda a ajuda que nos deu, por isso, não se deixe abater. A propósito, livre-se da maquiagem verde; caso contrário, você terá que se pintar como uma abobrinha toda vez que quiser fazer sexo.

Stan fez como sugerido, destruindo um par de toalhas do hospital no processo, porque ele conseguia entender a razão disso. Em seguida, ele se acomodou para esperar o momento mágico em que sua Bela Adormecida acordaria e ele poderia dizer adeus à condição de sapo e se tornar um príncipe. Ele está ouvindo a TV nos fones de ouvido, a fim de não perturbar Charmaine prematuramente. Jocelyn foi categórica — ele não deve sair da cabeceira da cama nem mesmo para urinar, ou Charmaine pode criar uma conexão com o objeto de amor errado, tal como uma enfermeira de passagem — por isso, há um urinol à mão.

Quanto tempo isso vai demorar? Ele agora queria um hambúrguer.

Na hora certa, entra Aurora, carregando uma bandeja.

— Pensei que você gostaria de comer alguma coisa — diz ela.

— Obrigado — diz Stan.

— É somente chá e biscoitos, mas isso vai segurá-lo até algo mais favorável aos carnívoros aparecer.

Aurora se empoleira no pé da cama de Charmaine.

— Você vai ficar surpreso com os resultados — diz ela. — Eu certamente estou! Assim que Max acordou e me olhou nos olhos, ele jurou amor eterno e cinco minutos depois ele me propôs casamento! Isso não é um milagre?

Stan disse que certamente era.

— Ele é tão bonito — diz Aurora, sonhadoramente. Stan concorda, educadamente.

— Claro que ele já é casado — diz Aurora —, mas o divórcio está em andamento; Jocelyn o pediu com antecedência e a UR-ELF está cuidando disso para eles. Chama-se Lonely Street Special, eles aceleram o processo.

— Parabéns — diz Stan. Ele está falando sério. A ideia do mulherengo Phil ou do errante Max amarrado pelo tornozelo à Aurora, ou mesmo a um pit bull ou a um poste, não o desagrada em nada, desde que o maldito esteja fora de serviço.

— Jocelyn não se importa? — diz ele.

— A ideia foi dela — diz Aurora. — Ela diz que não está nem sendo generosa. Ela tem outra coisa a fazer e, assim, o pobre Phil será curado de seu problema de vício sexual. Você gostaria de outro biscoito? Pegue dois!

— Obrigado — diz Stan. Ela parece tão feliz que está quase bonita. E para Max, ela vai ser arrebatadora. Boa sorte para eles, pensa Stan.

Na tela agora está Veronica, mais exuberante do que nunca. Está explicando que ela é uma experiência Positron que deu errado, condenada a ser romanticamente ligada a um ursinho de tricô azul para sempre. *Close-up* do urso, que parece um pouco esgotado. A âncora que a entrevista pergunta se há a possibilidade de uma segunda operação para reverter sua fixação, mas Veronica diz:

— Não, é muito perigoso, mas de qualquer forma por que eu iria querer fazer isso? Eu o amo!

A âncora olha para o público e diz:

— E esse é apenas um dos ângulos mais estranhos do que a ficção no desdobramento desta história! Algumas das gerências intermediárias culpáveis foram presas e mandados foram emitidos para novas prisões. Esperávamos poder falar com o CEO e presidente do Projeto Positron, que ainda não foi acusado de qualquer crime, embora se diga que uma prisão seja iminente. No entanto, uma notícia de última hora diz que ele sofreu um derrame e está no momento passando por uma cirurgia cerebral de emergência. Voltaremos mais tarde com outras notícias!

— Então, onde Ed está? — pergunta Stan a Aurora. — Fritando no inferno?

— No fim do corredor — diz ela. — Ele já fez a operação, mas ainda está inconsciente. Agora eu tenho que zunir. Max diz que não consegue se fartar de mim! Até logo!

Ed também já fez a operação? Stan sorri. Qual será o objeto de amor que vão lhe dar? Deliciosas possibilidades flutuam pela cabeça de Stan: um desentupidor de pia, um aspirador de carro, um liquidificador? Não, o liquidificador seria muito brusco, mesmo para Ed. Talvez um Elvis sexbô: isso seria encantador. Deve ter sido Jocelyn quem montou isto; ela tem um senso de humor doentio e, pela primeira vez na vida, Stan aprecia isso.

Charmaine se mexe, se estica, abre seus olhos azuis, azuis. Stan enfia a cabeça em sua linha de visão, olha profundamente.

— Como você está, querida? — diz ele.

Seus olhos se enchem de lágrimas.

— Ah, Stan! — diz ela. — É você? Cadê o seu cabelo?

— Sou eu, sim, tudo bem — murmura ele. — Vai voltar a crescer. — Isto está funcionando?

Ela envolve os braços em torno dele.

— Não me deixe nunca! Tenho tido um sonho tão ruim! — Ela o abraça com força, cola-se na boca dele como um polvo. Um polvo em ebulição. Agora ela está arrancando a camisa dele, sua mão está descendo...

— Espere aí, querida! — diz ele. — Você acabou de fazer uma operação!

— Mal posso esperar — ela sussurra ao ouvido dele. — Eu quero você agora!

Fan-tás-ti-co, pensa Stan. Finalmente.

FEITIÇO

Uma vez que Charmaine resvalou para o sono novamente com o que Stan espera ser um sorriso satisfeito nos lábios, ele se veste e sai para o saguão. Ele está se sentindo exaurido, mas eufórico. Está tão faminto que poderia comer um boi inteiro. Deve haver uma lanchonete nesta espelunca em algum lugar, e, com sorte, eles servirão cerveja.

Ele vira uma esquina e lá estão Con, Jerold e Rikki em pé diante de uma porta. Eles não estão mais verdes e mudaram seus ternos para preto. Cada um deles tem um fone de ouvido, cada um deles tem um leve volume sob o braço esquerdo. Cada um deles tem óculos de sol refletores, apesar do fato de estarem dentro de um edifício.

— Oi, mano — diz Conor. — Deu tudo certo? — Ele exibe um sorriso largo e malicioso.

— Não posso reclamar — diz Stan. Ele se permite um pequeno sorriso presunçoso. — Funcionou como um feitiço. — Na verdade, ele está andando nas nuvens. Charmaine o ama! Ela o ama novamente. Ela o ama mais do que antes. Isso transcende meramente sexo, uma coisa que a mente suja de Con nunca será capaz de entender.

— É isso aí — diz Jerold.

— Legal — diz Rikki. — Punhos fechados se batendo e *high-fives* por todos os lados.

Stan se deixa cumprimentar como se fosse um jogo de futebol. Por que tentar explicar?

— Quem vocês deveriam ser? — diz ele. — Com esses trajes?

— Segurança — diz Con. — Para manter os repórteres afastados, supondo que eles descubram onde está nosso amigo.

— A verdadeira segurança está no banheiro masculino — diz Jerold. — Dentro dos cubículos. Jocelyn aplicou algumas injeções para dormir, eles vão ficar fora do ar por um dia.

— Negação plausível — diz Con. — Eles não podem ser culpabilizados.

— Então, deixe-me adivinhar — diz Stan. — É o Ed no quarto?

— Correto — diz Con. — Nós o trouxemos correndo para dentro da clínica. Dissemos que ele tinha que ser operado imediatamente. Questão de vida ou morte. — Ele olha para seu relógio. — Onde estão aqueles dois? É melhor eles se apressarem, ou ele pode acordar e sentir tesão pela mesinha de cabeceira.

— Não — diz Jerold. — Perguntei a Jos. O que quer que seja, tem que ter olhos. Tipo, dois olhos.

— Eu sei disso, idiota — retruca Con. — Foi só brincadeira.

— Aí vêm elas agora — diz Rikki.

Duas enfermeiras vêm correndo pelo corredor, usando o uniforme da Clínica Ruby Slippers: vestido branco, avental vermelho, chapéu branco com borda de flores vermelhas e sapatos vermelhos com solas de borracha e saltos práticos.

— Estamos na hora? — diz a primeira. É Jocelyn; ela parece realmente convincente no traje, pensa Stan. Como uma dominatrix fazendo papel de enfermeira. Ela teria aquele termômetro ou aquele pepino enfiado no seu traseiro em cerca de dois segundos, e não adiantaria dizer não.

— Stan — ela volta-se para ele. — Satisfatório, espero... — Stan confirma com um aceno de cabeça.

— Acho que tenho que te agradecer — diz ele. Estranhamente, ele está se sentindo tímido.

— Sempre educado — diz Jocelyn, mas ela sorri. — De nada. A segunda enfermeira é Lucinda Quant.

— Fique à vontade — diz Con, e abre a porta. Lucinda Quant entra.

— Isto é melhor que um show de aberrações — diz Rikki.

— Não feche a porta completamente.

— Pode fechá-la. Dê-lhes um pouco de privacidade. Canal dois no fone de ouvido — diz Conor.

— Eu não tenho um — diz Stan.

— Certo, saia da porta — diz Conor.

Silêncio. Lucinda deve estar sentada à cabeceira da cama.

— O que ela vai fazer com ele? — Stan pergunta a Jocelyn.

— Supondo que funcione? Eles vão querer prendê-lo, certo?

— Ela mencionou Dubai — diz Jocelyn. — Caro, mas nós vamos pagar. Sem perguntas, muitas possibilidades de orgias para dois, suítes de luxo com banheiras de hidromassagem; desde que você faça tudo a portas fechadas. Ela quer um final estelar para a sua vida, caso o câncer retorne. E não há extradição, portanto Ed será livre para satisfazer cada capricho de sua última lista de desejos. E ela tem muitos, foi o que me disse. Ela quer ser coberta com mousse de chocolate e depois lambida, para começar.

— Onde está o maldito Budge? — diz Jerold. — Com as asinhas do Buffalo? Eu estou faminto.

— Eu comeria um hipopótamo — diz Rikki.

— Eu comeria a mousse de chocolate dessa fulana aí.

— Eu comeria...

— Cale-se — diz Con — ou eu vou comer seu rosto.

— Por que você está deixando tão barato para ele? — pergunta Stan a Jocelyn. — Depois de tudo o que ele fez. — E estava planejando fazer, ele acrescenta a si mesmo. Roubando minha esposa. Mexendo com a cabeça dela. Transformando-a em uma escrava sexual. Transformando-a em uma escrava sexual para o homem errado. Jocelyn contou todos os detalhes para ele.

— Você realmente acha que eu gostaria que ele desse um testemunho completo na frente do Congresso? — diz Jocelyn.

— Jogasse tudo no ventilador? Eu mesma faço parte disso, caso você tenha se esquecido.

— Ah, certo — diz Stan.

— Além do mais, alguns de nossos respeitados políticos não iriam querer isso também, eles eram grandes apoiadores, assim, não será muito difícil conseguir colocar ele e seus novos documentos falsos naquele avião. Não há mãos limpas neste caso — diz Jocelyn.

— Então, por que não simplesmente matá-lo? — pergunta Stan. Ele está surpreso com sua própria crueldade. Não que ele mesmo fizesse isso, mas Jocelyn é mais do que capaz de fazê-lo. Ou assim ele acredita.

— Isso não seria justo — diz Jocelyn. — Eu teria que matar todos os membros da diretoria e acionistas também, se for uma questão de quem é o responsável. Esta é uma maneira melhor. Mais limpa. Com benefícios para outros, como Lucinda.

— O que acontece com Consilience e o Projeto sem ele? — pergunta Stan.

— Talvez uma versão modificada. Eles venderão as divisões mais legítimas, tal como Possibilibôs. Talvez condomínios, para a parte da prisão, com uma atração turística depois. Jailhouse Rock, eles a chamariam. Eles fizeram conversões de prisões como essa na Austrália. Meu palpite é que as pessoas pagariam para tomar parte em uma encenação lá dentro, não acha? Mas não é problema meu, porque eu estarei vivendo minha próxima vida. Alguma coisa já aconteceu lá dentro? — diz ela a Con.

— Eu ouço alguns murmúrios — diz Con. — Ou talvez roncos.

— Talvez seja assim que ele faz sexo — diz Jerold —, com o nariz.

— Ele e Rikki relincham.

— Cresçam, rapazes — diz Con. — Sim, sim, ele está acordando.

Stan põe o ouvido no espaço entre a moldura da porta e a porta.

— Eu adoro você — ele ouve. É a voz de Ed, densa de anestesia ou de luxúria. — Você é adorável! Tire esse avental!

— Segure-se, soldado! — diz Lucinda. — Espere até eu desenganchar meu sutiã!

— Mal posso esperar! — diz Ed. — Eu quero você agora!

— Um cruzamento entre uma risada e um grito, de Lucinda. Depois, o som de gemidos, ou serão roncos?

— Feche a porta — diz Jocelyn. — Desliguem os fones de ouvido. Há algumas coisas que não são da nossa conta.

— Você nunca deixa a gente se divertir — diz Con, mas faz o que ela diz.

— Lucinda é uma cliente — diz Jocelyn afetadamente. — Nós temos os nossos padrões.

ARRANJOS FLORAIS

O casamento é puro encanto! Ou talvez sejam casamentos, dois deles, porque embora Aurora e Max estejam se casando pela primeira vez, Charmaine e Stan estão renovando seus votos, portanto, o casamento também é para eles.

Um Elvis de Casamento realiza as cerimônias — é Rob, da UR-ELF, em um macacão branco e dourado com cinto prateado e uma capa roxa com estrelas de prata. Um trio de Elvises Cantores faz os interlúdios musicais para uma trilha sonora de fundo tocada a partir de um alto-falante escondido dentro de um dos arranjos florais. Charmaine escolheu as flores para a área da capela — ela optou pela seleção Forget-Me-Not, uma miscelânea azul-clara com minúsculas rosas cor-de-rosa, e ficou simplesmente adorável. O sol brilha, mas o sol sempre brilha em Las Vegas, não importa o que esteja acontecendo no resto do mundo.

Como um presente extra, há um grupo de cinco Marilyns, usando vestidos de tafetá rosa com ombros nus — mais ou menos como Marilyn Monroe no grande número em *Os homens preferem as louras*, em que ela canta a canção sobre diamantes —, porém sem a longa cauda. As Marilyns sorriem como se estivessem encantadas, que é o que você quer em um casamento, e não há nenhum parente de verdade para fazê-lo, por isso Charmaine contratou estas cinco. Elas realmente fazem o dinheiro pago valer a pena, elas aplaudem e riem, jogam arroz em todos os quatro no final, e uma das Marilyns pega o buquê de Aurora.

Charmaine não tem um buquê de noiva porque ela não está exatamente se casando, embora pareça assim para ela, mas tem um ramo de rosas cor-de-rosa, e isso é quase o mesmo. Ela está usando uma estampa floral em rosa e azul, e Stan veste uma camisa com pinguins, ela a encontrou on-line. É meio piegas, mas ela é uma pessoa muito sentimental.

Há champanhe na recepção ao ar livre, realizada em um espaçoso pátio com uma área ensolarada e outra de sombra, e uma fonte com três sereias segurando microfones como se fossem um grupo de vocais de apoio, três surfistas tocando guitarras e três cupidos, cada um despejando água de um peixe, com uma cabeça de pedra de Elvis no topo, sorrindo seu sorriso Elvis. Alguém colocou uma guirlanda de flores em torno de seu pescoço. É totalmente temático! Deus está nos detalhes, como Vovó Win costumava dizer.

Charmaine está radiante. Seu lado obscuro que esteve com ela por tanto tempo parece ter desaparecido por completo. É como se alguém tivesse usado um apagador e apagado a dor dessas lembranças. Não é que ela não consiga se lembrar de tudo que aconteceu — aquelas coisas em que a Vovó Win costumava lhe dizer para não pensar. Ela ainda pode se lembrar delas, mas apenas como fotos ou um pesadelo. Elas não têm mais poder sobre ela. Deve ter sido algo que os médicos fizeram quando estavam consertando o interior de sua cabeça para que ela amasse Stan, apenas Stan e mais ninguém. Era a outra Charmaine, a Charmaine das trevas, que se afastara dele, e aquela Charmaine se foi para sempre. É incrível o que se pode fazer com lasers!

Ela até assistiu a Max, ou Phil, se casando com Aurora sem nem um pouco de saudade ou ciúme. E na recepção, quando as pessoas estavam beijando as noivas, Max a beijou levemente na face e, embora um dia ela tivesse se derretido como um picolé no micro-ondas ao menor toque dele, isso não a incomodou em nada; foi mais ou menos como ter uma mosca pousando em seu rosto, ela poderia afastá-la com a mão e não pensar mais nisso. Todas aquelas coisas que fizeram, naquela época em que ela era tão louca por ele — *louca* é a palavra certa —, elas se apagaram. É como se estivesse sob algum tipo de feitiço e então, puf, ele tivesse desaparecido. Ela se lembra claramente desses interlúdios, mas de forma distante, e também carinhosamente, quase como se estivesse se lembrando das travessuras de uma criança, embora não as dela mesma na infância. Ela não fez nenhuma travessura na época. Estava muito assustada.

Lá está Max, ou Phil, com Aurora; ele está sob um dos guarda-sóis, tem Aurora encostada à mesa, seus braços ao redor dela, o tronco esmagado contra o dela, beijando seu pescoço. É evidente que ele mal pode esperar para levá-la para a cama e correr suas mãos hábeis por toda parte de sua plástica facial. Charmaine procura em seu coração, e a única coisa que pode encontrar lá no compartimento Max são seus melhores votos para Aurora, porque é óbvio que Max é dedicado a ela, ele a segue com os olhos todo o tempo, apesar do aspecto que ela tem. De qualquer forma, ela agora está com uma aparência melhor do que antes, porque está brilhando de alegria e é a beleza interior que conta. Na maioria das vezes. Algumas vezes. E Max também deve estar feliz! Ele deve estar!

Lá está Stan junto à fonte dos cupidos com duas Marilyns, que o estão alimentando com bocados do bolo de noiva. O bolo é branco, com cobertura azul e rosa em um desenho de pássaros azuis segurando fitas e festões de rosas em seus bicos e garras, que é o design que Charmaine pediu para combinar com o padrão geral da decoração. É muito detalhado, mas ela o conseguiu em 3-D, impresso a laser.

As Marilyns estão definitivamente exagerando no ato e, naqueles vestidos de tafetá rosa de ombros nus, você pode olhar bem para seus frontais, que é o que Stan está fazendo, mas não dá para culpá-lo, porque para que serve um expositor de prateleira se não para ser visto?

Chegou a hora de uma intervenção. Ela se aproxima a passos largos, muito rapidamente.

— Muito obrigada por cuidarem tão bem do meu maravilhoso marido — diz ela, passando o braço pelo de Stan.

Então, ela vê que uma das Marilyns é Veronica, embora com uma peruca louro-platinada, e todos sabem que Veronica pode amar apenas seu ursinho azul, coitadinha, da mesma forma que Charmaine pode amar apenas Stan — aquela história do ursinho de tricô estava em todas as TVs, Veronica é uma celebridade agora —, então está tudo bem.

— Veronica! — diz ela. — Eu não sabia que seria você!
— Eu não poderia perder isso — diz Veronica. — Eu queria ver o final feliz. Você se lembra da Sandi?
— Sandi! — Charmaine exclama, dando-lhe um abraço. A última vez que ela viu Sandi em pessoa, ela estava algemada, com grilhões ao redor dos tornozelos. — Ah, nossa! Estou tão feliz que você tenha ficado bem! Eu a vi na TV! Parece um milagre!
— Foi por um triz — diz Sandi. — Eles tinham enfiado o capuz e eu estava sendo arrastada para fora da cela. Imagino agora que eu estivesse a caminho de ser reciclada para as peças de reposição, embora eu não tenha percebido isso na época. Então, houve muita conversa de celular, era Jocelyn dizendo-lhes para suspenderem tudo até novo aviso, pois tinha havido uma denúncia e Ed havia desertado com os lucros. Aqueles guardas me largaram no chão e saíram correndo e, quando consegui ficar em pé e cheguei ao exterior, todos os portões estavam abertos e foi como a música *Fora daqui!* Que congestionamento! Além do mais, fiquei com um cotovelo machucado. Mas, ei! Quem está reclamando? Eu ainda estou inteira, não virei churrasquinho no espeto.

— Continuo dizendo a ela que eles não a teriam cortado em pedaços — diz Veronica. — Ela é muito bonita. Eles a teriam enviado aqui para a clínica de Las Vegas e feito nela o negócio no cérebro. Ela teria acabado com um idiota rico e enrugado, agindo de acordo com cada capricho dele.

— Como no Fuck Tank — diz Sandi —, só que desta vez com sentimento.

— E com muito mais dinheiro — diz Veronica, e elas riem. Sandi ergue sua taça de champanhe.

— Um brinde aos velhos tempos — diz ela. — Que apodreçam no inferno.

★ ★ ★

As Marilyns se dirigem à mesa de champanhe para uma nova taça, e Charmaine coloca seus braços ao redor de Stan e o aperta.

— Ah, Stan — diz ela. — Isto é tão maravilhoso! Não somos sortudos?

Stan aperta as suas costas, mas de uma forma distraída. Ele parece atordoado, ou talvez seja o champanhe. Tem bebido champanhe como refrigerante, já bebeu mais do que o suficiente. Mas ele vai estar bem amanhã, pensa Charmaine. Funcionou para o melhor, porque o que é passado é prólogo e tudo vai bem quando acaba bem, como costumava dizer Vovó Win. Não que este seja o fim. Não, é o começo, um novo começo. O começo como deveria ter sido. Nem todos têm uma chance como esta.

Mas ela tem uma dúvida persistente. Será que amar Stan realmente conta, se ela não tem opção? É justo que a felicidade de sua vida de casada seja resultado não de nenhum esforço especial de sua parte, mas de uma operação cerebral que ela nem concordou em fazer? Não, não parece certo. Mas ela *sente* como certo. Isso é o que ela não consegue entender — como se sente bem.

Foi Jocelyn quem pagou por tudo isso ou quem providenciou para que fosse pago. Mas, embora Charmaine a tenha encorajado a vir, Jocelyn não compareceu à cerimônia de casamento propriamente dita. "Eu não quero ser a bruxa má da festa", foi o que disse. Na verdade, Charmaine ficou aliviada com isso, porque, apesar de tudo o que Jocelyn tinha feito por ela e Stan, é preciso admitir que algumas dessas coisas podem não ser vistas como positivas por todo mundo. Como Jocelyn arrancar as cuecas de Stan. Mas Charmaine não tem ressentimentos em relação a Jocelyn, porque ela não tem esse direito. E tudo se equilibra, por isso é como não ter nada no banco nem dívidas a pagar.

Mas ali está ela agora, Jocelyn, entrando na área do pátio ao ar livre. Ela veio à recepção, como insinuou que poderia vir.

Está vestindo violeta, que não faz parte da paleta de cores rosa e azul, mas também não colide com ela. Charmaine está feliz que Jocelyn tenha dedicado alguma preocupação a este aspecto e encontrado uma solução de bom gosto.

O irmão perturbador de Stan, Conor, está com ela, usando aqueles óculos de sol refletores — que ele acha que o fazem parecer muito descolado —, e três de seus amigos criminosos. Não, não criminosos, Charmaine não usará essa palavra. *Inusitados.* Essa é uma palavra melhor, porque Conor e aqueles homens a resgataram de Ed, então como poderia vê-los como criminosos, mesmo que sejam criminosos no restante de seu tempo? Embora Conor sempre tenha sido uma má influência para Stan, em sua opinião. Ou era, quando eles eram mais jovens. Hoje ele parece mais maduro, pensa ela. Talvez ele conheça uma mulher mais velha e sábia, que o ajudará a se tornar um membro produtivo da sociedade. Isto é o que deseja para ele, neste dia maravilhoso em que a todos deve ser concedido algo de bom.

Charmaine se separa de Stan para que ele e Conor, e os amigos inusitados, possam executar aquele número dos tapinhas nas costas, batidas de punhos e repetição de nomes que costumam fazer.

— Con!
— Stan!
— Rikki!
— Jerold!
— Budge!

Como se eles já não soubessem o nome um do outro. Mas é uma coisa de homens, ela viu um programa de TV sobre isso, é como dizer "Parabéns" ou algo assim. Agora eles estão se dirigindo para onde está o champanhe, mesmo que Stan realmente não deva beber mais nada, ou ficará bêbado demais para fazer as coisas que ela espera que eles façam, quando chegarem ao quarto do hotel e ela tiver tomado um belo banho, usado toalhas fofas, brancas e loção corporal de óleo de amêndoa por todo o corpo.

E uma vez que Conor e seus amigos tenham bebido o suficiente, Conor vai pensar em beijar a noiva e beijar Charmaine também; ele vai querer dar alguns amassos agressivos nela, para irritar Stan. Ela deveria avisar Aurora sobre Conor — do jeito que Max é, agora que está verdadeiramente apaixonado, ele poderia se ressentir de qualquer outro homem colocar um dedo em Aurora, e então poderia haver uma briga, que Max perderia, porque quatro contra um, ou talvez cinco, contando com Stan, e Max iria no mínimo sangrar pelo nariz e arruinar o bolo ou os arranjos florais, e isso estragaria este belo e perfeito dia — mas quando ela olha ao redor do espaço da recepção, ela vê que Max e Aurora já desapareceram. Em ponto de bala para trotar, embora não seja trotar e, sim, galopar, ela pensa, sem nenhuma sombra de arrependimento. Ou isso é uma mínima sombra? Não pode ser, já que cada sombra de arrependimento, e cada sombra, ponto final, foi removida dela a laser. Todas as suas sombras.

Ela decide deslizar para o mais longe que puder, por trás da fonte onde Conor não pode vê-la, porque fora da vista, fora da mente. Jocelyn a acompanha.

— Então, alegria e novos dias de amor — diz ela.

— Acho que sim — concorda Charmaine. Jocelyn diz coisas estranhas às vezes. — Para mim e Stan, isso é realmente verdade.

— Ótimo — diz Jocelyn. — Eu tenho um presente de casamento para vocês. Mas vou entregar a você daqui a um ano. Ainda não está pronto.

— Ah, eu adoro surpresas! — diz Charmaine. Isso é verdade? Nem sempre. Às vezes, ela as odeia. Ela odeia os tipos de surpresas que se lançam do escuro sobre você. Mas certamente a surpresa de Jocelyn não será desse tipo. — Não sei como lhe agradecer — diz ela — por tudo o que fez por nós. Por mim e Stan.

Jocelyn sorri. É um sorriso verdadeiro, caloroso e amigável, ou é um sorriso um pouco assustador? Charmaine tem dificuldade para identificar os diferentes sorrisos de Jocelyn.

— Agradeça-me mais tarde — diz Jocelyn. — Quando você souber o que é.

Então, depois dos apertos de mão e despedidas, e depois de Conor ter beijado Charmaine afinal, mas apenas na face, Jocelyn e Conor e aqueles outros homens entram em um elegante carro preto com vidros escurecidos e vão embora.

Charmaine fica ao lado de Stan, de braço dado com ele, e acena para eles até o carro ficar fora de vista.

— Você acha que eles são um casal? — pergunta ela. — Conor e Jocelyn?

— Ela gostaria que fossem, porque então Jocelyn não ficaria andando solta por aí desacoplada e assim seria menos provável que ela tentasse agarrar Stan. Embora Charmaine seja grata a Jocelyn, ainda não confia nela, depois das mentiras que ela contou e dos atos complicados que protagonizou.

— Eu colocaria dinheiro nisso — diz Stan. — Con sempre gostou das duronas. Ele diz que o desafio é maior, além do que elas sabem o que querem e têm mais RPMs.

RPMs é um termo de motor de carro, Charmaine sabe disso. Mas não é muito educado.

— Isso não é muito educado — diz ela. — As mulheres não são carros.

— É a maneira de falar de Con — diz Stan. — Não é educado. Tanto faz, eles estão juntos nos negócios.

— Que tipo de negócio? — indaga Charmaine. Teria que ser algo em que ambos fossem bons, como blefar. Talvez eles estejam trabalhando para os cassinos. Se os dois são um casal, ela se pergunta há quanto tempo isso vem acontecendo.

— Eu diria que o negócio deles não é da nossa conta — retruca Stan.

XV | PRONTO

PRONTO

Stan tem um novo emprego. Ele é regulador do Modelo de Empatia para a recém-inaugurada unidade de produção da Possibilibôs Vegas. Está incumbido de aperfeiçoar o sorriso Elvis, que nunca foi muito fidedigno. Se muito rígido, é um rosnado; muito solto e Elvis baba; eles tiveram reclamações de ambos. Mas Stan está progredindo: ele vai conseguir resolver isso! Depois que estiver feito, ele já está escalado para as Marilyns, em que alguns ajustes para o beicinho são necessários.

É o fim de semana, então ele está em casa, sua própria casa, aparando a sebe de cactos, sua própria sebe de cactos. E com seus próprios aparadores; ele os mantém com as lâminas afiadas em perfeitas condições. Sobre o gramado — seu gramado, ou melhor, o gramado deles, que é coberto com grama sintética por causa das restrições de irrigação de Las Vegas —, a pequena Winnie, já com três meses de idade, gorgoleja em um cobertor estampado de lindos patinhos. Stan se perguntou sobre dar-lhe o nome Winnifred; seu apelido soaria muito como um ursinho de história infantil — Winnie-the-Pooh — e ela seria chamada de Pooh, como *poo* — cocô — na escola e ririam dela por ter nome de porcaria, mas Charmaine disse que era uma homenagem à sua Vovó Win, porque o que teria acontecido se não fosse por ela, e, de qualquer forma, eram apenas meninos pequenos que tinham tais cérebros sujos. Assim, eles poderiam pular esse obstáculo quando chegassem a ele, e sempre poderiam optar pelo segundo nome de Winnie, que é Stanlita. Charmaine insistiu nisso; ela disse que era como um memorial ao seu amor eterno. Stan disse que Stanlita não era um nome de verdade, e Charmaine disse que era. Ele pesquisou na internet e ela estava certa mesmo.

Sob a sombra de um guarda-sol, Charmaine está sentada em uma cadeira de jardim, tricotando um chapéu minúsculo para o que ela espera ser em breve o próximo bebê e mantendo um olho em Winnie. Ela paira sobre a criança: tem havido alguns desaparecimentos inexplicáveis de bebês nas notícias ultimamente e Charmaine está preocupada que os bebês estejam sendo roubados devido a seu sangue valioso, que rejuvenesce os velhos. Stan lhe diz que não é provável que isso aconteça em sua parte da cidade, mas Charmaine diz que nunca se sabe e que é melhor prevenir do que remediar.

Ela também está de olho em Stan, porque tem essa ideia de que ele possa sair perambulando por aí e se envolver em aventuras, com ou sem mulheres predadoras. Ela nunca foi tão possessiva com ele, mas, desde que fizeram aquela coisa com a cabeça dela, ela tem sido assim. Uma microgerente de Stan. No início, era lisonjeiro, mas às vezes ele se sente um pouco controlado demais.

Nem ele pode tampouco deixar de lado o fato de que Charmaine já esteve disposta a matá-lo, não importa a choradeira que tenha derramado por isso. A história — a história que Jocelyn lhe forneceu posteriormente — é que Charmaine sempre soube que aquela cena era falsa, que é a versão em que ambos fingem acreditar. Mas ele não compra essa ideia; ela fez o que fez a sério.

Não que ele possa usar isso contra ela. E tampouco pode usar o caso dela com Max, porque, graças à Jocelyn, Charmaine tem uma arma de contra-ataque, a saber, o caso dele com Jocelyn. Ele poderia dizer que foi coagido a isso, mas não iria colar: Charmaine diria a mesma coisa sobre si mesma. *Eu não pude evitar*, e assim por diante. Além disso, Charmaine sabe sobre sua busca pela imaginária Jasmine, o que é mais do que humilhante para ele: ser um malandro é uma coisa, é quase respeitável, mas ser um idiota é patético. Eles estão bem equilibrados sobre a gangorra da trapaça e, portanto, por consentimento mútuo, eles nunca mencionam o assunto.

Por outro lado, sua vida sexual nunca foi tão boa. Em parte, é algum ajuste que eles fizeram dentro do cérebro de Charmaine, mas também tem que ser seu repertório de excitantes verbais. Eles vêm diretamente dos vídeos de Charmaine e Max que Jocelyn o fez assistir, e, embora tenha sido um inferno na ocasião, ele está agradecido a ela agora, porque tudo o que precisa fazer é puxar um refrão desses — vire-se, ajoelhe-se, diga-me como você é sem-vergonha — e Charmaine se derrete em suas mãos. Ela vai fazer tudo, ela vai dizer tudo; ela é tudo o que ele um dia desejou na imaginária Jasmine, e muito mais. É verdade que a rotina se tornou um pouco previsível, mas seria rude reclamar. Como reclamar que a comida é deliciosa demais. Que tipo de queixa é essa?

PRESENTE

Charmaine está se refestelando ao sol como uma foca. Ou como uma baleia. Ou como um hipopótamo. Bem, como algo que se refestela. Até seu tricô está melhor do que costumava ser, agora que ela sabe para o que é. Ela tricotou um ursinho para Winnie, embora verde, não azul, e bordou os olhos para evitar o perigo de sufocamento. E este chapéu vai ficar lindo quando ela tiver acabado.

Que belo dia! Mas todos os dias são lindos. Graças a Deus que ela teve aquele ajuste no cérebro, porque não podia pedir mais da vida. Ela agora aprecia as coisas muito mais do que apreciava antes, mesmo quando algo dá errado, como a água de drenagem ser cuspida para dentro do secador de roupas como aconteceu ontem, com uma carga completa de roupas lá dentro. Um dia, talvez isso tivesse detonado seu estado de espírito. Mas depois que o encanador chegou e fez o conserto, ela colocou essa carga para lavar novamente com uma dose extra de amaciante com perfume de lavanda e tudo ficou bem.

E isso é bom, porque seu top de algodão branco com babados estava naquela carga e é o que ela quer usar na Reunião dos Sobreviventes de Positron. Ela vai encontrar Sandi e Veronica lá e atualizar as novidades.

Ambas estão indo bem, de acordo com suas páginas on-line: Sandi está trabalhando com megahair, ela tem um verdadeiro jeito para isso, e Veronica está com uma agência de palestrantes e anda por aí falando sobre como trabalhar com sua orientação sexual se ela não se encaixar nas normas da sociedade. Ainda na semana passada, ela falou para um grupo de fetichistas de sapatos, e, em vez de lhe darem um buquê ou uma placa ou o que quer que seja, deram-lhe o mais belo par de sapatos azuis, com abertura para os dedos e saltos altos gigantescos. Charmaine já não pode mais usar sapatos como esses, eles lhe dão dor no tendão de aquiles. Talvez ela esteja chegando à meia-idade.

Max e Aurora também deverão estar lá. Ela não manteve contato com eles. Ainda há um alfinete de dor enterrado em algum lugar nas almofadas de votos calorosos que ela tem o cuidado de lhes enviar sempre que pensa neles. Ou pensa em Max. Ela ainda pensa em Max, de vez em quando. Desse modo. O que é estranho, porque aqueles sentimentos sobre Max haviam sido supostamente removidos.

Aquilo em que ela tenta não pensar é no trabalho que costumava fazer, em sua outra vida no Presídio Positron, antes de suas sombras serem apagadas. Se você fizer coisas ruins por razões que lhe disseram serem boas, isso faz de você uma pessoa má? Pensar demais sobre isso poderia realmente estragar tudo, o que seria egoísta. Por isso, ela tenta colocar esse lado das coisas bem longe da mente.

Stan desliga o aparador de sebes. Ele levanta a viseira que tem que usar por causa dos espinhos de cacto que são arremessados pelo aparador, tira suas luvas de couro, enxuga a testa.

— Stan, querido, quer uma cerveja? — Charmaine oferece. Ela mesma não está bebendo, não seria bom para Winnie.

— Em um minuto — diz ele. — Só faltam mais uns trinta centímetros para acabar aqui.

Charmaine pensa que talvez eles devessem tirar a sebe de cactos e colocar uma cerca de treliça de madeira, mas Stan não foi a favor dessa ideia. Ele diz: por que consertá-la se não está quebrada? Na verdade, ele disse: *Se a porra não está quebrada*, e disse a ela para parar de chateá-lo com isso.

Ela não o estava importunando, mas deixou o assunto de lado. Deixe-o continuar acreditando em qualquer coisa em que queira acreditar, porque, quando está mal-humorado, ele não faz sexo, e o sexo é incrível, muito melhor do que antes; como poderia não ser, agora que seu cérebro renasceu?

Stan ainda fica um pouco impaciente com ela na vida diária. Ainda que tudo seja tão maravilhoso. São as pressões do seu trabalho. Charmaine também vai arranjar um emprego, em pouco tempo, talvez em horário parcial, porque é bom receber alguma validação do mundo real.

Um carro híbrido escuro está parando na frente da casa. Jocelyn sai de dentro dele. Ela parece estar sozinha.

Stan abaixa a viseira, liga o aparador, vira as costas. Isso é bom, pensa Charmaine: significa que ele não está interessado em Jocelyn, apesar da maneira como ela está exibindo as pernas.

— Jocelyn! — diz Charmaine, enquanto Jocelyn atravessa o gramado em direção a ela. — Que surpresa! É tão bom vê-la! — Ela larga seu tricô, faz movimentos erráticos na cadeira de jardim.

Jocelyn está usando um elegante vestido de linho cinza--escuro, sandálias brancas de salto alto grosso, um chapéu de sol de abas flexíveis.

— Não se levante — diz ela. — Bonito bebê.

Pode-se ver que ela não está muito interessada; se estivesse, teria segurado Winnie no colo e começado a arrulhar para ela ou alguma coisa normal como isso. Mas Winnie poderia cuspir na roupa cara de Jocelyn, e isso não iria melhorar o relacionamento delas. Não que elas tenham um: Charmaine não viu mais Jocelyn desde o casamento. Ela e Conor estão em Washington, fazendo algo ultra, ultrassecreto. Ou essa é a versão que Stan recebeu de Conor.

— Posso lhe oferecer uma bebida gelada? — Charmaine diz, respeitosamente.

— Não posso ficar nem um minuto — diz Jocelyn. — Eu só passei para entregar seu presente de casamento.

— Ah — diz Charmaine ansiosa. — Que ótimo! — Mas o que é? Jocelyn não está carregando um pacote. Talvez seja um cheque, e isso também seria bom, mas não de bom gosto. Um item escolhido pessoalmente é melhor, na opinião de Charmaine. Embora nem sempre.

— Não é um objeto — diz Jocelyn.

Charmaine tem um flash de memória da cabeça de Jocelyn quando ela estava em uma caixa. Ela costumava achar que a cabeça podia ler seus pensamentos, e ali estava Jocelyn fazendo exatamente a mesma coisa, só que não em uma caixa.

— É uma informação. Sobre você.

— Sobre mim? — Charmaine diz, consternada. Este é outro truque, é alguma chantagem como aqueles vídeos dela e de Max? Mas eles deveriam ter sido destruídos.

— Você pode escolher — diz Jocelyn. — Ouvir ou não. Se ouvir, você vai ser mais livre, mas menos segura. Se não ouvir, ficará mais segura, mas será menos livre.

Ela cruza os braços, espera.

Charmaine tem que pensar. De que maneira ela poderia ser mais livre? Ela já está livre o suficiente. E já está segura, desde que Stan tenha seu emprego e ela tenha Stan. Mas ela se conhece bem o suficiente para perceber que, se Jocelyn for embora sem lhe dizer, ela ficará para sempre curiosa sobre o que teria sido.

— Certo, me conte — diz ela.

— Simplesmente isto — diz Jocelyn. — Você nunca fez aquela operação. Aquele ajuste no cérebro.

— Isso não pode ser verdade — diz Charmaine, sem titubear.

— Isso não pode ser verdade! Houve uma diferença tão grande!

— A mente humana é infinitamente sugestionável — diz Jocelyn.

— Mas... mas agora eu amo tanto Stan — diz Charmaine.

— Eu *tenho* que amá-lo, por causa daquela operação que eles fizeram! É como uma formiga, ou algo assim. É como se fosse um patinho! Foi o que eles disseram!

— Talvez você amasse Stan de qualquer maneira — diz Jocelyn. — Talvez você só precisasse de alguma ajuda com ele.

— Isto não é justo — diz Charmaine. — Tudo já estava resolvido!

— Nada nunca está resolvido — diz Jocelyn. — Cada dia é diferente. Não é melhor fazer algo porque você decidiu fazer? Em vez de fazer porque *tem* que fazer?

— Não, não é — diz Charmaine. — O amor não é assim. Com o amor, você não consegue se conter. — Ela quer o abandono, ela quer...

— Você prefere a compulsão? Arma na cabeça, por assim dizer? — pergunta Jocelyn, sorridente. — Você quer que suas decisões sejam tiradas de você para não ser responsável por seus próprios atos? Isso pode ser sedutor, como você sabe.

— Não, não exatamente, mas... — Levará algum tempo até Charmaine pensar melhor nisso. Há uma porta aberta e, de pé, do outro lado dela, está Max. Não Max como tal, porque seu cérebro realmente foi alterado, ele agora está ligado a Aurora e será dedicado a ela para sempre; não que Charmaine inveje Aurora, que, por ter sofrido tanto em sua vida anterior, merece um pouco de êxtase arrebatador, como...

Não importa como o quê. É melhor não pensar muito nisso com demasiados detalhes. O passado é o passado.

Portanto, não Max, mas uma sombra de Max. Uma pessoa parecida com Max. Alguém que não é Stan, esperando por ela no futuro. Isso seria tão destrutivo! Por que ela está sequer considerando isso? Talvez ela devesse consultar um terapeuta ou algo assim.

— Claro que não! — diz ela. — Mas eu preciso...

— É pegar ou largar — diz Jocelyn. — Eu sou apenas a mensageira. Como eles dizem no tribunal, você está livre para ir embora. O mundo todo está diante de você, onde escolher.

— O que você quer dizer? — diz Charmaine.

AGRADECIMENTOS

Quero agradecer primeiramente a Amy Grace Loyd, minha editora no site Byliner, que publicou o primeiro episódio dessa história. Posteriormente, isso ensejou mais três episódios, conhecidos coletivamente como "Positron", que apareceram no Byliner durante os anos de 2012-2013. Amy gentilmente também leu *O coração é o último a morrer* e ofereceu algumas sugestões. Quem melhor do que ela, que está bem familiarizada com a história desde o começo?

Minha gratidão a meus editores: Ellen Seligman da McClelland & Stewart, Penguin Random House (Canadá); Nan Talese, de Nan A. Talese/Doubleday, Penguin Random House (EUA); e Alexandra Pringle, da Bloomsbury (Reino Unido). E à editora de texto Heather Sangster de strongfinish.ca.

Agradecimentos também aos meus primeiros leitores: Jess Atwood Gibson, que sempre faz uma leitura minuciosa; Phoebe Larmore, minha agente norte-americana; e meus agentes no Reino Unido, Vivienne Schuster e Karolina Sutton, de Curtis Brown.

Também a Betsy Robbins e Sophie Baker, de Curtis Brown, que lidam com direitos estrangeiros. Meus agradecimentos também a Ron Bernstein, do ICM. Também a LuAnn Walther, da Anchor; Lennie Goodings, da Virago; e aos meus muitos agentes e editoras em todo o mundo. E a Alison Rich, Ashley Dunn, Madeleine Feeny, Zoe Hood e Judy Jacobs.

Agradeço à minha assistente, Suzanna Porter; a Penny Kavanaugh; a V.J. Bauer, que projetou meu site em margaretatwood.ca.

Também a Sheldon Shoib e Mike Stoyan. E a Michael Bradley e Sarah Cooper, Coleen Quinn e Xiaolan Zhao, e a Evelyn Heskin; e a Terry Carman e à Shock Doctors, por manterem as luzes acesas. E à livraria Book Hive em Norwich, Inglaterra, por razões que eles conhecem. Finalmente, meus agradecimentos especiais a Graeme Gibson, que, embora sempre uma inspiração, não inspirou nenhum dos personagens desse livro. E isso é bom.